Fabian Vogt

Zurück

Roman

Herzlich

Fabian Vogt

Antoon van Dyck: „Charles I. at the Hunt“, ARTOTHEK

Fabian Vogt

Zurück

Roman

Schulte & Gerth

1. Auflage 2000

Auf der Grundlage der neuen Rechtschreibregeln.

ISBN 3-89437-688-0

Umschlaggestaltung: Hanni Plato
Umschlagmotiv: „Charles I. at the Hunt", ARTOTHEK
Umschlagfoto: Zefa
Satz: Nicole Schol, Gerth Medien GmbH
Druck und Verarbeitung: Schönbach-Druck, Erzhausen

Inhalt

Prolog

1640 Der Wind hatte gedreht und trieb jetzt aus dem offenen Meer größere Wellen vor sich her, sodass die Fleute, ein kleiner holländischer Dreimaster, zu schlingern anfing. Fluchend kamen einige Seeleute aus dem Inneren des Schiffes, um die Stellung der Segel zu korrigieren. Die schrille Stimme des Mannes an der Ruderpinne huschte wie das Kreischen eines Vogels über Deck, bevor das schnelle Gefährt nach wenigen Augenblicken wieder gleichmäßig gegen die Bewegungen des Wassers anstampfte.

Am Bug des Schiffes stand ein junger Mann, der von all dem nichts bemerkte. Er starrte konzentriert vor sich in die milchige Luft und wartete darauf, dass sich die Konturen der englischen Küste zeigten. Doch jedes Mal, wenn er zwischen den tief liegenden Wolken und den leichten Regenfäden etwas zu erspähen meinte, verschwamm das Trugbild wieder. Ungehalten schüttelte er sein dichtes blondes Haar und zog den Schultermantel, der herabgeglitten war, enger um sich. Die Feuchtigkeit der Luft ließ ihn zittern. Der Reisende war nach der neuesten Mode gekleidet – mit Schoßwams, knielanger Hose, Stulpenstiefeln und einem hohen weißen Kragen, der sich wie zwei Hände um seinen Hals legte. Trotzdem sahen die vornehmen Kleidungsstücke alt und abgetragen aus. Um sich zu vergewissern, dass ihn niemand beobachtete, drehte er sich kurz um und blickte prüfend über das mit Fässern vollgestellte Deck, bevor er eine silberne Taschenuhr aus seinem Wams zog und verstohlen darauf schaute.

Ich werde London niemals vor zwölf erreichen, durchfuhr es ihn, als er sah, dass es bereits kurz nach sechs war, *heute Nacht sterbe ich!* Der Gedanke gefiel ihm. Er zuckte mit den Achseln, steckte die Uhr zurück und entspannte sich. *Vielleicht ist es besser so. Ich ertrage dieses verfehlte, dieses völlig verdrehte Dasein ohnehin nicht mehr. Ich gehöre hier nicht her! Jeder Mensch braucht einen Ort, an dem er zu Hause ist.* Seine Finger krallten sich um die raue Reling, und sein Blick glitt in die schäumenden Strudel, die sich hinter dem eintauchenden Bug der Fleute bildeten; kleine auseinander driftende Bewegungen, in denen winzige Algenstücke hin- und hergerissen wurden. Unzählige Luftblasen sprudelten unter dem Boot hervor, als sprängen sie zur Seite. Der junge Mann schüttelte sich leicht. *Ein Leben, das man nicht selbst bestimmen kann, ist keines. Oder doch? Nein!*

Wenn man nur noch vom Sog der Zeit mitgerissen wird, verliert man sich. Ich kann nicht leben, ohne zu wissen, warum!

Er zog den Mantel am Hals zusammen und blickte auf die vibrierenden Schiffsplanken hinunter. Seine Finger zuckten fast unmerklich zurück, als sie sich berührten. *Irgendjemand spielt ein Spiel mit mir und ich kann nichts dagegen tun. Obwohl: Eines bleibt mir immer noch.* Er schauderte, weil ihn der Gedanke so selbstverständlich in Besitz nahm: *Wenn ich jetzt hier ins Wasser springen würde, dann hätte ich wenigstens ein kleines Stück Freiheit, einen kurzen Augenblick einen eigenen Willen. Ich wäre ein einziges Mal Herr der Lage.* Der Reisende spürte vor Erregung nicht, dass er die Fäuste geballt hatte und sie an den Körper presste: *Ich bin nur ich, wenn mein Dasein einen Einfluss auf diese Welt hat. Alles andere ist unerträglich, ja, wahrscheinlich ist meine andauernde Hilflosigkeit das Allergrausamste. Ich bin hier und kann nichts dagegen tun. Ich will hier weg und bin völlig machtlos. Aber nicht bis zum Letzten: Ich kann meinem Leben selbst ein Ende setzen. Vielleicht bewahre ich mir damit das bisschen Stolz, das mir geblieben ist.*

Der Reisende grübelte noch einige Minuten, in denen er immer mehr zusammenzufallen schien, dann zuckte er noch einmal leicht mit den Schultern, richtete sich mit einem Ruck wieder auf und öffnete bestimmt und mit kleinen, ruhigen Bewegungen die Knöpfe seines Wamses. Als er den Mantel und das Gewand abgelegt hatte, zog er die Stiefel aus und stellte sie ordentlich neben das Ankertross. Er versuchte ein letztes Mal, am dunkler werdenden Horizont eine feste Linie oder ein Licht zu finden, doch der Wind durchzog die Luft mit Schlieren aus Wasser und Dunst und versperrte die Sicht. Der fröstelnde Mann seufzte hörbar, dann ergriff er gelassen ein vor ihm zum Mast gespanntes Tau und stieg auf die Reling. Plötzlich musste er lachen. Es schien alles so einfach; einfach, einen Schritt nach vorne zu machen, einfach, diese widernatürliche Welt hinter sich zu lassen, einzutauchen ins Nichts … Da ergriff ihn eine starke Hand und zog ihn so energisch nach hinten, dass er rücklings auf den Planken zu liegen kam.

„Willkommen im Leben, mein Freund!“

Der junge Mann stützte sich auf seine Unterarme, richtete den Oberkörper auf und schaute den Fremden verdutzt an. Es war ein Mann um die vierzig, dessen großer runder Hut den dunklen Locken nur schwer Einhalt gebieten konnte. Seine Kleidung aus Samt und Satin war verschwenderisch gestaltet und wies ihn als Mitglied der Aristokratie aus. Sein Körper allerdings wirkte schwächlich, so als kämpfe er gegen eine schwere Krankheit, die ihn über kurz oder lang besiegen würde. In diesem Moment aber leuchtete sein Gesicht vor Freude. Die Mundwinkel waren entlang seiner Schnurrbartspitzen feixend nach oben gezogen und die Augen weit geöffnet, während sein durchdringendes Lachen das Rauschen des Windes übertönte. Der Fremde prustete auch noch, als er dem am Boden Liegenden das Wams zuwarf und die Stulpenstiefel mit einem gezielten Tritt zu ihm beförderte.

Der junge Mann rührte sich nicht. „Wer seid Ihr?"

„Wer ich bin?" Der Fremde hielt diese Frage offensichtlich für höchst amüsant. Er lupfte seinen Hut und verbeugte sich: „Gestatten. Antoon van Dyck. Hofmaler seiner Majestät Charles des Ersten, wenn du es genau wissen willst. Und du bist Maximilian. Schön, dass wir uns wieder sehen!"

Verwirrt zog der Angesprochene seine Kleidung wieder an. Nach längerem Schweigen sagte er: „Seid Ihr sicher, dass wir uns kennen?"

„Oh, ich vergesse nie ein Gesicht, das ich einmal gemalt habe. Außerdem habe ich deinen hübschen Kopf fast jeden Tag vor Augen. Dein Antlitz hängt an einer exponierten Stelle im Palast. Aber: Ist das nicht unglaublich? Du kommst aus meiner Zukunft und ich komme aus deiner Zukunft. Du weißt, was mit mir passieren wird, und ich weiß, was mit dir passieren wird. Vielleicht bin ich momentan ein wenig im Vorteil, weil ich die Vergangenheit mit mir bringe. Ich kenne dich schon lange, du lernst mich gerade erst kennen. Also, ich finde das komisch." Und wieder kam ein Lachanfall über ihn, der seinen ganzen Körper erschütterte.

Der junge Mann stammelte: „Ihr wisst …?"

„Na, eigentlich habe ich es bis vor einer Minute selbst nicht geglaubt. Ich dachte damals, ich hätte einen mit einer wundervollen Fantasie begabten, aber verrückten Wirrkopf in mein Atelier eingeladen. Trotzdem hat mich deine Geschichte so fasziniert, dass ich heute hierher gekommen bin, um zu sehen, ob sie wahr ist."

Maximilian zog die Augenbrauen zusammen. Vorsichtig murmelte er: „Das verstehe ich nicht!"

Sein Gegenüber breitete strahlend die Arme aus: „Du hast mich vor fünf Jahren indirekt gebeten, heute mit dir auf diesem Schiff zu fahren und dir das Leben zu retten. Hier bin ich!"

Der Maler lachte so heftig, dass er sich verschluckte. Erst als er wieder Luft bekam, konnte er weitersprechen: „Es ist doch verrückt! Ich denke andauernd, dass du das alles doch eigentlich wissen müsstest, dabei hast du es noch vor dir. Du erlebst unsere Londoner Begegnung ja erst in wenigen Tagen. Und dann werde ich dich zum ersten Mal sehen, obwohl ich jetzt so viel über dich weiß. Damals, in meiner Zeitrechnung, war es umgekehrt: Du kanntest unsere gemeinsame Zukunft und hattest diese erste Begegnung schon hinter dir."

Ängstlich blickte sich der blonde Reisende, der plötzlich zitterte, um und legte für einen kurzen Moment den Kopf in die hellen Hände. Dann flüsterte er: „Ich habe Euch wirklich alles erzählt?"

Van Dyck grinste: „Ich hatte noch niemals ein so geschwätziges Modell wie dich. Aber wen wundert es: Du hast dir ja auch knapp 400 Jahre von der Seele geredet."

„Woher weiß ich, dass Ihr nicht lügt?"

„Du bist ein komischer Vogel. Wenn ich damals so wenig Vertrauen zu dir gehabt hätte wie du jetzt zu mir, wäre ich heute nicht hier, und du würdest jetzt da unten mit den Fischen spielen. Aber warte ..."

Van Dyck griff in sein Gewand und zog einen zusammengefalteten Bogen Papier hervor. Er entfaltete ihn genussvoll und hielt ihn dem immer noch am Boden Sitzenden vor die Nase. Staunend las Maximilian:

„Am 27. Dezember 1640 werde ich versuchen, mir auf der Fleute ‚Marian' auf dem Weg von Antwerpen nach London das Leben zu nehmen.
Gez. Maximilian Temper"

Van Dyck grinste: „Du wusstest damals schon, dass du mir nicht glauben würdest. Darum hast du mir im Jahr 1635 diesen Zettel gegeben."

Maximilian starrte auf das Blatt, auf das diese Botschaft ganz augenscheinlich mit seiner eigenen Handschrift geschrieben war. Und während die Buchstaben in der feuchten Luft zu zerlaufen begannen, streckte der Maler dem verdutzten jungen Mann die Hand hin.

„Komm hoch, es gibt einiges zu besprechen! Und wir haben nicht viel Zeit. In fünf Stunden verschwindest du wieder in meiner Vergangenheit. Los, wir wollen feiern wie zwei echte Ritter!"

Maximilian blickte den gut gelaunten Edelmann fragend an, dann zog er sich an der dargebotenen Hand hoch.

„Wieso habe ich Euch meine Geschichte erzählt?"

„Wahrscheinlich, weil du es nicht mehr ausgehalten hast. Weil du verzweifelt warst, so wie eben." Er griff sich theatralisch an die Stirn. „Nein, Unsinn, jetzt erst verstehe ich, was hinter all dem steckt: Du hast mir deine Geschichte damals erzählt, weil du ja durch unser heutiges Treffen schon darauf vorbereitet warst, weil du von nun an weißt, dass du sie mir im Jahr 1635 erzählen wirst. Ja, ich weiß, du hattest dir bislang immer fest vorgenommen, niemandem dein Geheimnis zu verraten, aber ein solches Schicksal kann keiner alleine bewältigen. Vielleicht hast du auch darum angefangen, alles aufzuschreiben …"

Maximilian unterbrach ihn: „Ich habe was?"

Van Dyck hob die Augenbrauen, weil ihm sein Gegenüber ins Wort gefallen war. Etwas gereizt sagte er: „Du hast deine Geschichte aufgeschrieben. Entschuldige meinen Ton, du kannst das ja noch nicht wissen. Es ist schwer, sich daran zu gewöhnen, dass wir beide in entgegengesetzter Richtung leben. Also, pass auf: Ich habe dir damals mehrere Seiten von meinem besten Zeichenpapier und eine wertvolle Feder gegeben. Das heißt für dich: Ich werde dir bald mehrere Seiten von meinem besten Zeichenpapier und eine wertvolle Feder geben. Sag mal, hörst du mir überhaupt zu?"

Der junge Mann sprach leise vor sich hin: „Wenn ich meine Geschichte aufschreibe, dann verstehe ich vielleicht endlich, warum das alles passiert. Es muss doch irgendeinen Sinn hinter meiner absonderlichen Existenz geben, irgendeinen Plan oder ein verborgenes System. So etwas Seltsames passiert nicht ohne Grund."

Maximilian ergriff die Hand des Malers: „Sir, Ihr habt mir mehr geholfen, als Ihr denkt."

Der andere erwiderte den Händedruck. „Ich weiß. Das wirst du mir bald noch einmal sagen. Das heißt: Wenn ich es aus meiner Perspektive betrachte, dann hast du es mir schon gesagt. Aber darum bin ich ja auch hier. Ich dachte, du könntest dich revanchieren."

Van Dyck legte den Arm um den Mann und führte ihn an die Treppe, die zu den Passagierkabinen hinunterführte.

„Du weißt vielleicht, dass ich mich auf meine alten Tage verheiratet habe. Aber es steht mit meiner Gesundheit nicht zum Besten. Sage mir, ob ich noch einen legitimen Erben zeugen werde."

Maximilian schwieg. Van Dycks Frau Maria würde eine Tochter bekommen und sie „Justiniana" nennen, eine Woche vor dem Tod des großen Malers. *Alle werden davon sprechen. Nur du wirst nichts mehr davon haben*, dachte er. Laut sagte er: „Ihre Frau wird bald schwanger werden."

„Na, ich werde mein Bestes dafür tun!"

Van Dyck schlug ihm fröhlich auf die Schulter und zeigte nach vorne, wo die Lichter eines Fischerortes durch das Dunkel leuchteten.

1. JAHR

Wer?

1635 Ich reise. Ich reise durch die Zeit, genauer gesagt, in die Vergangenheit. Ich tauche ein in die Geschichte und versuche verzweifelt, nicht darin unterzugehen. Denn so sehr ich mich auch dagegen wehre: Meine Uhr springt zurück, Tag für Tag, Nacht für Nacht. Unaufhaltsam falle ich durch die Jahre. Dafür muss es einen Grund geben, ich weiß nur noch nicht, welchen. Aber ich werde es herausfinden.

Der Künstler Antoon Van Dyck, den ich vor fünf Tagen an Bord des Fährschiffes „Marian" kennen gelernt habe, hat Recht behalten. Er behauptete, er habe mir einige Jahre zuvor geholfen, meine Erfahrungen aufzuschreiben. Und tatsächlich: Ich sitze in einem kleinen, verwinkelten Raum neben seinem Atelier und schreibe auf seinem Zeichenpapier mit einer Feder, die er mir geschenkt hat. Das ist ein gutes Gefühl. Zum ersten Mal seit dem Beginn meiner widersinnigen Wanderung habe ich ein Ziel: Ich werde alles aufschreiben, was mir auf den Stationen meiner Wanderung widerfahren ist, denn vielleicht stoße ich dabei auf eine Spur, einen Hinweis, irgendetwas, das mir hilft, das Unglaubliche zu verstehen. Wie warm es hier ist. Von allen Seiten starren mich Theatermasken an und lächeln über den einsamen Schreiberling, der sich an seiner Feder festhält wie an einem Rettungsring. Draußen schlägt eine Glocke, eins, zwei, drei, vier … zehnmal, und die Schläge hallen in dem dunklen Gewölbe nach.

Gerade ist mir bewusst geworden, welches Jahr wir heute haben: 1635. Ich wage kaum, diese Zahl noch einmal hinzuschreiben. Denn sie ist etwas Besonderes, ein kleiner Haltepunkt in meinem dahintreibenden Dasein. Heute bin ich genau 365 Tage in die Vergangenheit vorgedrungen, ein Jahr meines aus der Zeit gerissenen Lebens. Aber 365 Jahre der Geschichte, denn jeden Morgen, wenn ich aufwache, ist der Kalender genau um ein Jahr zurückgesprungen. Dann reibe ich mir jedes Mal die Zukunft aus den Augen und versuche, mich so gut wie möglich in der neuen Situation zurechtzufinden. Zum Glück hat sich in meiner Umgebung meist wenig geändert. Manchmal tauschen die Möbel ihre Position, Pflanzen schrumpfen zusammen und Farben leuchten kräftiger. Geografisch wache ich aber immer an dem Platz auf, an dem ich am Abend zuvor eingeschlafen bin. Darum habe ich so große Angst, die Zeit um Mitternacht auf einem Schiff zu verbringen. Die Wahrscheinlichkeit, dass sich ein Jahr vor meiner Abfahrt an der Stelle meines „Zurück", wie ich diesen unerklärlichen Sprung für mich nenne, gerade wieder ein Fahrzeug befindet, ist doch eher gering, und ich konnte noch nie besonders gut schwimmen. Mein Sportlehrer hat mir damals sogar abgeraten, irgendein Abzeichen, ich glaube, es hieß „Seepferdchen", zu machen, weil ich im Wasser immer wie ein Walross schnaubte. Das ist ewig her. Nein! Das stimmt nicht ... ich werde mich wohl nie daran gewöhnen, es richtig auszudrücken: Das ist nicht ewig her, das wird erst in einer Ewigkeit passieren. Da ich in der Zeit zurück reise, ist meine Vergangenheit die Zukunft der Welt und umgekehrt: Die Vergangenheit der Welt ist meine Zukunft. Ich weiß im Jahr 1635 ganz genau, was im Jahr 1640 passieren wird, denn von dort komme ich; die Menschen aber, die ich dann treffe, wissen sehr genau, was mich im Jahr 1630 erwartet, denn diese Zeit haben sie schon hinter sich. Wir nähern uns einander aus entgegengesetzten Richtungen – und ich bin der, der die Zusammenstöße vermeiden muss. Wenn ich erst einmal weiß, wer (oder was) hinter dieser Reise steckt, dann wird es mir auch leichter fallen, sie zu ertragen.

Ich werde mehr Tinte brauchen.

Ich kam nach London, weil ich dem Dreißigjährigen Krieg ausweichen wollte. Ich hatte keine Lust, mich mit diesem ganzen politischen Unsinn zu beschäftigen. In Europa wütet das Böse und trägt dabei wechselweise katholische oder protestantische Kleider, während sich England geschickt aus den Wirrungen heraushält.

Wenn man wie ich die Geschichte im Zeitraffer und zugleich im Rückwärtsgang erlebt, verliert vieles an Bedeutung. Ich verbringe in jedem Jahr nur einen Tag und werde dann schon wieder herausgerissen. So rast die Historie an mir vorbei und beraubt sich damit selbst ihrer Bedeutung. Warum sollte ich etwas ernst nehmen? Ein Menschenleben währet 70 Tage, und wenn's hoch kommt, so sind es 80 Tage, und am Ende bleibt nichts als Angst, Elend und Hoffnungslosigkeit. Es ist doch alles sinnlos. Jeder Lichtblick, den ich erhasche, weist nur auf den nächsten Schatten. Mitte diesen Jahres wird es beispielsweise so aussehen, als könnte der Friede von Prag zwischen dem Kaiser und den Sachsen den unseligen Konflikt der Konfessionen endlich zu einem guten Ende führen. Die Menschen schöpfen Hoffnung, Feste werden gefeiert und Freudentränen vergossen – aber ich weiß ja, dass das verheerende Chaos des Krieges noch 13 weitere Jahre durch die Länder ziehen und eine Spur des Elends hinterlassen wird. Der Friede ist nur von kurzer Dauer: Frankreich schlägt sich plötzlich auf die Seite der Schweden und erklärt Spanien den Krieg. Man kann nichts tun, als davonzulaufen.

Außerdem geht es all diesen heiligen Herrschern schon lange nicht mehr um den rechten Glauben. Sie benutzen die Religion, um ihren

Einfluss zu vergrößern. Europa wird zu einem riesigen Sandkasten, in dem die verschiedenen Mächte gegen das Haus Habsburg im Burgenzerstören antreten und dabei beliebig viele „Ameisen“ zerstampfen. Ich kam zum Glück rechtzeitig hier an. So früh, dass ich die vielen Schlachtfelder dieses barbarischen Krieges nicht mehr kreuzen musste, und so spät, dass ich mit der verheerenden Londoner Pestepidemie von 1665 nicht in Berührung kam. Das ist einer der Vorteile, wenn man in die Vergangenheit reist. Man weiß rechtzeitig, ob etwas Übles auf einen zukommt.

Heute Morgen bin ich früh in der zugigen Bauhütte aufgewacht, in der ich zur Zeit arbeite. Ein Bretterverschlag voller schnarchender Einzelgänger, in dem das Röcheln und Schnauben langer Arbeitstage weitergeht und mit dem knisternden Geräusch des Ofens konkurriert. Der Geruch alter, verschwitzter Kleider lehnt an der Wand und grinst einen an. Natürlich gab es wieder verwirrte Blicke, wie jeden Morgen, wenn ich für alle überraschend in einer Gruppe auftauche: „Wo kommt denn der her? Was will der hier?“ Aber Handwerker sind zum Glück Zeitgenossen, die viel arbeiten und wenig fragen, wenn man sie in Ruhe lässt. Und ich sage ohnehin immer das Gleiche: „Ich bin heute Nacht eingetroffen, ich soll bei eurem Schaffner als Schreiber anfangen.“

Da ich in der Regel den Namen des Schaffners, der sich als Leiter der Bauhütte um die Abrechnungen kümmert, und einige seiner Bekannten schon aus der Zukunft kenne, fällt es mir nicht schwer, die verjüngten Arbeiter jeden Morgen neu von der Richtigkeit meines Daseins zu überzeugen. Manchmal erinnert sich jemand daran, dass ich schon vor einem Jahr für einen Tag mitgearbeitet habe, und runzelt die Stirn. Das verblüfft und verunsichert mich immer wieder. Die Tatsache, dass ich in die Vergangenheit reise, bedeutet natürlich auch, dass ich in einem Jahr Menschen begegnen kann, die mit mir in vorhergehenden Jahren Erfahrungen gemacht haben, aber ich gewöhne mich nicht daran, mit den fragenden und wiedererkennenden Blicken richtig umzugehen. Es ist mir peinlich, nicht reagieren zu können. Bisweilen schließt mich sogar ein strahlender Fremder in die Arme, weil er sich freut, mich wieder zu sehen, und ich versuche dann, aus seinen Worten herauszuhören, was wir gemeinsam in seiner Vergangenheit erlebt haben. Gleichzeitig sehne ich mich nach diesen bescheidenen Augenblicken, weil sie mir vermitteln, dass ich nicht ganz ohne Beziehungen lebe. Dass Van Dyck mir das Leben gerettet hat, war sicher die schönste Botschaft aus der Vergangenheit, die ich bisher erhalten habe. Meist vergessen die knurrigen und vor Dreck starrenden Bauarbeiter aber schnell, dass ich schon einmal einen Tag lang mit ihnen Arbeit und Nachtlager geteilt habe. Weggeschickt hat mich in all den Jahren jedenfalls noch keiner. Und wenn, dann wäre es auch nicht tragisch. Ein Kuriosum wie mich kann nichts mehr umwerfen. Schon gar nicht in London.

Hier fühle ich mich wohl. Erstens tut es mir gut, endlich wieder einmal in einer Großstadt zu sein – 420 000 Einwohner findet man zu dieser Zeit nur selten –, und außerdem wird hier gebaut wie nie zuvor. Überall ragen die Gerippe halbfertiger Architektenträume aus dem Boden und schauen den Betrachter mit ihren hohlen Augen an. Nur die vielen herumwerkelnden Männer lassen hoffen, dass aus den Knochengerüsten bald mit Leben gefüllte Wesen werden. London erschafft sich neu. Da findet ein Tagelöhner leicht etwas zu essen und einen warmen Schlafplatz für die Nacht. Ganz gleich, wo man durch die Randgebiete dieser atmenden Stadt geht, man muss aufpassen, dass man nicht aus Versehen in eine Baugrube fällt. Erst nach dem September 1666, in dem 13 000 Holzhäuser und 73 Kirchen von einer Feuersbrunst vernichtet werden, wird London wieder einer solchen Baustelle gleichen.

Mir bereitet es eine kleine Befriedigung, wenigstens für einen Tag im Jahr an etwas Bleibendem mitarbeiten zu können. Wenn mein Leben auf den Kopf gestellt ist, dann möchte ich zumindest in dem, was ich tue, Spuren hinterlassen. Darum höre ich sehr genau hin, was die Menschen erzählen, lausche, was sie beschäftigt und beeindruckt. So wie ich es bei meiner Ankunft im Hafen getan habe. Und eines flüstert man dort in jeder Spelunke: Der Earl von Bedford baut den ehemaligen Garten der Westminster Abbey, Covent Garden, zu einer exklusiven Wohngegend um. Ein ehemaliger Klostergarten verwandelt sich in ein Nobelviertel. Davon hatte ich bereits in Antwerpen einige Fachleute schwärmen hören und mich deswegen nach der Bestätigung vor Ort direkt dorthin gewandt. Jetzt helfe ich mit, Covent Garden zu bauen, den Stadtteil, den ich früher bei keinem Londonbesuch ausgelassen habe. Das Einzige, was mich deprimiert, wenn ich längere Zeit auf einer Baustelle arbeite, ist die Tatsache, dass ich jeden Tag mit ansehen muss, wie die fast fertigen Gebäude sich wieder in ihre Einzelteile verwandeln. Auch wenn ich im Jahr 2000 zeigen könnte, welchen Stein ich zu einem Palast beigetragen habe, bin ich zur Zeit nur Zeuge des Abbaus. Jeden Morgen, wenn ich aufwache, ist die Arbeit eines ganzen Jahres ungeschehen gemacht worden, und ich blicke traurig auf die bedauernswerten Gebilde, die ich ja schon fast vollendet betrachten durfte. Und dann frage ich mich natürlich um so mehr, warum etwas mit mir passiert, das scheinbar keinen Sinn ergibt.

Aber ich muss mehr über mich erzählen, sonst komme ich dem Geheimnis meiner Reise nicht auf die Spur. Leider weiß ich noch nicht, wie ich es anfangen soll. Am besten schreibe ich auf, was heute passiert ist, denn das ist ganz gewiss der erste Schritt gewesen.

Ich war heute Morgen sehr neugierig, wie und wann ich Van Dyck treffen würde, und zum ersten Mal seit langer Zeit lief ich wieder aufgeregt umher. Schon beim Frühstück, bei dem wir alle in der muffigen Bauhütte einen körnigen Brei hinunterschlangen, lehnte sich der Werkmeister, ein ungepflegter Kerl mit glasigen Augen, plötzlich mit einem triumphierenden Lächeln zurück und schlug mit einem Löffel gegen seine tönerne Schale: „Es wäre schön, wenn ihr faulen Säcke heute ausnahmsweise mal fleißig ausseht. Mister Jones kommt zu Besuch!"

Lautes Stöhnen ertönte. Ein Steinmetz, den ich aus den folgenden Jahren kannte, lachte künstlich und knurrte: „Es wird genauso ablaufen wie immer: Unserem Bau-Meister ist doch ohnehin alles zu verspielt, was wir machen. Es kotzt mich an. Erinnert ihr euch an das letzte Mal, als er die Ehre hatte, uns zu visitieren: ‚Ich wünsche schlichtere Formen, klar, streng und nobel. Nicht diese katholische Überfrachtung.' Und dann erzählt er wieder stundenlang von Palladio. ‚Lasst es uns machen wie Palladio!' Palladio holladio! Ich kann es nicht mehr hören. Palladio, der große Wiederentdecker der alten Formen. Palladio hier, Palladio da. Warum ist Mister Jones nicht in Venedig oder Rom geblieben, wenn ihm der antike Kram der Vorgeschichte besser gefällt als die künstlerischen Formen unserer Zeit!"

Der Werkmeister rülpste genüsslich, und man sah ihm an, dass er die Meinung des aufgebrachten Handwerkers zwar teilte, aber schon kannte. In diesem Moment öffnete sich der mit groben Latten versperrte Eingang ein Stück und Van Dyck blickte in den Raum. Er rümpfte die Nase und blieb in der halboffenen Tür stehen, sodass der Wind ungehindert durch den Raum ziehen konnte. Herrisch fragte er: „Ist Inigo Jones schon hier gewesen?"

Der Werkmeister sprang auf, wischte sich die Hände an der Hose ab und machte einen Schritt auf den Maler zu, was diesen unwillkürlich zurückweichen ließ.

„Er wird jeden Augenblick hier sein, Sir!"

„Wenn er kommt, sag ihm, dass ich vor dem Kirchenportal auf ihn warte!"

„Gerne, Sir, äh, Sir ..." Der diensteifrige Vorarbeiter öffnete überraschend den Mund zu einem breiten Grinsen, bei dem eine Reihe abgebrochener Zähne sichtbar wurde. „Man sagt, Ihr macht nicht nur religiöse Bilder, sondern seid auch ein Meister der erotischen Malerei. Könntet Ihr nicht einmal eine unverhüllte Schönheit auf die Wand unserer kleinen Hütte hier malen? Eine mit großen ... na, Ihr wisst schon. Warum guckt Ihr denn so? Eine keusche Jungfrau natürlich!"

Die Männer krümmten sich vor Lachen, während Van Dyck rot anlief und wortlos die Tür hinter sich zuschlug. Der Werkmeister prustete: „Na, das geschieht ihm recht, dem eingebildeten Laffen. Dem Ritter im feinen Zwirn. Habt ihr sein Gesicht gesehen? Wie ein Pferd mit Durchfall."

Wieder grölten die Männer, und es gelang mir, mich durch die derbe Heiterkeit nach draußen zu schleichen. Van Dyck stand neben dem kleinen Verschlag mit den Werkzeugen, puderte sich erregt die Nase und blickte mit verspanntem Hals in die Ferne.

Da er mir an Bord der „Marian" erzählt hatte, wie das Bild aussah, das er von mir malen würde, sprach ich ihn vorsichtig an: „Entschuldigt meine Unverfrorenheit, Sir, aber ich würde mich gerne als Modell zur Verfügung stellen."

Er musterte mich von oben bis unten und verzog dann den Mund zu einem verächtlichen Grinsen: „Wofür? Für den Esel in einem Krippenbild?"

Idiot, dachte ich. „Nein, Sir, für irgendein Bild eben!"

Er hustete in ein spitzenbesetztes weißes Taschentuch und sagte dann mit drohendem Unterton: „Hör zu. Die eine Hälfte Londons möchte von mir gemalt werden und wartet darauf, dass ich für sie Zeit habe. Die andere Hälfte möchte das auch, kann es aber nicht bezahlen. Ich werde also für einen Habenichts wie dich keine Leinwand verschwenden. Und jetzt lass mich in Ruhe."

Er drehte sich demonstrativ um und sah nach einer halben Minute erstaunt in meine Richtung, weil ich immer noch am gleichen Fleck stand.

„Ich habe gesagt, du sollst verschwinden!"

„Ich kann in die Zukunft sehen!"

„Ach! Und die Erde ist eine Kugel, die um die Sonne fliegt! Gibt es eigentlich überall nur noch Verrückte?"

Er blickte mich verächtlich an und ging Richtung Baustelle davon. Mir wurde mulmig. Eigentlich war ich immer bemüht gewesen, mich aus der Geschichte herauszuhalten. Was sollte ich jetzt machen? Ich hatte von Anfang an große Angst, dass ich Einfluss auf Dinge nehmen könnte, die den Lauf der Welt verändern. Ein scheinbar belangloses Wort zur falschen Zeit ist in der Lage, alles durcheinander zu bringen. Jemand ändert seine Meinung, geht einen neuen Weg oder bekommt Angst – und plötzlich schlägt die Geschichte einen neuen Kurs ein.

Wobei ich ehrlicherweise sagen sollte, dass ich nicht immer so vorsichtig gewesen bin. Zu Beginn meiner Reise in die Vergangenheit habe ich zum Beispiel eine Zeit lang mit dem Gedanken gespielt, Adolf Hitler zu töten. Es wäre ein Leichtes gewesen, dem Säugling oder dem Schulkind Adolf aufzulauern und das Jahrhundert etwas menschlicher zu machen. Aber dann wurde ich unsicher, denn ich wusste nicht, ob das überhaupt funktionieren würde. Ich hatte meine Reise ja zu einer Zeit begonnen, in der bereits bekannt war, wie das Dritte Reich verlaufen würde. Außerdem: Wer gab mir das Recht, mich zum Richter aufzuspielen? Ich hätte vielleicht nicht so viel grübeln sollen. Tatsache ist: Ich brachte es nicht fertig. Zumindest habe ich mir das damals eingebildet. Wahrscheinlich ist der eigentliche Grund aber viel einfacher: Ich war zu feige. Ich wollte die Verantwortung nicht übernehmen. Das war noch nie meine Stärke gewesen. Ich konnte ja noch nicht einmal Entscheidungen für mich selbst fällen, wie sollte ich es dann für die Weltgeschichte tun? Im jetzigen Fall allerdings wusste ich auf Grund unseres Zusammentreffens auf der „Marian", dass ich Van Dyck näher kennen lernen würde, also lief ich ihm nach

„Sir, schaut mich doch einmal in Ruhe an. Vielleicht fällt Euch ja doch eine Möglichkeit ein, mich zu verwenden."

Er drehte den Kopf angewidert über die Schulter, spielte mit der Kette, die über seinem Wams hing, und winkte zwei Maurer heran. „Haltet mir diesen Irren vom Leib."

Ehe ich mich versah, packten mich die Männer und zogen mich zur Seite. Ich rief, so laut ich konnte: „Ihr werdet ein Bild malen, Sir. Darauf sieht man den König mit Reitknecht und Page. Ich kann es Euch beschreiben."

Die Maurer waren einen Augenblick unachtsam, sodass ich mich losreißen und auf Van Dyck zulaufen konnte. Als ich ihn fast erreicht hatte, traf mich ein schwerer Schlag von hinten, und ich verlor das Bewusstsein.

Als ich wieder zu mir kam, lag ich auf einem Strohsack in einem großen Saal. An den Wänden standen und lagen unzählige halbfertige Bilder, die die gezackten Tapetenmuster verdeckten. In der Mitte des Raumes stand eine Staffelei, die von der anderen Seite durch unzählige Kerzen erhellt war.

Van Dyck musste eine meiner Bewegungen gehört haben, denn er kam hinter der Leinwand hervor und blendete mich mit einer Kerze, die unter einem Glassturz stand, sodass ich die Augen zusammenkneifen musste. Er betrachtete mich eine Zeit lang kritisch, dann murmelte er mit zusammengekniffenen Lippen: „Beschreibe dieses Bild, von dem du gesprochen hast!"

Ich schluckte und versuchte, mich daran zu erinnern, was der Künstler mir über das Bild erzählt hatte. Ich richtete mich auf, sackte aber wieder zusammen, als ein stechender Schmerz durch meinen Kopf fuhr.

Leise sagte ich: „Das Bild zeigt auf der linken Seite den König mit seinem Degen und einem Spazierstock. Auf der rechten Seite steht ein Pferd, das so aussieht, als ob es lacht. Ein Reitknecht hat seinen Arm auf den Rücken des Tieres gelegt, während ein junger Mann hinter ihm gedankenverloren, nein, eher fragend, in die Ferne schaut."

Die Augen des Malers verengten sich: „Welche Farbe hat das Pferd?"

„Es ist weiß!"

„Welche Farbe hat die Hose des Königs?

„Sie ist rot!"

Van Dyck packte mich brutal am Ärmel und zog mich hoch. Er stieß mich so schnell vorwärts, dass ich fast gestolpert wäre. Plötzlich griff seine Hand in meine Haare und drehte meinen Kopf zu dem Bild, an dem er eben gearbeitet hatte.

„Wie bist du hier hereingekommen?"

Ich schwieg. Auf der Staffelei stand das Gemälde von König Charles. Es sah eigentlich genau so aus, wie ich es beschrieben hatte, obwohl das Licht aus einem anderen Winkel zu kommen schien. Erst auf den zweiten Blick entdeckte ich den entscheidenden Unterschied: Auf der Leinwand waren nur der König und der Reitknecht zu sehen. Ich fehlte darauf.

Van Dyck schüttelte mich: „Niemand darf meine Bilder betrachten, bevor sie fertig sind. Ich hasse das, hörst du, ich ertrage es nicht. Das wissen sogar meine geringsten Diener. Also: Wie bist du hier hereingekommen?"

Ich packte seinen Arm und befreite mich aus dem schmerzhaften Griff.

„Sir, ich habe offensichtlich das falsche Bild beschrieben. Also kann ich nicht hier gewesen sein. Auf diesem Gemälde sind nur zwei Männer, ich habe aber von dreien gesprochen. Auf meinem Bild sieht man drei Männer. Hier fehlt der Dritte – Ihr seid also, mit Verlaub, im Irrtum. Ich weiß auch gar nicht, warum Ihr Euch so aufregt ..."

Van Dyck starrte ins Leere. Er hatte mir gar nicht zugehört, darum hörte ich auf zu reden und blickte in sein konzentriertes Gesicht. Unbewusst massierte er sich mit der linken Hand das Ohrläppchen. Er nahm ein Stück Kohle vom Tisch und begann, mit schnellen Strichen etwas zu skizzieren. Nach einigen Minuten murmelte er leise vor sich hin: „Nicht zwei Figuren, nein, drei, das ist gut, das ist richtig gut. Drei Personen, drei Elemente und Ideen, die irgendwie zusammengehören: Geist, Seele, Körper. Vater, Sohn, Heiliger Geist. Denken, Träumen, Handeln. Zukunft, Vergangenheit, Gegenwart. Drei in einem. Drei Männer können zusammen die ganze Welt sehen, jeder 120 Grad. Jeder braucht die anderen und doch herrscht einer über sie. Er verkörpert die Macht des Augenblicks, die Herrschaft des Hier und Heute. Denn die Gegenwart ist die Königin des Seins. Darum muss einer dem Betrachter ins Gesicht sehen. Er, der König, der oberste Regent der Gegenwart, ragt heraus – er ist präsent, er bestimmt, er hat das Jetzt im Griff, während die anderen nach vorne und zurück schauen und darin versinken. Das gegenwärtige Sein steht im Vordergrund, der Blick zum Morgen ist der Blick des aktiven Arbeiters, während der gut gekleidete Page ins Gestern schaut. Die Vergangenheit steht im Hintergrund, die Zukunft bleibt der Gegenwart ebenbürtig, doch von ihr abhängig. Das Licht kommt von schräg hinten, es strahlt auf den Herrscher, der aber seinerseits den wärmenden Mantel des Pagen braucht, wenn er nicht erfrieren will. Es ist kalt ohne Vergangenheit. Und man kommt nicht vorwärts, wenn einem nicht die Träume mit schnellen Hufen voraneilen. Darum hat die Zukunft mit ihrem schattigen Gesicht ein schnelles Reittier an der Hand. Das ist der Lauf der Zeit. Stell dich da hin!"

Er deutete bestimmt auf einen Punkt hinter der Staffelei und wandte sich zu seiner Palette, die auf einem kleinen Schemel lag und im Licht der Kerzen glitzerte.

Ich verstand ihn nicht sofort: „Was ist los?"

Der Maler wiederholte seine Bewegung: „Du hast Recht. Ich weiß nicht warum, aber du hast Recht. Das Bild stimmt so, wie es jetzt ist, nicht. Seit Tagen überlege ich, was mir nicht gelungen ist, warum es mir nicht gefällt. Jetzt weiß ich es: Das Entscheidende fehlte. Zwei Figuren zeigen immer ein Gegeneinander, wenn es drei sind, beginnt das Ganze zu leben. Ich mache aus einem Königsporträt ein Meisterwerk über die

Zeit. Zwischen Hell und Dunkel, zwischen die leuchtende Gegenwart und die fordernde Zukunft, zwischen König und Reitknecht drängt sich der fahle Schein dessen, der weiß, wo alles herkommt. Denn was ist die Gegenwart ohne die Vergangenheit? Ich werde dich in das Bild einbauen. Du bist die Vergangenheit. Ich muss dich allerdings kleiner malen als in der Realität, denn du bist ja fast einen ganzen Kopf größer als der König, aber das bekomme ich schon hin. Also, stell dich da hin!"

„Nein!"

Van Dyck blickte auf, als habe er ein Wort vernommen, das noch nie an sein Ohr gedrungen war.

„Bist du jetzt wahnsinnig geworden? Vorhin wolltest du doch unbedingt …"

„Ich bin gern bereit, Modell zu stehen, ich stelle nur eine Bedingung: Ich will euch dabei eine Geschichte erzählen dürfen."

Der Maler hob die Augenbrauen: „Normalerweise bevorzuge ich zwar Musik beim Arbeiten, aber wenn du beim Erzählen einigermaßen ruhig bleiben kannst, soll es mir recht sein."

So stand ich da, Stunde um Stunde, und blickte zurück in die Zeit, in meine Zeit, in die Jahrhunderte, die der Welt noch bevorstanden. Und ich ließ all das hervorströmen, was mir seit nunmehr 365 erlebten Jahren den Verstand rauben wollte, meine ganze Angst, meine Ruhelosigkeit und meine Verzweiflung. Irgendwann hörte Van Dyck auf zu arbeiten und ließ uns etwas zu essen bringen. Er, der große Hofkünstler, das Wunderkind, das schon als junger Mann oberster Assistent von Peter Paul Rubens war, lauschte einem ratlosen Bauarbeiter, der durch widrige Umstände in sein Atelier gekommen war. Ich hatte ihm geholfen, er half mir. Und es tat unendlich gut, zu schimpfen, zu wüten, zu schreien, zu weinen und diesen Sack voller Fragen, der sich während meines selbst verordneten Schweigens in meiner Seele angefüllt hatte, zu öffnen.

Anfangs war der Drang, Worte zu finden, so groß, dass meine Erlebnisse wohl sehr wirr geklungen haben müssen. Ich holte Erinnerungen und Gefühle aus 365 Jahren hervor und warf sie meinem ersten Zuhörer hin. Van Dyck ließ mich gewähren, zwei, vielleicht drei Stunden lang. Dann unterbrach mich der Künstler das erste Mal, sehr vorsichtig, ja fast zärtlich: „Wie fing alles an?"

1999 Ich kann mich noch an die Farbe des Kleides von Anna erinnern. Ein dunkles Blau mit eingesponnenen Silberfäden. Sie hatte es schon im vergangenen Jahr an Silvester getragen, weil ich es liebte, ihren nackten Rücken zu betrachten. Ich traf sie vor dem Haus, als sie gerade aus ihrem Polo stieg. (Van Dyck stutzte, also sagte ich: „Eine Kutsche ohne Pferde".) Ich hatte nicht gewusst, dass sie auch zu dieser Party („Hofball") kommen würde, und fühlte mich unbehaglich. Aber wenn man sich nach fünf Jahren trennt, hat man nun einmal noch einige Zeit den gleichen Freundeskreis.

Anna war unsere Beziehung nach einiger Zeit zu eng geworden, meine Lust am Heiraten, meine enge Welt der Altphilologie („Magister der alten Sprachen"), mein Eingebundensein in die „existenzverneinende" Welt der Universität, wie sie es immer nannte, das Dahinvegetieren mit einer halben Assistentenstelle („Dasein als Adlatus"), mein zusätzliches Jobben auf dem Bau („Arbeit im Baugewerbe"), meine fruchtlose Forschungsarbeit über den „Humor als Mittel der Zeitkritik. Sprachmuster in den Satiren Lukians", in der ich nachweisen wollte, dass der feixende Dichter des zweiten Jahrhunderts bewusst die erzählerischen Traditionen seiner Epoche aufgenommen hatte, um durch diese Verfremdungen die damaligen Stil- und Kunstformen als Farce zu entlarven.

Anna fand, dieses Thema sei reine Zeitverschwendung, Lebensverschwendung. Immer wieder fragte sie gehässig: „Was wird sich in der Welt ändern, wenn dein Buch erscheint? Gibt es nur einen Menschen, der dadurch ein bisschen glücklicher wird?"

„Ich!", sagte ich dann beleidigt, aber das war zu einer Zeit, als wir schon anfingen, unsere Argumente zu wiederholen. Ich wusste, was ihr an mir missfiel, sie wusste, was mir an ihr missfiel, und keiner von uns dachte daran, etwas Grundlegendes zu ändern. Nein, das stimmt nicht. Wir litten beide unter den andauernden Streitereien, die sich immer an Kleinigkeiten aufhingen und dann mit Tränen endeten, aber trotzdem machte keiner den ersten Schritt zu einer Verbesserung der Situation. Denn es gab immer wieder wundervolle Momente, in denen wir das Gleiche dachten und fühlten. Aber sie wurden seltener. Wäre es nach mir gegangen, hätte sich wahrscheinlich nie etwas geändert, doch dann fand Anna, es sei einfach Zeit, die Beziehung zu beenden, bevor ich sie mit in mein „selbstgeschaufeltes Akademikergrab" zöge. Wäre unsere Trennung zu dieser Zeit nicht erst drei Monate her gewesen, drei Monate voller Selbstmitleid und Zerknirschung, dann hätte ich sicherlich anders reagiert.

„Was machst du denn hier?“, fuhr ich sie unfreundlicher an, als ich wollte. Anna wühlte noch einen Augenblick im Handschuhfach und schlug dann die Tür fester zu, als nötig gewesen wäre.

„Karsten gehört zu meinen Freunden, falls du das vergessen hast“, blaffte sie zurück. Damit hatte sie zweifelsohne Recht. „Außerdem kann ich den Jahrtausendwechsel feiern, mit wem ich will. Schließlich habe ich die letzten vier Jahre auch in diesem Kreis gefeiert.“

„Schon gut, entschuldige. War nicht so gemeint. Ich … äh … wusstest du, dass ich auch eingeladen bin?“

Sie hatte sich wieder gefangen und sah mich herausfordernd an: „Ja, ich dachte, wir wollten Freunde bleiben, da werden wir doch ohne Streit auf diese Party gehen können. Letztes Jahr ging es ja auch.“

Sehr lustig, dachte ich, *da waren wir ja auch noch zusammen!*

Mir fiel nichts mehr ein, obwohl ich seit unserer Trennung in meiner Fantasie sicherlich hundert Gespräche mit ihr geführt hatte, in denen ich endlich all das sagen konnte, wofür mir in ihrer Gegenwart die Worte fehlten. Sie blickte ein bisschen mitleidig auf meinen alten Anzug, rückte den Träger ihres Kleides zurecht und ging vor mir ins Haus.

Ich war sehr melancholisch an diesem Abend. Nicht nur, weil mein Blick immer Anna suchte. Für mich schien sie unübersehbar. Anna lachend mit einem Glas Sekt in der Hand. Anna mit einer Rose im Haar, die ihr ein angetrunkener Kollege dorthin gesteckt hatte. Dabei wusste ich genau, dass sie sich nichts aus Blumen machte. Sie war eines Tages damit herausgerückt, nachdem ich sie wochenlang mit Rosen überschüttet hatte, die immer wortlos in eine Ecke gestellt wurden. Anna mit attraktiven Männern, in ein angeregtes Gespräch vertieft. Anna mit diesem glücklichen Lachen, das wie eine sanfte Welle über ihr Gesicht floss und alle Ängste und Trübungen mit sich nahm, dieses Lachen, von dem ich immer geglaubt hatte, es sei nur für mich bestimmt. Manchmal hatte ich den Eindruck, dass sie und ihr jeweiliges Gegenüber die Einzigen waren, die diesen Abend genossen.

Karsten zog mich nach dem Essen in die Küche, hielt mir einen Teller mit Käse hin und setzte eine aufmunternde Miene auf: „Sie macht das, weil sie traurig ist.“

„Na, so sieht sie aber nicht aus! Sie scheint sich prächtig zu amüsieren.“

Er musterte mich, als müsse er überlegen, was er jetzt am besten sagen könnte. Schließlich meinte er optimistisch: „Ich bin sicher, dass sie ihren Entschluss bereut.“

„Da habe ich aber etwas ganz anderes gehört!"

„Du meinst die Geschichte mit Frank? Das ist doch schon längst wieder vorbei. Sie war traurig und er hat sie getröstet. Was glaubst du, wie viele Beziehungen auf diesem Wege entstehen? Aber so blöd ist Anna nicht. Die hat schnell genug gemerkt, dass man nicht so einfach eine neue Beziehung anfangen kann. Weißt du übrigens, was das Verrückte an neuen Beziehungen ist?"

Ich wollte in diesem Augenblick weder weise Ratschläge noch Unterhaltung, fand es aber unhöflich, nicht zu antworten. Also sagte ich mürrisch: „Nein!"

Karsten lachte: „50 Prozent davon sind auf jeden Fall alt, denn du bist wieder dabei! Clever, gell? Habe ich neulich irgendwo gehört. Aber mal ganz im Ernst. Wenn du Anna noch liebst, dann solltest du dir ein bisschen mehr Mühe geben!"

„Und was heißt das konkret, Dr. Sommer?"

Er senkte verschwörerisch die Stimme, konnte aber ein Lächeln nicht unterdrücken: „Was meinst du, warum sie dein Lieblingskleid anhat? Geh ran, sie wartet doch nur darauf."

„Na, ich weiß nicht!"

Ich war an diesem Abend nicht zum Flirten aufgelegt. Alles wirkte trübe und undurchsichtig. Die Party, die Menschen, die Gespräche und das Gelächter, das wieselflink durch den Raum stob, um sich dann hinter einem der Bücherregale zu verstecken. Ich trieb in diesem zerfaserten Dasein wie eine Qualle, die vergeblich gegen die Meeresströmungen ankämpft. Irgendwie zerrann die Zeit in meinen Händen. An der Ursache gab es keinen Zweifel: Es war der Silvesterabend 1999. Natürlich wusste ich, dass der Jahrtausendwechsel ein willkürliches Datum ist, bei dem sich die Historiker wahrscheinlich so oft verrechnet haben, dass wir eigentlich 2 000 Jahre nach der Einschulung Jesu feiern. (Van Dyck hob die Augenbrauen.) Und trotzdem bekam ich plötzlich Angst, dass Anna Recht haben könnte.

Wozu brauchte die Welt eine Arbeit über den Humor Lukians? Und hatte nicht auch meine Mutter Recht, die bei allen Familientreffen spitz fragte, wann denn ihr 35-jähriger Sohn gedenke, gediegen und anständig zu werden. Für sie hieß das vor allem eines: Enkelkinder zeugen. Plötzlich schien alles, wofür ich bisher gearbeitet hatte, so unwichtig zu sein. Als würde eine ausgehungerte Zecke mit einem Mal ahnen, dass die Welt doch aus mehr als aus Wärme und Buttersäure besteht. Ich fühlte mich verloren. Karsten versuchte mehrfach, mich zu Anna zu schicken, aber ich saß den ganzen Abend lang stumm in einer Ecke und tat so, als würde mich seine CD-Sammlung („Verewigte Musik“) ungemein interessieren.

Um fünf vor zwölf knallten im ganzen Haus die Korken der Sektflaschen („Champagner“), und wir liefen mit unseren Gläsern in den kleinen Garten, um zu sehen, wie sich die Nacht über uns in ein Lichtermeer verwandelte. Frankfurt im Glanz der Verschwendung. Die Stadt hieß das neue Jahrtausend willkommen. Mir war schlecht. Eine Minute vor zwölf nahmen wir uns an den Händen, nein, man nahm sich an den Händen, denn auf einmal stand Anna neben mir, und wir zählten miteinander die Sekunden von 60 bis 0. Es war ein langer Abschied. Ich sehnte mich ganz weit weg, hätte aber niemals sagen können, wohin. 35 Jahre zerrten wie eine einzige Frage an mir, und ich war nicht in der Lage, sie zu beantworten. Ich erinnere mich noch, dass mir in diesem Moment der Gedanke durch den Kopf schoss, ob ich wohl jemals trauriger gewesen war.

Vor allem, als mir auffiel, dass Anna und ich diesmal um null Uhr zusammen sein würden. Trotz unserer gescheiterten Beziehung. Im vergangenen Jahr, als wir noch ein Paar gewesen waren, hatten wir uns nämlich beide so intensiv mit verschiedenen Bekannten unterhalten, dass wir den eigentlichen Jahreswechsel getrennt verbrachten. Sie hatte im Garten gestanden, ich vor dem Haus, und jeder hatte dickköpfig darauf gewartet, dass der andere sich auf den Weg machte. Vor Wut war ich daraufhin erst einmal für zehn Minuten auf der Toilette verschwunden, um meiner verbohrten Freundin aus dem Weg zu gehen. Und sie hatte später so getan, als sei nichts gewesen. Aber das ist eben Anna, so war Anna, nein, so wird Anna sein: Sie ignoriert alles, was ihr nicht passt. Und irgendwann, schon drei Monate lang, genauer gesagt, gehörte eben auch ich zu den Dingen, die sie übersah.

Die Stimmen wurden lauter, denn jetzt blieben nur noch zehn Sekunden bis zum neuen Jahrtausend. Zehn, neun, acht … Es war, als würde mein Leben ausgezählt, der geschlagene Kämpfer liegt am Boden, ohne zu wissen, gegen wen er verloren hat, und der Schiedsrichter lässt die Zahlen über diese Niederlage triumphieren. Sieben, sechs, fünf … Die anderen Gäste strahlten sich an und mir wurde schwarz vor Augen. Vier, drei … Ich musste mich an Anna festhalten, deren vor Freude geöffneter Mund bei einem kurzen klaren Blick so aussah, als wollte er mich verschlingen. Ich war wie in einem Vollrausch, dabei hatte ich den ganzen Abend nur ein Glas Wein getrunken. Zwei, eins, null …

Ich spürte, wie etwas zerbrach. Irgendwo in mir. Ein störendes Knacken, lautlos und doch so, als ginge nun ein Riss durch mich hindurch oder als hätte ich einen Sprung bekommen. Einen Augenblick lang hatte ich das Gefühl, ich fiele ins Nichts, stürzte haltlos in den Abgrund. Ich habe keine Ahnung, wie lange dieser Zustand dauerte. Es passierte einfach – und es zog vorüber. Denn plötzlich war das, was den ganzen Abend von mir Besitz ergriffen hatte, wieder verschwunden. Als hätte jemand den auf das Opfer zurollenden Bagger einfrieren lassen oder einen Film angehalten. Die Eindrücke, die eben noch wie eine Lawine über mich hereinzustürzen drohten, waren wie weggewischt. Ein angehaltenes Uhrenpendel, ein ausgeschalteter Presslufthammer, ein gefallener Bühnenvorhang. Ich war wieder ich. Ich atmete erleichtert die kalte Nachtluft ein und blickte in die Runde.

Anna fiel mir um den Hals und küsste mich auf den Mund, weich und einladend. Ich runzelte die Stirn.

„Hey, was ist?“, fragte sie und beugte sich ein wenig zurück. „Sei doch nicht immer so ernst. Ein frohes neues Jahr!“

„Ein frohes neues Jahr“, murmelte ich und wollte mich von ihr lösen, aber sie umschlang mich schon wieder, drückte ihre Brüste sinnlich gegen meinen Oberkörper und knabberte an meiner Unterlippe. Ich war so verblüfft, dass ich sie einfach gewähren ließ. Irgendetwas lief hier falsch. Sie streichelte meinen Rücken, schmiegte sich an mich und blitzte mich mit ihren grünen Augen verheißungsvoll an.

„Freust du dich auf das neue Jahr?“

„Na, ich weiß nicht so recht.“

Ein Hauch von Ärger zog über ihr Gesicht, aber ehe sie sich aufregen konnte, kamen Freunde und Bekannte von allen Seiten herbeigeströmt, um mit uns anzustoßen. Alle waren so gut gelaunt, dass ich mich anstecken ließ. Einige Freunde hatte ich den ganzen Abend über noch gar nicht wahrgenommen und ich fand es lustig, die ewig gleichen Sprüche zu hören. Alles schien wieder in Ordnung zu sein.

„Hallo, Max, ein gutes neues!“

Jemand klopfte mir auf die Schulter und hielt sich dann daran fest. Ich drehte mich um – und da stand Thomas. Jetzt wurde mir endgültig flau. Meine Gedanken zuckten wie Fische in einem Netz. Thomas war ein Freund, mit dem ich schon als Schüler die örtliche Pfadfindergruppe unsicher gemacht hatte; der hoch aufgeschossene Verfahrenstechniker mit dem kleinen, unverkennbaren Muttermal am Kinn. Er stand da und grinste. Ich stand da und gefror innerlich. Wie eine Dunstglocke umhüllten mich die aufgeregten Stimmen der Freunde, wurden immer dumpfer und sperrten mich in mir ein.

Vor mir stand Thomas. Ich war im Juni bei seiner Beerdigung gewesen. Mit all den Leuten, die hier um uns feierten. Aber das schien niemandem außer mir aufzufallen. Ein widerlicher Unfall. Thomas war bei einer Nachtfahrt auf gerader Strecke mit dem Motorrad von der Straße abgekommen und frontal gegen einen Baum gefahren. Keiner konnte sich erklären, wie es dazu gekommen war, denn er hatte jahrelang während des Studiums als Testfahrer für BMW gearbeitet und wusste, wie man mit schweren Maschinen umging. Ich war bei der Trauerfeier nach vielen Jahren zum ersten Mal wieder in Tränen ausgebrochen, als ein ehemaliger Mitschüler einen melancholischen Gospel angestimmt hatte. Die Familie hatte später entschieden, dass ich einige altsprachliche Bücher und zwei Lexika von Thomas bekommen sollte. Sie standen seither direkt neben meinem Schreibtisch und erinnerten mich jeden Tag an ihn. Ich musste schlucken und brachte kein Wort heraus. Thomas dagegen war völlig entspannt.

„Na, ihr zwei Hübschen. Was machen denn die Heiratspläne? Ist es dieses Jahr endlich soweit? So etwas nimmt man sich doch an Silvester vor, oder nicht?"

Er zwickte Anna in die Seite, die sich kichernd nach vorne beugte. Sie druckste herum: „Na, alles zu seiner Zeit."

„Max, was ist denn los? Du siehst aus, als ginge es dir nicht gut."

Ich ertrug die Situation nicht mehr und rannte davon: „Entschuldigt mich einen Augenblick!"

Ich lief ins Haus, um mich zum Nachdenken auf die Toilette zu verziehen, wie ich es in solchen Momenten immer tue, gerade dann, wenn mich Panik überkommt. Es gibt Zeiten, in denen ich für mich sein muss. Und dieser Alptraum war Grund genug. Doch ich kam nicht dazu. Denn als ich mich an den Resten des Bufetts vorbeigezwängt, einem halben Dutzend Freunden gequält ein gutes neues Jahr gewünscht und mich zum Flur durchgekämpft hatte, verlor ich völlig die Kontrolle über meinen Verstand. Normalerweise bin ich nicht leicht zu erschüttern, aber diesmal durchzog mich ein eiskalter Schauder, der nicht aufhören wollte. Mein Herz zitterte. Es hatte auch allen Grund dazu: Im Gang stand ich! Ich selbst! Der, den ich sonst nur im Spiegel erblickte. Ich sah mich in angeregtem Gespräch vor der Tür zum Badezimmer stehen, etwa dreieinhalb Meter von mir entfernt. Da lehnte ich an der Wand und plauderte mit einer hübschen Brünetten, die schon im Jahr zuvor auf der Party gewesen war. Ich glaube, sie hieß Julia, aber das war mir in diesem Augenblick völlig gleichgültig. Ich weiß nicht, ob irgendjemand verstehen kann, was da geschah: Ich sah mich als mein Gegenüber. Zum ersten Mal in meinem Leben begegnete ich mir selbst. Und als ich in den großen Spiegel neben der Eingangstür blickte, stand ich tatsächlich zweimal da. Ich wollte schreien – und konnte nicht. Ab da weiß ich kaum noch, was geschah.

Da sich mein anderes Ich in diesem Moment suchend umdrehte, ließ ich mich zwischen die Jacken und Mäntel an der Garderobe fallen und versuchte verzweifelt, meinen Herzschlag wieder unter Kontrolle zu bekommen. *Was ist los? Was ist los? Was passiert hier?* hämmerte es in mir, während ich flach und schnell atmete. Bevor ich auch nur eine irgendwie geartete Antwort zuließ, nahm ich völlig verstört meinen Mantel und rannte hinaus. Nach einigem Suchen fand ich an einem Taxistand einen einsam vom Widerschein der Raketen glitzernden Wagen und ließ mich völlig fassungslos auf die Rückbank gleiten.

„Ein gesegnetes Jahr 1999", sagte der Taxifahrer.

Auf der Fahrt fiel mir ein, dass letztes Jahr, als Anna und ich die Feier verlassen wollten, meine Jacke verschwunden war und wir mit einigen Freunden eine Stunde lang danach gesucht hatten. Ich fand sie später zu Hause mit allen Papieren wieder, wurde stinksauer, und Anna beteuerte vergeblich, dass es sich dabei nicht um einen ihrer üblichen Scherze gehandelt habe.

„Können Sie bitte das Radio anschalten?", bat ich den Taxifahrer, als ich sah, dass es gerade ein Uhr war. Der Jingle lief schon: „Nachrichten. Es ist ein Uhr morgens. Wir wünschen allen Hörern ein frohes neues Jahr 1999."

„Danke, das reicht. Schalten Sie bitte wieder aus!"

Der Taxifahrer brummte und drückte auf einen Knopf.

„Was denken Sie über Oskar Lafontaine?", fragte ich ihn.

Er schob seine dicke Mütze zurück, drehte sich kurz zu mir um, als wolle er an meinem Gesichtsausdruck erkennen, was er antworten könne, und murmelte dann: „Ich finde, die ersten hundert Tage sollte man einer neuen Regierung schon gönnen, dann kann man immer noch anfangen zu schimpfen."

Ich schwieg. Ich war noch nie einem Phänomen begegnet, das ich nicht erklären konnte. Zumindest keinem, das so nach einer Erklärung schrie. Ich war es gewohnt, in Büchern nach Antworten auf strukturierte Fragen zu suchen und aus kleinen Indizien historische Schlüsse zu ziehen. Aber ich war es nicht gewohnt, aus dem Jahr 2000 zurück in das Jahr 1999 versetzt zu werden.

Ich weiß nicht, ob es die Müdigkeit, die Verzweiflung oder einfach völlige Ratlosigkeit war, jedenfalls wurde ich mit einem Mal ganz ruhig. Ich schloss die Augen, lehnte mich zurück und verwandelte mich in den korrekten Wissenschaftler, den Anna so hasste und der alle Probleme als logische Herausforderung betrachtet. Ich schalte dann meine Gefühle aus, atme tief durch und analysiere mich und die Umgebung so lange, bis ich eine rationale Erklärung finde. Ich weiß, dass das erbärmlich ist, aber es hat mir immer geholfen, wenn ich kurz vor der Verzweiflung stand.

Zu Hause angekommen, holte ich einen alten Koffer vom Speicher, den ich nicht vermissen würde, und packte einige Kleider zusammen, die Anna ohnehin nicht gefielen und die ich deswegen normalerweise nie trug. Ich ließ mir noch einmal von unserem Fernseher und vom Computer das Datum bestätigen, stellte schon gar nicht mehr überrascht fest, dass die von Thomas geerbten Bücher nicht mehr, beziehungsweise noch nicht in meinem Regal ruhten, fand im Küchenregal auch tatsächlich den kaputten Toaster wieder, den ich im Sommer 1999 eigenhändig zerlegt und entsorgt hatte, nahm den Schlüssel zur Gartenhütte meiner Eltern und einen Ersatz-Hausschlüssel aus dem Schlüsselkasten und ließ die Tür hinter mir ins Schloss fallen. So fing es an.

1635

Van Dyck schob mir einen Becher Wein zu, den er auf eine Holzkiste gestellt hatte, die zwischen uns stand, und forderte mich wortlos auf, daraus zu trinken.

„Du behauptest also, du wärest im Jahr 2000 zurück ins Jahr 1999 gesprungen?"

„Nicht nur das. Seitdem wache ich jeden Morgen ein Jahr früher auf. Ich wollte es anfangs selbst nicht glauben. Ich war wie vor den Kopf geschlagen. Ehe ich wirklich realisiert hatte, was passiert war, verging eine ganze Woche, in der ich jeden Tag hoffte, dass jemand von der ‚Versteckten Kamera', ein überdrehter Wissenschaftler oder ein Psychologe zu mir in die Gartenhütte käme, um mir zu sagen, dass das alles nur ein Spiel, ein Experiment oder eine Täuschung gewesen sei. Ich wollte es einfach nicht wahrhaben. Als das Unbegreifliche zur Gewissheit wurde, stand auf den Zeitungen am nahe gelegenen Kiosk in der Datumsspalte bereits 1993. Donnerstag, der 7. Januar 1993. Die Tage liefen weiter, aber die Jahreszahlen sprangen zurück."

Es fällt mir schwer, dieses Gespräch aufzuschreiben, denn ich werde schon wieder von diesem bedrückenden Gefühl überwältigt, das meine

Stunden im Atelier bestimmt hat; eine seltsame Mischung aus Hilflosigkeit, Stolz und Wut. Ich soll etwas erklären, was unerklärlich scheint. Welch eine Aufgabe. Niemand hat jemals mein Schicksal geteilt, und darum ringe ich voller Ehrgeiz mit den Worten und erkenne schnell, dass sie mich wahrscheinlich zu Boden werfen werden. Ich bin nicht einmal sicher, ob mich Van Dyck verstanden hat; immerhin lassen seine Rückfragen darauf schließen; wenn ich denn sein von einem starken niederdeutschen Akzent geprägtes Altenglisch richtig interpretiere. Ich könnte seine Erwiderungen natürlich im Original wiedergeben, aber wer weiß, ob ich sie dann in einigen Jahren noch begreifen werde. Schließlich ist ungewiss, wie lange meine Reise dauern wird.

Was soll ich also machen? Ich kann nur von dem schreiben, was ich selbst begreife. Ich denke, ich werde alle Eindrücke so wiedergeben, wie mein Verstand sie empfangen hat, der ja auch jede Botschaft übersetzt, damit ich sie einordnen kann. Mein Van Dyck spricht meine Sprache, und ich kann hier ohnehin nur das festhalten, was ich gehört und begriffen habe. Außerdem bin ich es, der das Rätsel lösen will, nein, lösen *muss*. Das Rätsel Maximilian Temper. Wer könnte mir verbieten, meine Sicht der Dinge zu berichten? Sollte ein anderer irgendwann einmal diese Zeilen lesen, dann wird er die Welt aus meinen Augen sehen und mit meinen Ohren hören. Er wird dann nicht nur meine Reise, sondern auch mich kennen lernen.

Eines jedenfalls konnte ich die ganze Zeit spüren: Van Dyck brannte darauf, zu hören, wie meine Geschichte weiterging.

1993

Jeden Morgen war ich erwartungsvoll aus der winterlich leeren Kleingartensiedlung in das nächste Einkaufszentrum gerannt. Und jedes Mal war ich fest davon überzeugt gewesen, dass es sich bei all dem nur um ein Missverständnis handeln konnte, einen irren Traum, vielleicht durch eine Droge in einem der Drinks auf der Party verursacht. Jeden Morgen vertraute ich darauf, dass sich nun alles aufklären würde. Doch schon, wenn ich mich dem Gebäude des Supermarktes genähert hatte, hatten mich zu viele Kleinigkeiten darauf hingewiesen, dass ich noch weiter in die Vergangenheit vorgedrungen war: Die dichten Büsche waren kleiner geworden, die Markisen hatten heller geleuchtet und die Verkäuferinnen frischer gewirkt. Jeden Tag waren weniger Menschen mit Handys unterwegs und die Autos wurden immer eckiger.

Dann hatte sich jedes Mal mein Schritt verlangsamt, ich war die letzten Meter bis zum Zeitungsständer gewankt und hatte doch schon gewusst, was ich auf den Titelseiten lesen würde. Und irgendwann hatte sich der letzte Rest Hoffnung in nichts aufgelöst. Als es keinen Zweifel mehr daran gab, dass ich zu einem Gefangenen der Zeit geworden war, stieg in mir Wut hoch. Warum gerade ich?

An diesem Tag rannte ich zurück zu meinem Schlafplatz, verbittert und voller Hass. Es war, als müsste sich die ganze Anspannung lösen. Ich musste etwas zerstören, um nicht selbst zerstört zu werden. Also ließ ich all meine Wut nach außen. Innerhalb einer halben Stunde zerlegte ich die gesamte Einrichtung der Gartenhütte. Ich war wie von Sinnen, prügelte unkontrolliert mit einem Besen auf die Möbel ein, zerkratzte vor Wut die Tischplatte, riss die Schubladen aus den Schränken und trat gegen alles, was mir in den Weg kam. Ich riss die Tapete von den Wänden, hebelte die Steckdosen aus den Leisten und bohrte mit einem Messer Löcher in den Boden. Und erst als ich ausgebrannt und weinend auf den kalten Dielen lag, wurde mir wieder bewusst, wie erschüttert meine Eltern 1993 gewesen waren, als „irgendwelche“ Vandalen in ihrer Hütte randaliert hatten.

Die nächsten Tage brachte ich damit zu, mit dem Schicksal zu verhandeln. Ich war fest davon überzeugt, dass es möglich sein müsse, diesem Zeitenschwund ein Ende zu bereiten. Es musste etwas geben, das mir helfen konnte: Dämonenaustreiber, Physiker, Historiker, Wunderheiler oder eine Wallfahrt nach Lourdes. Ich spann endlose Theorien, um den an meinem Leben Schuldigen die Sinnlosigkeit meiner neuartigen Existenz zu beweisen, aber da war niemand, dem ich dieses Plädoyer hätte vorlegen können. Stundenlang, nein, tagelang, versank ich in mir und wälzte immer wieder die gleichen Argumente hin und her. Ich verdächtigte alles und jeden, entwickelte ominöse Verschwörungstheorien und überlegte, ob nicht vielleicht am 1. Januar 2000 die Welt untergegangen war. Aber dann fiel mir kein Grund ein, warum jemand gerade mich auf diese seltsame Weise davor gerettet haben sollte.

Ich lief sogar einige Tage durch die Straßen und versuchte herauszufinden, ob es unter den Passanten vielleicht noch andere Zeitspringer gab. Gemeinsam hätten wir ja möglicherweise eine Chance gehabt, diesem Phänomen auf den Grund zu gehen. Aber woran sollte ich sie erkennen? Einige Personen, die auf mich einen ziellosen Eindruck machten, sprach ich sogar an. Ich betrachtete sie lange, und wenn sie sehr unkoordiniert, unsicher und verloren wirkten, verfolgte ich sie vom Supermarkt bis auf die Straße. Leider gab es überall Fußgänger, auf die diese Beschreibung zutraf, sodass ich immer erst dann mit ihnen in Kontakt trat, wenn sie mehrfach auf das Datum der Zeitung geblickt hatten, ohne sie zu kaufen. Aber selbst zu dieser Sorte Mensch zählten noch so viele, dass ich nicht jeden befragen konnte. Außerdem hatte ich Angst, mich lächerlich zu machen. „Was halten Sie von Zeitreisen?", hielt ich für die unverfänglichste Frage. Doch ich erntete nur misstrauische, nichts sagende oder befremdliche Blicke. Einmal gaben mir zwei Schüler erstaunlich passende Antworten, die mich aufhorchen ließen, bis ich merkte, dass mich die beiden zum Besten hielten.

Daraufhin zog ich mich wieder zurück und versank im Kerker meiner Gedanken. Ich verabschiedete mich aus der Welt, um mich ihr nicht stellen zu müssen. Tag für Tag zog ein Jahr an mir vorüber. Die deutsche Einheit verpasste ich dabei genauso wie beim ersten Mal. Ein historisches Ereignis, das lautstark an mir vorüberschritt und mich doch nicht erreichte. Die Fragen der Welt verblassten hinter meinen Fragen. Meine Angst und meine Niedergeschlagenheit drängten sich so in den Vordergrund, dass für andere kein Platz war. Ich war nur noch ich. Zerrissen, verwundet, hasserfüllt und trotzig. Ein Bär im Winterschlaf, der nicht mehr an den Frühling glaubt. Am 11. Januar 1989 begriff ich endlich, dass das alles keinen Zweck hatte.

1635 Durch das dunkel gewordene Atelier ging ein Luftzug. Van Dyck fluchte: „Es ist grauenhaft. Jeden Abend öffnen diese verblödeten Mägde die Küchentüren und hier fliegen die Leinwände durch den Raum."

Er stand auf, holte aus einer Truhe zwei Decken und warf mir eine davon zu: „Hier! Wir wollen ja nicht, dass du bis zu den Zeiten Karls des Großen Schnupfen hast." Er kicherte leise, wurde aber gleich wieder ernst. „Was meinst du jetzt? Warum passiert so etwas? Warum reist jemand wie du durch die Zeit?"

Ich wickelte mich in den groben Stoff und blickte nicht auf: „Wenn ich das wüsste, dann wäre ich der glücklichste Mensch der Welt. Und weil ich es nicht weiß, bin ich der unglücklichste."

Van Dyck ging zurück zu seinem Sitzplatz und zog die Nase hoch: „Dann musst du es herausfinden!"

„Eine großartige Idee! Was meint Ihr, warum ich Euch das alles erzähle? Ich hoffe, dass Ihr in meinen Geschichten etwas entdeckt, das Euch und mich dem Geheimnis etwas näher bringt."

Der Künstler beugte sich nach vorne, um eine weitere Kerze anzuzünden. „Gut, dann lass uns weitermachen. Was geschah nach, entschuldige, vor dem 11. Januar 1989?“

1988 Ich war durch und durch müde. Nicht unausgeschlafen, sondern von einer lähmenden Schwere erfüllt, die jede Bewegung zu einer Qual und jeden Gedanken zu einer unliebsamen Anstrengung macht. Seit ich mein Los akzeptiert hatte, ergab ich mich ihm. Ich wusste nicht, wohin, und darum gab es auch keinen Grund, einen ersten Schritt zu tun. Tagsüber wanderte ich unstet durch das ehemalige Bundesgartenschaugelände an der Nidda, diesem stinkenden Kanal, der sich übermütig Fluss nennt, schaute kleinen Kindern beim Spielen zu und kehrte früh in die Hütte zurück. Ich existierte, aber ich lebte nicht.

Am 12. Januar 1988 wachte ich gegen ein Uhr morgens auf, weil ich fror. Die Kälte kroch in den alten Armeeschlafsack meines Vaters und legte sich heimtückisch um meinen nackten Körper. Zwischen den Wolken lugte bisweilen der Mond hervor, um sich gleich darauf wieder schamvoll zu verstecken. Ich stand auf und sprang schlotternd umher, bis die Kälte aus meinen Gliedern gewichen war. Und erst dabei wurde mir bewusst, was passiert war: Durch meinen mitternächtlichen Zeitsprung war ich in einem Jahr gelandet, in dem es das kleine Blockhaus noch gar nicht gegeben hatte. 1988 hatten meine Eltern ein neues „Gartendomizil“, wie sie ihre Hütte immer nannten, gebaut und es bewusst in den hinteren Teil des Gartens gesetzt, um nicht wie vorher ab dem späten Nachmittag den Schatten des kleinen Unterschlupfes auf dem Rasen zu haben. Aber das war nur ein Grund gewesen. Mein Vater hatte sich auch deshalb wütend zum Kauf einer festeren Hütte entschlossen, weil die alte Baracke jedes Jahr im Winter aufgebrochen wurde, „von einem dieser Penner, die dann darin übernachten“, wie der stets korrekte Ingenieur in unregelmäßigen Abständen bemerkte. Mir fiel auf, wie oft meine Reise in die Vergangenheit in meinem ersten Leben Spuren hinterlassen hatte, ohne dass es mir aufgefallen war. Denn es gab keinen Zweifel: Der Penner war ich; ich würde gleich die alte Hütte aufbrechen, zu der ich natürlich keinen Schlüssel hatte. Aber was blieb mir anderes übrig? Ich musste Gewalt anwenden, wenn ich nicht erfrieren wollte. Und genau das tat ich. Glücklicherweise war der alte Heizlüfter noch oder schon da, sodass ich bald wieder im Warmen saß.

Als mein Blick am nächsten Morgen in den ovalen Spiegel fiel, der über dem durchgesessenen Sofa in der alten Hütte hing, wurde mir zum ersten Mal bewusst, dass ich inzwischen wirklich wie ein Penner aussah. Ich hatte mich zwar einige Male gewaschen, eine Dusche aber gab es in dem Kleingarten natürlich nicht. Unrasiert, mit fettigen, verzottelten Haaren, langen, dreckigen Fingernägeln und ungepflegten Zähnen grinste ich mich verstohlen an – und schämte mich.

Da beschloss ich, endlich wieder zu leben. Ich fand es plötzlich unendlich dumm, mit dem Schicksal zu hadern. Und als ich an diesem Morgen an der Bahntrasse entlang in die Stadt lief, war ich sehr zuversichtlich. Ich hatte mir fest vorgenommen, mich wieder um mich zu kümmern. Und zwar um uns beide: nicht nur um den verwirrten Reisenden, der jeden Morgen froh war, dass ihn zumindest die Dinge, die er am Körper trug, in die Vergangenheit begleiteten, sondern auch um mein altes Ich. Dieser Gedanke beflügelte mich. Da war dieser ahnungslose Max, der in den achtziger Jahren vor sich hinlebte, ohne zu wissen, was ihm bei der Jahrtausendwende passieren sollte – und keiner kannte ihn so gut wie ich. Ich wollte mir helfen, mich begleiten und mir wichtige Ratschläge geben. Was hätte ich auch sonst tun sollen? Das war das einzige Ziel, das mir blieb. Ich konnte versuchen, aus mir das Beste zu machen.

1986

Am Dienstag, den 14. Januar, besuchte ich mich zum ersten Mal in der Universität. Mein altes Ich war gerade 21 geworden, und ich war immer noch 35 und hatte mir in den vergangenen zwei Wochen so viel Bart wachsen lassen, dass ich mich auf keinen Fall erkennen würde. Ich war lange unsicher gewesen, ob ich diese Begegnung riskieren sollte, aber dann hatte ich mich daran erinnert, dass mir 1986 eine merkwürdige Kneipen-Tour mit einem ausgeflippten Unbekannten, der sich „Christoph" nannte, den ersten Anstoß gegeben hatte, von Sonderpädagogik zur Altphilologie zu wechseln.

Ich hatte damals die Nase gestrichen voll von all den Schulpraktika, in denen es nicht um die Qualität des Unterrichtsstoffes, sondern um reine Machtfragen ging. Wer zeigt hier wem, was eine Harke ist? Der Lehrer den Schülern oder umgekehrt? (Van Dyck blickte mich verständnislos an.) Und wenn mir meine Schutzbefohlenen einmal nicht den Krieg erklärten, dann hingen sie wie gelähmt in den Stühlen, ließen meine anfangs noch sehr motivierten Unterrichtsentwürfe gähnend über sich ergehen oder starrten Löcher in die Decke. Ich war 21 und sehr frustriert. In meiner Fantasie existierte Schule so unterhaltsam und freundlich wie im „Fliegenden Klassenzimmer" von Erich Kästner, in der Realität aber war von diesem Vertrauen zum Lehrer, von der Freundschaft, der Wissbegierde und der Sehnsucht nach Gemeinschaft bei den Schülern nur wenig zu spüren. Und trotzdem wäre ich auch ohne einen äußeren Anstoß sicher Lehrer geworden, denn einen Wechsel des Studiengangs hätte ich aus eigener Kraft kaum vorangetrieben.

Ich stieg an der Bockenheimer Warte aus der Straßenbahn und schlenderte an den ewig gleichen Ständen mit gebrauchten Büchern vorbei, die sich dort vor dem Campus in Reih und Glied auf wackeligen Tapeziertischen nach neuen Lesern sehnten. Zeigefinger wanderten die Buchrücken entlang, verharrten bei einzelnen Titeln, um sich dann ab und an doch zwischen den Seiten zu verlieren. Eine junge Frau, die erschreckend hohe Absätze trug, holte gerade ihr Portemonnaie heraus, stellte aber offensichtlich fest, dass ihr Geld nicht für die gewählten antiquarischen Angebote reichte. Missmutig steckte sie die Börse zurück und lief eilig davon. *Es hat sich nichts geändert*, dachte ich und wusste doch, dass alles anders war. Und dann sah ich es auch: Das „Depot" hatte sich aus einer modernen Kultur- und Begegnungsstätte wieder in eine alte Eisenbahnhalle verwandelt und der *McDonald's* im Eckhaus war noch nicht da.

Mehrfach traf ich Bekannte aus der Studienzeit, traute mich aber nicht, sie zu grüßen. Sie hätten mich ohnehin nicht erkannt. Außerdem ging es mir ja um mich. Ich hatte mich daran erinnert, dass zu jener Zeit jeden Dienstag eine gut besuchte Vorlesung über „Die Pädagogik des 20. Jahrhunderts" angeboten wurde, und mir vorgenommen, mich dort zu treffen, sah mich dann aber schon vorher vor dem Schaufenster des studentischen Reisebüros stehen und nach billigen Reisen Ausschau halten. Das Wissen, dass ich mit einem Flugzeug in wenigen Stunden in einer anderen Welt sein konnte, hatte mich schon immer fasziniert.

1635

Van Dyck wirkte angestrengt. Erst jetzt wurde mir bewusst, dass es für ihn fast unmöglich sein musste, sich diese Zukunft vorzustellen. Immer wieder verzog er sein Gesicht, wenn meine Erzählung seinen Erfahrungshorizont überstieg, hörte mir aber tapfer weiter zu und nippte gedankenverloren an seinem Wein. Meine Geschichte war für ihn nicht nur durch die Reise in die Vergangenheit eine Zumutung, sie erforderte darüber hinaus seine ganze Vorstellungskraft. Kaum etwas von dem, was ich beschrieb, existierte in seiner Welt. Die 365 Jahre, die uns trennten, waren wie ein unüberbrückbarer Graben. Trotzdem nahm er erst die Flugzeuge, die ich ihm gegenüber salopp als Reisevögel bezeichnet hatte, zum Anlass nachzufragen.

Er blickte mich durchdringend an: „Wie lange braucht so ein Reisevogel von London nach Florenz oder Palermo?“

Ich stutzte, weil er meinen Redefluss unterbrochen hatte: „Na ja, ungefähr zweieinhalb Stunden, würde ich sagen! Und in vier Stunden ist er in Jerusalem.“

„Das ist unmöglich! In dieser Zeit kommt man ja nicht einmal bis Brighton. Ein Reisevogel? Was soll das eigentlich sein? Ein gigantischer Geier oder was?“

„Nein, Sir, eine Maschine aus Metall. Sie hat Flügel, aber auch Räder, auf denen sie immer schneller rollt, bis sie abhebt. Aber ich kann Eure Zweifel verstehen: Fast alles, was Menschen erfunden haben, galt einmal als unmöglich.“

Der Künstler schenkte sich noch etwas von dem roten Wein ein. Dann atmete er hörbar aus und lehnte sich zurück: „Vergiss meine Fragen und erzähl weiter!“

1986

Ich stand neben mir, also neben dem Maximilian des Jahres 1986, und sprach mich an: „Na, schon in Urlaubslaune? Sag mal, kennst du dich hier aus?“

Mein jüngeres Ich blickte mich fragend an. Ich sprach weiter: „Ja, ich habe gerade die Uni gewechselt und noch überhaupt keine Ahnung, wo‘s langgeht.“

„Was studierst du denn?“, fragte mein jüngeres Ego.

„Sonderpädagogik“, sagte ich, „übrigens: Ich heiße Christoph!“

„Ich bin Max. Na, da hast du ja wirklich Glück gehabt, ich studiere nämlich den gleichen Quatsch.“

Ich fing an, mir die Vor- und Nachteile des Frankfurter Fachbereichs zu erklären, und ich hatte Zeit, mich in Ruhe anzuschauen. Max als Studienanfänger. Zum ersten Mal wurde mir bewusst, wie sehr sich Menschen verändern. Der hochaufgeschossene Jüngling, der da mit kieksiger Stimme auf mich einredete, war ich und war doch nicht ich. Dem da fehlte so viel an Erfahrung, an Reife und an Gelassenheit. Ein typischer Student. Ich war enttäuscht. Mein 21-jähriges Ich entpuppte sich als unangenehmer Kerl, mit dem ich bestimmt keine Freundschaft geschlossen hätte: zutiefst von sich überzeugt, schnoddrig, unreflektiert, aber vollgestopft mit altklugen Sprüchen. Die dünnen Härchen am Kinn und die schulterlangen Haare wirkten vernachlässigt, und die Hände zuckten die ganze Zeit nervös zur Seite, als wollten sie etwas greifen. *Kein Wunder, dass ich damals so oft Krach mit meinem Vater hatte*, durchfuhr es mich. Ich war zwar während meines Zivildienstes in Kassel von zu Hause ausgezogen, dann aber wieder zurückgekehrt.

Nach dem Seminar gingen wir zusammen ins „Piccolo Giardino", ein kleines italienisches Restaurant im Nordend, und ich fragte mich nach meinen Zukunftsplänen: „Willst du später ernsthaft als Sonderschullehrer arbeiten?"

Max, der jüngere, zögerte einen Moment, dann sagte er: „Keine Ahnung. Ich mache erst mein Studium fertig, dann gucke ich weiter."

„Das klingt ja sehr begeistert", sagte ich.

Er spielte mit dem Salzstreuer, in dem kleine Reiskörner wie Fische im Aquarium schwammen, und zuckte mit den Schultern: „Na, findest du diese lustlosen Jugendlichen in den Schulbänken etwa toll?"

„Nein, deswegen werde ich auch zum nächsten Semester das Fach wechseln. Ich werde mit Altphilologie weitermachen!"

„Aha!" Er grinste mich spöttisch an: „Meinst du nicht, dass du in deinem Alter mal langsam einen Abschluss machen solltest?"

Ich knurrte nur, weil mir in diesem Augenblick klar wurde, dass es mir niemals gelingen würde, mich in der Gestalt eines 35-Jährigen von einem Studienfachwechsel zu überzeugen. Ich erinnerte mich daran, wie kritisch ich damals gegenüber Bummelstudenten gewesen war, die fünfmal mit einem neuen Fach anfangen und dann nach dem Examen direkt die Rente beantragen.

Also versuchte ich einen anderen Weg: „Kennst du Lukian?"

„Nee, nie gehört! Wer soll das denn sein?"

Ich schlug die Beine übereinander: „Das ist ein Kabarettist und Schriftsteller aus dem zweiten Jahrhundert, dessen Karriere mit einem Traum anfing, den er als junger Mann hatte. Er wollte unbedingt Anwalt und Redner werden. Und es gab nur einen ernsthaften Hinderungsgrund: Lukian lebte in Samosata am Euphrat, also in Syrien, die Weltsprache der damaligen Zeit war aber Griechisch. Doch er wusste, dass man, wenn man eine Vision für sein Leben hat, groß denken muss. Also setzte er sich hin und studierte monatelang bei verschiedenen Lehrern, bis er die fremde Sprache fließend sprechen und schreiben konnte. Und dann zog er los und fing an, seinen Traum zu leben."

Max wirkte genervt: „Ja und?"

„Du meinst, warum ich dir das erzähle? Weil mich der Typ fasziniert. Weil er einer war, der wusste, was er wollte. Und dafür war ihm kein Weg zu mühsam und kein Hindernis zu groß. Ich glaube, dass ich jetzt in meinem Studium auch endlich an dem Punkt bin, an dem ich weiß, welchen Traum ich habe. Und ich bin jetzt auch bereit, was dafür zu investieren. Ich habe zu lange alles mit halbem Herzen gemacht, jetzt fang ich an." Ich machte eine Pause, dann blickte ich ihm direkt in die Augen: „Weißt du, was du willst?"

Er wich meinem Blick aus. „Keine Ahnung! Meinst du, ich soll Griechisch lernen, oder was? Das hat mir schon an der Schule gereicht."

„Na ja, es gibt sicher Schlimmeres. Eines ist jedenfalls sicher: Wenn dich das Unterrichten jetzt schon ankotzt, dann wäre es ja wohl das Sinnloseste, die nächsten 30 Jahre damit zu verbringen."

Mein jüngeres Ich schaute mich genervt an. „Und was hat dieser Lukian davon gehabt? Heute kennt ihn keiner mehr!"

„Na, immer langsam! Ich bin ziemlich sicher, dass er ein sehr zufriedener Mensch war. Und es ist ja nicht übel, nach 1 800 Jahren immer noch gedruckt zu werden. Das können nur wenige von sich sagen. Außerdem hat Lukian eine Menge anderer Dichter und Denker inspiriert. Goethe hat sogar die Geschichte vom Zauberlehrling von ihm geklaut. Ich jedenfalls gehe fest davon aus, dass ich als Altphilologe mehr über das Leben lerne als in der Sonderpädagogik."

Irgendwie wusste ich nicht weiter. Ich kam mir dumm vor. Ich saß da und versuchte, mich selbst von etwas zu überzeugen, von dem ich als 35-Jähriger gar nicht mehr überzeugt war. Und doch musste ich mich vor einem Beruf retten, der mich ruiniert hätte.

Ich starrte auf meinen Teller, stocherte lustlos in meinen „Fettucine a la panna", grübelte vor mich hin und suchte nach Argumenten. Max sah mich nachdenklich an. Als ich mit dem Blick dem Weinglas folgte, das er zum Mund führte, bemerkte ich, wie sich der geblümte Vorhang vor dem Windfang bewegte und eine Gruppe gut gelaunter Studentinnen aus der Kälte hereinkam. Die ersten beiden setzten sofort ihre Brillen ab, die sich in dem stickigen Raum beschlagen hatten, und blickten mit großen Augen in den Raum. Die dritte strich sich genüsslich die Haare aus dem Gesicht und gab ihrer Freundin eine flapsige Antwort auf etwas, das diese gesagt hatte. Es war Verena.

Verena, die Wilde, die Verrückte, die einzige Liebe meiner Studentenzeit. Verena, die Frau, die immer in der Angst lebte, etwas zu versäumen. Sie war es, die mir beigebracht hatte, Dinge um ihrer selbst willen zu tun: Tanzen, Singen und Spazierengehen, Weinen oder Streiten. Wir hatten drei wundervolle Jahre miteinander verbracht, in denen ich angefangen hatte, das Leben zu lieben. Als sie dann nach Hamburg gezogen war, um ihr Studium zu beenden, führten wir noch eine Zeit lang eine Wochenendbeziehung. Doch es ging uns wie so vielen. Da wir uns nur selten sahen, hatten wir keine gemeinsame Geschichte mehr. Wenn wir jetzt Zeit miteinander verbrachten, drehten wir uns nur noch umeinander und verloren dabei den Alltag völlig aus dem Blick. Nach den Wochenenden kehrte jeder in eine dem anderen unbekannte Welt zurück. Trotzdem hätte unsere Beziehung vielleicht überlebt, wenn ich sie nicht mit meiner Eifersucht kaputt gemacht hätte. Verena hasste es nämlich, kontrolliert zu werden, und ich hasste es, wenn sie immer wieder von Kommilitonen erzählte, mit denen sie ausgegangen war. Einmal hatte ich in meiner Wut und Ohnmacht, als sie mir am Telefon von einer „tollen" Party mit „echt netten Männern" erzählte, ein Stück aus dem Glas gebissen, das ich gerade in der Hand hielt.

Ich glaube nicht, dass sie mich jemals betrogen hat, aber es reizte sie so sehr, mein Vertrauen auf die Probe zu stellen, dass sie in ihrem Übermut immer verfänglichere Situationen herbeiführte. Je eifersüchtiger ich wurde, desto herausfordernder lebte sie: Sie ging mit Studienkollegen in die Sauna, ließ nach langen Lernabenden Freunde bei sich übernachten, berichtete stolz, welche Männer an ihr interessiert seien und betonte bei all dem, dass sie doch wohl nicht mein Eigentum sei. Für sie war das alles ein amüsantes, reizvolles Spiel, aber sie beendete es nicht, solange sie die Spielregeln noch kontrollieren konnte. Und ich Idiot war so eifersüchtig, dass ich anfing, ihr Verbote zu erteilen; was sie natürlich nur noch mehr reizte und anstachelte. In meiner Hilflosigkeit und Verzweiflung verlor ich wohl all die Eigenschaften, die Verena jemals an mir geliebt hatte. Und als wir uns trennten – das dachte ich damals jedenfalls –, wollte keiner von uns beiden, dass es passierte. Aber wir hatten uns zu sehr herausgefordert.

Später heiratete sie einen Mediziner, der vor ihrer Scheidung mehrfach fremd ging. Ich schäme mich noch heute dafür, dass mir diese Entwicklung eine innere Genugtuung bereitete. Aber das sollte ja alles erst sehr viel später kommen.

Jetzt war die 20-jährige Verena im Raum, und mir fiel wieder ein, dass ich ihr an diesem Abend das erste Mal begegnet war, am 14. Januar 1986. Ich konnte mir das Datum damals gut merken, weil es einen Monat vor dem Valentinstag lag.

Spontan rief ich: „Hallo, Verena!"

Sie sah mich irritiert an, und erst da wurde mir bewusst, dass ich für sie ein Unbekannter war. Einer, der plötzlich die Anonymität aufbrach. Sie winkte unsicher zurück, und man konnte ihr ansehen, dass sie verzweifelt versuchte, mich einzuordnen, diesen 35-jährigen bärtigen Kerl, der so vertraut tat. Es war für sie offensichtlich einer dieser grauenhaften Momente, in denen man sich nicht blamieren will, obwohl man mit dem fröhlich grüßenden Gegenüber nichts, aber auch überhaupt nichts anfangen kann. Sie zögerte.

Ich aber wusste plötzlich, dass ich jetzt etwas tun musste, weil sonst mein 21-jähriges Ich niemals die Bekanntschaft dieser Prachtfrau machen würde. Jetzt hatte ich die Gelegenheit, mir etwas Gutes zu tun. Nein, ich musste sogar die Initiative ergreifen, wenn mein Leben nicht völlig anders verlaufen sollte, als ich es kannte. Weil Verena immer noch unschlüssig zwischen unserem Tisch und ihrer Clique hin- und herblickte, winkte ich sie herüber. Sie flüsterte ihren Freundinnen etwas zu und kam dann an unseren Tisch.

„Sei nicht böse, aber ich kann mich im Augenblick gar nicht erinnern, woher ich dich kenne!"

Ich lachte: „Du kennst mich auch nicht, aber jedes Mal, wenn eine schöne Frau den Raum betritt, rufe ich ‚Hallo, Verena', und nach 144 Versuchen hat es endlich geklappt. Du ahnst gar nicht, wie selten der Name Verena ist."

Sie strich irritiert ihre Haare aus der Stirn: „Erzähl keinen Mist. Also, woher kennen wir uns?"

„Ich sage es dir, wenn du dich zu uns setzt."

Die Neugier siegte. „Aber nur einen kurzen Moment, ich bin ja nicht allein hier."

Sie nickte in Richtung ihrer Freundinnen, hängte ihre Handtasche über die Stuhllehne, und dann saß sie bei uns, Verena, die Kantige, die Frau mit den lachenden Augen und dem wissbegierigen Blick. Die Schöne mit den geschwungenen Augenbrauen, in deren Zügen sich noch Spuren ihrer tschechischen Vorfahren fanden. Ich war verzaubert. Meine Nase erkannte ihr Parfum wieder und verliebte sich sofort.

„Ich bin Christoph, das ist Maximilian."

Sie stutzte: „Seid ihr Brüder?"

„Nein, wieso?"

„Ihr seht euch irgendwie ähnlich."

Maximilian lachte und ich verzog den Mund zu einem bübischen Lächeln: „Um es mit einem alten Indianersprichwort auszudrücken: ‚In unsern Adern fließt das gleiche Blut.'"

„Ach", sagte Max, „das wusste ich ja noch gar nicht!"

Verena blickte sich um. „Also, Christoph, auch jetzt, wo ich deinen Namen weiß, fällt mir nicht ein, wann und wo wir uns schon einmal gesehen haben."

Ich strahlte: „Du hast mich noch nicht gesehen. Ich dich schon!"

Sie feixte und ließ zwei kleine Grübchen auf ihren Wangen blitzen. „Ach, bist du ein Spanner?"

„Nein, ich bin … na, sagen wir mal, ein Prophet, ein Hellseher, ein Wahrsager oder so etwas Ähnliches."

„Komisch!", sagte Maximilian, „ich dachte, du studierst Altphilologie!"

„Noch nicht, das war doch auch eine Prophezeihung. Ich kann übrigens genauso gut in die Gegenwart sehen. So wie ich Verena auf die Nase zusagen kann, dass ihre Schwester Anja heißt, sie am Palmengarten wohnt und ihr Vater Projektleiter bei der GTZ, der Gesellschaft für technische Zusammenarbeit, ist."

Verena zog die Stirn in Falten. „Machst du hier einen auf Privatdetektiv?"

Ich öffnete vielsagend die Hände. „Na, Philipp Marlowe würde wahrscheinlich nur schwer herausbekommen, dass du am liebsten Käsespätzle isst, dass du dieses Jahr nach Korsika fahren willst, und schon gar nicht, dass du es hasst, wenn man dich am Hals küsst."

Jetzt wurde sie blass. Sie warf einen unsicheren Blick zu ihren Freundinnen, die aber untereinander ins Gespräch vertieft waren. Alles an ihr strahlte Verwirrung aus, als wüssten ihre Gedanken nicht, in welche Richtung sie gehen dürften. Ich genoss es, mit ihr spielen zu können.

Langsam fasste sie sich. „Augenblick mal, welche Schuhgröße habe ich, und wie heißt unser Hund?" Sie zog instinktiv ihre Beine zurück, um ihre Füße zu verbergen.

Ich spielte lässig mit der Serviette. „Du hast Größe 36, und euer Hund heißt Saphir, aber alle nennen ihn Schnuff. Dass er Saphir heißt, weil dein Vater deiner Mutter zum Hochzeitstag die Wahl zwischen einem Hund und einem Saphirring ließ, soll niemand erfahren, weil deine Mutter Angst hat, dass jemand sie auslacht."

Max kniff die Augen zusammen. „Sagt mal, was geht hier eigentlich vor? Habt ihr beiden euch vorgenommen, mich zu verarschen, oder was?"

Verena schüttelte den Kopf. „Das Gleiche wollte ich auch gerade sagen. Da ist doch irgendein Trick dabei."

Max hob theatralisch die Hand. „Also, ich habe damit nichts zu tun, ich kenne Christoph selbst erst seit heute Mittag. Nebenbei: Könntest du über mich auch so viel erzählen?"

Ich lachte. „Oh, noch viel mehr."

Ich hatte das Gefühl, dass ich meinem Ziel näher kam. Wenn Verena und Max mich als gemeinsamen Gegner empfanden, war das eine gute Ausgangsposition für ihre Beziehung. Eben noch waren sie sich völlig fremd gewesen, jetzt überlegten sie schon zusammen, worin mein Geheimnis bestand. Sich selbst zu verkuppeln, ist eine schöne Aufgabe.

Ich musste schlucken, weil mir einige der vielen wundervollen Momente einfielen, die die beiden zusammen erleben würden: der erste Kuss auf dem Eisernen Steg, der gemeinsame Korsika-Urlaub auf dem kleinen Campingplatz in dem hoch gelegenen Edelkastanienhain, die Bouillabaisse am Hafen von Ajaccio, die Spaziergänge durch den Grüneburgpark, der Moment, als im Stadtbad Mitte Verenas Glitzerbikini-Oberteil beim Sprung vom Dreimeterbrett riss, sie es nicht bemerkte und, als sie aus dem Becken stieg, nur fragte: „Warum guckt ihr alle so komisch?", der gemeinsam aufgezogene Igel, der schon ganz steif auf der Terrasse gelegen hatte, oder die zärtlichen Treffen im Gartenhäuschen. Für einen kurzen Moment wurde ich auf mich selbst eifersüchtig.

Während meiner romantischen Gedanken hatte ich an Verena vorbei gesehen. Das war ein Fehler gewesen. Offensichtlich interpretierte sie mein Schweigen falsch. Sie blitzte mich an und sprang wütend auf: „Ich weiß nicht, woher ihr das alles wisst und mit welcher neuen Masche ihr zwei komischen Typen jetzt die Frauen anmacht, aber es ist eine wirklich miese Tour. Habt ihr schon mal etwas von Datenschutz gehört? Hör auf zu grinsen, Christoph, oder wie du wirklich heißt. Was meinst du: Wie würdest du dich fühlen, wenn plötzlich jemand vor dir stünde, der dir dein ganzes Leben erzählt? Der so tut, als gäbe es keine Geheimnisse mehr. Als wüsste jeder, was du tust und treibst. Kann sein, dass ihr so etwas toll findet, mich widert ihr nur an! Kann auch sein, dass ihr andere Frauen damit ins Bett bekommt, mich garantiert nicht. Egal, wie ihr an die Informationen gekommen seid, ihr habt kein Recht, mich so auszuspionieren."

Ich konnte mich einfach nicht mehr erinnern, ob diese Situation, als ich sie das erste Mal erlebt hatte, auch so abgelaufen war. Verenas Zorn, der alles kaputt zu machen drohte, wäre mir sicher in Erinnerung geblieben. Andererseits: 14 Jahre sind eine lange Zeit. Vielleicht hatten die gemeinsamen Glücksmomente den schlechten Start verdrängt, vielleicht werden manche Erlebnisse auch irgendwann aus dem Gedächtnis gelöscht. Ich wusste es nicht. Ich spürte nur, dass mir die Situation aus der Hand zu gleiten drohte. Verena hatte ihre Handtasche gegriffen und zwängte sich bereits erregt am Nachbartisch vorbei. Trotzdem drehte sie sich noch einmal um, wohl in der Hoffnung, eine Erklärung zu bekommen. Sie war eben schon immer neugierig.

Da beschloss ich, alles auf eine Karte zu setzen: „Hast du den Brief noch, den ich dir vor einem Jahr geschickt habe und den du erst morgen öffnen sollst?"

Verena blieb mitten im Lauf stehen. Natürlich hatte ich die Bemerkung mit dem Brief improvisiert, aber ich hatte ja tatsächlich die Möglichkeit, ihr im Jahr 1985 etwas zu schicken. Langsam drehte sie ihren Oberkörper wieder in unsere Richtung. Ihr Gesicht war eine einzige Frage: „Wie sieht dieser Brief aus?"

Volltreffer. Jetzt hatte ich sie. Ich war bisher nicht auf die Idee gekommen, meine Zeitreise praktisch zu nutzen, jetzt ahnte ich etwas von den Möglichkeiten, die mir zur Verfügung standen. Versöhnend sagte ich: „Es ist ein grüner Briefumschlag. Und in diesem grünen Briefumschlag steckt ein zweiter Briefumschlag, ein roter. Darauf steht: ‚Diesen Brief auf keinen Fall vor dem 15. Januar 1986 öffnen. Ein guter Freund.‘

Verena zog ihre Handtasche vor den Bauch, öffnete sie und holte einen kleinen roten Briefumschlag hervor.

„Dieser hier?"

Ich nickte. Sie aber atmete laut: „Du hast diesen Brief geschrieben? Aber warum? Wir kennen uns doch gar nicht. Langsam verstehe ich überhaupt nichts mehr. Ich wollte diese mysteriöse Botschaft heute Nacht mit meinen Freundinnen zusammen öffnen, weil wir alle unbedingt wissen wollen, wer und was dahinter steckt. Wir dachten, es sei irgendein Spaßvogel. Oder ein heimlicher Verehrer."

„Vielleicht trifft ja beides zu!"

Ich prägte mir Form und Farbe des Umschlags ein, denn ich würde morgen, also im Jahr 1985, genau so einen finden und abschicken müssen. Verena sah jetzt entspannter aus. „Warum erzählst du mir nicht einfach, was drin steht?"

„Das, äh, ist kompliziert. Sagt mal, habt ihr beide morgen Abend Zeit? Gut! Ich werde euch dann alles erklären. Um sieben vor der Katharinenkirche?"

Ich erhob mich. Beide folgten mir misstrauisch mit den Augen. Ich konnte ihre Fragen spüren. Verena senkte den Kopf und blickte mich durch die dichten, dunklen Wimpern an. Mir fiel wieder ein, dass sie das immer tat, wenn sie unsicher wurde oder sexuell erregt war. „Was ist jetzt mit diesem Brief?"

Auf diese Frage hatte ich gewartet. „Verena, kann ich dich einen Moment unter vier Augen sprechen?"

Max sah aus, als habe er etwas dagegen, aber er räusperte sich nur und verdrehte die Augen. Verena streifte ihre Jacke über und ging auf den Ausgang zu. Als ich die Türklinke in der Hand hielt, sah ich die fragenden Blicke ihrer Freundinnen, die uns in die Dunkelheit folgten.

Wir gingen schweigend auf den Adlerflychtplatz, auf dem ich einmal als Vierjähriger meiner Mutter davongelaufen war. Ich bin nicht sicher, aber ich glaube, dass das das erste Angsterlebnis ist, an das ich mich erinnern kann. Und jetzt war Verena bei mir. Wir setzten uns auf eine der Kinderwippen, die mit dünnem Frost überzogen dastanden und Dinosauriergerippen glichen. Verena und ich. Es war verrückt. Plötzlich war ich 14 Jahre älter als sie, und sie wusste nicht, wie sehr ich sie geliebt hatte. Wir begannen zu wippen, begleitet von dem leisen Quietschen der Scharniere, das wie eine Fledermaus um uns durch die Bäume jagte. Ich hätte am liebsten gar nichts gesagt, aber sie stieg plötzlich vom Sitz und ließ mich unsanft auf den nur wenig dämpfenden Autoreifen knallen. „Also, was steckt hinter all diesen verrückten Dingen?"

Ich versuchte vergeblich, in der Dunkelheit ihren Gesichtsausdruck zu deuten. Vorsichtig sagte ich: „Das meiste steht in meinem Brief. Ich möchte, dass du ihn morgen liest, ohne deine Freundinnen und ohne Max. Ich werde morgen Abend auch nicht zu eurem Treffen kommen. Aber ich bitte dich: Geh du hin. Triff dich mit Max. Sag ihm … was weiß ich … ich hätte deine beste Freundin ausgequetscht, dadurch wäre ich an all die Detailinformationen gekommen, und letztlich hätte ich dir eine Versicherung andrehen wollen. Wichtig ist, dass Max mich möglichst schnell vergisst und unter der Kategorie ‚Verrückter' abbucht. Tu mir den Gefallen und sprich mit ihm. Es ist für ihn, für dich und für mich von entscheidender Bedeutung."

Verena war jetzt ernsthaft zornig: „Warum sollte ich das alles machen? Ich kenne ihn doch gar nicht!"

Meine Stimme hatte auf einmal diesen tiefen, eindrücklichen Klang, mit dem ich sie früher immer betört hatte: „Das steht in meinem Brief! Lies ihn, bitte, morgen. Mehr kann ich dir jetzt nicht sagen!"

Sie trat auf mich zu. „Und du? Wer bist du?“

„Wer weiß, vielleicht bin ich tatsächlich ein Prophet?“

Ich versuchte, die gedrückte Stimmung wegzulachen, aber es gelang mir nicht. Verena stand im Halbdunkel eines Baumes, der das Licht der Straßenlampen abhielt, und starrte mich an. Ich wusste nicht, was ich sagen sollte. Sanft flüsterte ich: „Weißt du, was der griechische Schriftsteller Lukian den Gott Amor einmal sagen lässt? ‚Wenn ich euch auf das Schöne aufmerksam mache, was tu ich daran so Unrechtes? Lasst ihr euch davon hinreißen, so ist das eure Sache; was gebt ihr mir die Schuld?‘ Vielleicht ist es das, was ich will: Ich möchte dich auf die Schönheit dieses Lebens aufmerksam machen.“

„Ach, du bist also Amor!“

„Nein, natürlich nicht! Obwohl, warum nicht? Ich möchte jedenfalls gerne einer sein, der Sehnsüchte erfüllt. Lass es auf einen Versuch ankommen.“

„Also, Amor, ich werde deinen Brief lesen, und vielleicht gehe ich auch morgen zu diesem Treffen, aber ich hoffe, dass ich bis dahin eine gute Erklärung für das alles habe.“

„Das hoffe ich auch“, sagte ich und verschwand in der Nacht.

1635

Ein älterer Page betrat das Atelier und erschrak, als er Van Dyck und mich in Decken gehüllt auf zwei Kisten sitzen sah. Der Künstler wollte ihn erst brüsk hinausschicken, dann besann er sich: „Robin, zieh deine Jacke aus.“

Der Page zögerte.

„Ich brauche sie für mein Bild. Na, mach schon! Deine Jacke wird in die Ewigkeit eingehen.“

Van Dyck nahm dem betreten dastehenden Pagen die Bekleidung ab, streifte sie mir über und schob mich hinter die Staffelei.

„Sei nicht böse, aber wenn ich bis zwölf Uhr mit deinem Bild fertig sein will, nein fertig werden soll, dann muss ich noch ein bisschen arbeiten. Du kannst ja dabei weitererzählen. Genau, da hast du gestanden. Nimm bitte den Kopf nicht ganz so hoch, vorher war das Kinn tiefer. Ja, es muss ein unsicherer und trotzdem zielgerichteter Blick in die Vergangenheit sein. Dort kommt alles her. Dort scheint das Licht, das unsere Gegenwart erhellt. Du bist derjenige, der weiß, dass hinter dem Horizont des Vergangenen ein unendlicher Reichtum wartet, von dem wir möglichst viel in die Gegenwart retten sollten, wenn wir eine

Zukunft haben wollen. Ja, jetzt ist es so, wie ich es mir vorgestellt habe. Stell dich etwas breitbeiniger hin; wer die Vergangenheit kennt, der ist gut geerdet. Ja. Das linke Bein ein bisschen vor, als drängte es dich, wieder zurückzukehren in die leuchtende Historie. Genau, der ganze Schritt muss Hoffnung ausdrücken. Und zugleich hält dich die Gegenwart gefangen, denn du weißt ja, dass man nicht zurück kann. Keiner kann das."

„Ich kann es!"

Van Dyck strich sich über die Nase: „Stimmt. Merkwürdig, mein Verstand hat das einfach ignoriert. Irgendwie wollen wir das, was wir nicht glauben können, auch nicht wahrhaben. So, wie du jetzt vor mir posierst, habe ich eben in dir wieder ein gewöhnliches Modell gesehen. Verzeih. Erzähl mir, was in diesem Brief stand, den du an deine ehemalige Mätresse geschrieben hattest."

1985

„Ich musste in mehreren Geschäften nachfragen, bis ich die richtige Umschlagsorte gefunden hatte. Dann saß ich den ganzen nächsten Tag, es war wieder ein Dienstag, in der kalten Hütte und arbeitete an meinem Brief. Es war nicht leicht, in die Zukunft zu schreiben, aber es musste sein. Ich hatte das Schreiben in Verenas zitternden Händen gesehen, nun blieb mir keine andere Wahl, als es auch abzuschicken. Also verfasste ich einen Brief, den ich schon fertig geschrieben gesehen hatte. Ich konnte zu diesem Zeitpunkt nicht ahnen, was ich damit auslösen würde. Sonst hätte ich ihn nie geschrieben oder ich hätte ihn direkt nach der Fertigstellung zerrissen und verbrannt. An diesem Morgen glühte ich vor Begeisterung über meine vermeintlich so cleveren Schachzüge, die mir, also meinem jüngeren Ich, eine Traumfrau bescheren würden.

Ich war so naiv.

Später verfasste ich übrigens noch einige andere Briefe. Sie enthielten ausschließlich gute Ratschläge an mich selbst. Doch jedes Mal, wenn ich sie noch einmal durchlas, kamen sie mir so besserwisserisch und unverständlich vor, dass ich sie nicht abschickte.

Überhaupt schäme ich mich im Rückblick über meine unbeholfene Dummheit in dieser Zeit. Ich ließ das verwirrende Dasein geschehen, ohne darin wirklich aktiv zu werden. Mein abendlicher Enthusiasmus in dem kleinen Restaurant und der Brief an Verena waren positive Ausrutscher, Kraftanstrengungen, wie sie mir nachher nicht mehr gelangen. Schließlich schien es viel einfacher, alle Ungereimtheiten dem Schicksal in die Schuhe zu schieben und sich beleidigt zurückzuziehen. Für Maximilian den jüngeren konnte ich mich kurzzeitig aufraffen, für mich selbst fand ich keine Kraft. Ich habe mich später oft gefragt, warum ich damals nicht in der Lage war, mein Leben in die Hand zu nehmen. Es gibt keine Erklärung. Vielleicht ist es wie bei einem Sterbefall. Der Hinterbliebene bleibt derselbe, der er vorher war, und doch lähmt ihn der Verlust für lange Zeit. Das Vakuum, das entsteht, saugt alle Energie, alle Pläne und alle Hoffnungen auf und lenkt die Gedanken so sehr zu dem Vergangenen, dass für die Zukunft kein Raum bleibt. Und wer keine Zukunft sieht, der will dort auch nicht hin. Der will nur zurück. Und weil er das nicht kann, gibt er auf. Bei mir kam zu dieser Lähmung bald darauf auch noch die Angst vor den Auswirkungen meiner anachronistischen Interventionen.

Ich wollte für mich sorgen und versank doch in Lethargie. Nur meine Zeilen an Verena habe ich mit all der verschmähten Liebe, all den ungesagten Worten und all meiner Einsamkeit gefüllt, die mich damals bedrängten. Sollte ich jemals zurückkehren können, möchte ich diesen Brief auf jeden Fall meinen Unterlagen beifügen, da ich aber wenig Hoffnung habe, gebe ich hier den ungefähren Wortlaut wieder, so wie er nach vielem Nachdenken Stück für Stück in mir hervorgekommen ist:

Liebe Verena,

es klingt sicher absurd, aber meine Zeit ist nicht deine Zeit; mein Morgen ist dein Gestern. Wenn du diese Zeilen in 365 Tagen liest, bin ich möglicherweise schon in einem anderen Jahrhundert. Ich weiß nicht, wie ich es verständlicher erklären sollte. Meine Jahre verlaufen jedenfalls anders als deine. Ich kann es selbst noch nicht in Worte fassen. Wie verrückt das ist, erfährst du gerade: Obwohl dieser Brief bereits zwölf Monate lang bei dir liegt, haben wir uns erst vor einem Tag im „Piccolo Giardino“ kennen gelernt. Natürlich wirst du nicht glauben, dass ich dir im Januar 1985 von Ereignissen aus dem Januar 1986 schreiben kann, aber es ist wahr: Ich kenne deine Zukunft. Ich bin aus der Zeit herausgenommen worden und falle haltlos durch die Jahre. Das ist die einzige Erklärung, die ich dir für mein Wissen über dich geben kann.
Weil ich nicht weiß, wie viel Glauben du mir schenkst, erzähle ich dir eine Episode aus deinem Leben, die du noch nie einem Menschen anvertraut hast: Als du elf Jahre alt warst, hat dich auf einer Geburtstagsfeier der

Vater deiner Freundin in eine Abstellkammer gezogen und dir unter den Rock gegriffen. Du hast ihn aus Angst gewähren lassen und dich später so über deine Hilflosigkeit geschämt, dass du fortan alle Männer gehasst hast. „Verena, die Keusche" haben sie dich im Goethe-Gymnasium genannt, weil du bei den Knutschspielchen nie mitmachen wolltest. Und es fällt dir immer noch schwer, dich von einem Mann berühren zu lassen.
Gestern habe ich mich als Propheten bezeichnet. Ich kann dir nicht sagen, ob ich einer bin. Und doch ist das, was in diesem Brief steht, deine Zukunft, dein Leben. Es ist, was es ist. Dass ich dir sage, was dich erwartet, muss sein. Auch das lässt sich nicht so einfach erklären. Um es kurz zu machen: Ich werde dir beschreiben, was in den nächsten Jahren mit dir passieren wird. Ich weiß, dass es passieren wird.
Keiner kann den Lauf der Geschichte verändern, ich nicht und du auch nicht. Daher weiß ich nicht, welche Chance du hättest, dich gegen das Kommende zu wehren. Du musst selbst entscheiden, was du mit meiner „Weissagung" anstellst. Ich will auf jeden Fall versuchen, die Dinge nur anzudeuten, damit du nicht als Sklavin dieses Briefes leben musst.
Max, mit dem du heute Abend verabredet bist, und du, ihr werdet ein Paar werden und einige sehr erfüllte Jahre miteinander verbringen. Max ist ein feiner Kerl. Sicher noch ein bisschen unreif und unsicher, was er mit jugendlicher Arroganz zu vertuschen sucht, aber aus ihm kann etwas werden. Durch dich wird er Lust am Leben bekommen, während deine Sprunghaftigkeit etwas nachlässt. Er wird lernen, sich weniger wichtig zu nehmen, du wirst lernen, dich ernster zu nehmen. Er wird seine Zärtlichkeit entdecken, und du wirst verstehen, welches Geschenk es ist, Zärtlichkeit annehmen zu können.
Eines ist ganz entscheidend: Du wirst ihm sein Studium der Sonderschulpädagogik ausreden und ihn motivieren, mit Altphilologie zu beginnen. Er ist unzufrieden mit seiner jetzigen Situation, aber noch zu unflexibel, um sich aus den eingefahrenen Gleisen herauszubewegen. Nimm du das für ihn in die Hand. Dein eigenes Studium wird übrigens sehr erfolgreich verlaufen. Vielleicht hilft dir diese Ankündigung, dich mehr auf die großen Zusammenhänge des Daseins zu konzentrieren. Sei nicht zu schnell zufrieden, aber genieß dieses Leben in vollen Zügen.
Übrigens: Wenn du Ende Februar mit dem Fahrrad zum Reiten fährst, dann schnalle deinen Reithelm nicht auf den Gepäckträger, sondern setze ihn auf. Du wirst stürzen, dank des Helmes aber nur einige Kratzer am Arm abbekommen.
Ich muss aufhören, sonst übe ich gegen meinen Willen Macht über dich aus. Ich kann mir vorstellen, wie viele Fragen jetzt in dir hochkommen, aber ich

kann und darf sie dir nicht beantworten. Hier ist deine Zukunft. Gestalte sie.

Mit lieben Grüßen
Dein Christoph

Als ich den Brief eingeworfen hatte, verlor ich die Kontrolle über mich. Hilflos brach ich zusammen. Meine Muskeln gehorchten mir nicht mehr, und ich fiel über meine Beine, ohne den Aufprall abzudämpfen. So sank ich vor dem noch klappernden Briefkasten auf das Trottoir. Ein Häufchen Elend, über das der eisige Wind dunkle Tropfen wehte. Ich kann mich heute nicht mehr an die Umgebung erinnern. Es wurde alles schwarz. Ja, ich weiß nicht einmal, wie lange ich dort regungslos gelegen habe.

Ein älteres Ehepaar half mir auf die Beine und blieb bei mir, bis sich mein Kreislauf wieder stabilisiert hatte. In mir und um mich drehte sich alles. Ich torkelte langsam in die Gartenhütte und weinte dort mehrere Stunden leise vor mich hin. Anfangs verstand ich selbst nicht, was mich so niederdrückte, bis ich nach und nach den Grund meiner Verzweiflung entdeckte.

Nichts stimmte mehr: Ich hatte mich selbst verkuppelt und entmündigt, ich hatte mein Leben verändert und Verena beeinflusst. Ich hatte die Geschichte manipuliert. Ich hatte als winziger David den Goliath Zeit herausgefordert und ihn auch besiegt – aber er war auf mich gefallen. Bis zum Absenden des Briefes war ich der Überzeugung gewesen, ich wäre in jedem Augenblick des bisherigen Lebens Herr meiner Sinne gewesen. Nun wusste ich, wie sehr ich mich geirrt hatte. Ein anderer, ich selbst und doch nicht ich, war in mein Leben eingefallen und hatte all das gesteuert, ferngesteuert, was ich für meine eigene Leistung gehalten hatte. Das Absenden eines Briefes machte aus einem scheinbar selbstbestimmten jungen Wissenschaftler eine willenlose Marionette. Erstaunlicherweise empfand ich es nicht als Trost, dass ja auch meine Zeitreise ein für mich unverständlicher Willkürakt darstellte, auf den ich keinen Einfluss besaß. Die brutale Vergewaltigung meines Willens durch mein zweites Ich schmerzte wie eine schwere Eisenkette an meinem Bein. Aber was hätte ich denn anderes machen sollen? Ohne mich hätte Max diese Frau doch niemals kennen gelernt.

Ich erschauderte ein weiteres Mal, als hätte in meinem Inneren der Wind gedreht. So wie einen bisweilen die Erkenntnis überrumpelt, dass man anstatt die eigentlichen Fragen zu stellen, auf Nebenschauplätzen gerungen hat. Jetzt erst wurde mir bewusst, in welche bösartige, brutale und menschenverachtende Situation ich Verena gebracht hatte. Was erlebt ein Mensch, der einen Brief bekommt, in dem ihm seine Zukunft nicht nur vorhergesagt, sondern aufgedrängt wird? Welche Freiheit hat er noch? Jedes Wort, das ich der jungen Frau geschrieben hatte, stellte eine Verletzung ihrer Persönlichkeit dar, eine tiefe Verwundung, denn ich nahm ihr den eigenen Willen. Verena musste im Angesicht der treffenden Zeilen um ihr Leben kämpfen. Sie konnte die geheimnisvollen Andeutungen umsetzen oder versuchen, alles anders zu machen. Aber sie konnte dem Fluch der Vorhersagen nicht entgehen, ganz gleich, wie sie reagierte; die Fragen nach deren Richtigkeit würden sich wie ein Phantom an jedem Wendepunkt ihres Lebens aus dem Dunkel erheben und sie verfluchen. Instinktiv wusste ich, dass sie meine Worte akzeptieren würde, denn ich kannte ja die Zukunft. Aber wie viel Überwindung würde es sie kosten? Ich wollte mir ihre Zerrissenheit nicht vorstellen, so weh tat dieser Gedanke.

Und erst, als ich das gedacht hatte, wurde mir klar, worüber ich in diesem tristen Augenblick eigentlich weinte: über mich selbst. Über meine unendliche Dummheit und Verblendung. Ich hatte es ja gut gemeint: Ich wollte mich zu meinem Glück zwingen. Aber war mir das gelungen? Hatte ich nicht genau das Gegenteil erreicht? Hatte ich nicht zwei Personen zusammengezwungen, die sich ohne mein Eingreifen zu Recht nicht begegnet wären? Plötzlich stand für mich, den weinenden Mann aus dem Jahr 2000, nur noch eine Frage im Raum: „Hat Verena mich jemals geliebt?" Oder war sie nur mit mir zusammen gewesen, weil ich sie dazu gebracht hatte? Ohne mich zu kennen oder zu mögen, hatte sie auf Grund eines verdammenswürdigen Briefes eine vorherbestimmte Beziehung angefangen. Ich fand kein Taschentuch mehr, um meine verquollenen Wangen zu trocknen. Auf Grund meines eigenen Zutuns entpuppten sich die drei wegweisendsten Jahre meines Lebens als Lüge. Ein großer, verhängnisvoller Irrtum. Selbstbetrug! Eine organisierte Liebe. Ich hatte sie quasi aufgefordert, sich zu prostituieren. Und sie war aus Angst vor dem Schicksal darauf eingegangen. Das war sie und nichts anderes: eine Prostituierte der Zeit.

Hatte sie sich vielleicht nachträglich in mich verliebt? Ich glaube nicht. Nachdem ich nun wusste, wie diese Beziehung angefangen hatte, konnte ich sie zum ersten Mal ohne den Schleier der Verliebtheit betrachten; ein erschreckendes Bild. Damals war ich verblüfft gewesen, wie schnell sich diese betörende Frau auf mich eingelassen hatte, und es auf meinen unwiderstehlichen Charme geschoben. Ich war überzeugt gewesen, sie wäre mir sofort verfallen. Kein Wunder. Sie gehorchte ja nur dem brieflichen Schicksal, das sich ihr in Form eines allwissenden Orakels präsentiert hatte. Ich hasste mich für das, was ich mir und ihr angetan hatte.

Ich rang mit mir selbst und konnte doch nur verlieren. Ich wollte nicht akzeptieren, dass sich Verena wahrscheinlich die ganze Zeit wie in einem Gefängnis gefühlt hatte. Es schien mir unmöglich, dass ich mir diese liebevolle Atmosphäre nur eingebildet hatte. Das war doch eine befreiende, beglückende Beziehung gewesen. Aber wie ehrlich waren ihre Lippen, ihre Hände und ihre Augen wirklich gewesen? Diese hingebungsvollen Umarmungen, das gemeinsame Träumen und Lachen: Das hatte sie alles nicht nur vorgespielt. Oder doch? Und wenn es so war? Ich hatte ihre sexuelle Zurückhaltung als Folge ihres Kindheitstraumas gewertet. Viele ihrer kleinen Marotten, an die ich mich im Laufe der Zeit gewöhnt hatte, konnten ebenso Zeichen einer tiefen Traurigkeit sein. Die These, dass sie mich nicht geliebt hatte, würde auch einige ihrer Entscheidungen erklären. Zum Beispiel hatte es damals für sie keinen konkreten Anlass gegeben, zum Examen nach Hamburg zu ziehen. Wollte sie einfach nur weg von mir? Und dann all diese Versuche, mich eifersüchtig zu machen: Waren das Hilferufe gewesen? War das vielleicht ihr Weg, dem Schicksal ein Schnippchen zu schlagen?

Sie konnte unsere Beziehung nicht beenden, denn dann hätte sie die Prophezeiung verletzt. Aber sie konnte dafür sorgen, dass ich von mir aus die Partnerschaft auflöste. Sie wollte die Verantwortung für den Bruch, für die Missachtung des Schicksals nicht übernehmen, hielt es aber auch nicht länger mit mir aus. Sie muss sehr gelitten haben. Ob es so war? Ich weiß es nicht. Im Nachhinein spricht so vieles dafür. All die verborgenen Winkel ihres Charakters, zu denen ich in unseren gemeinsamen Jahren keinen Zugang gefunden hatte, taten sich jetzt auf: Kleine Ungereimtheiten, nachlässig dahingesagte Halbsätze und scheinbar unwichtige Streitpunkte lagen auf einmal wie Blei auf meiner Seele. Je länger ich darüber nachdachte, desto mehr war ich davon überzeugt, dass sie mich nie geliebt hatte, dass sie mit mir ausschließlich zusammengewesen war, um dem geheimnisvoll-bedrohlichen Fremden zu gehorchen, der ihr schonungslos eine Zukunft aufgedrängt hatte. Ich war selbst daran schuld. Ich hatte mein und ihr Leben versaut. Ich hatte Gutes gewollt und es war Schlechtes daraus geworden.

Erst zwei Tage später war ich wieder in der Lage, mein Refugium zu verlassen. Mit dem festen Vorsatz, nie wieder Einfluss auf den Zeitenlauf zu nehmen, keinem Menschen jemals wieder von meiner Reise zu erzählen, mich und andere in Ruhe zu lassen und mich einfach aus dieser Welt zurückzuziehen.

1635 Als ich während meiner Erzählung bei meiner selbstgewählten Isolation angekommen war, sah ich aus den Augenwinkeln, dass der Maler den Pinsel niedergelegt hatte. Er atmete schwer. Mit einem kleinen Leuchter in der Hand ging er zu einem der Fenster, öffnete es und warf einen Blick auf den Mond. Lange Zeit sagte er nichts. Dann flüsterte er: „Langsam fange ich an, dir zu glauben."

Und als er nicht fortfuhr, fragte ich in die Stille hinein: „Warum?"

Er drehte sich um: „Warum? Warum? Frag mich etwas Leichteres. Vielleicht, weil du in deiner Geschichte das Opfer und nicht der Held bist. Ich kann mir nicht vorstellen, dass sich jemand ein so unglaubliches und zugleich verführerisches Märchen einfallen lässt. Wozu auch? Die Fantasie erzählt uns die unglaublichsten Geschichten. Aber dein Märchen ist Wirklichkeit geworden. Und du musst darin leben. Ich schätze, wir haben noch etwa vier Stunden, dann verschwindest du in der Vergangenheit. Wenn ich dir in irgendeiner Form helfen soll, musst du mir mehr berichten. Irgendwo muss da ein Hinweis sein, irgendetwas, an dem man einhaken kann. Hast du dich nach deinem Zusammenbruch gar nicht mehr um dein jüngeres Ich gekümmert?"

Ich atmete tief ein: „Doch, natürlich. Es war das Einzige, was ich tun konnte. Außer mir hatte ich doch keinen mehr. Ich drehte mich die ganze Zeit um mich selbst. Aber ich vermied es, zu sehr mit mir in Kontakt zu kommen. Ich sah mich mehrmals auf dem großen rechteckigen Pausenhof unserer Schule unter den Platanen stehen, damals habe ich noch geraucht, ich fuhr sogar einmal mit mir auf der Frankfurter Eisbahn. Ich konnte nicht genug von mir bekommen. Einmal habe ich mir, dem Kind – ich muss so zehn Jahre alt gewesen sein – 50 Mark in die Jacke gesteckt. Doch auch dabei hatte ich ein schlechtes Gewissen. Ich durfte nie wieder – unter keinen Umständen – das Leben eines anderen Menschen beeinflussen. Ich wollte mir helfen und konnte es nicht. Ich wollte für mich da sein – und durfte nicht. Aber gerade weil dem so war, verstärkte ich meine Anstrengungen um dieses Kind noch. Und je mehr ich mich hineinsteigerte, desto klarer wurde mir, dass ich mich verlor. Irgendwann war ich fünf, dann nur noch vier Jahre alt. Ich bot sogar meiner Mutter einmal an, auf ihren Kleinen aufzupassen, als sie mir auf einer Parkbank erzählte, sie müsse noch schnell in den

Supermarkt. Zehn Minuten lang spielte ich mit dem dreijährigen Jungen, der in mir steckte und in dem ich vorgezeichnet war. Ich genoss es. Ich konnte in meinen Zügen schon mein Lächeln erkennen. Da war mein grimmiges Zusammenziehen der Stirnmuskeln, mein jähes Aufsehen, wenn etwas mich verstimmt, und meine Angewohnheit, wenn ich unsicher bin, die Hände unter die Achselhöhlen zu schieben. Als meine Mutter wiederkam, unterhielten wir uns eine halbe Stunde angeregt, dann nahm sie den Kleinen auf den Arm und verabschiedete sich. Durch das Klettergerüst sah ich mich noch winken, mit einem strahlenden Lachen. Die nächsten drei Tage wartete ich vergeblich darauf, meine Mutter noch einmal mit dem Kinderwagen zu sehen. Sie blieb zu Hause.

Am Donnerstag, den 4. Februar 1965, wachte ich nicht wirklich auf. Ich wusste, dass ich, dass mein Lebenssinn, nicht mehr da war. Es begann die Zeit vor meiner Geburt. Aber meine depressive Stimmung hatte wahrscheinlich schon ein paar Tage früher eingesetzt. Ich musste ja zusehen, wie alles, was ich kannte, nach und nach verschwand. Meine Welt wurde jeden Tag weniger und auch ich wurde jeden Tag weniger."

Van Dyck schloss das Fenster wieder. „Und was geschah dann?"

„Was heißt das: Was geschah dann?! Nichts geschah dann. Ich bestand nur noch aus Resignation. Seit ich nicht mehr war, wollte ich auch nicht mehr sein. Lange Tage versank ich einfach in mir, dann, Anfang der fünfziger Jahre, ging ich in die Frankfurter Stadtbibliothek, um herauszufinden, in welcher Region ich die beiden Weltkriege am sichersten überstehen würde. Wenig später nahm ich das letzte Geld, das ich noch besaß, und fuhr in den hinteren Vogelsberg. Dort schlief ich in den Scheunen bei den Tieren, bettelte um ein Stück Brot oder setzte mich am Sonntag vor die Kirche. Die Zeit zog einfach an mir vorüber. Die Geschwindigkeit, in der die Jahre vergingen, befreite alle Ereignisse von ihrer Schwere. Sogar Weltkriege, die nur wenige Tage dauern, verloren viel an Grausamkeit, aber mir war ja ohnehin alles gleichgültig. An keinem der sechs Tage, die ich während des Zweiten Weltkrieges verbrachte, sah ich auffallend viele Soldaten. Menschen feierten und Menschen starben, ohne dass es mich berührt hätte.

Es mag merkwürdig klingen, aber man kann 150 Tage verschleudern, ohne es zu bemerken. Ich wurde in diesen Jahren dreimal verprügelt, fünfmal aus einem Dorf gejagt, zweimal zum Baden aufgefordert und einmal mit dem Gewehr bedroht. Na und? Ich wollte nur eines: in Ruhe gelassen werden.

Heute würde ich sagen, dass ich mich damit vor den vielen Zweifeln und Fragen drücken wollte, die in mir ununterbrochen nach einer Antwort schrien. Man kann nicht leben, ohne zu wissen, warum. Ich jedenfalls nicht. Aber man kann sich vor den Fragen geschickt drücken. Und ich verwandte all die Energie, die ich zur Lösung meiner Probleme hätte aufwenden müssen, darauf, sie zu unterdrücken. Es war eine kalte, tote Phase. Ich fürchtete mich weniger davor, keine Antwort zu finden, als vor dem, welche Konsequenzen diese Antworten mit sich bringen könnten. Und daran hat sich im Wesentlichen bis heute nichts geändert.

Anfang des 18. Jahrhunderts begann ich wieder zu arbeiten. Da ich als Student und auch während meiner Assistentenzeit an der Universität nebenbei auf dem Bau gearbeitet hatte, verdingte ich mich als Maurer, Polier, Schreiner oder Vorarbeiter. Eben als das, was gerade gebraucht wurde. So hatte ich wenigstens etwas zu tun, bekam drei Mahlzeiten am Tag und gewann das bisschen Ehre zurück, das ich nach dem Hingang meines jüngeren Ich weggeworfen hatte. Ich denke nicht gerne an diese Zeit zurück. Immerhin fand ich im Lauf der Jahre heraus, dass ich immer öfter mit Menschen zusammenkam, die nicht lesen und schreiben konnten. Daher wandte ich mich von nun an regelmäßig direkt an den Bauleiter und erbot mich, als Schreiber zu arbeiten.

Was mir neben der Arbeit an Kraft blieb, nutzte ich, um Schwierigkeiten aus dem Weg zu gehen. Ich war überzeugt, dass ich meinen Teil am Leid der Welt bereits ausgekostet hatte. In den Pausen auf der Baustelle und am Abend befragte ich so viele Menschen wie möglich nach der jüngeren Geschichte, nicht, um mich zu bilden, sondern um mögliche Gefahren schon im Vorfeld vermeiden zu können. Ich passte mich allem an und wurde ein perfekter Vergangenheitsopportunist. Und Ihr könnt mir glauben, Meister Van Dyck: Wer nicht leben will, kann sich auf angenehme Art davor drücken. Außerdem hatte ich genügend Zerstreuung. Ihr könnt euch nicht vorstellen, wie schnell sich die Sprache, die Schrift, die Umgangsformen und die Werte entwickeln. Was heute gilt, war vor 100 Jahren undenkbar und wird in 100 Jahren undenkbar sein. Dabei sind es weniger die sich verschiebenden Laute oder die Wortwahl, die mir Schwierigkeiten bereiten. Es sind die Denkstrukturen, die sich verändern. Kaum ein Europäer des ausgehenden 20. Jahrhunderts kann sich noch in die völkischen Logismen einer nationalistischen Ideologie eindenken. Unabhängig von allen Schuldzuweisungen bemühen sich Historiker und Soziologen, diese grau-braune Zeit zu verstehen, aber es wird nicht gelingen. Sowenig wie ein Indianer einen

Aufklärer, ein Sklavenhalter einen Sklavenbefreier oder ein Hexenverfolger eine Feministin versteht, sowenig ähneln sich ein Mensch der fünfziger und der zwanziger Jahre. Sie denken unterschiedlich. Darum ist es auch sinnlos, über andere Epochen zu richten. In ihrer Zeit waren die jeweils Lebenden gleichermaßen bestrebt, ihr Glück zu finden, wie heute. Wer die Veränderungen der Geschichte während seines Lebens langsam zu spüren bekommt, der mag sich dagegen sträuben, letztlich verliert er aber doch und beugt sich. Wenn er denn überhaupt registriert, wie schnell die Welt ihr Selbstverständnis wechselt. Es ist wie bei Eltern, die meist die Entwicklungen ihrer Kinder durch den engen Kontakt gar nicht bewusst wahrnehmen und erstaunt sind, dass eine selten zu Besuch kommende Tante fröhlich bemerkt, dass ‚der Junge so groß geworden ist'. So ging es mir mit der Zeit: Sie kam mir nach jedem ‚Zurück' verändert vor und ich musste täglich die Entwicklungen beziehungsweise die Rückentwicklungen eines ganzen Jahres verkraften. Krisen, Ängste, wissenschaftliche Errungenschaften, Preise, Verkehrsmittel oder auch nur ein bestimmtes Medienereignis haben weitaus größeren Einfluss auf die Gesellschaft, als wir denken.

Ich torkelte durch die Jahrzehnte und bemühte mich angstvoll, nicht in ein historisches Fettnäpfchen zu treten. Natürlich begegnete ich auch Prägungen, die wenig später wieder verschwunden waren. Andere dagegen standen in einem kontinuierlichen Wandel. Die Religiosität etwa nahm stetig zu. Ich stellte überrascht, aber nur wenig verwundert fest, wie selbstverständlich es für die Menschen der vergangenen Jahrhunderte war, in ihren Tagesablauf, in ihr Denken und ihre Sprache die Allgegenwart Gottes einzubauen. Und dass diese Einbeziehung überirdischer Sphären ihnen gut tat und ihr Leben aufwertete. Zu dieser Zeit begann ich auch zu überlegen, ob meine Reise einen spirituellen Hintergrund haben könnte, verwarf den Gedanken aber bald wieder. Ich will nicht an einen personifizierten Gott glauben, der Menschen in eine solch verfluchte Existenz stürzt wie die, die ich ertragen muss. Meist aber denke ich gar nicht mehr darüber nach, warum mein Leben so verläuft. Ich habe genug damit zu tun, den Anschluss an die Zeit nicht zu verlieren. Das also ist heute mein Leben: arbeiten, reden und mich anpassen."

Van Dyck bekreuzigte sich. Ich glaube, er wollte den Gestus vor mir verbergen, aber seine Bewegungen waren eindeutig. Mit fast gehauchter Stimme fragte er: „Und was willst du jetzt in London?"

Ich setzte mich auf den kalten Steinfußboden, umschlang meine Beine mit den Armen und schaute zu dem Künstler auf. „Ich bin nicht hier, weil ich etwas will, sondern weil ich etwas nicht will. Jetzt, wo ich das sage, spüre ich selbst, wie feige das klingt. Ist das nicht Schrecken erregend? Aber ich sagte ja, dass ich ein Meister im Verdrängen bin! Wer nicht weiß, was er will, fängt irgendwann an, gegen alles zu sein. Ich weiß überhaupt nur noch, was ich *nicht* will. Wenn ich erklären sollte, was ich will, dann bliebe mein Mund geschlossen. Das bedrückt mich. Denn können wir überhaupt vorankommen, solange wir nur negative und keine positiven Ziele haben? Ich bin hier, weil ich den Glaubenskrieg nicht mag, weil er unberechenbar ist und die Menschen verschlingt wie ein Ameisenbär die Ameisen. Und doch sehne ich mich danach, endlich wieder zu wissen, was ich will, endlich wieder für etwas zu sein!"

Der Künstler nahm eine Stoffbahn und legte sie über die Staffelei. Das Kunstwerk verschwand wie unter einer Schneedecke.

Van Dyck blickte mich an. „Beschreibe mir das Bild!"

Die Kerzen warfen flackernde Schatten auf die weiße Fläche und verwandelten sie in ein wogendes Meer.

„Das habe ich doch schon getan, Sir!"

Der Maler trat einen Schritt auf mich zu. „Das eine Mal reicht nicht. Wenn etwas große Kunst ist, dann kannst du es beliebig oft betrachten, es wird dir immer etwas Neues erzählen. Manchmal erkennt man erst nach langer Zeit, worin sein Geheimnis besteht, und doch hättest du dieses gewisse Etwas nicht entdeckt, wenn du nicht schon vorher lange mit fragenden Augen darauf geschaut hättest. Jeder Blick sorgt dafür, dass etwas von der Kunst in dir bleibt. Und du musst reif werden zu sehen. Ob etwas ein Kunstwerk darstellt oder nicht, bestimmst du. Nur wenn du in der Lage bist, es zu sehen und zu verstehen, kann es seine Schönheit preisgeben. Ich weiß nicht, wie ich es dir erklären soll.

Pass auf: Es ist wie mit Noten. Ein Mensch, der kein Instrument spielt, sieht nur einen Haufen seltsamer Kleckse auf einem Blatt Papier. Ein guter Musiker aber sieht nicht nur die Noten, für ihn sind die kleinen Flecken auf den Linien Botschafter einer herrlichen Welt, er hört jeden Ton, der dort notiert ist. In ihm werden die dunklen Punkte zu hellen Klängen, die die Welt zum Schwingen bringen. Und je geübter er ist, desto klarer erlebt er das Orchester mit all seinen Nuancen.

Das Gleiche gilt für dieses Bild: Im Augenblick hast du davon nur eine Vorstellung. Und weil du kein Maler bist, müsstest du es viele hundert Male betrachten, ehe du es wirklich sehen, geschweige denn nachmalen könntest. Gut, du weißt, dass darauf drei Männer und ein

Pferd zu schön sind, aber ich wette, du könntest nicht einmal sagen, ob König Charles an seinem Schultergurt ein Taschentuch oder einen Handschuh trägt. Nimm dir Zeit und lerne zu sehen."

„Warum?"

Er hob den Kopf, sichtlich getroffen. „Jetzt enttäuschst du mich. Warum! Weil … weil du ein Kunstwerk bist."

Ich verstand ihn nicht. „Ach!"

Einen Moment wirkte der Maler so, als wolle er mich nun verabschieden, dann aber sagte er: „Weißt du, warum die Menschen so gerne von mir porträtiert werden? Weil ich in den Gesichtern das sehe, was sie zu etwas Besonderem macht. Jeder Künstler tut das, aber mir ist dieser Aspekt wichtiger als alle anderen. Einige meiner Kritiker behaupten, ich könne keine Menschen erfinden, ich bräuchte immer Vorbilder. Ich glaube, sie haben Recht. Und ich schäme mich dessen nicht. Ich will nicht Gott sein und Neues schaffen. Nur haben das diese anmaßenden Pinselhandwerker noch nicht begriffen. Ich male das typisch Menschliche in den Menschen, die ich sehe. Und dadurch werden sie unsterblich. Denn das macht keiner so gut wie ich. Der Musiker sieht nicht nur die Note, er hört den Ton. Der Maler sieht nicht nur das Gesicht, er erkennt die Leidenschaften und Nöte des Dargestellten, er kennt dessen Geschichte."

Er drehte sich spielerisch um die eigene Achse und ließ dabei ein leises Glucksen ertönen: „Hör zu. Wenn einer eine solche Geschichte hat wie du, dann ist er ein großes Kunstwerk. Also muss er ein großer Künstler werden, um sich zu verstehen. Du kannst im Augenblick an deinem Dasein doch gar nichts ändern. Also hast du die Wahl: Du kannst verzweifeln oder etwas aus deiner Lage machen. Du bist so, wie du bist. Dass du dich dagegen auflehnst, ist zwecklos. Ergo: Finde lieber heraus, was mit dir passiert. Und jetzt kommt der kleine geniale Hinweis: Wenn es doch eine Möglichkeit geben sollte, etwas an dir und deinem Leben zu verändern, dann entdeckst du sie nur, wenn du dich erst einmal akzeptierst."

Ich spürte, dass ich wütend wurde. „Das versuche ich seit einem Jahr!"

Van Dyck lachte wieder sein dunkles, geheimnisvolles Lachen, dass ich zum ersten Mal auf der „Marian" gehört hatte. Dann sagte er bedächtig: „Nein, das versuchst du nicht. Du versteckst dich vor dir. Nachdem du so viel geredet hast, wird es Zeit, dass ich dir eine Geschichte erzähle: Mein Lehrer Peter Paul Rubens, der, das habe ich heute Morgen erst gehört, in Zukunft wie ein Fürst auf seinem Landschlösschen Steen leben will, wusste genau, dass ich als sein Assistent niemals meinen eigenen Stil entwickeln würde. Aber ich war damals gerade 21 und so stolz, bei diesem verehrten Mann arbeiten zu dürfen, dass ich gar nicht auf die Idee kam, mich selbständig zu machen. Weil ich gut war, fürchtete ich mich, sehr gut zu werden. Mein eigener Erfolg stand mir im Weg. Ich hatte so viel erreicht, dass ich mich fast zu früh zufrieden gegeben und dabei meine eigentliche Berufung beinahe verpasst hätte. Darin bin ich übrigens kein Einzelfall. Ich kenne viele Menschen, die sich auf halbem Weg niederlassen und sich dort so bequem einrichten, dass sie den Gipfel aus dem Blick verlieren. Und wer wäre von dem, was ich erreicht hatte, nicht begeistert gewesen? Ich betreute die Werkstatt im Palais in Antwerpen, ich vertrat den Meister, wenn er unterwegs war, und konnte sogar seine Signatur auf den Bildern perfekt imitieren. Ich dachte, ich hätte alles, was ich brauche. Dabei hatte ich nichts. Ob jemand ein großer Künstler wird, hängt nicht nur von seinem Talent ab, es hängt auch davon ab, ob er an sich glaubt. Ich war im Grunde ein besserer Leibeigener, einer, der sicher sehr kunstvoll, aber eben doch nur als Nachahmer lebte. Leider war ich zu schwach, um zu beurteilen, wozu ich fähig bin.

Und ... ich brauchte Rubens. Zumindest dachte ich das damals. Weißt du, meine Mutter starb, als ich sieben war, und von da an waren die Künstler meine Familie. Mein Großvater zog als Kaufmann durch die Lande, und mein Vater lobte mich zwar, aber er liebte mich nicht. Ich lebte durch die Künstler, mit denen ich zusammen war. Ich umklammerte den Spatz in der Hand – diesen wunderschönen seidigen Vogel -, obwohl die Taube auf dem Dach auf mich wartete. Mehrfach versuchte Rubens, mich auf einen eigenen Weg zu bringen, doch ich lachte nur.

Da fing er plötzlich an, mich zu schikanieren. Weil ich nicht im Guten hören wollte, wählte er den brutalen Weg. Er mäkelte an meinen Motiven herum, kritisierte meinen Stil und zerschnitt sogar einmal eines meiner Bilder, weil er es für schlecht hielt. Er machte mir das Leben zur Hölle, um mich zum Himmel zu bringen. Wir schieden im Zorn, und sein letzter Satz war: ‚Du wirst mir noch einmal dankbar sein.' Heute bin ich es. Aber es dauerte lange, bis ich es sein konnte. Erst als ich mich nicht mehr nach Antwerpen sehnte, war ich frei, meine eigene Kunst zu finden und meinen eigenen Stil zu entwickeln.

Verstehst du: Solange du dich nicht von deiner alten Heimat löst, solange du trauerst, dass du die Welt des 20. Jahrhunderts verloren hast, solange wirst du in ihr hängen bleiben. Schneide den Faden ab und finde dich."

Ich sprang auf. „Und wie soll ich das bitte machen?"

Van Dyck streckte mir wortlos die Hand hin, und als ich sie ergriff, zog er mich mit sich. Er führte mich zu einem Holzgestell, auf dem verschiedene Leinwände lagen. Er wühlte darin, zog einige Holzkisten hervor und brummte dabei vor sich hin. Endlich hatte er, was er suchte. Er drückte mir einige Bögen Zeichenpapier, eine feine Feder und ein Tintenfass in die Hand: „Schreibe auf, was du erlebst. Und schärfe mit der Feder auch deinen Blick. Hier! Das dürfte für einige Zeit reichen. Wenn ich dir etwas raten darf: Zwei Türen neben meinem Atelier liegt ein kleiner Vorratsraum, in dem Kulissen und Dekorationen unserer höfischen Bühne lagern. Dort kommt nie jemand herein und du kannst in Ruhe über viele Jahre schreiben."

Er lachte, immer lauter. Dann hob er die Hand zum Gruß und schlurfte zur Tür. Meine Stimme hielt ihn noch einmal zurück: „Sir! Vielen Dank. Ich würde ... Euch gerne noch eine kleine Notiz mitgeben. Bitte lest sie erst in einigen Wochen. Und wenn Ihr mir glaubt, dann wisst Ihr, was Ihr zu tun habt."

Ich riss einen schmalen Streifen Papier ab, schrieb die Zeilen, die mir vor fünf Tagen auf der Fleute das Leben gerettet hatten, und überreichte sie ihm. Van Dyck grinste schelmisch: „Ganz gleich, wer du bist, ich bedanke mich meinerseits für den unvergleichlichen Abend. Jetzt muss ich aber gehen. Ich möchte mir meine Illusion gerne bewahren. Wer weiß, vielleicht erwische ich ja noch einen Reisevogel, der mich in einer Stunde nach Antwerpen bringt."

Kichernd zog er die Tür hinter sich zu.

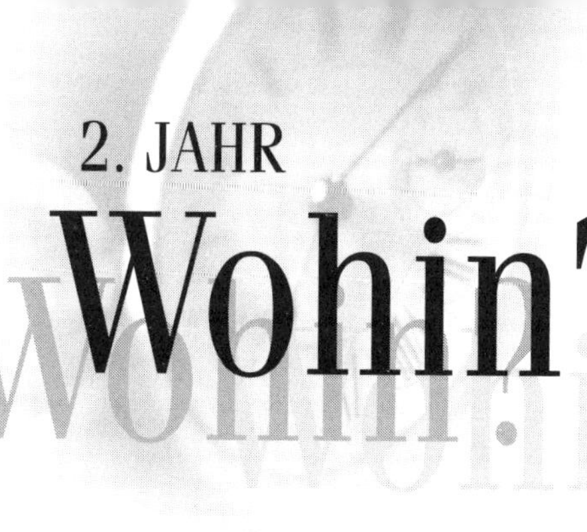

2. JAHR

Wohin?

Wohin? Wohin?

1270 Von den rötlichen Schindeln des Daches tropft Regen auf das Fensterbrett, bahnt sich an einer undichten Stelle unter dem Fenster seinen Weg ins Zimmer und mäandert an der Wand entlang, bis er zwischen den unsteten Fugen im Boden verschwindet. Ich zittere. Arnold, der Vater von Adelheid, hat einen Stock tiefer einen metallenen Topf aufgestellt, sodass ich regelmäßig das dumpfe Aufschlagen der Tropfen höre. Das geht seit drei Tagen so und unterlegt meine kratzende Feder mit einem monotonen Rhythmus. Offensichtlich regnet es hier Anfang Januar immer. Ich erkenne inzwischen am Klang des stetigen Geräusches, wann der Topf gefüllt ist, und warte dann schon darauf, dass Meister Arnold missmutig aus seiner Werkstatt in die Küche springt, um das Wasser auf die Straße zu schütten. Da, jetzt kommt er wieder, mit festen Schritten, wobei er das eine Bein etwas nachzieht. Topf hoch, Tür auf, platsch, Tür zu, Topf auf den Boden. Ich sollte meine Uhr danach stellen, das einzige fassbare Stück, das ich noch aus meinem alten Leben besitze. Aber natürlich stelle ich sie jeweils um Mitternacht, wenn ich wieder ein Jahr zurückspringe.

Das „Zurück" tut noch immer weh. Vielleicht, weil ich mich nicht daran gewöhnt habe. Nein, so kann man es nicht sagen, ich habe mich daran gewöhnt, aber noch lange nicht damit abgefunden. Manchmal nimmt die Wut von mir Besitz, dann fluche ich und schreie, aber da ich nie weiß, wen ich verantwortlich machen kann, verhallt mein Hass ohne jede Wirkung. Und das schmerzt noch mehr. Dennoch schreibe ich heute anders als im Jahr 1635. Vor allem auf Grund meiner Erfahrungen im Atelier Van Dycks – und wegen der wohltuenden Stunden zwischen den bemalten Theaterwänden meines Londoner Refugiums, die ich bisweilen um mich herum aufstellte, sodass ich mal in einem französischen Schloss, mal in einem venezianischen Palast und mal in einer Künstlerklause saß.

Ich verdanke Van Dyck sehr viel. Seit er mit mir gesprochen hat, bin ich mir nicht mehr fremd. Ich habe erst sehr viel später erkannt, wie sehr ich mich damals selbst für das verachtete, was mit mir passiert, für meine Hilflosigkeit und mein verfluchtes Dasein. Dafür, dass ich so leben muss, wie ich lebe, obwohl ich gar nichts dafür kann. Oder kann ich doch etwas dafür? Sicher ist nur: Ich habe mir dieses Leben nicht ausgesucht. Aber wer hat das schon?

Das Haus um mich herum ächzt und hustet unter den kalten Winden. Die langen Bretter reiben sich wolllüstig gegeneinander und stöhnen vielsagend. Jedes Mal, wenn der Dachstuhl aufschreit, läuft mir ein Schauder über den Rücken wie eine warme Dusche. Und immer noch dreht sich in meinem Leben alles um mich. Vielleicht sollte ich mich nicht zu wichtig nehmen. Viele Menschen haben kein Zuhause. Mein Problem in London war aber unheilvoller: Ich hatte nicht einmal eines in mir. Das ist das Schlimmste, was einem Menschen widerfahren kann: sich selbst zum Feind zu haben. Seit meiner Zeit am Hof von König Charles, am Hof des „Sehers" Van Dyck, bin ich mein Freund geworden. Weil ich selbst einen Freund gefunden hatte. Drei Wochen lang konnte ich in der zugestellten Kammer mit den Theaterkulissen – die, wie ich mitbekam, auch von dem Architekten Inigo Jones gestaltet und betreut wurden – leben und schreiben. Und zum ersten Mal spürte ich nicht mehr diesen dauerhaften Groll, der sich wie eine schwere Decke über die Seele legt und einem gramerfüllte Worte ins Ohr flüstert. Es war eine stille, befreiende Zeit. In der nahe gelegenen Palastküche, die tagsüber verlockende Düfte durch die Gänge schickte, fand ich ausreichend zu essen, und niemals kam einer, vor dem ich meine Anwesenheit hätte rechtfertigen müssen. Im Jahr 1600 verließ ich London; nicht, weil ich mich unwohl gefühlt hätte, sondern weil die Antwort auf meine Fragen dort offensichtlich nicht zu finden war.

Jetzt habe ich nach den vielen Jahren unsteter Reise wieder einmal Ruhe zum Schreiben und ordne meine Gedanken. Ich bin dazu nach Hause zurückgekehrt, dorthin, wo alles begann. Aus der kleinen Dachkammer, in der ich wohne und die außer einem faulig riechenden Strohsack, einer einfachen Holzkiste und einem Behelfsschreibtisch nichts enthält, sieht man das neu erbaute Frankfurter Gemeindehaus an der Westfront der Bartholomäuskirche; 1264 ist es eingeweiht worden. An der Stelle des Doms streckt der wesentlich kleinere frühgotische Vorgängerbau vier schmucklose Türme wie knöcherne Finger gen Himmel, als wolle er den Herrgott von dort herunterholen. Und während ich das schreibe, spüre ich, was ich längst geahnt habe: Das hier, diese verwinkelte Ansammlung windschiefer Häuser, ist nicht mein Frankfurt, noch nicht. Ich hatte gehofft, in meiner Heimatstadt meinem Geheimnis etwas näher zu kommen. Aber die mittelalterliche Stadt ist mir fremd, so fremd, dass auch ich mir noch fremder werde. Die Zeit reißt tiefe Wunden. Natürlich wusste ich, dass mein Geburtsort in all den Jahren Veränderungen durchgemacht haben würde, aber ich hatte davon geträumt, in ein vertrautes Umfeld zu kommen, Heimat zu finden. Wüsste ich nicht, dass ich in Frankfurt bin, dann könnte ich dieses Städtchen wohl kaum von Mainz, Worms oder irgendeiner anderen an einem Fluss gelegenen Ortschaft unterscheiden. Kaum etwas erinnert schon an meine Welt. Und was das Schlimmste ist: Niemand kennt hier eine Familie Temper. 700 Jahre sind vergangen, nein, sie werden noch vergehen, mehr als 20, vielleicht sogar 30 Generationen, bis mein Vater geboren wird. Was hätte ich also noch finden können? Und doch: Es war besser, irgendwohin zu gehen, als gar kein Ziel zu haben. Wenn ich nur wüsste, wo ich anfangen soll zu suchen. Mit der Ungewissheit, die mich durchdringt, halte ich es nicht mehr sehr lange an einem Ort aus. Schon jetzt spüre ich wieder, dass mich diese Kammer einengt, mich bedrückt und mir das Einzige raubt, das ich habe: meine Freiheit herumzureisen. Die Fremdheit Frankfurts stößt mich ab, macht mich sogar wütend. Wahrscheinlich liegt es daran, dass diese Stadt der Rettungsanker war, an den ich mich geklammert habe, der letzte Orientierungspunkt, der Ort, von dem ich gesagt hätte: „Hier gehöre ich hin!" Jetzt bricht die Wahrheit schmerzvoll über mich herein: Ich gehöre nirgendwohin.

Adelheid hat heute Morgen auf meine Frage nach Schreibpapier nur verständnislos mit den Schultern gezuckt. Erst dachte ich, es läge wieder einmal an meiner Aussprache, die mit den Lautverschiebungen nicht immer Schritt hält. Ich versuchte es mit anderen Betonungen: Babir, Babira, Vavier, Pibar, Papirr, Papyrum und Wapir. Sie schüttelte jedes Mal hilflos den Kopf. Aber das bin ich inzwischen gewohnt. Die Verständigung nimmt seit langem sehr viel Zeit in Anspruch. Meist höre ich mich dank meines Sprachenstudiums zwar schnell in die sich verändernden Laute ein, aber ich muss jeden Tag mit Menschen reden, wenn ich den Anschluss nicht verlieren will. Im Fall meiner Schreibmaterialien erntete ich nur Unverständnis. Da erst wurde mir bewusst, dass es im Jahr 1270 in Europa noch gar kein Papier gab. Also bat ich meine kleine Gönnerin um Pergament. Jetzt lachte sie. Pergament ist nicht leicht zu bekommen, aber weil ihre Familie Verbindungen zu verschiedenen Innungen unterhält, kam sie einige Stunden später mit leuchtenden Augen zurück. Vor mir auf der kleinen Arbeitsfläche, einem Brett auf zwei Holzböcken, liegen mehrere Bögen des feinen Leders.

Das Jahr 1270: wieder 365 Tage und Jahre weiter. Ich weiß nicht, wo ich anfangen soll. Es ist so viel passiert. Die mich umgebenden Holzlatten bedrängen mich, als forderten sie mich auf, endlich Antworten zu finden, und machen mir das Suchen nach einem Anfang für meine Geschichte nur schwerer. Manchmal sitze ich einfach da und beobachte die filigranen Wasserlinien an der Wand. Dann halte ich meinen Finger in die feine Strömung und zwinge den dünnen Fluss in eine neue Bahn. Da, wo eben noch die Feuchtigkeit entlangzog, trocknet das Holz in der erhitzten Luft, während sich unter dem neuen Wasserlauf eine dunkle Spur bildet. *Viele Menschen leben wie Wassertropfen*, dachte ich eben. *Sie benetzen das Erdreich, und wenn sie an die richtige Stelle fallen, dann bringen sie vielleicht sogar etwas zum Blühen. Aber am Ende verdunsten sie doch* … Halt, ich muss mich konzentrieren. Pergament ist kostbar.

Ich will nicht glauben, dass ich schon seit zwei Jahren unterwegs bin. So wie ich auch nicht glauben kann, dass es jemals anders war. Der Mensch ist ein Gewohnheitstier. Er gewöhnt sich an alles. Auch an das Reisen durch die Zeit. Das, was gestern fremd und unheimlich erschien, was den Eindruck vermittelte, es sei auf ewig feindlich, verliert in der Gewohnheit sein schreckliches Gesicht und beginnt vorsichtig zu lächeln. Ich erinnere mich daran, dass es mir schon früher auf Reisen so ergangen ist. Jede unbekannte Stadt hatte etwas faszinierend Bedrohliches gehabt, sodass aus den ersten Erkundungsgängen kleine Expeditionen geworden waren. Doch die Angst vor dem Unbekannten hatte sich jedes Mal verflüchtigt, sobald ich einen Weg ein zweites Mal gegangen war, ein Straßenschild wieder erkannt und mich „verortet" hatte. So ist es jetzt auch mit der Zeit. Der Schrecken vor dem nächsten Morgen, der mich wieder in die Vergangenheit versetzen wird, ist verflogen. Ich reise eben durch die Zeit – man gewöhnt sich an alles.

Mein Kalender jedenfalls gehorcht weiterhin seinen eigenen Gesetzen. Er bringt mich brav ins Gestern und lässt sich dabei nicht aus der Ruhe bringen. Natürlich ist jeden Abend noch ein Funke Hoffnung da, es könnte in dieser Nacht anders sein. Irgendetwas spricht dann in mir: „Morgen wache ich auf und bin wieder Teil der chronologischen Zeit." Dabei weiß ich ganz genau, dass es immer so weitergehen wird. Bisweilen, wenn mir eine Epoche besser gefällt als andere, überlege ich sogar, was ich anstellen würde, falls ich gerade in dieser Zeit hängen bleiben sollte. Dann sehe ich mich als Familienvater mit vielen kleinen Kindern in einem verwinkelten Fachwerkhaus sitzen, als Gelehrten an einer Universität oder, wenn es nicht anders geht, als Schafhirten oder Troubadouren. Aber um Mitternacht, wenn es mich erneut aus allen Lebensbezügen herausreißt, bleiben diese Wunschbilder hinter mir zurück. Die Ereignisse sind nicht aufzuhalten. Ich habe ausgerechnet: Wenn mein Alterungsprozess normal voranschreiten sollte, dann könnte ich rund 15 000 Jahre in die Vergangenheit reisen. Bisweilen reizt mich das sogar: ein Mammut am Pelz zupfen, mit Fellen bekleidet auf Antilopenjagd gehen und mich mit Grunzlauten verständigen. Einige Zeit reizte mich der Gedanke, ich könnte mich in 5 000 Jahren in eine Gletscherspalte stürzen, als Ötzi in die Zukunft zurückkehren und führende Wissenschaftler des 20. Jahrhunderts verwirren.

Bei all diesen Spinnereien wird nur wieder deutlich, wie sehr ich dazu neige, mein Unglück zu beschönigen. Das habe ich schon in meinem normalen Leben getan. Ganz gleich, wie schlecht es mir geht, ich kann mir fast immer einreden, das alles sei gar nicht so übel. Ich bemühe mich, das Gute hervorzuheben und in Gedanken aus Dreck Gold zu machen. Doch das Gold stinkt. Denn diese Taktik ist ja nichts anderes als der peinliche Versuch, mich vor nötigen Veränderungen zu drücken. Und mich mit den widerlichsten Gegebenheiten abzufinden. Das gilt im Besonderen für mein „Zurück": Ich ertappe mich immer öfter, dass ich mein pervertiertes Leben einfach akzeptiere. Doch glücklicherweise brechen die Trauer und die Sehnsucht dann doch wieder hervor. Wie die Platanen vor meinem Fenster lasse ich mich vom Wind fast bis zum Boden biegen, um dann emporzuschnellen und den Druck abzuschütteln.

Ich war eine Zeit lang sehr neugierig, ob die Kalenderreform von 1582 – bei der ja wegen einer Anpassung des Kalenders an das eigentliche astronomische Jahr auf den 4. Oktober gleich der 15. folgte – mich aus der Bahn werfen würde. Aber diese menschlichen Schiebereien irritierten meine Zeitsprünge nicht. Der Februarmorgen des Jahres 1581 tat so unschuldig wie alle Tage. Und jetzt bin ich ohnehin in einer Zeit angekommen, in der niemand mehr so recht weiß, welches Datum wir gerade schreiben.

Eben ist Adelheid hereingeschlichen und hat mir etwas zu trinken gebracht, einen Tonkrug mit verdünntem Wein. Das sollte sie nicht tun – denn ich kann meine Augen nicht von ihr lassen. Sie ist berauschend. Das leinerne Surcot, ihr Obergewand, mit dem tief sitzenden Gürtel betont ihren spitzen und dennoch runden Busen. Ihre Brustwarzen lassen sich trotz der Dicke der Stoffe mehr als nur erahnen. Und auch ihre biegsame Taille zeichnet sich deutlich ab; hat nicht Wolfram von Eschenbach einmal geschrieben: „Ihr wisst, wie Ameisen pflegen um die Mitte schmal zu sein, noch schlanker war das Mägdelein." Das kann man auch über Adelheid dichten. In ihrem Ausschnitt, den sie selbst mit einer schmalen, schmucklosen Borte versehen hat, sieht man die Cotte, das Unterkleid, das oben mit dem Vürspan, einer Art Nadel, geschlossen ist. Ihr langes Haar fällt offen über ihre schmalen Schultern, wie es zu dieser Zeit nur Jungfrauen gestattet ist. Aber Adelheid weiß, wie man sich bücken muss, um Männer neugierig zu machen. Ich verstehe sehr gut, dass sie auf ihren so weiblichen Körper stolz ist. Nur ist sie eigentlich noch zu jung, um sich so verführerisch zu geben. Sie ist 13 Jahre alt.

Wahrscheinlich begehre ich auch gar nicht sie, sondern die 16-jährige erblühte Frau, die verführerische Adelheid – diejenige, die mir so übel mitgespielt hat. Sie ist ein Luder, sie hat mich ausgenutzt und ihre Gastfreundschaft hinterhältig missbraucht – zumindest wird sie das tun. Jedes Mal, wenn ich sie sehe, beobachte ich sie genau, um herauszufinden, wann sie ihren hinterhältigen Plan geschmiedet hat. Ahnte sie mit zwölf Jahren schon, was sie mir 1273 antun würde, oder fasste sie den Plan erst mit 15? Eigentlich ist es völlig gleichgültig, aber ich wüsste gerne, bis zu welchem Jahr ihre Freundlichkeit ehrlich gemeint und ab wann sie nur noch Berechnung war. Ich habe mir jedenfalls fest vorgenommen, nicht mit ihr über ihre Intrige zu sprechen, denn sonst wäre ja möglicherweise ich es, der sie auf diese Idee brächte. Was geht hinter dieser leicht nach vorne gewölbten Stirn, die mich immer an ein weites Feld erinnert, vor? Nein, jemand, der so süß lächelt, kann noch keine bösen Absichten haben. Also lächle ich genau so fröhlich zurück. Und ärgere mich dabei, dass ich immer nur einen Tag habe, um sie zu verstehen, während sie ihr Vorhaben über Jahre planen konnte.

Gerade fällt mir ein, was Van Dyck damals sagte, vor über 300 Jahren: „Fang am Anfang an." Es fällt mir schwer, all die Tage und Erinnerungen zu ordnen, darum schreibe ich erst einmal auf, wie es war, als ich wieder nach Frankfurt kam.

1273

Zwischen den niedrig dahinziehenden Wolken spielten zwei Schwalben Fangen. Ich blieb stehen, um den beiden zuzusehen, wie sie durch die Lüfte stoben, als gäbe es außer ihnen niemanden auf der Welt. Wahrscheinlich war es auch so. Der böige Wind, der die kleinen Vögel unbeschwert herumwarf und braune Blätter aufwirbelte, roch nach Regen, klammerte sich wütend an mich und ließ mich mehrfach zusammenzucken. In der langgestreckten Senke donnerte es und der hohle Klang zog ächzend vorüber. *Vielleicht wird hier später einmal der „Dornbusch" oder das „Westend" sein,* dachte ich, *vielleicht werde ich hier wohnen und zur Schule gehen.* Doch in den dichten Wäldern war von meinem Standort aus nur ein kleiner Kohlenmeiler zu sehen.

Ich kam von Norden, weil der Main sein Bett verlassen und alle Handelswege in Ufernähe unpassierbar gemacht hatte. Und ich war sogar froh, dass ich den Umweg auf mich nehmen musste, weil ich dadurch Zeit zum Nachdenken bekam. Wie würde das sein, wieder nach Frankfurt zu kommen? An den Ort, wo ich die Gerüche kannte, das Klima, die Erde und die Anordnung der Hügel. Ich fühlte mich wie der verlorene Sohn, der nach vielen Verirrungen heimkehrte. Mein Hals war trocken vor Aufregung. Ich spürte meinen Herzschlag und konnte plötzlich nicht mehr weitergehen. Alles in mir atmete schwer. Mir wurde sofort bewusst, wann ich mich das letzte Mal so gefühlt hatte, denn es gibt nicht viele Geschehnisse, auf die man sich freut und vor denen man sich zugleich fürchtet. Es war vor meinen Examensprüfungen, als ich nervös und erregt, aber auch voller Erwartung zur Hochschule gefahren war. Erst jetzt, da ich alles aufschreibe, wird mir klar, warum ich vor den Toren Frankfurts so durcheinander war. Es lag daran, dass ich mich zur Zeit an jede Hoffnung klammere. Ich will endlich verstehen, was mit mir passiert, und überschütte darum alles und jeden mit meinen Erwartungen. Und diesmal setzte ich alles auf dieses trostlose Städtchen.

Frankfurt. Ich habe auf meinen langen Wanderungen hierher die unterschiedlichsten Menschen gefragt, was sie über meine Heimatstadt wissen, und bekam dabei von Flüchen bis zu Preisungen alles zu hören. Kein Wunder: Das Frankfurt des 13. Jahrhunderts ist ein Nest mit 8 000 Einwohnern. Und doch gebärdet sich die Kleinstadt schon jetzt als Europas Mitte, nicht ganz zu Unrecht, denn sie ist einer der ökonomisch bedeutendsten Orte des Kontinents. Auch die Könige lieben diese zentrale Zuflucht, darum haben sie sie 1256 zur *sedes regalis* gemacht, zum Königssitz, den sie als unstete Wanderfürsten immer wieder gerne ansteuern. Seit einigen Jahren wird hier sogar ein Koch nur dafür bezahlt, dass er den hohen Herren bei ihren Stippvisiten exquisite Köstlichkeiten vorsetzt. Frankfurt aber genießt seinen Sonderstatus und kostet ihn weidlich aus. Stolz führt der eitle Marktflecken in seinem Stadtsiegel den Spruch *Specialis domus imperii.* Dabei hat man Friedrich II. die Bestätigung der Herbstmesse 1240 auf dessen Feldzug vor Ascoli abgetrotzt, als er wahrlich mit anderen Dingen beschäftigt war. Jetzt dürfen die Städter während der Messezeiten beliebig Handel treiben und Gäste beherbergen, die unter Geleit- und Gerichtsschutz stehen. Wer einen Händler oder einen Messebesucher in der Stadt oder bei der An- und Abreise angreift, legt sich mit dem König persönlich an. Das gibt den reichlich vorhandenen Expansionsplänen der Bürger Rückendeckung und nun blüht die kleine Ansiedlung auf. Natürlich strömen seither auch die Orden in das Refugium. Alle wollen sie ihren Anteil am Kuchen haben: Franziskaner, Dominikaner, Antoniter, Johanniter und Deutschherren. Sogar die Karmeliter haben in der Mainzer Gasse ein Zuhause gefunden.

Ein blinder Mann, den ich in einem Wirtshaus bei Limburg auf die Stadt ansprach, spuckte verächtlich auf den Boden: „Frankfurt? Frankfurt ist nichts. Die Brücke über den Main ist alles, sie ist das gesunde Herz einer kranken Stadt. Ohne die Brücke gäbe es diesen verruchten Ort gar nicht. Aber sie waren eben sehr geschickt, die Frankfurter. Sie haben auf viele Tagesreisen hin die einzige Nordsüdverbindung geschaffen. Jeder, der nach Süden oder nach Norden will und nicht schwimmen kann, muss über Frankfurt reisen, muss in Frankfurt Zoll bezahlen, und wahrscheinlich übernachtet er auch dort. Die Frankfurter verehren den Gott des Gewinns und ihr Heiligtum ist die Brücke. Dort werden die Opfergaben dargebracht. Ihr werdet es ja mit eigenen Augen sehen, das gehütete Prachtstück: Sechs Türme hat das Torhaus auf der einen Seite, zwei das auf der anderen. Sie besitzen sogar eine eigene Brückenfabrik, die keine andere Aufgabe hat, als das Heiligtum zu pflegen und zu verschönern. Kennt ihr die Zöllner aus der Bibel? Frankfurt ist so ein Zöllner."

Na, wunderbar, sagte ich damals zu mir, *wenigstens ein Kennzeichen, das sich nicht geändert hat.*

Dieser Kommentar fiel mir wieder ein, als ich zögernd auf den bewaldeten Hügeln vor der Stadt stand. Ich wollte mich gerade wieder auf den Weg machen, als es zu regnen begann. Ich lief ein Stück zurück und kam gerade noch rechtzeitig an einen felsigen Abhang, an dessen Fuß ich eine kleine offene Höhle gesehen hatte. Unter dem Überhang setzte ich mich auf einen Stein, schlug ein Bein über das andere, stützte meinen Ellenbogen darauf und schmiegte meine Wange gedankenverloren in meine Hand. Es war alles so sinnlos. Ich überlegte, ob ich nicht lieber umkehren sollte. Aber wohin? Draußen wurde es allmählich dunkel. Ich lachte leise, weil mir die Haare ins Gesicht fielen, die ich mir entsprechend der Mode der Zeit hatte wachsen lassen. Wahrscheinlich hätte mich in meiner damaligen Stimmung alles aufgeheitert.

Ich beugte mich vor, um meine Beinlinge bis zur Bruche, der Hüften und Oberschenkel bedeckenden Hose, hochzuziehen und spürte dabei unter meinem Tasselmantel die Tasche, die ich immer auf der

Brust trage. Vorsichtig holte ich sie hervor und öffnete die Lederschlaufen.

Es gibt Dinge, die einen nicht loslassen, die man in schützende Behälter packt und deren größter Wert darin besteht, dass man sie von Zeit zu Zeit hervorholt, um sie andächtig zu betrachten. Als ich noch im 20. Jahrhundert lebte, besaß ich einen kleinen Frosch aus Holz. Er lebte in einer alten Zigarrenkiste, und immer, wenn ich nicht weiterwusste, holte ich meinen zierlichen Kameraden hervor, setzte ihn auf meine Hand und betrachtete ihn. Es war wie ein Ritual, das nach der immer gleichen Liturgie ablief. Während sich in der Welt alles um mich herum veränderte, blieb dieser Frosch sich und mir treu. Die kleinen Lapislazuli-Augen blitzten mich an, das Maul sah aus, als wollte es sich gleich zu einem lauten Quaken öffnen, und das Material schmeichelte meiner Hand. Es war nicht der Frosch, der mich beruhigte, es waren die schlichten Gedanken und Assoziationen beim Anblick des hölzernen Gesellen, die mich zu mir kommen ließen. Das Spielzeug wurde zum Katalysator meiner Gefühle, die im Gewirr des Alltags verloren zu gehen drohten. Als sie sich auf den Frosch konzentrierten, wurden sie mir bewusst. Darum ist es wohl auch ganz gleich, welches Objekt man sich aussucht – ein altes Foto, ein Schmuckstück, eine Pfeife oder eine Melodie –, alles kann uns helfen, uns zu konzentrieren. Und darum brauchen wir solche Dinge.

Lange war nach meiner Lebenswende meine Taschenuhr dieser Ruhepunkt gewesen, bis ich entdeckte, dass sie mich belog. Sie tat immer noch so, als liefe die Zeit weiter, dabei sprang diese ja zurück. Es war, als kämpfte sich die unermüdliche Unruh jeden Tag 24 Stunden nach vorne, um dann in einem Moment viele tausend Stunden zurückgeworfen zu werden. Ein mechanischer Sisyphos, dessen Anstrengungen nicht nur keinen Fortschritt anzeigten, sondern verzweifelt und vergeblich gegen einen unaufhaltsamen Rückschritt gerichtet waren. Ich brachte es nie über mich, das Erbstück aufzugeben, und doch gab es Tage, ja Wochen, in denen ich es nicht öffnete.

Seit über 300 Jahren ist nun mein Londoner Manuskript der Angelpunkt meines Lebens geworden. Ich habe für niemanden zu sorgen, also richte ich all meine Liebe auf diese papierenen Blätter, die mein Leben zusammenfassen. Noch in der Requisitenkammer hatte ich mir aus mehreren dichten Leinwänden Van Dycks eine Tasche für meine Texte genäht, die ich seither auf meiner Brust mit mir herumtrage. In der ersten Nacht quälte mich die Angst, das Manuskript könnte bei meinem Zeitsprung zurückbleiben, aber es ist wie bei der Taschenuhr:

Alles, was ich unter meinen Kleidern verwahre und mit meiner Haut berühre, nehme ich mit in die Vergangenheit, alles außerhalb meiner Kleidung geht den gewöhnlichen Lauf der Dinge. Ich experimentierte einige Nächte lang mit einem Kopfkissen, das ich mir auf den Bauch, auf den Rücken und um das Bein schnallte, und das tatsächlich jedes Mal mit mir durch die Geschichte sprang, während ein Geldstück, das neben meinem Kopf lag, zurückblieb. Darum binde ich jeden Abend die Texte an mir fest. Inzwischen habe ich mich daran gewöhnt, auf dem Rücken zu schlafen, und freue mich daran, in der Nähe meiner Aufzeichnungen zu sein und sie in die Arme zu schließen.

Ich holte das Manuskript hervor und begann zu lesen: von Anna, die mir noch immer fehlt, von Verena, die jetzt irgendwo in irgendeiner Zeit das Leben mit mir teilt und dabei wahrscheinlich sehr unglücklich ist, von dieser ungehörigen Silvesterfeier und von all den vergeblichen, nein, den falschen Versuchen, mein Dasein willkürlich zu steuern. Und wie immer weinte ich bald.

„He, Freund, was ist denn mit dir los?"

Vor mir stand ein hochgewachsener, stämmiger Kerl mit einem breiten Grinsen im Gesicht, das auf Grund einer Narbe an seinem Mund zur rechten Seite hin abfiel. Er mochte etwa 40 Jahre alt sein, machte aber einen schlaksig-jugendlichen Eindruck. Seine Kleider waren völlig durchnässt, sodass das Wasser überall an ihm heruntertropfte. Meine Blicke kletterten langsam an ihm hoch. Der Wanderer hatte einen eleganten Pfauenhut auf, der aber nicht zu seinem verdreckten Rock passte. Überhaupt passte an ihm nichts zusammen. Auf ausladenden Schultern steckte ein zu klein geratener Kopf, zu spitzen Halbstiefeln mit Spangenverschluss trug er ein wehendes Gewand und sein Bart stand in wilden Koteletten von seinen Wangen ab, während er das Kinn glatt rasiert vorstreckte.

„Nun? Bist du stumm, oder was?"

Er sah die Blätter in meiner Hand, trat aus dem Regen zu mir in die kleine Höhle und zwängte sich ächzend neben mich, sodass wir beide gerade nicht mehr von den Wasserfäden erreicht wurden. Er verströmte einen starken, aber nicht unangenehmen Geruch, der an die warmen Düfte einer Torfmulde erinnerte. Seine Hand zuckte zu meinem Manuskript, während er erregt mit der Zunge schnalzte. „Ja, die Frauen. Das kenne ich. Da musst du aber eine feine Dame erwischt haben, eine, die dir Briefe schreibt. Dabei siehst du gar nicht so galant aus."

Ich erschrak, faltete die Blätter zusammen und schob sie zurück in die Tasche.

Der Große lachte: „Na, na, na, ich schaue dir schon nichts ab. Interessiert mich auch gar nicht, mit wem du herumscharwenzelst. Aber eines möchte ich doch wissen: Was ist das eigentlich für ein seltsames Zeug, auf dem deine Gute geschrieben hat? Das habe ich noch nie gesehen."

Ich zögerte. Dann sagte ich halb ironisch: „Das sind die Blätter eines riesigen Baumes aus dem Orient. Die Kreuzfahrer haben sie mitgebracht."

Zu meinem Erstaunen akzeptierte er die Lüge sofort. Da er offensichtlich kein Papier kannte, zweifelte er nicht an meiner Erklärung. Ich ließ ihn auch gerne in dem Glauben, es handle sich bei meinen Schriften um Liebesbriefe. Aber natürlich war er neugierig geworden.

Er stieß mich lachend in die Seite. „Also, was ist nun mit deiner Holden? Liebt sie dich nicht mehr?"

Als er erneut loslachte, bebte er von oben bis unten. Ich schwieg, was auch ihn zum Schweigen brachte. Einen kurzen Augenblick starrte er in die trübe Luft, dann kam ihm eine Idee: „Sag mal, glaubst du, ich bin ein Räuber, oder was ist mit dir los? Du brauchst doch vor mir keine Angst zu haben. Ich heiße Karl. Karl vom Berg. Ich lebe davon, dass ich hässlichen Frauen vorsinge, wie schön sie seien, und in meinen Liedern die unbedeutenden Aufregungen hochnäsiger Rittersleute in Abenteuer verwandele. Du kannst mir vertrauen."

Er hielt mir seine behaarte Hand hin. Ich schlug ein. „Ich bin Magister Maximilian!" So nenne ich mich seit dem 15. Jahrhundert. Mit bestem Wissen und Gewissen: Schließlich habe ich einen Magisterabschluss.

Karl stutzte: „Oh, ein Gelehrter. Was weißt du denn?"

Ich knotete meine Manuskripttasche zu und hielt dann überflüssigerweise die Hand in den Regen, als wollte ich seine Heftigkeit prüfen, die nun doch sehr offensichtlich war. Die Tropfen perlten auf meiner Hand. Ich spürte, dass Karl ungeduldig wurde und antwortete sehr langsam: „Viel zu wenig, fürchte ich. Ich weiß viel über die Vergangenheit und über die Zukunft, aber nichts über die Gegenwart. All mein Wissen hilft mir nicht, meine Fragen zu beantworten. Jedenfalls nicht die, die mir Angst machen."

Der Sänger rückte noch ein Stück näher. „Na, vielleicht kann ich dir ja helfen. Wie heißt denn deine Geliebte?"

Ich wollte ihn nicht enttäuschen, also führte ich den galanten Irrtum weiter und sagte: „Mechthild!"

„Und, was ist mit ihr?"

Ich sagte das Erstbeste, das mir einfiel: „Sie ... äh, hat versprochen, in Frankfurt auf mich zu warten. Aber nun bin ich im falschen Jahr hier angekommen. Ich weiß nicht, wie sie mich empfängt."

Karl schnalzte wieder: „Im falschen Jahr. Nun, das könnte wahrhaft ein Problem sein. Meinst du, sie ist dir untreu geworden?"

„Erzähl ihm doch die Wahrheit!", durchfuhr es mich, aber ich konnte einfach nicht. Mürrisch murmelte ich: „Ich weiß es nicht. Aber ich weiß auch, dass ich nicht so einfach in diese Stadt gehen kann."

Der ungestüme Bursche kaute an seinem Daumennagel. Dann nuschelte er durch seine Finger: „Da fällt mir etwas ein!"

Er zog aus seinem Bündel, das er neben sich gelegt hatte, ein Saiteninstrument. Nachdem er es gestimmt hatte, legte er den Kopf zur Seite, schloss die Augen, zupfte einige Akkorde und begann, eine Melodie zu summen, die sich in der kleinen Felsenhöhle ausbreitete und irgendwann auch einen Text bekam:

„Das ist des Liebenden Glück,
Lässt er die Liebste zurück,
Auch auf den Wegen, den harten,
Eine wird stets auf ihn warten.

Nein, ich bin niemals allein,
Sperrt man mich auch lange ein.
Quält man mich auf tausend Arten,
Eine wird stets auf mich warten.

Dieser Gedanke, der hält
Böses ganz fern in der Welt.
Weiß ich nur abends im Garten,
Eine wird stets auf mich warten.

Dass es sie gibt, ist mein Sinn,
Komm ich auch nie zu ihr hin.
Ich brauch die Schwüre, die zarten,
Eine wird stets auf mich warten.

Das ist des Liebenden Glück,
Findet er auch nicht zurück.
Engel warn's, die offenbarten:
Eine wird stets auf ihn warten."

Er strahlte mich mit erwartungsvollen Augen an. „Na, was sagst du? Dafür, dass ich frei improvisiert habe, war es ja wohl nicht schlecht. Oder? Jetzt rede schon!"

Ich schaute ihn fragend an, weil ich noch dabei war, die Worte zu verstehen. „Ja, es war ein … ein eindrucksvolles Lied. Aber ich weiß immer noch nicht, ob ich zu ihr hingehen soll oder nicht."

Ein luchsartiges Geschöpf lugte um die Ecke. Als es uns sah, verschwand es blitzschnell im Gebüsch. Karl stieß mich an. „Hast du nicht zugehört? Ich wollte dir doch gerade klarmachen, dass es nicht immer entscheidend ist, ob wir unser Ziel erreichen. Es ist wichtig, dass dieses Ziel da ist. Dass du dich nach dieser Frau sehnst, darauf kommt es an. Ob du ihr beiwohnst oder nicht, ist dann doch nur noch eine Nebensächlichkeit. Und unter uns: Meistens ist die körperliche Liebe ohnehin nicht so faszinierend, wie es dir deine Vorstellungskraft versprochen hat. Darum brauchen wir Männer auch immer mindestens zwei Frauen. Eine, mit der wir leben, und eine, die in unserer Fantasie auf uns wartet. Wenn du keine mehr hast, die in deinen Gedanken auf dich wartet, dann bist du ein armer Tropf."

Wir hatten offensichtlich sein Lieblingsthema erwischt, denn seine Stimme hüpfte vor Begeisterung: „Manchmal hat man Glück, dann stimmen die reale und die ideale Frau überein. Aber wann ist das schon so? Lass dir ja nicht von irgendeinem Pfaffen das Träumen verbieten."

Die feuchten Grashalme vor unseren Füßen funkelten plötzlich. Ich genoss dieses Spiel. „Meinst du, ich soll einfach gar nicht zu ihr hingehen?"

Karl rollte mit den Augen. „Nein! Du bist mir ein komischer Magister. Einer, der nichts versteht. Pass auf: Die Fantasie ist das, was dich vorantreibt, aber manchmal braucht man eben auch etwas zum Anfassen. Jetzt komm, der Regen hat fast aufgehört. Und ich wäre gerne vor Einbruch der Dunkelheit in der Stadt. Sonst lassen sie uns nicht mehr rein."

Wir gingen gemeinsam durch den Wald, in dem ich schon die späteren Hochhäuser und Wohnblocks zu sehen meinte. *Hier könnte eines Tages der Alleenring sein, hier der Grüneburgpark und dort das Holzhausenschlösschen*, dachte ich.

Während wir schnell vorankamen, sprach Karl die ganze Zeit auf mich ein. Er hoffte, bei einer Versammlung in der Stadt Zuhörer für seine Lieder zu finden. „In Frankfurt wird ja jetzt andauernd getagt. Was, das weißt du nicht? Vor fünf Jahren haben sie hier Ratsherren als

Obrigkeit eingesetzt und wollen sich jetzt selbst verwalten. Die Bürger bestimmen einige Herren und die regieren dann. Ganz alleine. Eine seltsame Vorstellung. Hast du gehört, wie Rudolf von Habsburg das genannt hat? Nein? ‚Kühne Verwegenheit und verdammenswerte Verirrung'. Er denkt natürlich nicht daran, statt seines eigenen Schultheißen einen Rat als oberstes Gremium zu akzeptieren. Kein Wunder: Der neu ernannte Rat möchte andauernd größere Befugnisse: die Gerichtsbarkeit, die Erhebung von Steuern, die Zollfreiheit, die Geleitrechte und eine Stadtmiliz. Ich habe den Eindruck, Frankfurt wäre am liebsten ganz unabhängig. Wie die meisten Städte. Zur Zeit gibt es ja kaum eine Siedlung, die nicht davon spricht, dass sie gerne frei wäre. Aber das werden sich die Fürsten nicht gefallen lassen. Andererseits: Mir kann es ja nur recht sein. Immer wenn Männer zusammenkommen und arbeiten, wollen sie am Abend Zerstreuung haben. Also werde ich sie ihnen geben."

Je näher wir der Stadt kamen, desto mehr Menschen trafen wir. Einige trugen Produkte vom Markt auf dem Rücken: Vieh, Heu, Wolle, Wachs oder Seife. In der untergehenden Sonne war das ein stimmungsvoller Anblick. Und doch wurde ich bei jedem Schritt trauriger. Vor allem, weil ich mich gern länger mit diesem Sänger unterhalten hätte. Doch ich habe mir längst abgewöhnt, mich auf Menschen einzulassen. Wenn man weiß, dass man jeden Bekannten in der Nacht wieder verliert, fürchtet man sich vor Beziehungen. Ich schnaufte verärgert, weil mir diese so dahingesungenen Worte wieder einfielen: „Eine wird stets auf mich warten." Auf mich nicht. Nie mehr.

Dann sah ich das Eschenheimer Tor vor mir. Flankiert von dicken Mauern öffnete es sich wie ein großer Mund, um die Menschen in die Eingeweide der Stadt zu lassen. Ich hielt inne. Karl, der weitergegangen war, drehte sich um. „Jetzt stell dich nicht so an. Sie wird schon noch da sein!"

Ich spuckte aus. „Du hast gut reden."

In diesem Augenblick löste sich eine junge Frau aus dem Schatten eines Buchenhaines und kam mit fliegenden Haaren und weit geöffneten Armen auf mich zu. „Maximilian. Da bist du ja endlich. Ich habe so auf dich gewartet." Sie umarmte mich. „Komm schnell, lass uns zu mir nach Hause gehen. Wir wollen keine Zeit verlieren."

Karl brüllte vor Lachen. Er krümmte sich, während ihm die Tränen die Wangen herunterliefen. Adelheid blitzte ihn aus zornigen Augen an: „Es ist nicht das, was du denkst. Ihr Männer seid so primitiv."

Karl konnte sich nicht beruhigen. Er grunzte: „Schönes Fräulein, woher weißt du, woran ich gerade gedacht habe?"

Sie fegte mit einer schnellen Kopfbewegung die Haare aus ihrem Gesicht. „Ich weiß jedenfalls mehr, als du denkst. Nicht wahr, Karl?"

Der Koloss erstarrte schlagartig, als er von diesem unbekannten Mädchen seinen Namen hörte. Sie aber kicherte nur, winkte dem Verblüfften fröhlich zu und zog mich durch das Tor in eine kleine Seitengasse.

Ich habe diese Episode aufgeschrieben, weil mich die Frage nicht loslässt, ob hinter meiner Reise vielleicht doch ein ordnender Wille steht, eine Macht, zu deren Plänen mein Taumeln durch die Jahrhunderte gehört. Das Schicksal, Gott, das Leben selbst, ein wahnwitziger Wissenschaftler, der mich in eine Cyberwelt versetzt hat, um meine Reaktionen zu prüfen, oder eine Gehirnwäsche. Ich mache zu oft Erfahrungen, die zusammengehören und einen, wenn auch noch unverständlichen, Sinn ergeben: Warum stand am Frankfurter Stadttor plötzlich ein junges Mädchen vor mir, das ich erst eine Stunde zuvor aus einer Not heraus erfunden hatte? Warum rettete mir Van Dyck auf der „Marian" das Leben? Und warum erreiche ich immer dann, wenn ich ihn brauche, einen Ort, an dem ich wieder Resümee ziehen kann? Vieles in meinem Leben fügt sich, und ich möchte wissen, warum. Natürlich kann das alles Zufall sein – aber wenn einem etwas zufällt, dann muss es ein anderer losgelassen haben. Oder nicht? Ich könnte es jedenfalls nicht ertragen, wenn meine missliche Situation nur ein gescheiterter Winkelzug des Schicksals wäre. Vielleicht sind mir aus diesem Grund meine Aufzeichnungen so wichtig. Weil ich hoffe, dass hinter meinen verwirrenden Erlebnissen eine Logik steckt, eine Strategie oder ein Plan, von dessen Aufbau man auf den Verantwortlichen schließen kann.

„Ich hatte schon Angst, dass du nicht kommst!", flüsterte die junge Frau aufgeregt und eilte durch die engen Gassen.

Ich ärgerte mich ein wenig, weil ich mich nicht von Karl hatte verabschieden können. Gleichzeitig war ich natürlich neugierig, was sich hinter dieser Geschichte verbarg. Ich beobachtete aufmerksam die schmalen Fesseln der Dahineilenden, weil ich schon immer der Meinung war, dass man allein am Gang den Charakter eines Menschen erkennen kann. Die wesentlichen Eigenschaften einer Persönlichkeit wirken sich so sehr auf den Körper aus, dass sie alles kontrollieren. Und das traf bei dieser Frau besonders zu.

Sie wirkte bei aller Fröhlichkeit angespannt, so als lauere sie auf etwas. Ihre flinken Füße bogen sich bei jedem Schritt, als müssten sie die Beschaffenheit des Bodens prüfen, bevor sie sich vertrauensvoll darauf setzen konnten. Jeder Schritt wirkte wie einstudiert, so als überließe sie nichts dem Zufall.

Ich blieb mitten auf dem Liebfrauenberg, dem ersten Ort, den ich wieder erkannte, stehen, rief die Dahineilende an und betrachtete sie in aller Ruhe. Sie hatte ein energisches Gesicht mit hochstehenden Wangenknochen. Der kleine Mund mit den feinen Grübchen sah aus, als habe er Erfahrung mit dem Schmollen, aber auch, als könne er kräftig zubeißen. Und doch war es nicht der raubtierhafte Ausdruck, der mich stutzig machte. Es waren ihre Hände, die sich flehend ineinander verschränkten, wieder losließen und erneut übereinander herfielen. Ihr ganzer Körper signalisierte „Ich weiß, was ich will", nur ihre Hände betonten „Ich schaff es nicht allein". Der ovale Kopf mit dem dichten braunen Haar wirkte trotz der schneidenden Blicke verletzlich. *Sie weiß genau, was sie tut. Aber sie weiß nicht, ob es richtig ist,* durchfuhr es mich.

Laut fragte ich: „Wer bist du eigentlich? Und woher kennst du mich?"

Es war ihr sichtlich unangenehm, dass ich sie auf offener Straße so auffällig gemustert hatte und sie jetzt zur Rede stellte. Sie legte ihre Arme übereinander, als sei ihr kalt. „Ich bin Adelheid, die Tochter des Wollschlägers Arnold. Du bist Maximilian. Du bist der Mann, der durch die Zeit reist. Einmal im Jahr finde ich dich morgens in meinem Zimmer vor. Dann sitzt du da und schreibst den ganzen Tag über dich. Und zwischendurch erzählst du mir von dir. Vergangenes Jahr hast du mir erzählt, dass du heute mit einem Sänger namens Karl in die Stadt kommen wirst. Darum habe ich am Tor auf dich gewartet."

Ich wurde sofort misstrauisch. „Und warum habe ich dir das alles so offenherzig erzählt?"

Da lächelte sie schelmisch und ließ ihre Arme fallen. Auf einmal wirkte sie entspannt. „Als du das erste Mal in meiner Kammer standest, war ich sechs Jahre alt. Da hättest du mir wohl alles weismachen können. Ich hätte dir auf jeden Fall geglaubt: dass du vom Mond kommst, als Sultan einen großen Harem besitzt, der wiedergekommene Jesus bist oder eben dass du durch die Zeit reist. Damals hast du mir versprochen, dass du in einem Jahr wiederkommst, wenn ich niemandem von deinem Besuch erzähle. Und daran habe ich mich gehalten. Für ein kleines Kind ist so etwas eine große Herausforderung. Zwölf Monate lang habe ich die Tage gezählt, weil ich unbedingt wissen wollte, ob du nur ein Traum warst oder wirklich existierst. Und siehe da, nach einem Jahr warst du wieder da. Du bist mein Geheimnis. Seit zehn Jahren."

Ich spürte, wie sich meine Muskeln entspannten. Ich beugte mich zu ihr. „Schickt es sich denn, wenn ein fast fremder Mann bei einer so schönen Frau übernachtet?"

Sie schielte leicht. Das war mir vorher nicht aufgefallen. „Fängst du schon wieder damit an? Du ahnst wohl noch nicht, wie viel man in zehn Tagen voneinander lernt. Ich weiß alles über dich. Und ich weiß auch, dass du mich niemals gegen meinen Willen nehmen würdest. Außerdem bin ich so gut wie verlobt. Aber das erkläre ich dir, wenn wir bei mir sind. Hier können mich zu viele Menschen sehen. Und das ist nicht gut für meinen Ruf. Schon gar nicht nach Einbruch der Dunkelheit."

Ich folgte ihr. Die schmutzigen Häuser lehnten sich müde auf die Strasse, sodass die Giebel in den schmalen Gassen fast aneinander stießen. Es war, als gingen wir durch ein kompliziertes Tunnelsystem, in das bisweilen auf einem mit Marktständen übersäten Platz der Mond schien. Ich erkannte den Römerberg wieder und die Neue Kräme. Dann tauchte vor uns der Main auf, der uns müde anblinzelte. Adelheid zog mich Richtung Karmeliterkirche und verschwand dann mit mir in einem neuen Wirrwarr kleiner Sträßchen, die ich noch nie gesehen hatte. An einem unscheinbaren Steinmäuerchen hielt sie an. „Das ist die Rückseite unseres Gartens. Ich werde zuerst hineingehen und gucken, ob meine Eltern schon im Bett sind. Wenn du kommen kannst, zünde ich in meinem Zimmer ein Licht an. Dann gehst du hier am Zaun entlang bis zur Holztür. Du musst dich im Haus ganz nach vorne durchtasten und dann rechts die Treppe hochschleichen. Oben musst du in das linke Zimmer gehen, auf der anderen Seite schlafen meine beiden Brüder."

Ehe ich etwas antworten konnte, verschwand sie in der Dunkelheit. Ich hatte kaum Zeit gehabt, mir dieses unbekannte Frankfurt zu betrachten, und versuchte jetzt, etwas zu sehen, aber es war schon zu dunkel geworden. Um mich herum war es so finster, dass ich überhaupt nur Schemen wahrnehmen konnte. Erbärmliche Gerüche drangen auf mich ein und brannten in meiner Nase. Offensichtlich waren die Gassen der Gerber nicht weit entfernt. Mit jedem Windhauch zogen neue Schwaden an Gestank herüber, die mich ganz benommen machten.

Fast hätte ich aufgeschrien, als eine Katze an meinem Bein vorbeistrich. Offensichtlich wollte sie sich in der Kühle der Nacht an mich schmiegen, aber ich zuckte zusammen, sodass sie maunzend das Weite suchte. Endlich züngelte hinter einem Fenster ein kleines Licht. Ich tastete mich vorsichtig am Zaun entlang, nicht ohne dabei mehrfach in kleine Schlammlöcher zu treten. Als ich schon gar nicht mehr glauben wollte, dass das Haus jemals käme, stieß ich meinen Kopf an einem vorstehenden Balken. Die Tür war nur etwa eineinhalb Meter hoch. Ich drückte sachte gegen die Bretter, die seltsamerweise nachgaben, ohne zu quietschen. Später gestand mir Adelheid, sie habe die Türangeln vorher geschmiert. Im Haus roch es nach Schafen, nach kaltem Essen und vielen schwitzenden Menschen. Auf der Treppe prüfte ich jede Stufe lange sorgfältig mit dem Fuß, bis ich die Stelle gefunden hatte, an der sie am wenigsten knarrte. Nach zehn Minuten war ich endlich auf dem oberen Absatz angekommen. Bevor ich mich erinnern konnte, wohin ich mich jetzt wenden musste, tauchte aus dem Dunkeln auch schon eine Hand auf, legte sich auf meinen Mund und lenkte mich in das Zimmer.

„Wir müssen sehr leise sein, weil meine Brüder noch wach sind!"

Tatsächlich hörte man aus dem Nebenraum undeutliche Stimmen, die immer wieder in ein Gelächter mündeten, das noch lange unsere Unterhaltung unterbrach und uns jedes Mal instinktiv verstummen ließ.

Ich wünschte, ich könnte die ungewöhnliche Atmosphäre dieses Abends in Worte fassen. Adelheid hatte die dünne Kerze wieder gelöscht, sodass die Dunkelheit uns wie ein riesiges Kissen umschloss. Nach einiger Zeit gewohnten sich wenigstens meine Augen ein wenig an die Düsternis und fanden Ecken und Kanten, an denen sie sich festhalten konnten. Wir erzählten uns unsere Geschichten und das Gespräch lief mehrere Stunden lang geflüstert ab. Silben kletterten durch den Raum und suchten den Weg zu unseren Ohren. Ich kann mich nicht erinnern, wann ich das letzte Mal so flüstern musste.

Lautloses Reden hat immer etwas Verschwörerisches, man verbirgt sich und seine Worte; und doch wird man gerade durch diese Heimlichtuerei ungewollt zu einer konspirativen Gemeinschaft. Ich meine dieses Flüstern, bei dem die Stimmbänder abgeschaltet werden, man die eigentlichen Resonanzräume des Körpers ruhig stellt und die Worte fast nur im Mund klingen lässt. Sie kleben dann wie Kaugummi am Gaumen, krallen sich an den Backenzähnen fest und wagen sich kaum aus der Mundhöhle heraus. Um noch leiser sprechen zu können, beugten wir unsere Köpfe so weit zusammen, dass ich den Geruch ihrer Haare einatmete. Einmal, als sie eine neue Sitzposition suchte, streifte sie meinen Arm mit ihren Brüsten. Ich glaube nicht, dass das ein Zufall war.

Wenn ich flüstere, habe ich ein schlechtes Gewissen. Etwas lief hier falsch, und ich wusste nur, dass ich nicht dafür verantwortlich war. Was hätte ich zum Beispiel ihren beiden Brüdern im Fall meiner Entdeckung sagen sollen? Sie hätten mich zu Recht krankenhausreif geschlagen, den fremden Mann in der Kammer ihrer jungfräulichen Schwester. Und leider gab es im Frankfurt des 13. Jahrhunderts zwar einige von Klöstern betriebene Krankenstationen, aber keine Notfallbetreuung. Trotzdem genoss ich diese Nähe zu Adelheid. Es war eine unerwartete und lang vermisste Intimität, die diese Situation heraufbeschworen hatte. Wir mussten vertraut miteinander sein, weil eine andere Kommunikation nicht möglich war. Ich kannte diese Frau kaum und doch war ich ihr so nah wie kurz vor einem Kuss und spürte ihren erregten Atem auf meiner Haut. Als sie eine längere Zeit geschwiegen hatte und tief Luft holte, ahnte ich schon, dass sie jetzt ihr eigentliches Anliegen vorbringen würde: „Maximilian, du wirst doch dein Versprechen halten, oder?“

Ihre Stimme klang schmeichelnd und ich konnte trotz der Dunkelheit ihren spitzen Schmollmund sehen.

„Was für ein Versprechen?“

Sie atmete kurz und flach. „Dass ich heute Abend mit Werner dabei sein darf, wenn du durch die Zeit springst.“

Ich runzelte die Stirn. „Wer ist denn Werner?“

„Werner ist mein Verlobter. Also: nicht ganz, denn er weiß noch nichts davon. Aber wenn du mir hilfst, dann werden wir heiraten.“

„Das verstehe ich nicht.“

Sie legte ihre Hand auf meinen Arm. „Werner ist Goldschmied, seit kurzem sogar Meister, und ich möchte seine Frau werden.“

„Und möchte er das auch?“

Offensichtlich gefiel ihr meine Frage nicht, denn sie nahm ihre Hand wieder weg. „Er möchte mich besitzen, aber er denkt nicht daran, mich zu heiraten.“ Sie zögerte noch einen Moment, dann fügte sie hinzu: „Er glaubt, dass ich verrückt bin.“

„Wieso das denn?“

„Ich … ich habe ihm von dir erzählt. Und weil er mir nicht glauben wollte, haben wir eine Wette abgeschlossen: Wenn ich ihm beweisen kann, dass es den Zeitreisenden, der mich seit zehn Jahren besucht, wirklich gibt, dann habe ich einen Wunsch frei. Also: Wirst du dein Versprechen halten?“

Die letzten Worte kamen sehr eindringlich, fast flehend. Ich fühlte mich unwohl. „Augenblick mal: Was ist, wenn du die Wette mit diesem Werner verlierst? Was ist dein Einsatz?"

Eine lange Pause entstand, in der ich mein Herz schlagen hörte. Endlich erklang ihre Stimme, zart, aber bestimmt: „Wenn ich verliere, dann … dann darf er mir die Unschuld nehmen."

Die Worte brauchten einen Moment, bis sie bei mir ankamen. Beinah hätte ich vor Ärger laut geschimpft, es gelang mir aber gerade noch, mich zu beherrschen. Ich zischte: „Wie bitte? Bist du wahnsinnig? Langsam glaube ich, du spinnst tatsächlich! Wie kannst du dich denn auf so einen Schwachsinn einlassen?"

Sie nahm wieder meinen Arm. „Ich weiß ja, dass es ein Fehler war. Aber er hat sich über mich lustig gemacht – und über dich auch. Ich war so gedemütigt. Ich wollte doch, dass er mich ernst nimmt. Darum musste ich etwas als Pfand einsetzen, das ihn von der Ernsthaftigkeit meiner Worte überzeugt. Außerdem …" – ich spürte, dass sie jetzt schelmisch lächelte – „… gibt es Preise, denen Männer einfach nicht widerstehen können."

Auch wenn es ein knarrendes Geräusch gab, ich musste aufstehen. Aber sie hielt mich einfach am Arm fest und zog mich, der ich schon halb in der Hocke saß, wieder zu sich herunter. „Er behandelt mich immer wie ein kleines Kind und spottet über meine rege Fantasie. Aber du bist echt. Du lebst. Das möchte ich ihm zeigen. Und weil mein Einsatz so hoch war, kann er dann auch nicht Nein sagen, wenn ich seine Frau werden will."

Ich atmete tief durch. „Kommt dein Wettgegner hierher?"

„Nein, wir treffen uns um kurz vor Mitternacht in der alten Mühle am Mainufer. Ach, da wäre noch etwas …"

„Was denn?"

„Vielleicht ist meine Fantasie doch ein wenig mit mir durchgegangen. Ich habe Werner erzählt, dass du ein blaues Gewand mit Sternen darauf trägst."

„Was, wo soll ich denn jetzt ein blaues Gewand mit Sternen herbekommen?"

Sie kicherte, griff hinter sich in die Dunkelheit und drückte mir ein zusammengelegtes Kleiderbündel in die Hand.

Ich habe mich hinterher oft gefragt, warum ich mich auf den perversen Wunsch Adelheids eingelassen habe, aber ich erkläre es mir so: Zum ersten Mal seit zwei Jahren, oder auch seit 700 Jahren, je nach Sichtweise, hatte ich eine Aufgabe, zum ersten Mal war da jemand, der meine Hilfe brauchte, mochte das spätere Unheil auch ihre eigene Schuld sein.

Fast schäme ich mich, es hier aufzuschreiben, aber ich habe in all der Zeit, in all den Jahrhunderten, immer nur an mich gedacht. Gut, es war auch niemand da, an den ich hätte denken können, aber meine ganze Hilflosigkeit und Angst rührte sicher daher, dass ich nie ein Gegenüber hatte, das mich eindringlich um Hilfe bat. Und nun kniete da dieses Mädchen, das auf mich angewiesen war, das sogar bereit war, für mich seine Unschuld zu riskieren. Wie hätte ich seine Bitte ablehnen können? Abgesehen davon, dass ich ihr ja offensichtlich schon zu einer früheren Zeit versprochen hatte, ihren Verlobten bei meinem Zeitsprung zugegen sein zu lassen. Natürlich gab es da viele Kleinigkeiten, die mich hätten misstrauisch machen müssen, aber im Nachhinein kann man sich darüber leicht mokieren. An diesem Abend tappte ich blindlings in die Falle.

„Maximilian?"

Mein Name kam mir so unvertraut vor, dass ich erst langsam verstand, dass sie mit mir sprach.

„Erzähl mir etwas von den Frauen deiner Zeit!"

„Was soll ich dir erzählen?"

Ein Kichern flog an mir vorüber. „Du hast gesagt, dass sie selbst entscheiden, wen sie heiraten und wann sie das tun. Dass sie sich einen Beruf aussuchen und dass sie Hosen tragen, wenn sie wollen. Sie lassen die Männer für sich kochen, übergeben ihnen die Kinder und machen alles, was ihnen gefällt. Ja, sie sitzen sogar im Rat der Stadt und regieren über die Männer. Ganze Länder werden von Frauen beherrscht. Frauen stehen am Altar und leiten die heiligen Messen. Sie dürfen überall frei reden. Und kein Mann darf kommen und über sie verfügen."

Ich war überrascht, weil ich diese Zusammenhänge so noch nie betrachtet hatte. „Ja, das wird so sein. In einigen Ländern jedenfalls und in einigen Kirchen. Auch wenn viele Frauen behaupten werden, das sei noch lange nicht genug. Sie fühlen sich weiterhin unterdrückt. Aber … ach, weißt du, es gibt Menschen, die fühlen sich immer unterdrückt. Vielleicht raubt ihnen gerade das die Freiheit. Verzeih mir. Ich … bin etwas durcheinander. Ich kann immer noch nicht fassen, dass du dich auf so eine absurde Wette eingelassen hast."

Jetzt klang ihre Stimme fest: „Was hätte ich denn machen sollen?"

„Du hättest dich niemals so hinreißen lassen dürfen."

„Diese Erkenntnis nützt mir jetzt auch nichts mehr. Lass das Grübeln, Maximilian, es ist doch für dich kein großes Opfer."

Damit hatte sie Recht. Meinen ersten Sprung hatte ich auf einer bevölkerten Party gemacht. *Seltsam,* dachte ich in diesem Augenblick zum ersten Mal, *wenn die Zeit im dritten Jahrtausend weiterläuft, dann bin ich ja für die Überlebenden dieser Silvesterfeier einfach verschwunden.* Ich fragte mich, wer mich wohl vermissen würde.

Wieder unterbrach Adelheid meine Grübeleien: „Weißt du was? Du bist doch immer so daran interessiert, etwas über dich selbst zu erfahren. Wir haben noch etwas Zeit bis Mitternacht. Vielleicht hilft es dir, wenn ich dir jetzt einiges von dem erzähle, was du mir in den letzten Jahren erzählt hast. Manchmal tut es gut, die eigenen Geschichten einmal aus dem Mund einer anderen Person zu hören."

Sie deutete mein Schweigen als Zustimmung, dabei suchte ich nach Argumenten, um ihr diese menschenverachtende Wette trotz allem aus dem Kopf zu schlagen. Wenn ich erst einmal gesprungen war, war ich nicht mehr in der Lage, ihr beizustehen. Und wer konnte sagen, wozu ein Handwerker, der sich auf eine solche Wette einließ, fähig war? Ohne ihn zu kennen, verachtete ich ihn. Und ich ärgerte mich, dass ich nicht schon einen Tag früher nach Frankfurt gekommen war, denn dann hätte ich ja möglicherweise erfahren, wie die Geschichte ausgehen würde.

Adelheid fing einfach an zu reden: „Nachdem du aus London abgereist warst, fühltest du dich viel besser als in den Jahrhunderten zuvor. Du warst so froh, den Hass auf deine Lebensweise überwunden zu haben, dass du ein richtig fröhlicher Mensch wurdest. Die Tage, also deine Tage, die Jahre der anderen, verstrichen wie im Flug.

Du hast eine lange Zeit auf verschiedenen Baustellen gearbeitet oder in Klöstern übernachtet und dich dort als Tagelöhner verdingt. Als aber ein Mönch aus Wittenberg anfing, an der Kirche herumzumäkeln, wolltest du nicht in die Unruhen und die Aufstände der Bauern verwickelt werden und lebtest einige Jahre an der Küste des nordischen Meeres. Und dort kamst du zum ersten Mal auf die Idee, deine Zeitreisen für dich selbst auszunutzen. Es fiel dir auf, dass Ende des 16. Jahrhunderts die Menschen immer leichtgläubiger wurden. An allen Orten tauchten Prediger auf, die den Untergang der Welt verkündeten und begierige Ohren fanden. Und weil du gesehen hattest, wie viel Angst die Menschen mit sich herumtrugen und wie sehr sie nach einem noch so fadenscheinigen Halt suchten, bist auch du zum Prediger geworden.

Als ‚Magister Maximilian' hast du angefangen, deinen Zuhörern von ihrer Zukunft zu erzählen. Ich weiß, du hast mir und dir eingeredet, du tätest es aus Freundlichkeit, aber die Fischer waren nur zu gern bereit, dem himmlischen Boten jede Auskunft teuer zu bezahlen. Du wusstest ja, wann eine Viehseuche auftreten würde, wann ein Fürst einen Feldzug plante, wann ein Wolf ein Kind reißen oder eine Frau Vierlinge bekommen würde. Das waren für dich Tage voller Zufriedenheit, denn du wolltest die Geschichte nicht verändern oder gestalten, du warst einfach ihr Zeuge. Einer, der das Leben nimmt, wie es ist. Ein selbstsüchtiger Sonderling, der versucht, das Beste aus seiner Situation zu machen.

Über 100 Jahre bist du in dem kleinen Küstenort Marienhafe geblieben. Dort hatte man für dich, den großen Propheten, im Haus des reichsten Gutsherren ein fürstliches Zimmer eingerichtet. Und jedes Jahr nahmen die Gläubigen weite Wege auf sich, um dich zu hören und zu sehen. Es war ein Volksfest, in dessen Mittelpunkt du standest. Und alle vertrauten dir. Sie wussten ja aus den vergangenen Jahren und Jahrzehnten, dass du regelmäßig aus heiterem Himmel auftauchst und dass deine Prophezeiungen immer eintreffen. Jedes Jahr erschienst du nach einem exquisiten Frühstück, in ein festliches Gewand gehüllt, auf dem Marktplatz, auf dem sich dann schon eine große Menschenmenge versammelt hatte, die wie das Meer in Bewegung geriet, weil jeder einen Blick auf dich werfen wollte. Du warst ihr Heiliger, der Vertreter Gottes auf Erden. Eine halbe Stunde hast du mit dröhnender Stimme verkündet, was das nächste Jahr bringen würde, hast Fischschwärme und Ernteergebnisse vorhergesehen, vor Stürmen gewarnt und politische Veränderungen angekündigt. Und die einfachen Leute standen mit offenen Mündern und leuchtenden Augen da und pickten sich aus deinen Prophezeiungen die Antworten auf ihre Fragen heraus. Und du hast es genossen, wie sie an deinen Lippen hingen, das Jubeln und Klatschen, das Rufen und die vielen Geschenke derjenigen, die im vergangenen Jahr von deinen Worten profitiert hatten – und die atemlose Stille, wenn die Versammelten mit vorgereckten Köpfen die neue Seelennahrung erwarteten.

Den Rest des Tages verbrachtest du damit, mit den Honoratioren des Ortes zu besprechen, was sich im vergangenen Jahr alles ereignet hatte. Es war ein einfaches, aber wirksames Prinzip. Du hast dir erzählen lassen, was in einem Jahr passiert ist, bist zurückgesprungen, und das, was eben noch Vergangenheit zu sein schien, wurde für die Menschen zur Zukunft. Du konntest dir die Einzelheiten ja direkt aufschreiben und warst dadurch gut gerüstet, um am nächsten Tag wieder frisch und konkret die wesentlichen Vorhersagen bekannt geben zu können. Dem Ort ging es in dieser Zeit nicht schlecht, im Gegenteil, er blühte auf.

Denn jemand, der weiß, was auf ihn zukommt, lebt anders. Die Menschen waren durch dich auf viele Katastrophen so vorbereitet, dass sie entweder ihr Hab und Gut rechtzeitig in Sicherheit bringen konnten oder sich zumindest nicht so vom Schicksal überrascht fühlten, dass sie all ihren Mut verloren hätten."

Ich erinnerte mich. An die vielen Fischerfrauen, die ich als Greisinnen kennen lernte, die ich im Lauf der Jahre immer jünger und hübscher werden sah und deren Müttern ich später ihre Geburt prophezeite. Die zänkische Inken mit dem platten Gesicht und der großen Lücke zwischen den Schneidezähnen, die sie ihr Leben lang beim Lachen präsentierte. Die stolze Magdalene, die in jungen Jahren drei Männer an das Meer verlor, und als sie keine Hoffnung mehr auf eigene Kinder hatte, vier ausgesetzte Waisen versorgte. Oder Karla, die ihren Mann vergiftete, als er sie so geschlagen hatte, dass ihr linker Arm steif blieb. Und ich dachte an die dankbare Stadt, die eine Zeit lang sogar überlegte, sich nach mir zu benennen. Aber als der Bischof erfuhr, dass meine Prophezeiungen als Wort Gottes angesehen wurden, verbot er sie. Ich weiß, dass er, bevor ich überhaupt aus der Zukunft nach Marienhafe kam, befahl, alle Erinnerungen an mich aus der Chronik der Stadt entfernen zu lassen.

1401

In diesem Jahr riss ein Sturm an den Ufern und trieb Schaumkronen in den Hafen. Am Morgen wurden zwei tote Seehunde an Land gespült. Ich hatte mein prophetisches Tagewerk schon vollbracht und wollte gerade zu Bett gehen, als es an die Tür meines mit allen Annehmlichkeiten ausgestatteten und nach Norden hinausgehenden Zimmers klopfte. Ein Mann trat ein, verbeugte sich in einer Form, die mehr ironisch als ehrerbietig war, und hielt den Finger vor den Mund. Leise und zugleich forsch sagte er: „Da ist er ja, der große Prophet, dem die Stadt zu Füßen liegt."

Er nahm von meiner Bratenplatte ein großes Stück Fleisch und fiel hungrig darüber her. Mit vollem Mund sprach er dann langsam weiter. Und seine Worte hatten alle Freundlichkeit verloren: „Ich mag es nicht, wenn die einfältigen Fischer von Scharlatanen wie dir ausgenommen werden."

„Ach", sagte ich genervt, „Scharlatane sind Betrüger. Aber nenn mir nur eine Prophezeiung, die ich ausgesprochen hätte und die nicht eingetreten wäre."

Als er einen Schritt auf mich zu machte, wich ich unwillkürlich zurück. Er verzog das Gesicht: „Darum geht es überhaupt nicht. Du machst deine Sache schon ganz gut. Aber warum muss dir die Stadt deine Ankündigungen jedes Jahr mit Gold aufwiegen?"

Meine Finger suchten meinen Geldbeutel: „Weil meine Vorhersagen viel mehr wert sind als Gold. Ohne mich ginge es allen hier wesentlich schlechter."

Mit vollem Mund bemerkte der Eindringling: „Du verstehst nichts. Für diese Menschen ist ein Goldstück sehr viel Geld. Sie halten dich für einen Propheten – aber leider für einen, dessen Dienst bezahlt werden muss."

„Und du, wofür hältst du mich?"

Er spuckte einen Knochensplitter in die Ecke und grinste vielsagend: „Ich halte dich für einen Mann, der aus irgendeinem Grund durch die Zeit geschickt wurde. Du weißt, was kommt, und kannst dadurch die Gegenwart beeinflussen. Aber ich glaube, dass du selbst noch nicht so genau weißt, wohin deine Reise eigentlich geht. Anders ist dein alljährliches Verschwinden und Wiederauftauchen nämlich nicht zu erklären. Guck nicht so erstaunt. Hast du gedacht, das bliebe ewig ein Geheimnis? Willst du wissen, wie ich darauf gekommen bin? Ich habe mich seit langem gefragt, warum sich ein Prophet jedes Jahr erzählen lassen muss, was im vergangenen Jahr vorgefallen ist. Wenn er ein Prophet wäre, sollte er auch die Vergangenheit kennen, oder nicht? Außerdem hast du die Dinge ja angeblich im Jahr zuvor alle angekündigt, warum musst du sie dir dann noch einmal so ausführlich beschreiben lassen? Ich habe einfach nur zugehört. Und siehe da: Du weißt nichts, was man dir nicht erzählt hätte. Du hast gar kein eigenes Leben, du schmarotzt. Die ernährst dich von Geschichten, die du nachher wieder ausscheidest. Wenn dir keiner etwas mitteilen würde, wärst du längst tot. Es ist nicht so, dass die Welt von dir profitiert, du profitierst von ihr. Du lebst von den Worten der Menschen hier – und darum verkaufst du ihnen ihr Eigentum. Und das gehört sich nicht."

Ich war so verblüfft, dass ich dem Eindringling, der sich inzwischen auf mein Bett geworfen hatte, kaum antworten konnte. Vorsichtig fragte ich: „Soll ich nicht wiederkommen?"

Er war nicht eine Sekunde erstaunt, dass ich nicht widersprach. Offensichtlich hatte er lange über mich nachgedacht und war sich sicher, dass er im Recht war: „Nein, du bist für die Stadt tatsächlich Gold wert. Aber lass dich nicht für etwas bezahlen, das du nicht selbst erarbeitet hast. Echte Propheten nehmen keinen Lohn. Übrigens geht es dabei nicht um deine Person. Ich gönne dir die feinen Laken, die eleganten Stoffe und den gedeckten Tisch. Genieße sie aus vollem Herzen. Mir macht etwas ganz anderes Sorgen: Weißt du, was passieren wird, wenn nicht einmal mehr die Gaben des Himmels kostenfrei sind? Dann werden alle Menschen nur noch rechnen. Man wird nur noch fragen, wie viel etwas kostet, und keiner wird mehr glauben, dass er beschenkt werden kann. Das gefällt mir nicht. Menschen brauchen ein Bewusstsein dafür, dass sie beschenkt werden. Schenke ihnen dein Wissen!"

Ich nickte leise, dann fragte ich: „Wie heißt du?"

„Störtebecker. Klaus Störtebecker."

Ich zuckte kurz zusammen und betete, dass der Vitalienbruder nicht fragen würde, was ihn selbst erwartete, denn ich wusste, dass er noch im Laufe des nächsten Jahres gefangen genommen und enthauptet werden würde. Doch er hatte mein Zögern schon bemerkt. Langsam stand er auf und legte den Rest des Fleisches zurück auf die Platte. „Ich sehe an deinem Gesicht, dass sich meine letzte Frage erübrigt hat. In deinen Augen ist derjenige zu Gast, dem ich allzu gern von der Klinge gesprungen wäre. So werden wir uns also nicht wieder sehen. Schade."

Und genauso schnell, wie er gekommen war, verschwand er wieder.

1273

„Du denkst an den Piraten, nicht wahr?"

Adelheid zupfte mich fragend am Ärmel. Sie wusste so viel über mich und ich wusste nichts über sie. Ich konnte mir auf einmal vorstellen, wie sich jemand fühlt, der mir, dem prophetischen Menschen aus der Zukunft, begegnet.

Hilflos und abhängig. Aggressiver, als ich wollte, sagte ich: „Na, wenn du schon alles weißt!"

Sie gab ein beruhigendes Brummen von sich: „Ich weiß nur, dass du bald nach seinem Besuch dein Prophetenamt aufgegeben hast. Der Stadt aber hast du einen Sack mit Gold geschenkt, aus dem sie die nächsten Jahrzehnte den Propheten bezahlen sollte, ohne ihm zu sagen, woher das Geld kommt. Aber es war nicht nur der Besuch des Seemanns, der dich durcheinander gebracht hatte. Es war noch etwas ganz anderes passiert: Deine Aufgabe war dir langweilig geworden. Die letzten Jahre hielt dich nur noch die Bequemlichkeit in dem Fischerstädtchen. Denn obwohl es dir äußerlich gut ging, fühltest du dich innerlich tot. Es war ja auch jeden Tag das Gleiche: Essen, Verkündigen, Essen, Unterhalten, Essen, Schlafen. Für viele warst du ein Segen, aber für dich selbst ein Fluch."

Verwirrt versuchte ich, in der Dunkelheit ihre Augen zu finden. „Das habe ich dir alles erzählt? Mit diesen Worten?"

„Nun ja, so ungefähr. Ich gebe das wieder, was ich mir behalten habe. Wieso fragst du?"

Ich ergriff ihren Arm. „Weil ich das meiste von dem, was du gerade erzählt hast, nie so ausgedrückt hätte. Nur wenig davon war mir wirklich bewusst. Aber jetzt, wo du es sagst, erkenne ich sofort, dass das alles wahr ist: Ich war den Alltagstrott leid, meine wohlmeinende Entwicklungshilfe für Marienhafe war eigentlich reiner Egoismus, und ich hatte damals tatsächlich kein Ziel. Aber bis heute hätte ich diese Zeit ganz anders beschrieben. Ich dachte wirklich, ich hätte zumindest eine kurze Phase als Wohltäter gewirkt. All diese Hintergründe waren mir nicht bewusst."

„Wie schön, dass du es jetzt weißt."

Ihr kesser Ton machte mich misstrauisch: „Sag mal: Habe ich dich in einem der vergangenen Jahre gebeten, mir das heute zu erzählen?"

Sie druckste ein bisschen, dann sagte sie: „Na ja. Eigentlich schon."

Ich musste unwillkürlich lachen, doch sie hielt mir die Hand vor den Mund. Leise murmelte ich: „Jetzt fange ich endlich an, mir selbst zu helfen."

Wir stolperten mehr, als wir gingen, so uneben waren die Wege. Frankfurt lag wie ein träges Tier im Schlaf und ächzte bisweilen vor sich hin, als spüre es die unsteten Wanderer in seinen Eingeweiden. Das Knarren der Häuser antwortete auf die Windböen, die aus Westen den Main entlangfegten und im Labyrinth der Gassen Verstecken spielten. Adelheid hatte mich an der Hand genommen, was ich aus verschiedenen Gründen sehr genoss. Mir fiel auf, dass sie an mehreren Fingern Ringe trug, was für die Tochter eines Wollschlägers wohl eher ungewöhnlich war. Ich fragte sie leise danach, und sie zuckte zusammen, als hätte ich sie bei etwas Verbotenem ertappt.

„Ich habe sie selbst gemacht. Tu mir einen Gefallen: Wenn du jemals meinen Vater kennen lernen solltest, dann erzähle ihm nichts davon."

Ich versprach es und dachte mir nichts dabei. Nach etwa zehn Minuten Fußweg, die ich allein niemals hätte zurückverfolgen können, kamen wir an die alte Mühle, ein halbzerfallenes Gebäude, das uns wie ein böser Flussgeist aus hohlen Augen anstarrte. Adelheid klopfte an die Tür, in einem offenbar vorher vereinbarten Takt, denn die schwere Holzpforte schwang nach innen. Ich konnte nicht sehen, wer uns geöffnet hatte, aber Adelheid unterhielt sich kurz mit jemandem, der im Dunkeln stand und dann in den Nebenraum verschwand.

„War das Werner?“, fragte ich.

„Äh … ja. Er wartet drüben auf uns.“

Ich war drauf und dran, dem Dreckskerl meine Meinung über seine lüsternen Spielchen zu sagen, aber plötzlich war da wieder dieser Druck im Magen, den ich immer verspüre, wenn ich Angst bekomme, zu sehr in die Geschichte einzugreifen. Ich hatte auch wenig Zeit, über mein Verhalten nachzudenken, denn Adelheid zog mich hinter sich her in eine rechteckige Kammer, in der ich sofort geblendet die Augen schließen musste.

Als ich die Lider wieder heben konnte, blickte ich mich um. Es war ein gespenstischer Anblick: Auf dem Boden strahlte ein Kreis von Lichtern, Kerzen und Öllämpchen, deren Flackern so viele Schatten an die Wände warf, dass diese zu leben schienen. In dem hellen Rund lag neben einigen mir gänzlich unbekannten Zeichen, die jemand mit Kohle auf den Boden gezeichnet hatte, eine tote Ratte. Das erklärte auch den leichten Verwesungsgeruch, der süßlich penetrant den Raum füllte. An einem der Fenster hing ein Glöckchen, das, vom Luftzug bewegt, in einem fort klingelte. Offensichtlich hatte Adelheid ihrem Verlobten ein spektakuläres Ritual versprochen, das an Hexensabbate und Mysterienreligionen erinnerte. Ich weiß nicht, warum, aber ich musste plötzlich daran denken, dass es zur Zeit keinen Papst gab. Nach dem Tod von Clemens IV., der vor zwei Jahren gestorben war, hatte man sich nicht auf einen Nachfolger einigen können. Unsicherheit verbreitete sich unter den Glaubenden. Vielleicht kam mir der Gedanke gerade deshalb, weil es mir verderblich erschien, in einer strenggläubigen Zeit einen solchen Budenzauber aufzuführen, und weil mich das Wissen um das fehlende Kirchenoberhaupt zumindest ein wenig beunruhigte. Ich bin früher nie religiös gewesen, bin es wohl auch heute nicht, aber seit es die Zeiten, in die ich eintauche, so verlangen, gehört die geistliche Dimension des Lebens mit zu meinem Denken. Wenn ich mit jemandem spreche, dann ist seit längerem jeder meiner Gedanken in ein spirituelles Weltbild eingebettet. Niemand argumentiert im Mittelalter, ohne dabei Gottes Wirken zu berücksichtigen. Und darum erschien es mir auf einmal anstößig, seltsam okkulte Praktiken zu verwenden.

In der dunkelsten Ecke des Raumes hockte eine Gestalt, die sich in einen schwarzen Umhang eingehüllt hatte.

Ich fuhr sie an: „Bist du Werner?“

„Ja!“

Es war eine heisere, kehlige Stimme, die sehr gequetscht klang, als hätte ihr Besitzer den Stimmbruch noch nicht abgeschlossen. Wieder musste ich mit meinem Hass gegen diesen Wüstling kämpfen. Er saß da, verschlossen und schweigend, als könne er kein Wässerchen trüben, dabei malte er sich wahrscheinlich schon aus, wie er im Fall seines Gewinns den Preis genießen würde.

„Ich bin Maximilian. Und damit eines klar ist: Ich mache diese Vorführung hier nur, weil ich Adelheid helfen will. Persönlich finde ich es einfach widerlich …“

In diesem Augenblick hatte ich das Gefühl, dass der Kerl unter seinem Überwurf kicherte. Jetzt machte sich dieses unmoralische Schwein auch noch über mich lustig. Adelheid hinderte mich, auf ihn loszugehen, indem sie meinen Arm festhielt. Dabei wurde ich den Eindruck nicht los, dass auch sie nur mühsam das Lachen unterdrückte. Meine Wut wurde immer größer. Was hatte ich eigentlich mit diesen Menschen zu tun? Warum musste ich mich hier für irgendwelche pubertären Liebeshändel hergeben?

Das Glöckchen bimmelte ununterbrochen. Die junge Frau lief zweimal um den Lichterkreis, dann fragte sie mich: „Hast du noch deine, wie hast du sie genannt … Uhr?“

„Ja“, zischte ich und zog meine treue Begleiterin hervor, „es dauert nicht mehr lang.“

Zum ersten Mal war ich froh, dass ich gleich alles hinter mir haben würde. Aber Adelheid ließ nicht locker: „Bist du sicher?“

„Ja, ich habe sie erst gestern neu eingestellt.“

„Dann zieh bitte das Gewand mit den Sternen an.“

„Hier? Muss das wirklich sein?“

„Ja, es ist wichtig für mich.“

Jetzt war mir alles egal. Ärgerlich streifte ich meinen Oberrock ab und schlüpfte in das weite lächerliche Stoff-Ungetüm mit den aufgenähten Gestirnen. Adelheid lächelte, als sie die zahlreichen Gurte sah, mit denen ich unterschiedlich große Taschen an mir befestigt hatte: für mein Manuskript, meine Uhr, etwas Geld und einige Gegenstände, die ich nicht schon wieder nach einem Tag hatte aus der Hand geben wollen.

„Wie lange dauert es jetzt noch?“

Ihre Stimme klang gepresst, als läge sie auf der Lauer. Dieser Tonfall erinnerte mich an jemanden, aber ich wusste nicht sofort, an wen. Ich schaute auf die Uhr. Es war eine Minute vor zwölf.

„Wenn du bis 60 zählst, bin ich nicht mehr da."

Ich wandte mich um und sprach Werner an: „Jetzt pass gut auf, was passiert. Und so, wie ich sicher bin, dass Adelheid ihr entehrendes Versprechen gehalten hätte, verlasse ich mich darauf, dass du auch das deine hältst. Hast du mich verstanden?"

Der dunkle Haufen nickte. Als Adelheid bei 30 angekommen war, zupfte sie mich am Ärmel: „Maximilian. Du machst mich zu einem glücklichen Menschen. Ich bin dir so dankbar. Ich weiß, dass du die nächsten zehn Tage deiner Zeitreise sehr gut in meinem Zimmer schreiben und leben wirst. Und wenn ich heute etwas falsch mache, dann versprich mir, nicht böse zu sein."

Misstrauisch versuchte ich, ihren Gesichtsausdruck zu deuten: „Ich glaube, hier haben sich schon genug Menschen versprochen!"

Ihr Gesicht war meinem ganz nah: „Bitte, Maximilian, versprich es mir!"

Ich wusste, dass ich sie gleich los sein würde. Also knurrte ich: „Gut, ich verspreche es!"

Sie klatschte in die Hände vor Freude: „Du bist wundervoll. Schade, dass ich mich nach all der Zeit von dir trennen muss. Du weißt noch nicht, was wir zusammen erlebt haben, aber ich weiß es. Lass mich dich zum Abschied küssen."

Ehe ich etwas sagen konnte, spürte ich ihre weichen Lippen auf meinen, die sich zärtlich anschmiegten und mir eine lautlose Geschichte erzählten. Doch als ich instinktiv den Mund öffnete, biss sich Adelheid plötzlich in meiner Unterlippe fest. Ein stechender Schmerz durchzuckte mich und meine Zunge entdeckte den süßlich-herben Geschmack von Blut. Dann geschah alles blitzschnell. Mit katzenhafter Geschmeidigkeit bog sie ihren Körper so, dass er an meiner rechten Seite mit unter dem absurden Sternengewand verschwand, sprang hoch, legte ihre Beine um meinen Körper und krallte sich mit aller Gewalt an mir fest. Bevor ich überhaupt daran denken konnte, mich von ihr zu befreien – was mich mit hoher Wahrscheinlichkeit meine Unterlippe gekostet hätte –, spürte ich wieder dieses hohle Krachen in mir, fiel in einen unendlichen Abgrund, in dessen Tiefen ein aggressives Grollen zu hören war, und sprang durch die Zeit – mit Adelheid.

Ich weiß noch immer nicht, was mich eigentlich so wütend gemacht hat und mich auch jetzt noch erbost innehalten lässt. Ihre Unverfrorenheit, ihre Falschheit oder ihr Egoismus. Ich fürchte, es ist vor allem die Tatsache, dass sie mich benutzt hat. Denn eigentlich habe ich außer einer geschwollenen Lippe und einigen blauen Flecken keinen Schaden davongetragen. Aber ich ertrage es nicht, wenn man meinen guten Willen missbraucht. Ich hatte mich so gefreut, ihr helfen zu können, und dann stellte sich die vermeintlich Schutzbedürftige als heimtückisches Biest heraus. Ich kann es ihr ja nicht einmal verübeln: Ich hätte mich von ihr niemals, wahrlich unter keinen Umständen, überreden lassen, sie freiwillig mitzunehmen. Dazu fürchte ich mich viel zu sehr davor, in zukünftige Zeitenläufe einzugreifen. Ich hatte ja am eigenen Leib erfahren, wie viel Unglück es hervorrufen kann, wenn man die Geschichte zu seinen Gunsten manipuliert. Insofern blieb Adelheid keine andere Möglichkeit, als mich hereinzulegen. Jeder freundschaftliche Versuch ihrerseits wäre von mir abgeschmettert worden.

1272

Als wir ankamen, hatte Adelheid ihren Griff schon wieder gelockert. Sie löste sich von mir und setzte sich schwer atmend auf den Boden. Ich blickte mich verwirrt um: Noch immer brannten die Kerzen, am Fenster schlug das Glöckchen – und noch immer saß der vermummte Werner in der Ecke. Das passte nicht. Und es gefiel mir auch nicht. Ich war doch wieder ein Jahr in die Vergangenheit gesprungen. Für einen kurzen Augenblick tauchte die Hoffnung auf, dass dieser Moment das Ende meiner Reise sein könnte. Vielleicht war ich erlöst. Ein Schluss wie im Märchen: Eine schöne Frau, die bereit ist, den Makel des Verwunschenen aus Liebe auf sich zu nehmen, befreit ihn durch ihre Entscheidung, ihren gierigen Kuss, von seinem Fluch. Aber dann fiel mir ein, dass ich das „Zurück" so deutlich gespürt hatte wie schon lange nicht mehr.

Mit einem Jauchzer flog der dunkle Mantel durch die Luft und aus der Dunkelheit kam eine Gestalt mit wehenden Haaren auf uns zu gerannt: „Es hat geklappt, es hat geklappt. Ich glaube es kaum: Es hat geklappt. Himmlisch!"

Lachend beugte sie sich zu der noch immer am Boden hockenden Adelheid, ließ sich ungebremst in ihre Arme fallen – und jubelnd wälzten sich die beiden am Boden. Adelheid wischte sich Freudentränen aus den Augenwinkeln. Sie zogen sich gegenseitig hoch, umschlangen sich und lachten. Übermütig und begeistert sprach Adelheid auf ihr Gegenüber ein: „Wir werden eine wundervolle Zeit haben. Das verspreche ich dir. Es wird alles so funktionieren wie ich, nein, wie wir es uns überlegt haben. Ich bin so froh, dass ich hier bin."

Die andere Gestalt war ebenso ausgelassen. Sie sprang vor Freude in die Luft, bevor sie Adelheid noch einmal umarmte. „Und ich bin so froh, dass du da bist!"

Endlich gelang es mir, einen Blick in das Gesicht der zweiten Person zu werfen: Es war – auch Adelheid.

Jetzt fielen beide über mich her, umarmten mich, küssten mich vor Freude und tanzten um mich herum. Sprachlos starrte ich auf dieses Trugbild. Als die beiden sich wieder näherten, stieß ich sie grob von mir. „Was soll das alles?"

„Maximilian", sagte die Adelheid, die mich gebissen hatte, „du hast mir eben versprochen, nicht böse zu sein. Und was man verspricht, das muss man halten."

Beide kicherten und setzten ihren Tanz fort. Maßlos vor Wut kickte ich eine der Öllampen in die Ecke, wo sie sofort auslief und den Boden in Brand setzte. Blitzschnell warf meine Adelheid das dunkle Gewand darüber und erstickte die Flammen. Dann drehte sie sich strahlend zu uns um. „Ach, es hat schon etwas für sich, wenn man mit dem Wissen von Morgen ins Gestern reist. Ich beneide dich fast ein bisschen, Maximilian. Aber jetzt werde ich das auch erleben, ja, sogar noch mehr: Ich weiß noch, wie ich vor einem Jahr hier stand. Als ich …", sie lachte ihr Pendant an, „… als ich noch du war!"

Wieder fielen sich die beiden Mädchen in die Arme und freuten sich: „Mein Gott, ich muss dir so viel erzählen. Es wird ein fantastisches Jahr. Zusammen sind wir unschlagbar. Glaub mir, es ist wirklich traumhaft. Oh, wie ich mich freue. Nichts ist lustiger, als sich selbst als beste Freundin zu haben."

Die jüngere Adelheid wurde ernst: „Und was ist mit Werner?"

Ich fuhr dazwischen: „Das würde ich auch gerne wissen!"

Die Jüngere legte mir eine Hand auf die Schulter. „All die Jahre, die ich dich jetzt kenne, hast du mir verschwiegen, dass ich dich eines Tages so hintergehen werde. Dafür danke ich dir. Denn was ich, was wir getan haben, war wirklich nicht sehr freundlich. Aber vielleicht hast du auch deshalb nichts gesagt, weil du mein, weil du unser Verhalten verstehen konntest. Lass uns zu mir gehen. Ich würde dir so gerne alles erklären. Zu Hause habe ich auch etwas zu essen und zu trinken vorbereitet. Ich dachte, ihr freut euch vielleicht darauf … nach diesem … was fühlt man denn, wenn man … na, ich werde ja in einem Jahr selbst erfahren, wie es ist, durch die Zeit zu springen."

Adelheid, die jüngere, begann, die Lichter zu löschen. Sie räumte die übrig gebliebenen Stummel flink in eine Ecke, als wäre das etwas

Selbstverständliches, während Adelheid, die ältere, meine Hand nehmen wollte, die ich ihr entzog. „Was sollte diese ganze Inszenierung, dieses heidnische Gekritzel und die Ratte und all das?“

Beide wollten gleichzeitig antworten, aber die Jüngere ließ der Älteren den Vortritt: „Wir dachten, dass es gut ist, wenn du keine Zeit hast nachzudenken. Je mehr deine Sinne beschäftigt waren, desto sicherer konnten wir sein, dass du uns nicht auf die Schliche kommst. Wir mussten nur dafür sorgen, dass der Raum dich ablenkt und du nicht nach Werner oder der Wette fragst. Außerdem war es lustig, deine Verblüffung zu sehen…“

„Aber dieser Werner …“ Ich verstand auf einmal und sprach leise vor mich hin: „… ihr seid die gleiche Adelheid, einmal 15 Jahre und einmal 16 Jahre alt. Die 16-Jährige ist zurückgesprungen, um mit der 15-Jährigen zusammen sein zu können. Und am Ende eures gemeinsamen Jahres wird die dann 16-jährige Jüngere diejenige sein, die zurückspringt, während die Ältere, die die Zeit schon zum zweiten Mal erlebt hat, wieder allein bleibt.

Jetzt wird mir auch einiges andere klar: Unter dem Umhang war gar kein Werner, das warst du, die ältere Adelheid, die inzwischen 17-Jährige, die zusehen wollte, wie ihr jüngeres Ich in der Vergangenheit verschwindet. Denn ihr wart zu diesem Zeitpunkt ja bereits ein ganzes Jahr zusammen gewesen. Und als wir hier ankamen, da saß die jetzt jüngere Adelheid unter dem schwarzen Tuch, um ihr älteres Ich zu erwarten. Sie, die diesen vertrackten Plan ausgeheckt hatte.“

Es war so logisch und zugleich kaum auszuhalten. Ich merkte, dass ich stotterte, weil mein Verstand sich noch weigerte, das Offensichtliche zu akzeptieren. „Ihr werdet mit Hilfe meines Zeitsprunges ein Jahr lang zu zweit leben. Wie ein Vogel, der aus einer Richtung kommend einen Hang entlangfliegt, eine Kehrtwende macht, diesen Hang ein weiteres Mal entlangfliegt und dann seinen Weg fortsetzt. Er durcheilt zweimal die gleiche Strecke, einmal früher und einmal später. Durch den Zeitsprung, den eine von euch am Ende eures gemeinsamen Jahres vollzieht, legt ihr diese Strecke aber gemeinsam zurück. Das bedeutet zugleich, dass die Person Adelheid das kommende Jahr zweimal durchläuft, einmal als jüngere und einmal als etwas ältere Frau. Du, die jüngere, hast heute die ältere kennen gelernt, du wirst am Ende dieses Jahres zurückspringen, und wenn du dann hier ankommst, bist du die ältere und erlebst das gleiche Jahr einfach noch einmal, diesmal in der anderen Rolle. Davor und danach führst du dein normales Leben weiter, abgesehen davon, dass du nachher ein Jahr älter bist, als alle annehmen, was aber kaum jemand merken wird. Lasst mich raten: Es soll auch keiner merken?"

Ich musste mich setzen. „Warum das alles? Und warum habt ihr diesen Werner erfunden?"

Die beiden grinsten sich an, dann antwortete die jüngere: „Werner gibt es wirklich, das war keine Lüge. Und wir wollen ihn auch heiraten. Das ist das Ziel des ganzen Plans. Und davon wird uns nichts abhalten. Genau darum brauchen wir aber jetzt dieses Doppelleben. Denn was wir haben wollen, das kriegen wir auch. Nicht wahr? Wir schaffen es doch, oder?"

Sie schaute die andere Adelheid an.

„Ja", sagte die ältere, „ich weiß ja schon, dass es gelingen wird. Dank deiner Hilfe, Maximilian."

Der Jüngeren liefen Freudentränen über die Wangen. „Es war die einzige Möglichkeit. Aber wenn man ein Ziel hat, dann findet man auch einen Weg. Kennst du das, Maximilian, dass man so von einer Leidenschaft erfüllt ist, dass man nur noch an das eine Ziel denken kann? Dass man spürt, dass es Glück nur dort gibt? Einen Traum zu haben, ist wie Verliebtsein, nur dass man nicht eine Person, sondern das Leben liebt. Und dann erkennt man plötzlich: Nicht der Weg ist das Ziel, das Ziel eröffnet den Weg. Du hast mir doch von diesem griechischen Dichter erzählt, Lukian, der, nachdem er sich sorgfältig vorbereitet hatte, einfach alles hinter sich zurückließ und ins Ungewisse aufbrach, um Redner zu werden. Da er wusste, wohin er wollte, konnte ihn kein Hindernis auf dem Weg mehr schrecken. So ging es mir auch: Ich wusste genau, was ich wollte, und darum gab es keinen Zweifel, dass ich es kriegen musste. Ich habe monatelang gegrübelt und gesucht, bis ich auf die Idee gekommen bin, mir mit deiner Hilfe ein Dasein in zweifacher Form zu beschaffen; ein Jahr lang nicht alleine sein, sondern den qualifiziertesten Mitstreiter an meiner Seite haben, den es gibt: mich selbst. Darum habe ich diesen Plan ausgeheckt, habe mehr als ein Jahr in die Zukunft geplant. Und heute Nacht habe ich hier gesessen. Ich hatte ja keine Ahnung, ob es mir in der Zukunft gelingen würde, dich in diese Mühle zu locken, und ob du wirklich mit mir, also mit meinem älteren Ich, auftauchen würdest. Aber jetzt seid ihr da, und das ist großartig."

Ich spürte, dass ich mich von den beiden einlullen ließ und wurde darüber noch wütender: „Das heißt aber doch trotzdem, dass ihr mich betrogen habt. Diese wilde Geschichte mit der Wette und der Entjungferung. Das war doch alles erfunden."

Die ältere Adelheid näherte sich mir und drückte mir vorsichtig einen Kuss auf die Wange: „Ich habe dir doch gesagt, dass es Dinge gibt, denen Männer einfach nicht widerstehen können."

Ich versuche das, was mir die beiden in langen Stunden erzählt haben, so wiederzugeben, wie ich es verstanden habe. Es ist die Geschichte einer großen Sehnsucht. Der Sehnsucht einer jungen Frau, die nicht bereit ist, sich mit den Gegebenheiten abzufinden, und die alles riskiert, um ihr Ziel zu erreichen. Adelheid wollte schon immer Goldschmiedin werden, sie machte bereits als Fünfjährige aus jedem noch so unwichtigen Gegenstand, wenn er nicht mehr gebraucht wurde, ein Schmuckstück und trug es stolz zur Schau. Doch das, was in der Kindheit ein Spiel unter vielen war, entwickelte sich zur Passion. Also gestaltete sie ihre Kostbarkeiten, wann immer es ging. Bis ihr praktisch denkender Vater „diesen Unfug" verbot. Aber er hatte nicht mit dem Dickkopf Adelheids gerechnet, sie konnte und wollte nicht aufhören. So schlich sie, sooft es ging, im Morgengrauen in die helle Gasse der Goldschmiede, zur „Alten Münze", und schaute dem jungen Meister Werner bei der Arbeit zu. Der sich natürlich prompt in sie verliebte. Sie liebte ihn auch. Allerdings weniger wegen seiner dunkelgrünen Augen als wegen der Verlockung, sich ihren Traum erfüllen zu können.

Unglücklicherweise besaß Werner ebenfalls einen strengen Vater, und der hatte für seinen Sohn das etwas beschränkte, aber ansehnliche Töchterchen eines Kollegen als Gattin ausgewählt, denn das würde als Einzelkind ein gut gehendes Unternehmen mit in die Ehe bringen und den Mann bei der Arbeit unterstützen. Eine Wollschlägerstochter, die vom Schmuckgewerbe keine Ahnung hatte, kam für den Alten nicht in Frage. Werner beschloss, Adelheid in seiner Werkstatt in die Geheimnisse der Goldschmiedekunst einzuweisen. Sie hatten sich schon gemeinsam überlegt, wie und wann sie dem skeptischen alten Herrn ihr „Meisterstück" präsentieren sollte. Doch dann starb Adelheids Mutter, und ihr Vater verpflichtete seine Tochter, ohne ihr ein Recht zur Widerrede einzuräumen, das Haus zu führen und die Arbeit der Mutter im Betrieb zu übernehmen. Adelheid ging damals fest davon aus, dass ihr Vater, dessen sexuelle Agilität das häufige Knarzen der Holzdielen verraten hatte, sich binnen Jahresfrist eine neue Frau suchen würde (was tatsächlich geschah). Dann aber wäre es für Werner und sie wahrscheinlich schon zu spät gewesen. So lange konnte sie nicht untätig sein. Also ersann sie den Plan von der doppelten Adelheid: die eine konnte dem Vater und den Brüdern den Haushalt versorgen, die andere bei

Werner so viele Fertigkeiten ihres Lieblingshandwerks erlernen, dass dessen Vater sie als Schwiegertochter akzeptieren würde.

Ich zweifle übrigens nicht daran, dass sie es schaffen wird. Adelheid ist eine außergewöhnliche Frau, eine, die nicht locker lässt. Davon erzählt auch die kleine Narbe an meiner Lippe. Und bei allem, was ich über diesen Werner gehört habe, ahne ich auch, wer in dieser Beziehung den Ton angeben wird.

Jetzt, da ich das alles niedergeschrieben habe, hat sich mein Zorn verflüchtigt. Es ist, als seien mit der Tinte auch die Enttäuschung und der Groll aus mir herausgeflossen, um sich in feinen Schnörkeln auf dem Pergament niederzulassen.

Aber für meine Besänftigung gibt es noch einen anderen Grund: Mir ist klar geworden, dass all meine Wut auf Adelheid eigentlich Wut auf mich selbst war. Warum? Weil einer Frau das gelungen ist, was ich mir im Grunde wünsche. Sie hat meine Zeitreise genutzt, um ihr Leben zu verändern, während ich mich die ganze Zeit als Opfer verstanden habe. Max, der Gefangene eines widerwärtigen Daseins. Sie hat die Möglichkeiten gesehen, während ich immer nur die Grenzen gefürchtet habe.

Das Zentrum meiner Gedanken war bisher mein Leben im 20. Jahrhundert. Diese Zeit hat mein ganzes Dasein bestimmt. Aber das, was ich für meine Zukunft hielt, ist in meinem Fall nun einmal meine Vergangenheit. Der ewige Blick zurück lähmt die Gedanken. Ich darf und will nicht länger mein Leben von dieser in der Ferne liegenden Vergangenheit bestimmen lassen. Adelheid, die Ältere, hat meine Unsicherheit in ein Bild gefasst, das mich nicht mehr loslässt. Sie versuchte mich aufzuheitern, als wir wieder bei ihr zu Hause angekommen waren. Kichernd zog sie die Kerze hervor und zündete sie an. Dann setzte sie sich im Schneidersitz neben mich und flüsterte: „Wer Angst hat, den Anker zu lichten, wird den sicheren Hafen niemals verlassen. ‚Warum auch', fragt er sich, ‚hier war ich zufrieden.' Aber der Sinn eines Schiffes besteht nun mal darin, über das Meer zu fahren und an einem neuen Ziel anzukommen. Ein Schiff, das nur im Hafen bleibt, versäumt alles, wozu es geschaffen wurde."

Adelheid, die Jüngere, sagte in ihrer gerissenen Naivität immer nur: „Alles hat seinen Sinn. Und wenn etwas keinen Sinn hat, dann liegt es an dir, ihm einen zu geben."

„Schön", habe ich erwidert, „und welchen Sinn hat meine Zeitreise – oder welchen sollte ich ihr geben?"

Da schmunzelten die beiden in einer unbeschwerten Vertrautheit, die sie schon nach wenigen gemeinsamen Stunden erreicht hatten. Nun ja, zumindest für die Jüngere war diese Gemeinschaft neu. Sie sagte beseelt: „Als ich ein Kind war, wurde in Frankfurt der neue König gewählt. Zur Auswahl standen der Engländer Richard von Cornwall und Alfons von Kastilien. Allerdings starteten die beiden Kandidaten mit sehr unterschiedlichen Voraussetzungen. Denn der Erzbischof Arnold von Trier, der als Wahlmeister eingesetzt wurde, war parteiisch und ließ die mit Richard sympathisierenden Parteien gar nicht erst in die Stadt. So kam es zu einer Doppelwahl: Vor den Toren wurde Richard gewählt, innerhalb der Stadtmauern Alfons. Und beide Könige ließen sich die Wahl bestätigen. Was meinst du: Welcher von beiden wurde am Ende der für Frankfurt zuständige König? Wer hat die Wahl gewonnen?"

Ich wusste es nicht. Da kicherten die beiden Adelheids schon wieder. Die Jüngere fuhr fort: „Richard. Und zwar aus zwei Gründen. Der erste war vielleicht der entscheidendere: Er trat sein Amt an. Während Alfons niemals in Frankfurt erschien, kam Richard schnell angereist und nutzte die Gunst der Stunde. Indem er nämlich, und das ist der zweite Grund, den Frankfurtern versprach, sie müssten unter seiner Herrschaft keinen Vogt mehr über sich dulden, es werde keine Burg in der Stadt geben und von seiner Seite würden alle Erpressungsversuche unterbleiben. Richard hatte also das bessere Angebot, denn Alfons machte keins. Verstehst du: Die Kurie wollte Alfons. Der Spanier hatte eine wesentlich bessere Ausgangsposition, er hätte nur kommen müssen – aber er kam nicht. Richard, der eigentlich schlechter dastand, nahm sein Schicksal selbst in die Hand, denn er wusste genau, was er wollte. Manchmal denke ich, du bist wie Alfons: Du hast kein Ziel, und du beobachtest deine Geschichte nur aus der Ferne, indem du sie aufschreibst. Davon wird man aber nicht König. Richard nutzte die eigentlich schlechten Ausgangsvoraussetzungen, gestaltete sie in seinem Interesse um und kam so seinem Ziel näher. Übrigens wird er dieses Jahr wieder in Frankfurt weilen."

„Ja", ergänzte die Ältere, „es wird ein aufregender Besuch werden."

1262

Ich muss dieses Kapitel abschließen. Ich habe nur noch ein Blatt Pergament. Außerdem ist Adelheid jetzt sechs Jahre alt, sodass ich heute Abend weiterziehen werde. Ich habe viel nachgedacht in den letzten Tagen. Und zum ersten Mal schaue ich nicht mehr nach hinten, sondern nach vorne. In die Richtung, in die mein Leben nun einmal geht. Es stimmt: Ich brauche endlich ein Ziel für meine Reise. Ich wollte immer wissen, wer ich bin, aber das erfahre ich wohl nur dann, wenn ich weiß, wohin ich gehe. Ich werde wenigstens herausfinden müssen, wohin meine Reise gehen könnte, damit ich eine Richtung für den nächsten Schritt erkenne.

Vielleicht war das von Anfang an mein Fehler: Ich beschäftige mich die ganze Zeit so intensiv mit mir und schaue dabei so sehr nach innen, dass ich keine über mich hinausgehende Perspektive finde. Aber diese Probleme sind ein wahrhaft zeitloses Phänomen. Seit 700 Jahren begegne ich Menschen, die nur an sich denken. Und die deshalb auch nicht über ihren Horizont hinausschauen. Aber so darf ich nicht mehr weiterleben. Es waren schließlich immer die großen Denker, die angefangen haben, in Systemen zu denken und große Zusammenhänge zu verstehen. Sogar bei Lukian finde ich dazu etwas: „Höre also. Seitdem ich das menschliche Leben genauer zu beobachten anfing und in allem, worauf die Menschen den meisten Wert legen und worin ihre Habsucht, ihr Ehrgeiz und ihre Neigung zum Herrschen sich zu befriedigen sucht, so viel Lächerliches, Kleines und Unsicheres wahrnahm, seitdem wurden mir diese Dinge verächtlich. Ich versuchte also meinem Geist eine höhere Richtung zu geben und alle meine Aufmerksamkeit auf die Betrachtung des Ganzen zu wenden." Das klingt viel versprechend: „dem Geist eine höhere Richtung geben". Aber wie gelingt es, endlich den Blick nach vorne zu richten? Ich muss mir selbst ein Ziel setzen. Zum Beispiel so: „Ich werde herausfinden, wohin meine Reise geht, denn nur so kann ich verstehen, warum sie überhaupt stattfindet." Seltsam. Diesen Satz habe ich schon tausendmal gedacht – und erst jetzt, da ich ihn schwarz auf weiß vor mir sehe, begreife ich ihn. Diese Worte können, wenn ich sie mein Leben bestimmen lasse, ein Fluch oder ein Segen sein, sie können mich retten oder zerstören. Und sie werden auf jeden Fall mein ganzes Handeln bestimmen. Auf einmal schwingt ein Gefühl des „Alles oder Nichts" durch die Kammer. Ja, ich werde die Wahrheit herausfinden.

Und ich werde die Geschichte nutzen, um den Sinn meines Daseins zu ergründen. Ich hätte viel früher erkennen sollen, dass Adelheid klug ist. Sie hat es von Anfang an gesagt: „Du hast doch nicht nur Grenzen, du hast auch wundervolle Möglichkeiten. Möglichkeiten, wie sie kein Mensch jemals hatte. Du kannst durch die Zeit reisen."

Ja, ich kann durch die Zeit reisen. Ich kann Menschen helfen, kann aus der Zukunft die Gegenwart interpretieren und verändern – und ich kann die großen Denker der Weltgeschichte besuchen und sie befragen. Das werde ich vielleicht als Erstes tun. Ich spüre immer deutlicher, dass es eine Antwort gibt. Sie wird sich nicht mehr lange vor mir verstecken können.

Ich freue mich auf morgen. Inzwischen habe ich mich auch damit abgefunden, dass die zweite Adelheid wieder verschwunden ist. Ich bedauere, dass ich nicht miterleben konnte, wie die beiden ihr Jahr miteinander verbracht haben. Wie ist das, wenn man ein Jahr zum zweiten Mal erlebt? Wenn jeder Tag vollgestopft ist mit Déjà-vus? Die ältere Adelheid hat dieses Jahr ja schon als jüngere hinter sich gebracht und erlebt nun alles noch einmal. Seltsame Vorstellung. Hoffentlich weiß sie, dass sie nichts, was ihr beim ersten Mal missglückte, anders machen kann. Oder geht es vielleicht doch? Es ist eine verrückte Geschichte.

Das kleine fünfjährige Mädchen kommt herein, mit einem großen Fresspaket, um das ich sie gebeten habe. Ich versuche, in dem kindlichen Gesicht die Züge der beiden fast erwachsenen Frauen wieder zu finden. Ja, da ist es wieder, dieses Raubtierhafte, das so gar nicht zu dem Schmollmund passen will. Und jetzt mache ich etwas, was ich mir früher nicht erlauben konnte: Ich nehme sie liebevoll in den Arm.

3. JAHR

Was?

905 Burgund liegt im Winterschlaf. Zwischen der Côte d'Or und den Bergen des Charolais versinkt das Leben in der Saône-Senke, und wer nicht muss, steckt den Kopf gar nicht erst aus seiner mühsam beheizten Hütte. Die Grosne ist bis auf den Grund gefroren, das erste Mal seit, oh, seit mehr als zwei Generationen – versichert mir der Hausverwalter, der mich immer noch äußerst misstrauisch ansieht. Seine grässlich hässliche und mit Pockennarben übersäte Frau, der immer ein dünner Speichelfaden aus dem Mundwinkel fließt, findet alle halbe Stunde einen Grund, um in mein Zimmer zu kommen und mich argwöhnisch zu beobachten. Natürlich stört mich das, aber die einfältige Hüterin des Anwesens macht ja nur ihre Arbeit.

Als ich heute Morgen aufwachte, hielt mir der unrasierte Kerl, dem die untere Hälfte des linken Arms fehlt, ein Messer an die Kehle. Lautlos saß er an meinem Lager und wartete, bis ich die Augen öffnete. Anscheinend hatte er mich auf Grund meiner rot gefärbten langen Tunika für einen Edelmann gehalten, sodass er nicht wagte, mich zu wecken; andererseits wollte er auch nicht so einfach akzeptieren, dass ein Fremder in dem ihm anvertrauten Jagdschloss schläft. Noch gestern, also in seiner Zukunft, war er sehr wohlwollend und aufgeschlossen gewesen, weil er da schon wusste, dass ich dem Herzog einen großen Dienst erwiesen habe. Heute aber scheine ich ihm fremd zu sein. Offensichtlich erinnert er sich nicht daran, dass ich früher schon einmal sein Gast gewesen bin. Und wahrscheinlich war ich es auch nicht. Daraus kann ich ersehen, dass es mich bald wieder aus diesem Haus fortgelockt hat.

Glücklicherweise trage ich einen undatierten Brief des Herzogs bei mir, in dem der Hausverwalter angewiesen wird, mich jederzeit zu beherbergen und zu verköstigen. Das Schreiben stammt aus dem Jahr 907, als Wilhelm von Aquitanien schon wusste, dass er das Jagdhaus verschenken würde. Er dachte also, er könne mich hintergehen, indem er mir die Gastfreundschaft eines Hauses zusicherte, das er ohnehin loswerden wollte. Aber er konnte nicht ahnen, dass ich sein Versprechen in einer Zeit einlösen würde, in der er es noch nicht einmal gegeben hatte – in der Vergangenheit. Wahrscheinlich würde er toben und wieder einmal mit seinen bestickten Bundschuhen vor Wut gegen den Kamin treten, wenn er wüsste, dass ich sein Siegel nutze, um mir auf meiner Reise ein wohliges Plätzchen unter seinem Dach zu sichern. Jetzt bin ich hier, in der Stille, die der Frost mit sich bringt. Da der Verwalter nicht lesen kann, genügt es, ihm den geschmückten Wachsklumpen mit dem Wappenzeichen seines Herrn zu zeigen, um jede Widerrede zu unterdrücken. Aus dem Kamin zieht eine kleine Rauchwolke in den Raum, als wolle sie mich beobachten. Ich folge ihr mit den Blicken, bis sie sich auflöst.

Ich erklärte dem Einarmigen ausführlich, im Brief seines Herrn seien mir mehrere Bögen Pergament versprochen worden. Daraufhin verschwand er murrend und brachte mir wenig später alles, was ich zum Schreiben brauchte. Ich habe ihn angewiesen, dem Herzog nichts davon zu sagen, da es sich um eine Überraschung handle. Ich muss gerade schmunzeln, weil mir einfällt, dass man Wilhelm von Aquitanien, diesen groben, selbstherrlichen Egoisten, auf Grund meiner Mithilfe später „den Frommen" nennen wird.

Ich binde eines der verfilzten Felle über den Bleiglasscheiben nach oben, um die helle Wintersonne in den Raum zu lassen, die sich vergeblich bemüht, der lähmenden Kälte irgendetwas entgegenzusetzen. Es riecht sogar nach Kälte. Das Licht aber tut gut, legt sich auf die düsteren, mit Ruß bedeckten Wände und haucht ihnen Leben ein. Auf dem Kaminsockel stehen metallene Becher wie eine kleine Armee. Sie spiegeln die Strahlen und ich muss plötzlich lächeln. Und doch weiß ich wieder einmal nicht, wo ich anfangen soll. Ich tunke zum dritten Mal meine Feder in den gläsernen Tintenbehälter, weil die Flüssigkeit immer schon getrocknet ist, bevor ich einen klaren Gedanken fasse. Vielleicht sollte ich erst morgen weiterschreiben, wenn ich mich jetzt ohnehin nicht konzentrieren kann.

Ich denke zu viel an heute Abend. Andauernd malt sich mein Verstand aus, was ich dem Herzog sagen und wie ich ihn von meinem Anliegen überzeugen könnte. Es ist merkwürdig, ja fast schon grotesk: Obwohl ich aus der Zukunft weiß, welche Folgen dieses Gespräch haben und wie es ausgehen wird, bin ich aufgeregt. Ich muss alles gut vorbereiten, ob ich will oder nicht. Jedes Wort muss sitzen. Denn das Ergebnis der Verhandlungen wird sicher nur deshalb so positiv ausfallen, weil ich mich den ganzen heutigen Tag intensiv mit allen Aspekten und Argumenten auseinander gesetzt habe. Ohne diese Mühen ginge es keinesfalls.

Dass ich darüber informiert bin, wie die Geschichte weitergeht und was unsere Diskussion bewirken wird, erspart mir also überhaupt keine Arbeit. Im Gegenteil: Ich stehe unter Erfolgsdruck. Ich muss den Ausgang der Verhandlungen erreichen, von denen ich weiß, dass sie erreicht wurden. Oder würde das Gespräch auch dann gut enden, wenn ich nur improvisieren würde? Ich habe keine Ahnung. Ich merke nur eines: Ich kann nicht in ein für die Weltgeschichte wegweisendes Gespräch gehen, ohne vorher einen Gedanken daran verschwendet zu haben. Das ist nicht meine Art. Dafür ist auch meine Verantwortung zu groß. Also benehme ich mich genauso wie jemand, der keine Ahnung hat, was seine Argumente bewirken werden, und der deshalb nervös nach den richtigen Formulierungen sucht und sich den kalten Schweiß von der Stirn wischt. Zeitreisender zu sein ist kein Zuckerschlecken.

Ich schlurfe in meinen Fellpantoffeln noch einmal an die gewölbte, beschlagene Glasscheibe, wische ein Guckloch hinein und sehe auf die weißen Hänge, über die kreuz und quer Fährten wilder Tiere wie kleine Textzeilen laufen. Jede erzählt eine Geschichte. Wenn ich sie lese, fühle ich mich selbst wie ein getriebener Hirsch, der in der Kälte nach Nahrung sucht. Aber ich darf mich nicht beklagen. Immer, wenn ich eine Welle der Verzweiflung oder der Angst verspüre, spreche ich mir laut den Satz Adelsheids zu: „Sieh nicht deine Grenzen, sieh deine Möglichkeiten." Und sobald ich das tue, geht es mir besser. Außerdem erlebe ich im Augenblick etwas Eigenartiges, das mich mehr und mehr gefangen nimmt: Zum ersten Mal wirke ich bewusst an der Geschichte mit. Nicht, weil ich plötzlich den Mut eines Weltverbesserers bekommen hätte – obwohl das sicher auch ein wenig der Fall ist –, sondern weil ich es einem guten Freund schuldig bin, Odo, der mir geholfen hat, als ich ihm helfen konnte.

905 – ich erschrecke, jedenfalls ein bisschen, weil da plötzlich nur noch drei Ziffern stehen. Ich bin nun schon mehr als tausend Jahre in die Vergangenheit eingetaucht, und noch immer verspüre ich das Bedürfnis, endlich einmal Luft zu holen; noch immer misstraue ich dieser unlogischen Existenz, die mich gegen den Strom der Zeit schwimmen lässt. Aber wir freunden uns langsam an: ich und diese verkehrte Welt, die jeden Morgen einem Jungbrunnen entsprungen zu sein scheint. Zumindest verliere ich meine Scheu. Seit ich mir vorgenommen habe, diese Reise zu nutzen, um meinem Geheimnis auf die Spur zu kommen, hat mein Leben eine Struktur bekommen. Ich spiele jetzt ganz gerne mit meiner Sonderrolle. Zum Beispiel bin ich seit dem Jahr 1245 ein Erfinder. Ja, ich habe die Schubkarre erfunden.

1260

Nach meinem Auszug bei Adelheid wollte ich ein bisschen Geld verdienen und verdingte mich für einige Tage auf dem Bau.

In der Stadt gab es damals sehr viel zu tun, weil Frankfurt 1241 fast vollständig abgebrannt war. Der Auslöser der Katastrophe waren Unruhen während einer Judenverfolgung gewesen. Die jüdische Gemeinde hatte einen jungen Mann am Konvertieren hindern wollen und damit den Hass zu vieler Städter auf sich gezogen. Das Pogrom war beschämend gewesen, wie immer, wenn sich die angestaute Unzufriedenheit einer Volksmenge entlädt. Fast alle Juden wurden getötet, die Überlebenden, einschließlich des Rabbiners, zwangsgetauft.

Ich frage mich übrigens seit langem, ob es denn nun einen Fortschritt in der Geschichte gibt oder nicht. Und je gründlicher ich mir diese leiderfüllte Welt um mich herum anschaue, desto überzeugter bin ich, dass dem so ist. Schließlich kann man das Ende der Schwarzen Pest, der Leibeigenschaft und der Sklaverei, der Unterdrückung der Frauen, der Willkür der Machthabenden und des Hungers in Europa nicht so einfach unter den Tisch kehren. Die Kultur, die Ausbildungsmöglichkeiten, die Demokratie, die Technik und die Medizin haben zwischen dem 10. und dem 20. Jahrhundert fantastische Fortschritte gemacht; nur einer ist wohl bei allem der gleiche egoistische Dummkopf geblieben: der Mensch. Was wäre passiert, wenn man all die Energie, die man in die Entwicklung der Wissenschaften, der Politik und der Kunst gesteckt hat, in die Förderung des Menschen und der Menschlichkeit investiert hätte? Wären wir dann im 20. Jahrhundert weiter gewesen? Hätten die Menschen dann früher entdeckt, wie klein ein Palast gegenüber einem zärtlichen Kuss ist? Manchmal glaube ich es und dann wieder kommen mir große Zweifel.

Eines jedenfalls ist mir, der ich mittellos durch die Jahrhunderte ziehe, klar geworden: All die zeitgebundenen Kostbarkeiten erfreuen, aber Zufriedenheit bringen sie noch lange nicht. Natürlich sehne ich mich oft nach einem stetigen Bett, dauerhaften Beziehungen und bleibender Anerkennung, aber als Reisender weiß ich, wie wenig Orientierung für das Dasein darin liegt. Entweder man hat überall ein Zuhause oder nirgends. Ich habe zur Zeit keines, aber ich erkenne, dass dieser Zustand immer noch besser ist als ein vorgegaukeltes Heim aus Besitz und Wohlanständigkeit. Lukian hat Recht, wenn er schreibt, dass wir in das Totenreich letztlich nackt fahren: „Lege deine Reichtümer, deine Wichtigkeit und deinen Luxus ab! Weg mit den kostbaren Leichentüchern und dem Stammbaum und den Ehrenzeichen deiner Voreltern! Kein Wort von deinem Adel und den prächtigen Titeln und den Aufschriften deiner Bildsäulen und dem gewaltigen Grabmal, das über dich aufgetürmt wurde. Die Erinnerung aller dieser Dinge macht nur schwerer."

Nur eines, sagt der Dichter, kann man getrost mit ins Jenseits nehmen: „Deine ungezäumte Freiheit und dein loses Maul, deine Sorglosigkeit und deine Zuversichtlichkeit und das ewige Lachen." Ich weiß noch, wie ich diese Zeilen damals auswendig gelernt habe. Verena hatte mir Lukians gesammelte Werke zum Geburtstag geschenkt und das Zitat auf die Titelseite als Widmung geschrieben. Sie meinte, das mit der Freiheit und dem losen Maul bekäme ich schon gut hin, nur bei der Sorglosigkeit hapere es noch. Wir saßen damals vor dem Kamin ihrer Eltern, hörten „Simon and Garfunkel" und lasen uns den Text so oft laut vor, bis wir ihn beide frei hersagen konnten. Ich war damals fest davon überzeugt, dass Verena mich unendlich liebte. Viele Jahre hatte ich den Spruch über dem Schreibtisch hängen. Ich dachte immer: *Dafür lohnt es wahrhaftig, an sich zu arbeiten.* Aber ich dachte es nur. Erst seit kurzem lebe ich es. Adelheid jedenfalls hat mir wieder beigebracht zu lachen und das Lachen zu lieben, denn es ist der innigste Ausdruck von Freiheit, Sorglosigkeit und Zuversichtlichkeit. Jetzt lache ich manchmal einfach nur so vor mich hin und spüre dabei, wie mir Flügel wachsen.

1245 Wie bin ich jetzt bei Lukian gelandet? Genau, ich wollte von der Schubkarre erzählen. Eines Morgens kam ich aus dem Quartier der Maurer auf die Baustelle der Dominikanerkirche in Frankfurt und entdeckte sofort, dass etwas anders war. Am Vortag, also in einem Jahr, hatten die Handwerker das Baumaterial noch mit einer einfachen, wild zusammengezimmerten Schubkarre befördert, jetzt nahmen sie dazu ein grobes Sacktuch, das zwischen zwei Stangen gespannt hing und wie eine Sänfte getragen wurde. Die Steine schwankten in dieser einfachen Trage so stark hin und her, dass ich schon nach einer Stunde eine Blase am Handballen bekam.

Der Bauleiter, ein schweigsamer Sachse, senkte unwirsch den Kopf, als ich ihn daraufhin – vielleicht etwas zu herausfordernd und unter Vorzeigen meiner aufgescheuerten Hände – fragte, ob er denn nicht noch ein anderes Mittel zum Transport von Steinen kenne. Er wollte mich kurz abfertigen. Er sei auf den größten und bedeutendsten Baustellen Europas gewesen, sei mit den namhaftesten Bauleitern befreundet und habe außerdem mit der sehr effektiven Trage nur beste Erfahrungen gemacht. Was ich denn gleich an meinem ersten Arbeitstag wolle? Ich entschuldigte mich für meine Dreistigkeit und zeichnete mit wenigen Strichen in den Sand auf dem Boden vor uns das Bild einer Schubkarre.

„In diese Konstruktion passt mehr rein, sie kostet weniger Kraft und ist schneller zu bewegen."

Die Schultern des Bauleiters waren nach vorne gesunken, vielleicht weil die Zeichnung so simpel und doch genial war. Langsam fragte er: „Woher kennst du das da?"

Ich sagte das Erstbeste, das mir einfiel: „Aus China!"

Er blickte mich spöttisch an, fragte aber nicht weiter. Mit einer großen Geste winkte er Martin, den Obersten seiner Zimmerleute, herbei und zeigte wortlos auf meinen Entwurf. Dieser hochintelligente Handwerker, mit dem ich am Abend zuvor lange über die möglichen Grundrisse und die Architektur der Arche Noah diskutiert hatte, sah sich das Bild eine Zeit lang an, dann bemerkte er: „Eine gute Idee, aber damit kommt man nicht über Steine und Mauern hinweg. Also ist dieses Ding untauglich."

Ich malte vor das Rad meiner Schubkarre ein großes Hindernis, einen Geröllhaufen. Dann zog ich einen langen Strich von der Spitze dieser störenden Erhebung so nach unten, dass die Schubkarre darauf fuhr. „Das hier ist ein Holzbrett. Mit der ‚Schubkarre' und zwei Holzbrettern kann man schwere Lasten nicht nur leicht von einem Ort an den anderen bringen, man kann sogar Mauern überwinden."

Jetzt strahlten beide, der Bauleiter und der Zimmermann. Martin zog sich zurück und noch am selben Tag kehrte er mit einem sehr zufriedenen Gesicht wieder. Vor sich her schob er: die erste Schubkarre Europas – und in ihr saß sein kleiner Sohn Friedrich, der stolz wie ein König die Huldigungen des ganzen Bautrupps entgegennahm.

Natürlich weiß ich nicht, ob nicht in diesen Jahren noch andere Leute die gleiche Erfindung gemacht haben – schließlich erlebt man immer wieder, dass die Zeit einfach reif für eine bestimmte Entwicklung ist. Ich weiß nur, dass ich nach 1245 auf allen Baustellen, auf denen ich beschäftigt war, Schubkarren gesehen habe, vorher aber nicht. Es hat mich zwar noch einige Male gejuckt, meine Erfindung zu wiederholen, aber instinktiv wusste ich, dass der richtige Zeitpunkt eben die Mitte des 13. Jahrhunderts gewesen war. Vielleicht hielt mich die mahnende Stimme Störtebeckers ab, die mich regelmäßig daran erinnert, dass ich das mir geschenkte Zukunftswissen nicht als eigene Leistung verkaufen dürfe.

905 Ich bin jetzt seit mehr als einem halben Jahr in Burgund, und weil ich die gezackte Silhouette des Juragebirges am Horizont sehe, die einem vielschwänzigen Drachen vor dem Angriff gleicht, möchte ich gar nicht mehr fort. Doch es muss sein, denn endlich weiß ich, wo ich hin will! Mein Ziel war ursprünglich Aachen gewesen. Ich befand mich auf dem Weg zu Karl dem Großen. Und wenn ich den euphorischen, ja fast spirituellen Huldigungen der Mönche glauben konnte, dann hätte ich bei ihm endlich eine Antwort finden können. Kein Herrscher versammelte jemals so viele Gelehrte an seinem Hof, kaum einer wurde so für seine Weisheit gerühmt, und nur wenige haben wie er Glauben und Naturbetrachtung zu vereinen versucht. Und eines ist sicher: In seinem Denken verbinden sich die Werte der Antike mit denen des Christentums und mit der germanischen Mentalität. Und irgendwo in diesen drei Wurzeln Europas verbirgt sich auch der Schlüssel zu meinem Dasein. Karl würde ihn finden – dachte ich bis vor kurzem. Oder Alkuin und Einhard, seine beiden großen fränkischen Wissenschaftler, die ich gerne kennen lernen wollte. In diesem Moment aber, da ich ansetze, meine neuen Pläne aufzuschreiben, merke ich erst wieder, wie gut es tut, ein konkretes Ziel zu haben. Es belebt, motiviert und strukturiert das Denken.

Aber noch ist es nicht so weit: Zuerst habe ich hier eine Aufgabe zu erfüllen.

Wenn ich mich nicht sehr täusche, dann werde ich einen entscheidenden Beitrag zur Gründung des Klosters von Cluny leisten, dieser Keimstätte der größten geistlichen Reformbewegung des Mittelalters. In einer kleinen Abtei auf einem Gelände, zu dem ich ihnen verhelfen werde, fangen einige Mönche an, den allzu verweltlichten Glaubenssitten ein überzeugendes und funktionierendes Modell einer geistlichen Gemeinschaft entgegenzusetzen, eines, das schnell in ganz Europa Gleichgesinnte motiviert. Dank meiner Hilfe. Dabei kam ich nur hierher, um die Zeit bis zur Karolinger-Dynastie zu überbrücken und um etwas Geld zu verdienen – und weil ich das Latein der Mönche besser verstehe als die unzähligen Dialekte und Sprachen der Bauern.

Cluny war in den Jahren, in denen ich es kennen lernte, schon bevölkert wie ein Wespennest, ein summendes Durcheinander ruhesuchender Mönche, aber ich fühlte mich dort sehr wohl. Es gab in der aufstrebenden Gemeinschaft immer etwas zu bauen, und ich war natürlich dabei, als 1089 der Grundstein für die zweitgrößte Kirche der Christenheit gelegt wurde, einer fünfschiffigen Querhausbasilika mit

Umgangschor und Kapellenkranz. Ich hatte schon einige Jahre beglückt auf der Baustelle für dieses einzigartige Gebäude gearbeitet und war jeden Abend mit dem Gefühl ins Bett gefallen: „Du hast an einem Dom mitgebaut." Später wirkte ich viele Jahre an dem bescheideneren Vorgängerbau mit, bis ich auch ihn 981 hinter mir in der Zukunft zurückließ.

Jetzt, da ich meine Erfahrungen aus dieser Zeit niederschreibe, spüre ich wieder den täglichen Abschiedsschmerz, der mich regelmäßig befällt. Er sorgt dafür, dass ich meine Rückwärtsbewegung niemals verdrängen kann. Was ich auch errichte, an meinem nächsten Tag ist es wieder verschwunden. Wen ich auch geliebt habe, an meinem nächsten Tag kann er sich nicht mehr an unsere Gespräche und unsere Fröhlichkeit erinnern. Das andauernde Verlieren liebgewordener Kostbarkeiten tut weh. Gerade wenn ich einmal über einen längeren Zeitraum in einer Gegend bleibe, sehe ich, wie alles zerfällt. Ich erlebe nie einen Reifungsprozess, sondern immer nur Auflösung. Und selbst wenn ich einmal den Zeitpunkt erwische, in dem etwas vollendet wird, kann ich nicht sicher sagen, ob ich wirklich dazu beigetragen habe. So spüre ich entweder das Erfolgsgefühl, ohne zu diesem Zeitpunkt etwas dafür getan zu haben, oder ich vollbringe etwas, ohne jemals die Früchte meiner Arbeit ernten zu können. Ich muss von der Vorfreude leben. Das hält keiner auf Dauer aus.

Ich will endlich lernen, mehr auf meine persönlichen Fortschritte als auf die schmerzvollen historischen Rückschritte bei meiner Arbeit zu achten. Aber das sagt sich so leicht. Jeder Mensch sehnt sich nach einem sichtbaren und spürbaren Erfolg seiner Bemühungen. Leider fällt es mir besonders schwer, mich von Liebgewordenem zu trennen. Aber vielleicht war das von Anfang an mein Problem: Ich habe nie zu wenig Mut besessen, etwas Neues anzufangen, ich hatte immer zu wenig Mut, das Alte loszulassen. Das Resultat ist aber in der Regel das Gleiche. Jemand, der sich nicht lösen kann, bekommt nie die Taube auf dem Dach, weil er mit dem Spatz in der Hand nun mal nicht klettern kann. So trottete ich jeden Morgen resigniert zur Baustelle, um das kleiner gewordene Gebäude zu betrachten. Trotzdem habe ich in Cluny erfüllte Tage verbracht. Und glücklicherweise verschaffte mir die aus den Gründertagen der Gemeinschaft stammende erste Abteikirche noch für weitere 70 Jahre Arbeit.

In den Jahren 942–927 traf ich immer wieder auf den sagenumwobenen Abt Odo, diesen gesegneten Reformator, der in wenigen Jahren dem Mönchtum im Westen zu einem völlig neuen Ansehen verholfen hat. Er war der eigentliche Motivator des geistlichen Aufbruchs. Und ich arbeitete an seiner Seite. Das heißt: Ich sah ihn vor allem von weitem. Meist saß er in der verführerischen Luft des Kräutergartens und meditierte. Oder er lief schweigend durch den Wald, wobei er den rechten Fuß ein wenig nachzog; ein kleiner, drahtiger Mann, der, sobald man in seine tiefbraunen Augen sah, um das Doppelte zu wachsen schien. Es war, als habe sich ein Riese im Körper eines Zwerges versteckt, als wohne in ihm eine nur kurzzeitig gezügelte Kraft, die ihre mächtigen Dimensionen nicht ganz verbergen konnte.

Vielleicht lag dieser Eindruck aber auch daran, dass beim Betrachten des Abtes immer zuerst sein Lebenswerk sichtbar wurde, dann der Mensch. Alles, was Odo tat und sagte, wies über ihn hinaus und ordnete ihn in größere Zusammenhänge ein, hinter denen er selbst verblasste. Bei aller Wärme und Freundlichkeit spürte man in ihm diesen Riesen arbeiten, der gleich einer Raubkatze jederzeit kurz vor dem Sprung war. Und wenn Odo von einer Idee gepackt wurde, meldete sich der Riese so lautstark zu Wort, dass er in seiner Macht alles mitriss.

Natürlich wollte ich auch Odos Meinung zu meiner Geschichte hören, aber in den 15 Tagen, die mir zur Verfügung standen, kam es nicht dazu. Er war jedes Jahr in der Adventszeit, also gerade dann, wenn ich einen Tag seines Jahres teilte, sehr beschäftigt – bereitete Gottesdienste vor, besuchte andere Abteien oder verhandelte mit Fürsten wegen neuer Klostergründungen –, sodass ich ihn überhaupt nur an vier Tagen antraf und jedes Mal trotz dringlicher Bitten um ein Gespräch auf später vertröstet wurde.

1234

Aber ich hatte auch vorher kein Glück bei meinen Begegnungen gehabt. Mein Plan, mir bei den bedeutenden mittelalterlichen Denkern Rat zu holen, erwies sich als fast undurchführbar. Obwohl ich aus Büchern und Gesprächen wusste, wo sich die großen Theologen und Philosophen zu einem bestimmten Zeitpunkt aufhielten, erwies ich mich als schlechter Stratege. Außerdem hatte ich noch keine Erfahrung bei der Durchführung mittelalterlicher Reisen. Einerseits hatte ich Vergnügen an den Recherchen, andererseits misslangen sie zu oft, als dass ich dauerhaft damit zufrieden sein konnte. Wer in jedem Jahr nur einen Tag zur Verfügung hat, der muss sehr genau planen. Das ist so, als beschlösse jemand im Januar 2000, er wolle einen berühmten Mann am 3. Januar 1999 treffen und mit ihm spontan ein Gespräch führen. Selbst wenn derjenige herausfände, wo sich die gesuchte Person an diesem Tag aufgehalten hatte, hieße das noch lange nicht, dass es zu dem geplanten Austausch auch kommen würde. Ich jedenfalls hatte die Schwierigkeiten unterschätzt. Vor allem deshalb, weil ich anfangs immer gezielt einen ausgewählten Ort an einem bestimmten Tag erreichen wollte. Dabei wäre es viel leichter gewesen, dort schon ein paar Jahre früher einzutreffen und in Ruhe die Lage zu sondieren.

Als ich von Frankfurt aufbrach, wandte ich mich Richtung Köln, bis mir klar wurde, dass ich sowohl zu Albert dem Großen als auch zu Thomas von Aquin zu spät beziehungsweise zu früh kommen würde. Also kehrte ich wieder um, spazierte stolz über die Mainbrücke und wanderte auf den großen Handelswegen nach Italien, um dort Franz von Assisi zu treffen. Francesco, der kleine Franzose, wie ihn sein frankophiler Vater nannte – obwohl er eigentlich Johannes hieß –, galt damals als der größte Diener Gottes. Man erzählte sich, er sei einer, der mit der Natur und dem in ihr verborgenen Göttlichen reden könne und alle Geheimnisse des Lebens kennen gelernt habe. Einer, der die Stigmata, die Wundzeichen Jesu, von Gott geschenkt bekommen habe, weil er dessen würdigen Boten verkörpere und der Welt die Gebote von Armut und Keuschheit zurückbringe. Francesco galt nicht als weise im irdischen Sinne; aber er war erfüllt von der Liebe Gottes. Das sagte auch Adelheid. Ich hoffte natürlich, dass dieser Mann, der eines Tages sein ganzes Leben auf den Kopf stellte, um seinen Idealen nachzufolgen, der seine luxuriöse Existenz wie einen alten Mantel abstreifte und zum Heiligen wurde, eine Antwort für mich hätte.

Ich hatte aber nicht bedacht, dass es im Winter des Mittelalters unmöglich ist, die Alpen zu überqueren. Ich musste also einen weiten Bogen nach Westen machen, und als ich 1199 endlich nach Assisi kam, traf ich dort nur noch den verzogenen Lebemann Franz, einen siebzehnjährigen, pickligen Kaufmannssohn, der noch in der Lebensphase war, in der er das Vermögen seines Vaters nutzte, um seine überschäumenden Gelüste zu befriedigen.

1199

Ich stand am zentralen Brunnen der kleinen Stadt und versuchte, mich notdürftig zu reinigen, als eine angetrunkene Meute junger Leute um die Ecke bog. Sie waren alle in dicke Kittel gekleidet, die mit feingewobenen Gürteln umwunden waren. Offensichtlich konnten sie es sich leisten, am frühen Abend so herumzulaufen. Erst sah es so aus, als zögen sie vorüber, dann zeigte ein kleiner Dicker demonstrativ auf mich, und die Gruppe änderte die Richtung. Dabei spotteten sie über meine Kleidung, die ich von Adelheid geschenkt bekommen hatte und die natürlich erst in 70 Jahren in Mode kommen würde. Der Vorlauteste sprang sofort auf die Umrandung des Brunnens, wankte dabei gefährlich und versuchte, mich zu fixieren: „Ah, ein Reisender. Wo kommst du denn her, Freundchen?"

Ich bemühte mich, meine Unsicherheit zu verbergen: „Aus Frankfurt!"

Die Stimme des jungen Mannes wurde schärfer: „Aus Frankfurt. Soso. Und was willst du hier?"

Ich hatte nichts zu verlieren, also sagte ich: „Ich suche Francesco!"

Mein Gegenüber musterte mich von oben herab, während seine Kumpane ganz still geworden waren: „Der Sohn des Müllers heißt so!"

„Der, den ich meine, ist Sohn eines Kaufmanns."

Zwei Frauen begannen zu kichern. Der Wortführer aber blieb ernst: „Was willst du denn von diesem Francesco?"

„Das kann ich nur ihm selber sagen!"

Ich schreckte zurück, als der Mann aufsprang: „Hört ihr, das kann er nur ihm selber sagen."

Alle lachten – außer mir. Vor allem dem Angetrunkenen auf dem Brunnenrand schien es viel Spaß zu machen, mich zu verhören. „Nehmen wir doch mal an, ich könnte diesem Francesco deine wertvollen Neuigkeiten ausrichten. Wärst du dann zufrieden? Das wärst du bestimmt. Also, erzähl schon!"

Ich war einerseits genervt, andererseits fühlte ich mich bedroht, also sagte ich, ohne lange nachzudenken: „Ich wollte ihm ein paar Fragen stellen. Zum Beispiel, ob er schon das ganze Geld seines Vaters an die Armen verschenkt hat."

Um mich herum brach ein hemmungsloses Gelächter hervor, sodass verschiedene Passanten auf uns aufmerksam wurden. Ich hoffte, sie würden mir beistehen, aber sie gingen nur schneller weiter. Einige der jungen Männer grölten immer lauter und wollten sich gar nicht wieder beruhigen. Selbst dann nicht, als ihr Anführer ihnen Schweigen gebot. Er wandte sich wieder zu mir: „Und was noch? Willst du ihn noch etwas fragen? Vielleicht etwas noch Intelligenteres?"

Die beiden Frauen kicherten wieder. Ich sagte trotzig: „Ob er schon im Wald lebt. Ob er mit den Tieren spricht. Und ob er ewige Keuschheit geschworen hat."

Diesmal lachten auch die nüchternsten Begleiter des Jünglings. Alle redeten durcheinander. Ich dachte schon, ich hätte das Verhör überstanden, als – für mich völlig unerwartet – der Mann vom Brunnen sprang und mir mit der Faust ins Gesicht schlug. Ich wurde gegen zwei hinter mir stehende Männer geschleudert, die genauso überrascht waren wie ich und schnell zur Seite traten, sodass ich auf den Boden fiel. Mein Angreifer aber kam hinter mir her und trat mich in die Seite: „Hör gut zu, du Ratte, ich lass mich nicht verarschen. Was erzählst du hier eigentlich für eine Scheiße? Wenn es hier einen gibt, der mit den Tieren redet, dann bist du das, wenn dir bald die Regenwürmer im Grab entgegenkriechen. Mein Gott, was ist das eigentlich für ein Idiot?"

Einige der weniger angetrunkenen Freunde hielten den Tobenden zurück: „Lass ihn, Francesco. Wen interessiert das schon, was der erzählt?"

„Der ist doch total verwirrt!"

Sie zogen ihn fort, und während ich mir das Blut von der Lippe wischte, schrie ich ihm hinterher: „Francesco! Du wirst sehen, dass ich Recht behalte. Vergiss meine Worte nicht! Du wirst ein gottesfürchtiger Ordensmann werden, der Armut für den größten Reichtum hält! Glaube mir, denn ich bin ein Prophet. Du wirst dein Leben verändern. Und dann wirst du auch den Frieden finden, der dir jetzt offensichtlich noch fehlt."

Schwer atmend lehnte ich mich gegen den Brunnenrand und versuchte, mich zu beruhigen. Ich zitterte am ganzen Leib. Nicht weil ich gerade vom völlig besoffenen Franz von Assisi niedergeschlagen worden war, sondern weil ich in die Geschichte eingegriffen hatte. Ohne es zu wollen. Auf einmal erschien mir alles so unwirklich. Was passierte hier mit mir? Ich trieb doch nur ohnmächtig durch den aufgewühlten Zeitstrudel, in dem die bemoosten Steine niemals Halt geben. Ich war ein Fehlgriff der Natur, ein Schöpfungsmissgeschick. Und doch fand ich mich plötzlich an den Wendepunkten der Geschichte wieder – und nahm darauf Einfluss. Oder? Ich gebärdete mich wie ein alttestamentlicher Prophet, der im Namen Gottes Gericht und Umsturz predigt. Hatte ich wirklich Gott ins Spiel gebracht? Ich wusste es plötzlich nicht mehr. Andererseits: Meine Prophezeiung traf doch zu! Franz von Assisi würde im Namen Gottes einen eigenen Orden gründen. Ich ärgerte mich trotzdem über meine pseudo-theologischen Argumente und beschloss, in Zukunft vorsichtiger zu sein. Die tiefe geistliche Durchdringung des Mittelalters, an die ich mich längst gewöhnt hatte, verleitete mich zu einem Denken, in dem ich nicht geübt war. Doch meine Versuche, mich nach diesem Zusammentreffen selbst zu beruhigen, scheiterten. Konnten einige im Affekt ausgesprochene Sätze dafür verantwortlich sein, dass ein Mensch wie Franz von Assisi sein Leben änderte? Würden ihm meine Fragen so lange den Schlaf rauben, bis er daraus Konsequenzen zog? Oder hatte er mich am nächsten Morgen vergessen und bekam von einer ganz anderen Seite den Impuls, der seine Wandlung in Gang setzte? Ich möchte lieber keine Antwort darauf haben.

Es fällt mir auch immer noch schwer, den irdischen Grundlagen einer verklärten Historie zu begegnen. Aber genau das erlebe ich jeden Tag: Da ist dieser tiefe Brunnen der Vergangenheit, und wenn man ihn hinabsteigt, wird das, was in der Zukunft zu den Höhepunkten jener Epochen gezählt wird, auf einmal ganz menschlich. Die Distanz, die uns ehrfurchtsvoll erschaudern lässt, umgibt das Vergangene mit einer verklärenden Aura, deren Aufhebung eine leibhaftige Realität offenbart, die kaum zu ertragen ist. Hinter großen Gedanken, Worten und Taten kommen schwache, häufig unsympathische Zeitgenossen hervor, die eben zur rechten Zeit mit der rechten Idee am rechten Ort waren, um dem Strom der Zeit eine neue Richtung zu geben. An anderer Stelle wären sie einfach überspült worden. Wen würde im 20. Jahrhundert ein Franz von Assisi interessieren? Man würde ihn als Spinner in den Boulevardblättern einige Male höhnisch erwähnen und dann vergessen. Und doch bekommt seine Botschaft im 13. Jahrhundert eine solche Macht, dass sie über lange Zeit die Menschen bewegen wird. Wer würde nach der Aufklärung einem Thomas von Aquin zuhören? Und andererseits: Welche Chancen hätte eine Adelheid haben können, wenn sie mit mir studiert hätte? Jeder lebt in seiner Zeit und nach den dort herrschenden Gesetzen kann er sein Leben gestalten – oder eben nicht! Und genau das ist meine Frage: Wo ist der rechte Ort für die rechte Idee meines Daseins? Eines Daseins ohne eindeutige Zeit. Welche Chancen hätte ich im 5. Jahrhundert gehabt, nein, welche werde ich haben und welche hatte ich im 20. Jahrhundert? Gibt es wirklich für jeden einen Platz?

905

Im Nachhinein denke ich, dass es die Erfahrung mit Francesco war, die mich ermutigt hat, jetzt auch bewusst für einen Freund die Geschichte mitzugestalten. Natürlich ist diese Aussage ein wenig lächerlich, da ich ja nicht wirklich gestalte. Ich befinde mich in einer vorbestimmten Welt und führe nur die Aufträge der Zukunft aus. Ich erledige Aufgaben oder initiiere Ereignisse, von denen ich längst weiß, dass sie geschehen werden. Das ist nicht sehr kreativ. Und doch bin ich ein anderer Mensch geworden, seit ich so denke. Das, was mir vorher Angst gemacht hat, macht mir jetzt Vergnügen. So wie meine heutige Begegnung mit dem Fürst von Aquitanien. Ich weiß genau, dass ich eigentlich nicht versagen kann – und doch bin ich dabei nervös wie ein Pubertierender vor dem ersten Rendezvous. Was ist, wenn der Herzog meine Vorschläge nicht akzeptiert? Verändert sich dann die Geschichte? Ich weiß es nicht, ich muss aber auf jeden Fall noch einmal alle Argumente durchgehen, genau so, wie ich sie mit Odo besprochen habe. Dem jungen Odo. Der, von dem ich alle meine Träume habe. Der mir gesagt hat, wo ich die Antwort auf meine Fragen finden werde.

908

Ich begegnete dem späteren Abt an dem Morgen, an dem ich von Cluny nach Aachen aufgebrochen war. Es war ein regnerischer Tag, der den Boden in einen schlüpfrigen Sumpf verwandelt hatte und jedes Auftreten zu einem Balanceakt machte. Schmatzend griff die feuchte Erde nach meinen Füßen, als wolle sie sie nie mehr loslassen, während sich in den Pfützen die geschwind dahintreibenden Wolken spiegelten. Der Wind überzog die Wasserflächen bisweilen mit einer Gänsehaut, die dann immer auch auf meine halbnackten Arme sprang. Das gleichmäßige Rauschen der Tropfen umhüllte mich und schläferte mich ein. Ich hatte mir nach einigen Stunden Fußmarsch aus einem knorpeligen Ast einen Wanderstock zurechtgeschnitzt, der jetzt zu meinen gleichmäßigen Schritten einen vorgezogenen Akzent lieferte, und überließ mich ganz diesem Rhythmus. Tschick, dumm, dumm.

Da fiel mir wieder ein, wie gerne ich früher getanzt hatte. Ich war nie in der Tanzschule gewesen, aber wenn ich meinen Körper sich selbst überlassen hatte, war er von ganz alleine in die Wogen der Musik eingetaucht. Mit meiner ersten Freundin kam ich zusammen, als ich die tanzschulerprobte Klassenkameradin bat, mir einige Standardschritte zu zeigen. Das war sehr aufregend. In den Freistunden zogen wir in der leeren Schulaula unsere Bahnen, ohne Musik, aber es war, als spielte auf der Bühne ein großes Orchester. Manchmal meine ich, ich könnte mich an jede Drehung erinnern. Ich hatte ja nie zuvor eine Frau in den Armen gehalten und jetzt schmiegte sich ein wiegender, weicher Körper an mich. Sie war es auch, die mich energisch aufforderte, weniger distanziert zu sein. Tango sei nun einmal so. Ich wäre damals von mir aus viel zu feige gewesen, mich wirklich gegen sie zu drücken. Von da an wollte ich aber nichts anderes mehr tanzen.

Und weil sie nichts sagte, als meine Hand, ganz aus Versehen, wie eine kleine Lawine auf ihren Po rutschte und dort liegen blieb, küsste ich sie eines Tages einfach. Ohne den langsamen Walzer zu unterbrechen, den wir gerade probten. Ich glaube, wir haben uns eine Viertelstunde lang tanzend geküsst. So, als führten unsere Lippen ein Eigenleben, als gingen sie miteinander spazieren und unterhielten sich. Und jede Minute wurde dieses Miteinander wertvoller und sanfter. Als wir – viel zu früh, wie ich fand – aufhörten, brandete johlender Applaus los; in der Tür stand fast unsere gesamte Klasse, deren Hereinkommen wir in unserer Versunkenheit nicht bemerkt hatten. Wenn ich mir sage, dass dieses süße Mädchen erst in über tausend Jahren geboren wird, fühle ich mich besonders einsam. Auf einer großen Lichtung, die von allen Seiten mit Nadelbäumen umsäumt war, blieb ich stehen und fing unwillkürlich an, mich langsam im Kreis zu drehen, mit ausgebreiteten Armen. Es gibt immer wieder solche Augenblicke, in denen mich die Zukunft unbarmherzig einholt.

Plötzlich bemerkte ich hinter einem dichten Baum eine Bewegung. Ich stockte und versuchte zu erkennen, worum es sich handelte. Einem Bären wäre ich in diesem Augenblick nur ungern begegnet. Aber natürlich war meine Neugier wieder einmal stärker als meine Angst. Als sich nichts rührte, stapfte ich durch das hohe Gras näher heran. Ich war nur noch zehn Meter von dem dunklen Unterholz entfernt, da kam es plötzlich in Bewegung und ein Mann lief in den Wald. Ohne nachzudenken, rannte ich hinterher. Ich hatte keine Mühe, ihn zu erreichen, denn er hinkte und stöhnte bei jedem Schritt laut auf. Dennoch wollte er verzweifelt entkommen. Als ich fast auf gleicher Höhe mit ihm war, wusste ich nicht mehr, was ich tun sollte. Das erübrigte sich aber auch, denn er drehte sich blitzschnell um, und ehe ich reagieren konnte, traf mich ein schwerer Gegenstand am Kopf. Ich vernahm noch ein lautes, splitterndes Geräusch, dann versank ich in einem nebligen Abgrund.

Ich kam wieder zu mir, weil ich ein lautes Schluchzen hörte. Wie ein kleines Säugetier kroch es durch das Gras und schnupperte an meinem Ohr, ein langanhaltendes Wimmern. Ich lag auf der Seite, in einer mit Moos bewachsenen Mulde, die von den hervortretenden Wurzeln eines breiten Baumes gebildet wurde. Vorsichtig tastete ich nach meiner schmerzenden Stirn, und als ich den Arm bewegte, um mir den Dreck aus dem Gesicht zu wischen, wusste ich, dass etwas nicht stimmte: Mein Manuskript war verschwunden. Der Mann hatte mir die Kleider geöffnet und mich beraubt. Als hätte mir jemand mit aller Gewalt in den Magen geschlagen, krümmte ich mich vor Angst zusammen. Alles, was mir noch geblieben war, das Einzige, woran ich mich selbst in den alptraumgeplagtesten Stunden klammern konnte, war verschwunden. Hektisch, als könne sich ein solches Paket eilends verkriechen, klopfte ich meinen gesamten Körper ab. Dann schrie ich vor Verzweiflung auf:

„Wo ist meine Tasche?"

Das Schluchzen von der anderen Seite des Baumes wurde lauter und plötzlich landete ein Haufen zersplitterter Holzteile vor meinen Füßen.

„Da! Das ist alles, was von meinen Hoffnungen übrig ist. Vielen Dank."

Ich hatte unwillkürlich Latein gesprochen, da es mir in den letzten Jahren zur Gewohnheit geworden war, und wunderte mich nun, dass der Mann ebenso antwortete. Doch das Verschwinden meiner Niederschriften verdrängte mein Staunen. Wütend brüllte ich: „Wo ist meine Tasche!"

Verächtlich tönte es zurück: „Na, die scheint dir ja sehr wichtig zu sein. Du bekommst sie wieder, wenn ich weiß, wer du bist."

„Ich bin Maximilian."

Die Stimme wurde scharf: „Bist du von Sankt Martin ausgesandt worden?"

Ich konnte nur an meine Aufzeichnungen denken. Vielleicht klang meine Antwort deshalb wenig überzeugend: „Ich weiß nicht einmal, wovon du redest!"

Er fauchte: „Sei vorsichtig. Ich habe hier deine Pergamentbögen in der Hand, und wenn ich nicht bald die Wahrheit höre, schneide ich mit meinem Messer ein schönes kleines Muster hinein. Es könnte auch ein etwas größeres werden!"

Ich wollte aufspringen, aber mein Schädel schmerzte so, dass ich wieder zu Boden ging. Flehend rief ich: „Ich kenne dieses Sankt Martin nicht – wirklich nicht!"

„Erzähl mir nicht, dass sie dich nicht in Sankt Martin zu Tours beauftragt haben, mich zu verfolgen. Warum bist du denn sonst hinter mir hergerannt?"

Ich wusste es nicht: „Keine Ahnung … es war ein spontaner Entschluss."

„Du sollst mich nicht anlügen."

Von der anderen Seite des Baumes war das knarzende Geräusch eines Schnittes zu hören. Ich stöhnte auf: „Bitte nicht! Was kann ich denn tun, wenn du mir nicht glaubst?!"

Er knurrte: „Sag einfach die Wahrheit."

„Die Wahrheit? Die ist das Letzte, was du mir glauben würdest. Warum kommst du nicht auf meine Seite und schaust mich an!"

Der andere atmete lautstark aus: „Weil mein Fuß gebrochen ist, du Idiot. Außerdem gebe ich hier die Befehle. Ist das klar?"

Einen Augenblick schwiegen wir beide; wohl weil uns bewusst wurde, wie absurd es war, dass wir am gleichen Baum saßen und uns nicht sehen konnten.

Plötzlich schrie er: „Ich habe jetzt keine Lust mehr zu warten. Sprich, oder du kannst mit deinen Texten nicht einmal mehr den Boden wischen!"

Wieder hörte man das knarzende Geräusch der reißendern Materialien. Diesmal wesentlich lauter und länger.

„Schon gut, schon gut! Ich sage dir die Wahrheit!"

Und dann erzählte ich ihm alles, von der fernen Silvesterfeier in 1 100 Jahren, von Van Dyck und den Menschen in Marienhafe, von Adelheid und Franziskus, von meiner Suche nach einer Antwort und den ersten Ergebnissen und von meinem Traum, zu Karl dem Großen zu kommen. Und ich spürte, dass es gut tat, meine Fragen wieder einmal in Worte zu fassen. Je länger ich sprach, desto selbstsicherer wurde ich: Ich hatte nichts zu verbergen. Ohne mein Manuskript sah ich ohnehin keinen Grund mehr, weiter zu existieren.

Jetzt, da ich dieses Gespräch aufschreibe, kann ich meine Angst vor dem Verlust der Texte nur schwer nachvollziehen. Dort im Wald schien es mir, als wäre mit meinen Erinnerungen auch meine Seele verloren gegangen, als bestünde ich ausschließlich aus diesen handgeschriebenen Zeilen. Sie stellten die Verbindung zu meiner Vergangenheit her und enthielten – davon war und bin ich immer noch überzeugt – den Schlüssel zu meiner Zeitreise.

Also sprach ich, als ginge es um mein Leben, und ließ mehr als tausend Jahre an meinem unsichtbaren Gesprächspartner vorüberziehen. Während der ganzen Zeit sagte der Mann kein einziges Wort. Ab und an stöhnte er leise und machte dadurch seine Anwesenheit auf der anderen Seite deutlich.

Ich kann heute nicht mehr sagen, wie lange ich gesprochen habe, so schnell sprangen die Jahre von meinen Lippen. Aber auf einmal hörte ich neben mir ein Kichern. Über die große Wurzel der Kastanie schob sich ein jungenhaftes Gesicht, über dessen fröhliche Züge immer wieder der Schatten des Schmerzes zog. Er hatte rötliche Haare und seltsamerweise nur unter den Augen Sommersprossen, die wie ein Heer seine Nase belagerten. Er schien allerdings älter zu sein, als er auf den ersten Blick aussah, ich schätzte ihn auf 30. Er zog sich ächzend hoch: „Ich habe gedacht, ich sei verrückt, aber du bist die Krönung aller Narren. Ein Wanderer durch die Zeiten. So etwas Irres habe ich noch nie gehört. Schreib diese unglaubliche Geschichte auf und du hast einen wundervollen Roman."

Ich musste die Nase hochziehen. Ärgerlich sagte ich: „Genau das habe ich getan, auf den Bögen, die du zerstört hast. Aber ich wusste ja, dass du mir nicht glauben wirst."

Seine Züge wurden ernst, wie fallendes Laub fiel die Heiterkeit von ihm ab: „Kannst du beweisen, was du sagst?"

Er lauerte auf eine Antwort. Ich tastete an meine Hüfte und fühlte erfreut an der rechten Seite die Ausbuchtung. Langsam zog ich meine Taschenuhr hervor und gab sie ihm. Er nahm sie nur widerwillig und zuckte zweimal zurück.

„Was ist das?"

„Das? Das ist eine … man nennt sie später Uhr. Sie zeigt, wie die Zeit vergeht. Öffne sie, dann siehst du, wie sie die Stunden des Tages benennt. Ach nein, halte sie zuerst an dein Ohr."

Der Mann führte die Taschenuhr an seinen Kopf, lauschte kurz und warf sie dann mit einem Aufschrei ins Gras: „Sie lebt!"

Jetzt war es an mir zu lachen: „Nein, sie lebt nicht, sie ist eine Maschine, die von Menschen gebaut wurde, ein Zusammenspiel vieler Räder und Hebel. Sie hat keine Seele und keinen Willen. Und doch kann sie dir helfen, den Tag einzuteilen. Wenn eines Tages jeder Mensch so eine Uhr mit sich herumträgt, dann braucht man keine Glocken mehr, die zum Essen, zum Gottesdienst oder zur Nachtruhe rufen. Aber leider wird sie erst in 600 Jahren entwickelt."

Er näherte seine Hand langsam meiner Uhr, als sei sie ein bissiger Hund, und packte dann schnell zu. Da sie sich nicht wehrte, wagte er es auch, sie hin und her zu drehen.

„Du musst sie aufklappen!", ermutigte ich ihn.

Misstrauisch öffnete er den Deckel einen Spalt breit und lugte hinein: „Was sagt sie?"

Ich erklärte ihm die Ziffern und die Zeiger: „Es ist drei Uhr. Damit meint sie: drei Stunden nach dem Höhepunkt des Tages."

Als werde er sich jetzt erst wieder bewusst, in welcher Situation er sich befand und als akzeptiere er meine Geschichte einfach, warf mir der junge Mann die Uhr zu und setzte ein grimmiges Gesicht auf: „Du bist also nicht vom Chorherrenstift geschickt worden?"

„Nein!"

„Gut. Das letzte Mal, als einer davonlief, verfolgten sie ihn so lange, bis sie ihn wieder gefunden hatten."

Die Anspannung fiel von ihm ab und er setzte sich neben mich. Ich steckte die Uhr wieder ein: „Du bist davongelaufen?"

„Das geht dich gar nichts an!"

„Oh doch, du hast schließlich deine … also, ich nehme an, das war mal eine Laute … auf meinem Kopf zertrümmert."

Offensichtlich hatte er über meiner Geschichte sein Unglück vergessen, dann er jammerte aufs Neue los: „O Gott ja, wärst du nicht hinter mir hergerannt, dann wäre das alles nicht passiert."

„Dafür hast du mein Pergament zerschnitten."

Dieser Vorwurf amüsierte den Mann. Feixend zog er seinen Kurzrock vor die Brust und zeigte mir zwei lange Risse in der groben Leinwand: „Ich kann niemandem etwas zuleide tun. Schon gar nicht wertvollen Schriften. Deine Bögen sind unversehrt. Ich habe nur meine eigenen Kleider zerrissen, um dich zum Sprechen zu bringen. Aber sag mal: Welche Sprache ist das, die du da geschrieben hast?"

Er reichte mir meine Tasche. Ich zuckte mit den Schultern, da ich nicht wusste, wie ich es ihm erklären sollte: „Das lässt sich nur schwer sagen. Es ist alemannisch. Dazu ein wenig Latein, Griechisch und verschiedene germanische Wortstämme. Niemand spricht diese Sprache heute, sie wird erst in 1 000 Jahren so sein, wie ich sie schreibe."

Der Mann zog unter Schmerzen einen Korb von der anderen Seite des Baumes, öffnete ihn und reichte mir ein Stück Brot. Dann setzte er sich neben mich und begann zu essen. Ich bat ihn, mir seinen Knöchel ansehen zu dürfen. Und obwohl er bei meinem Tasten mehrfach aufschrie, konnte ich keinen eindeutigen Bruch entdecken, wahrscheinlich war der Fuß angebrochen oder nur verstaucht. Das sagte ich ihm. Er wollte erfreut aufspringen, sackte aber sofort wieder zusammen.

Ich blickte ihm lange in die Augen, was ihn offensichtlich irritierte. Dann fragte ich: „Wie ist das denn passiert?"

Er winkte ab, als ärgere er sich über die eigene Ungeschicklichkeit: „Ich bin gestern in meiner Panik vor einem Bauern so schnell davongerannt, dass ich ein Kaninchenloch übersehen habe."

„Und wo wolltest du hin?“

Er zögerte mit der Antwort: „Keine Ahnung, ich wollte erst einmal weg.“

„Aus Sankt Martin?“

„Ja!“

Mein Gegenüber hatte offensichtlich einen Entschluss gefasst, denn plötzlich streckte er mir die Hand hin: „Ich bin Odo! Der verrückteste Kanoniker im ganzen Frankenreich. Ich habe plötzlich Angst vor der Priesterweihe bekommen. Da bin ich davongelaufen.“

Ich schaute in den Himmel, wo zwischen den kahlen Ästen der Bäume zwei Spatzen Fangen spielten. Jetzt erst verstand ich, wen ich vor mir hatte. Während unseres Gespräches war ich nicht einmal auf den Gedanken gekommen, dass in diesem zu groß geratenen Jungen der spätere Abt von Cluny stecken könnte.

Leise fragte ich: „Und warum bist du davongelaufen?“

„Warum? Wenn ich das wüsste. Man macht so vieles, ohne zu wissen, warum. Vielleicht weil die Normannen in das Land einfallen, weil uns die Ungarn bedrohen und weil die Araber immer weiter vordringen. Weil wir umgeben sind von Menschen, die uns vernichten wollen. Verstehst du, was ich sagen will?“

Ich schüttelte den Kopf.

„Pass auf: Seit 100 Jahren bricht die Welt langsam auseinander. Das karolingische Großreich zerfällt. Es war nun einmal ein Fehler, die Herrschaftsgebiete unter den Söhnen Ludwigs des Frommen aufzuteilen. Jetzt verliert das alte Königtum jeden Tag an Einfluss – kein Wunder, wenn der neue König ‚der Einfältige‘ genannt wird. Die Kräfte erlahmen und gleichzeitig stürmen von allen Seiten Feinde in unser Land. Und wie immer, wenn die Verhältnisse schlechter werden, verlieren die Menschen auch den Mut. Anstatt hoffnungsvoll in die Zukunft zu schauen, verschanzen sie sich hinter Formen und Ideen, die vor langer Zeit einmal erfolgreich waren, heute aber völlig veraltet sind. Niemand wagt es, etwas Neues anzufangen. Dabei ist das im Augenblick das Einzige, was uns helfen kann. Wenn das Alte nicht mehr funktioniert, ist es doch das Falscheste, daran festzuhalten. Aber genau das passiert. Statt der Hoffnung regiert die Angst, und die Bemühungen, das Alte zu retten, sind größer als die, das Neue zu wagen. Und solche Hilflosigkeit sehe ich überall.“

Odo schüttelte sich. „Kannst du mir sagen, worauf wir da noch warten sollen? Es ist doch keiner mehr da, der das Schicksal des Landes in die Hand nehmen könnte. Und das trifft vor allem auf die Gläubigen zu. Lange habe ich gedacht, in der Kirche gäbe es eine Antwort auf den schleichenden Niedergang, sie wäre das Zentrum der Erneuerung. Darum wollte ich ja auch Priester werden. Aber was tut der Klerus? Er treibt es am allerschlimmsten. Die Gottesmänner versuchen in jeder Beziehung, es den Fürsten gleichzutun. Ja mehr noch, sie wollen sie übertreffen. Sie ziehen sich bunte Röcke mit Pelzbesatz, weiten Ärmeln und großen Falten an und überziehen sie mit norischem Tuch. Sie lassen sich ihre Schuhe so eng machen, dass sie darin fast wie an einen Stock geschlossen am Gehen gehindert sind. Sie setzen denselben vorne Schnäbel und an beiden Seiten Ohren an. Ihre Hosen haben eine Weite von sechs Fuß und entziehen wegen der Feinheit des Gewebes nicht einmal die Schamteile den Blicken. Ein Einzelner ist nicht zufrieden mit einem Stück Zeug, welches für zwei vollkommen ausreichen könnte. Ja, sie tragen ihre Kleidung so fest um den Leib zusammengezogen, dass die eingeschnürten Hüften den Hintern hervortreten lassen und man sie von hinten eher für unzüchtige Weiber als für Mönche halten könnte."

„Und?"

Er verstand meine Frage nicht: „Möchtest du zu solchen Priestern gehören, zu diesen scheinheiligen Spätgeborenen wohlhabender Adeliger, die nur darauf warten, im Namen Jesu ein bequemes Leben zu führen? Ich nicht. Jedenfalls nicht mehr. Ich habe lange genug darauf gewartet, jemanden zu finden, der den Ruf Jesu zur Umkehr ernst nimmt. Aber meinst du, ich hätte einen gefunden? Immer wenn ich dachte, dieser oder jener hätte wirklich ein geistliches Anliegen, fand ich heraus, dass er seine fromme Miene nur als Mittel zum Zweck einsetzte.

Alle meine Vorschläge wurden abgelehnt, man hat mich verspottet und als Naivling abgeschrieben. Jetzt habe ich die Hoffnung aufgegeben. Bei Heuchlern habe ich nämlich nichts verloren."

„Und was willst du nun machen?"

Sein Gesicht begann zu leuchten: „Ich habe früher als Knappe am Hof Wilhelms von Aquitanien gelebt. Dort habe ich bei einem der Hofsänger Laute spielen gelernt. Jetzt werde ich als Musiker arbeiten. Meine Predigten mag keiner hören wollen, aber meinen Melodien werden sie glauben. Manchmal habe ich den Eindruck, dass ich schon immer Musiker sein wollte. Ich möchte den Menschen in Liedern erzählen, wie vollkommen diese Welt sein könnte. Nein, wie vollkommen sie ist."

Seine Begeisterung steckte an, aber ich konnte mir nicht verkneifen, ihn zu bremsen: „Das klang aber eben ganz anders! Da hast du behauptet, es sähe alles so düster aus."

Er zog die Augenbrauen zusammen: „Ja, ich weiß selbst nicht, wie ich es ausdrücken soll. Pass auf: Gott hat diese Welt als Paradies geschaffen, aber wir werden die Lust Evas nicht los, das Schöne für das Verbotene zu opfern. Es könnte alles so schön sein, aber wir machen es hässlich. Wir beschäftigen uns unser ganzes Leben lang damit, Zufriedenheit zu finden, und übersehen dabei, dass es längst genügend Möglichkeiten für ein gelingendes Dasein gibt. Um es einmal sehr unkeusch auszudrücken: Ein Mensch, der ohne Gott glücklich werden will, ist wie eine Frau, die ohne Mann schwanger werden will. Sie kann Reichtum anhäufen, Wissen erwerben oder große Macht ausüben, und doch wird all dieser Aufwand sie nur unglücklicher machen. Denn sie wird dadurch nicht schwanger. Das, wonach sie sich sehnt, kann ihr nur von außen geschenkt werden – und wie man hört, nicht auf die unangenehmste Art und Weise."

Odo errötete und kicherte kindlich in sich hinein. Dann sprach er sehr schnell weiter: „Künstler befruchten die Menschen, sie schwängern sie mit Fantasie und helfen ihnen, neues Leben in sich wachsen zu lassen. Na, habe ich das nicht schön gesagt?"

Mit aufgerissenen Augen wartete er auf meine Zustimmung. Ich ging aber nicht darauf ein: „Woher weißt du, dass du Musiker werden sollst?"

Er streckte sich: „Jesus hat es mir gesagt!"

„Ach!"

„Ja, ich habe ihn gebeten, mir einen Menschen zu schicken, der mir sagt, was ich machen soll. Im ganzen letzten Jahr gab es für mich nur dieses eine Gebet unzählige Male am Tag. Und dann saß ich vor kurzem am Sterbebett eines alten Mannes, der mir, ohne mich näher zu kennen, seine Laute vermachte. Kann es ein klareres Zeichen Gottes geben?

Ich wusste sofort, was ich nun machen musste, denn als ich das Instrument zum ersten Mal anschlug, spielten meine Finger von alleine, sie glitten über die Saiten, als streichelten sie die Haare einer schönen Frau. Nicht ich habe gespielt, etwas in mir hat gespielt. Die Melodien verfingen sich einfach in meinen Händen und füllten die Luft mit Harmonie. Ich glaube, ich kann lernen, wie David zu spielen, ich werde den Menschen mit meiner Musik die bösen Gedanken vertreiben und ihrer Seele Frieden schenken."

Mein Blick glitt zu den Trümmern zu meinen Füßen: „Und warum hat Gott zugelassen, dass deine Laute jetzt kaputt ist?"

Ich bekam Lust, diesen überdrehten Kanoniker zu reizen. Doch ihm war offensichtlich nicht nach Scherzen zu Mute. Er sah mich grimmig an: „Vielleicht will er prüfen, wie ernst ich es mit meinem Vorhaben meine."

Als er auf die Reste seiner Laute sah, brach er erneut in Tränen aus. Nach einigen Minuten, in denen er verängstigt vor sich hin geschluchzt hatte, begann er, leise zu murmeln. Ich wollte ihn schon bitten, lauter zu reden, da merkte ich, dass er betete. Verwirrt starrte ich auf den Boden. Ich verstumme immer wieder vor dieser selbstverständlichen Frömmigkeit, die mir jeden Tag intensiver begegnet. Gottes Anwesenheit wird nicht hinterfragt, sondern vorausgesetzt. Und das hilft den Menschen. Das Göttliche ist so in die Lebenszusammenhänge eingewebt, dass es keine Trennung mehr von sakraler und profaner Welt gibt. Dadurch bekommt das Übernatürliche etwas Erdiges und Warmes, etwas Nahes und Allgegenwärtiges, dem man sich nicht entziehen kann. Lange beobachtete ich den traurigen Sänger, der zusehends ruhiger wurde – und beneidete ihn ein wenig.

Nach einigen Minuten stand ich mühsam auf, fühlte, dass mir schwarz vor Augen wurde, und hielt mich im letzten Moment an dem Baum fest, an dem ich gelegen hatte. Die harte Rinde schien meinen Händen entgegenzukommen und mich an sich zu saugen. Als ich endlich wieder klar sehen konnte, lief ich vorsichtig los und sammelte Feuerholz, wobei ich bei jedem Bücken unsicher war, ob ich mich wieder würde aufrichten können.

Die Flammen hatten schon den ersten größeren Ast in der Mitte zerfressen, als Odo sein Gebet beendete. Er kroch zum Feuer und wärmte seine Hände daran. Langsam stiegen seine Pupillen zu mir auf: „Du glaubst nicht an meine Zukunft als Musiker?", fragte er mich.

„Ich glaube gar nichts. Aber wenn du erst Knappe und dann Kanoniker warst, kann ich mir nicht vorstellen, dass es dir genügt, ein singender Hofnarr zu sein, ein fahrender Musikant, der zum Tanz aufspielt. Hast du jemals einen Sänger gesehen, der etwas in dieser Welt verändert hätte? Es stimmt, du kannst Menschen anregen, du kannst ihnen Melodien ins Ohr setzen, die wie ein anhängliches Tier an ihrer Seite bleiben, aber die Welt verändern kannst du nicht. Du hast vorhin davon gesprochen, dass du die Zukunft gestalten willst. Das ist viel mehr als singen. Es mag Künstler geben, die mit ihrer Kunst die Zuhörer beeinflussen können. Aber es ist ein harter Weg, und ich weiß nach dem, was du mir erzählt hast, nicht, ob du der Richtige dafür bist."

Er schaute mich betroffen an. „Ich spiele nicht schlecht. Wirklich nicht. Wenn ich eine neue Laute hier hätte, könnte ich dir zeigen, wie gut ich bin. Ich bin richtig gut. Sogar die Fräulein waren sehr angetan von meinen Künsten."

„Daran zweifle ich nicht. Ich will nur wissen, ob es wirklich das ist, was du willst: Laute spielen und singen."

Ich weiß nicht genau, warum ich diesmal keine Skrupel hatte, jemandem gute Ratschläge zu geben. Vielleicht, weil ich den alten Odo im Kräutergarten gesehen hatte. Der junge jedenfalls überlegte und nestelte dabei an seinem Rock, wobei die beiden Einschnitte, die er gemacht hatte, weiter aufrissen. Dann platzte er heraus: „Ja, ich will Musik machen. Ich kehre auf keinen Fall zu den Kanonikern zurück."

Es klang sehr begeistert. Oder war das eher Trotz?

„Dann ist es gut", sagte ich, „ich wünsche dir viel Erfolg."

Da saßen wir, zwei verletzte Männer. Mir wurde plötzlich klar, wie sehr wir uns ähnelten. Wir verstanden beide nicht genau, warum es uns in dieses Leben verschlagen hatte, wir waren motiviert, ein Ziel zu erreichen, aber wir wussten nur sehr ungefähr, was wir tun sollten. Ich fing an zu grübeln und fiel dabei aus Erschöpfung in einen unruhigen Schlaf.

„Maximilian, wach auf!"

Ich musste mich erst orientieren, denn ich sah nur das schmale Gesicht Odos über mir, das von der dahinterstehenden Sonne mit einer leuchtenden Korona versehen wurde.

„Was ist denn?"

„Hör mir zu! Ich habe über deine Worte nachgedacht. Sie sind sehr weise. Ich will nicht nur musizieren. Ich will mit meiner Musik das Reich Gottes aufbauen. Und genau das werde ich auch tun. Verstehst du: Ich arbeite nicht als Unterhalter oder Zeitvertreiber, ich bringe den Menschen die Liebe Jesu, die sie in der Kirche schon gar nicht mehr suchen. Stell dir doch mal vor, wie das ist, wenn mir die großen Männer dieses Landes zuhören. Meine Musik schleicht sich in den Menschen und berührt sein Herz. Da, wo Worte nicht eingelassen werden, findet die Musik einen Zugang. Ich werde ein Priester der Musik sein."

Ich schwieg, denn ich wurde doch wieder unsicher. Ich unterhielt mich mit dem späteren Abt Odo, der gerade dabei war, sein geistliches Leben aufzugeben, um als Musikant durch die Lande zu ziehen. War es meine Aufgabe, ihn zu überreden, die kirchliche Laufbahn fortzuführen? Vielleicht wartete hinter der nächsten Ecke einer, der das viel besser konnte als ich. Vielleicht lauerten im nächsten Tal schon die Häscher des Chorherrenstiftes, um ihr verlorenes Schäflein heimzuholen; und alles würde gut werden. Meine Gedanken prallten immer wieder gegeneinander. Ich hatte bei Verena erlebt, wie grausam, unwürdig und zerstörerisch es sein kann, die Geschichte manipulieren zu wollen. Meine guten Absichten hatten nur Hass und Leid hervorgerufen. Aber was war, wenn die Geschichte in diesem Fall darauf wartete, dass ich einen enthusiastischen Lautenschläger bekehrte? Wenn ich beeinflussen konnte, ob er als – vielleicht sogar erfolgreicher – Hofsänger oder als Reformator der Kirche in die Geschichte einging? Lag es an mir, ob er oben auf der Straße zurück nach Süden oder ob er weiter nach Norden lief?

Ich fühlte mich krank. So wie immer, wenn ich keinen Mut habe, einen Entschluss zu fassen. Was sollte ich denn auch tun? Schließlich muss man nicht jeden Tag Entscheidungen von solcher Tragweite fällen. Ich hieb wütend mit der Faust auf den Boden und schreckte dabei ein graugestreiftes Eichhörnchen auf, das gerade dabei war, unsere Brotreste zu stibitzen. Mit einem Sprung landete es auf dem Stamm einer nahe gelegenen Eiche und blickte sich aus zwei Metern Höhe nach uns um. Ich sah ihm nach und wunderte mich. Die Eiche war offensichtlich vor einigen Jahren von einem Blitz getroffen worden, denn aus dem Hauptstamm liefen, als habe jemand mit einer überdimensionalen Axt dreingehauen, zwei völlig gleichstarke Hauptäste. Und plötzlich dachte ich: Wenn das Eichhörnchen auf den linken Ast läuft, werde ich Odo seinem Schicksal überlassen, wenn es nach rechts springt, rede ich mit ihm.

Das zierliche Tier schüttelte sich, und dann kletterte es mit wenigen Schritten auf den linken Ast, strich sich mit beiden Pfoten über den Kopf und gab ein meckerndes Geräusch von sich. Und in genau diesem Augenblick wusste ich, dass ich mir gewünscht hätte, es wäre auf den rechten Ast gesprungen. Odo, der neben mir im Gras hockte, erhob sich, um ein Holzscheit nachzulegen. Dabei sprach er harsch und mit gesenktem Kopf, sodass nicht klar war, ob er mich oder das Feuer ansprach: „Was denkst du?“

Seine laute Stimme verunsicherte das Eichhörnchen aufs Neue, und es sprang direkt auf den rechten Stamm. *Das gilt*, dachte ich.

Eines war mir klar: Ich durfte nicht noch einmal Schicksal spielen. Ich konnte nur versuchen, Odo so zu beraten, dass er selbst die Voreiligkeit seiner Flucht einsah. Ich hob den Kopf wieder und sah in die erwartungsvollen Augen des Kanonikers. Langsam, Silbe für Silbe, sagte ich: „Ist es nicht doch sinnvoller, das Reich Gottes als Geistlicher aufzubauen?“

Odo wurde noch lauter: „Nein! Jedenfalls nicht mit einer Kirche wie der unseren.“

„Hör zu, du betonst immer nur, was du nicht willst. Sag mir doch einmal, was du eigentlich willst! Kannst du überhaupt ausdrücken, wonach du dich sehnst?“

Er schaute mich fragend an: „Als Glaubender?“

„Ja!“

„Natürlich kann ich das, aber das ändert doch nichts.“

„Ich möchte es trotzdem hören!“

Die Worte kamen hervor, als habe er sie schon lange in sich gelagert und reifen lassen: „Bitte: Die Klöster müssten wieder geistliche Zentren werden. Orte, an denen man seinen Glauben leben kann. Aber solange die Abteien von den ortsansässigen Fürsten regiert werden, ist das völlig utopisch. Die Verweltlichung der Geistlichen müsste gestoppt werden. Aber da leider viel zu viele Kirchenämter von Laien verwaltet werden, wird sich nichts ändern. Die Organisation der Kirche sollte völlig neu aufgebaut werden. Es darf nicht jede Abtei allein vor sich hin leben, wir brauchen ein lebendiges Miteinander der verschiedenen Monasterien und Gemeinden. Aber da jeder Geistliche sein eigener Papst sein möchte, wird es nie zu einer Zusammenarbeit kommen. Die verwahrlosten Kirchen müssten gepflegt oder am besten gleich neu gebaut werden, aber wer soll das alles erledigen – und wer soll es bezahlen?

Du siehst: Es gäbe viel zu tun, aber für einen alleine hat diese Nachdenkerei keinen Sinn! Diejenigen, die im Augenblick das Sagen haben, werden jeden Reformversuch sofort unterbinden. Aus ihrer Sicht ist das ja sogar verständlich. Sie haben kein geistliches Anliegen, und wer ist schon so blöd und erschlägt die Milchkuh, an deren Euter er hängt?“

Ich murmelte: „Mit einem Wort: Du bist zu feige!“

Odo sah mich an, als wäre ich der Teufel persönlich. Dann schrie er: „Feige? Ich? Was meinst du denn, warum ich abgehauen bin? Weil ich der Einzige war, der es gewagt hat, sich mit unserem Abt, diesem Widerling, und den anderen Kanonikern anzulegen. Ich war derjenige, der verlangt hat, dass die regelmäßigen Gebete auch eingehalten werden, ich habe dreimal in der Arrestzelle gesessen, weil ich lautstark auf dem Vorlesen bei Tisch bestanden habe. Und ich war der Einzige, der laut ausgesprochen hat, dass die vielen Beichtgespräche eines Mitbruders mit Mathilde, der hübschen Tochter des Bäckers, allzu oft von einem Knarzen der Bettstatt begleitet wurden. Wenn du mich feige nennst, dann hast du einfach keine Ahnung.“

Er wurde ruhiger. „Soll ich mich allein mit Rom und allen Fürsten anlegen? Das wäre nicht nur tollkühn, das wäre Wahnsinn."

Ich hatte ihn verletzt und das tat mir Leid: „Entschuldige, vielleicht war ‚feige' einfach das falsche Wort. Aber auf jeden Fall ist dein Glaube zu klein."

Odo wollte erneut aufbrausen, aber ich kam ihm zuvor: „Lass mich bitte erst zu Ende reden. Bei all den Verbesserungsvorschlägen, die du genannt hast, kam immer sofort das ‚Ja, aber' hinterher. Diese Vorschläge waren wie kleine Kinder, die loslaufen wollen, aber am Kleid zurückgehalten werden. Weißt du, was ich meine? Du sammelst bedeutende Ideen, aber du wagst es nicht, sie konsequent weiterzudenken. Das ewige ‚Ja, aber' hält dich zurück. Menschen, die sich von einem solchen ‚Ja, aber' bestimmen lassen, werden nichts in der Welt verändern. Sie besiegen sich selbst, bevor sie überhaupt zum Kampf angetreten sind."

Der junge Geistliche sah auf einmal sehr alt aus. Ohne es zu merken, warf er kleine Holzstückchen in das heruntergebrannte Feuer.

„Ist es nicht natürlich, Angst vor einem solchen Kampf zu haben?"

Ich nickte: „Ja, und du wirst diese Angst nicht kleiner machen können. Je mehr wir die Angst verdrängen wollen, desto mächtiger wird sie. Es gibt nur eine Möglichkeit, sie zu überwinden. Du musst eine Hoffnung haben, die größer ist als die Angst. Denk an Josef, der weder im Brunnen noch im Gefängnis den Mut verlor, weil er einen Traum hatte, der größer war als das jeweilige Elend."

Er zuckte mit den Schultern. „Und was soll ich deiner Meinung nach tun?"

„Träumen! Lass uns gleich anfangen. Stell dir vor, es gäbe die Worte ‚Ja, aber' nicht und du könntest einfach die Kirche oder besser noch das Reich Gottes auf Erden beschreiben, so, wie du es dir wünschst. Ohne jeden Zweifel, ohne die Selbstbeschränkung der Gedanken durch die Angst. Wenn alle Hindernisse und Widerstände aus dem Weg geräumt wären, wie sähe dann für dich diese Welt aus?"

Odo erhob sich und blickte mich spöttisch an. „Ich hab doch gesagt, dass du von uns beiden der viel größere Narr bist."

Er schleuderte einen Stein in den Wald und wich meinem Blick aus. Trocken verlief sich das Geräusch des fallenden Kiesels zwischen den Bäumen.

Ich hob den Kopf. „Also bist du doch zu feige?"

„Weil ich kein Fantast sein möchte?"

Ich deutete auf mein Manuskript: „Ein gefeierter griechischer Dichter, er heißt Lukian, hat einmal geschrieben, dass alle Gespräche und

Theorien des Menschen über die Götter und den Urheber aller Dinge sinnlos seien, weil die begrenzte Auffassungsgabe des Einzelnen gar nicht ausreiche, um das Überirdische zu verstehen. Darum hat er seine Fantasie auf Reisen geschickt. Er sagt: ‚So schien mir nur ein einziges Mittel, aus meiner Verlegenheit zu kommen, übrig zu sein, und das wäre: wenn ich mir auf die eine oder andere Art Flügel verschaffen und mit ihrer Hülfe in eigener Person zum Himmel aufsteigen könnte.' Sieh deine Sehnsüchte als deine Flügel an."

„Und wenn ich vom Himmel falle?"

Ich lächelte. „Was kannst du verlieren? Versuch es einfach! Träume!"

Sein Zögern verlor gegen mein Grinsen. Er grinste zurück. „Einfach so? Ich soll so tun, als ob ich ganz allein heute die Kirche gestalten könnte?"

„Genau!"

Als täte er mir einen Gefallen, streckte sich der Kanoniker, wobei er wegen seines Fußes aufstöhnte, und stellte sich in der Pose eines eitlen Predigers auf. Dann aber beschloss er offensichtlich, sich zusammenzureißen und mich nicht zu verletzen, und zählte mit zurückhaltender Stimme auf, was ihm einfiel: „Also. Diese Kirche müsste ... zuerst müsste es eine ‚Libertas ecclesiae' geben, eine völlige Freiheit der Klöster von der weltlichen Gewalt. Es kann doch nicht sein, dass die Politik weiterhin den Glauben bestimmt. Am besten wäre jedes Kloster nicht einem nach Macht strebenden Bischof, sondern direkt dem Papst unterstellt. Der könnte sich dann nicht um jedes Einzelne kümmern und die Bruderschaften wären im Prinzip völlig frei. Jedes Kloster muss seinen Abt selbst wählen, einen Mann, der die Liebe Jesu in sich trägt und weitergibt. Das sollte natürlich auch für die übrigen Brüder gelten. Sie leben als beschenkte Menschen und versuchen nicht mehr, anderweitig Achtung und Zerstreuung zu finden. Keiner denkt nur an sich, er freut sich am Glück der anderen und betet für das Heil aller Seelen. Das Ordensmiteinander muss wieder eine vom Geist erleuchtete Gemeinschaft sein, die gehorsam die Regeln des heiligen Benedict befolgt und dabei inmitten einer chaotischen Umwelt zu einer Insel des Friedens und der geistlichen Freiheit wird."

Bei jedem Wort, das sie formte, wurde seine Stimme fester. „Man müsste keusch und arm leben, nicht als Zwang, sondern in freiwilliger Selbstbeschränkung, die uns überhaupt erst befähigt, Gott zu erkennen. Nächstenliebe wird nicht nur verkündet, sondern auch praktiziert. In den Häusern bekommen die Bedürftigen reiche Almosen, und die Reisenden werden jederzeit gastfrei bewirtet. Die Klöster müssten in einer

Kongregation, einer großen Gemeinschaft, zusammenarbeiten, sodass man sich gegenseitig aufbauen, ermuntern, unterstützen und beschützen kann. Einer besucht den anderen, um von ihm zu lernen, um gute Gedanken auszutauschen – oder sich auch liebevoll kritisch mit ihm auseinander zu setzen. Solange alle das Evangelium Jesu in den Mittelpunkt stellen, wird sich niemand zu fein fühlen, Kritik anzunehmen. Die Atmosphäre ist erfüllt von Liebe und Freundlichkeit. Und keiner muss sich seiner Fehler schämen."

Odo hatte begonnen, humpelnd hin- und herzulaufen. „Wenn so ein Traum wahr wird, dann werden die Menschen von überall her kommen, Hunderte, vielleicht Tausende, um Teil dieser Gemeinschaft zu werden. Sie kommen, um zu lernen, um im Glauben zu wachsen und um ihr Leben in den Dienst Jesu zu stellen. Und das wird eine Gemeinschaft sein, über die man nicht hinter vorgehaltener Hand oder gar offen lacht, weil sie so verdorben ist. Im Gegenteil: Überall wird man fasziniert sein von der Liebe und der Ehrlichkeit der Brüder. Vielleicht steckt dieser Traum so an, dass nicht nur Burgund, sondern alle Königreiche ganz neu anfangen, mit Ernsthaftigkeit zu leben und zu glauben. Ja, vielleicht wachsen die verschiedenen Herrschaftsgebiete endlich zusammen. Es könnte mit einer Wiedervereinigung von Nieder- und Hochburgund beginnen."

„Warum nicht! Was ist mit den Kirchen?"

„Wir werden einen Dom bauen müssen. Ein erhabenes Gebäude, das der Würde Gottes gerecht wird. Nein, jedes Kloster wird eine neue Kirche bauen müssen, in der Platz ist für die vielen Beter und Feierer. Und in diesen Kirchen wird man Gott mit neuer Musik preisen. Es muss ein großer Raum sein. Eine Decke, nein, ein Himmel auf Säulen, unter dem man die Gegenwart des Allmächtigen spürt. Links und rechts …"

Die Stimme Odos hatte einen tiefen und bedeutsamen Klang angenommen, während sie vor Begeisterung zitterte. Sie wuchs über ihn hinaus und schallte über die Lichtung. Ich konnte mich nicht mehr beherrschen und prustete los. Die weit geöffneten Augen Odos und sein hocherhobenes Kinn hätten jedem Herrscher des Abendlandes alle Ehre gemacht. Der Kanoniker hielt verdutzt inne, die Arme ausgebreitet, mit denen er mir die Dimensionen seines zukünftigen Domes andeuten wollte. Man sah ihm an, dass in seiner Fantasie der Wald, in dem wir diskutierten, längst zu einer Kathedrale geworden war, in der die langen Baumstämme die Säulen und die Baumkronen die Kapitelle darstellten.

Als hätte ich ihn aufgeweckt, fuhr er mich zornig an: „Du hast mich doch dazu gebracht, all dieses Zeug zu erzählen!“

Mein Lachen hatte alles kaputt gemacht und ich schämte mich. „Entschuldige. Aber was wäre, wenn diese wunderschöne Vorstellung das ist, was du verwirklichen sollst? Das könnte doch zumindest sein. Warum willst du dich dieser Aufgabe nicht stellen? Wobei eines auf jeden Fall klar ist: Als Musiker wirst du diesen Traum nie erfüllen.“

Odo setzte sich wieder ans Feuer. „Hast du schon einmal etwas von Demut gehört? Wie käme ich dazu, mir einzubilden, ich könnte eine so vollkommene Vorstellung real werden lassen? Zuerst einmal ist hier diese Welt mit all ihren Grenzen, dann kommt das Ideal.“

„Vielleicht ist es genau andersherum: Zuerst sieht man ein Ideal, dann kann man es zur Realität werden lassen – oder zumindest ein Abbild dessen.“

„Weißt du, wie viele Menschen einem solchen Traum nachgerannt sind, die sich, weil sie Unmögliches wollten, zugrunde richteten?“

Ich spürte, dass ich sein Vertrauen und damit auch ihn verlor. Odo hatte sich wieder hingesetzt und strich seine Beinkleider glatt. Das Leuchten in seinem Gesicht war einem düsteren Grollen gewichen. Ich dagegen hatte mich von seinem Traum anstecken lassen. Und dann tat ich etwas, von dessen Richtigkeit ich auch jetzt noch nicht überzeugt bin. Aber mein Ehrgeiz war angestachelt, ich hatte in dem träumenden jungen Mann zum ersten Mal etwas von dem weisen Geisteslehrer der späteren Jahre entdeckt, hatte in seinen Augen nicht nur die vielen glücklichen Menschen, sondern auch die wunderschöne Kathedrale gesehen, an der ich in der Zukunft mitgebaut hatte. In diesem Augenblick gab es für mich keinen Zweifel, dass der geistliche Weg für ihn und für die Welt der einzig wahre sei. Und plötzlich wusste ich auch, dass ich ihn nur mit seinen eigenen Waffen schlagen konnte. Ich musste ihn geistlich überzeugen. Das, was ich noch vor kurzem in der Auseinandersetzung mit Franz von Assisi für verwerflich gehalten hatte, setzte ich jetzt bewusst ein: Ich sprach im Namen Gottes! Und ich argumentierte mit Worten, die ich nie zuvor in den Mund genommen hatte.

„Hast du mir nicht vorhin das Gleichnis von der Frau erzählt, die sich nach einem Kind sehnt, es aber alleine zeugen will? Jetzt kommst du mir genauso vor wie sie. Natürlich ist der Wunsch, die Welt alleine verändern zu wollen, mangelnde Demut, aber eines ist noch viel weniger demütig: Gott die Möglichkeit zur Veränderung nicht zuzutrauen. Das wäre so, als ließe sich eine Frau deshalb nicht auf einen Mann ein, weil sie nicht glaubt, dass er ein lebendiges Kind zeugen kann. Was ich meine, ist Folgendes: Niemand verlangt, dass du Wunder vollbringst, aber wenn du sie Gott nicht mehr zutraust, dann hast du einfach einen kleinen Glauben. Was ist mit den versetzten Bergen und dem Über-das-Wasser-Gehen? Wann hat Gott ein Wunder an Petrus vollbracht und seine Schritte auf dem Wasser des See Genezaret auf festen Grund gestellt? Als der Jünger glaubte, dass Jesus dieses Wunder tun könne. Kaum verlor Petrus seinen Glauben, weil dieses unsägliche ‚Ja, aber' an ihm zerrte, da ging er unter. Vielleicht ist es der Unglaube der Menschen, der Gott daran hindert, Großes zu tun. Diese neue Gemeinschaft, diese Kongregation geistlicher Klöster, von der du eben gesprochen hast, darfst und sollst du nicht in deinen Dimensionen denken, du musst sie in Gottes Dimensionen träumen."

Als ich geendet hatte, hatte ich doch ein schlechtes Gewissen, weil ich Odo gegenüber all die Dinge religiös begründete, die ich aus der Zukunft kannte. Einerseits war ich natürlich fasziniert, wie zutreffend er selbst schon jetzt die Zukunft Clunys und die Auswirkungen seiner zukünftigen geistlichen Reformation auf ganz Europa beschreiben konnte. Andererseits bekam ich Angst, wieder einen Schritt zu weit gegangen zu sein. Doch ich beruhigte mich: All diese gestalterischen Ideen waren ja aus ihm gekommen, er hatte die Inhalte seiner Veränderungen entwickelt, ich wollte ihn nur zum Handeln überreden. Dass sich der ganze Kontinent von Burgund aus neu besinnen und mit Hunderten von Klöstern ein geistliches Rückgrat bekommen würde, dessen Halt auf vielen Wegen die Entwicklung der Länder beeinflusste, konnte er noch nicht wissen; das würde sich entwickeln.

Die Stimme des Kanonikers riss mich aus meinen Überlegungen, sie klang fest und sicher: „Los, lass uns gehen!"

Odo packte ungeduldig seine Tasche zusammen und ächzte dabei leise vor sich hin.

„Gehen? Wohin?"

„Zurück nach Tours."

Ich zögerte. „Wieso nach Tours? Ich will nach Aachen!"

Odo lachte. „Du hast jetzt die Verantwortung für mich. Denn du hast mich aufgefordert, grenzenlos zu denken. Also vertraue ich dir! Und verlasse mich auf deine Hilfe. Wie sollte ich denn auch sonst mit meinem verstauchten Fuß den weiten Weg schaffen? Du musst mich stützen. Außerdem musst du in Sankt Martin erzählen, dass du mich ganz in der Nähe von Tours gefunden und einige Tage gepflegt hast. Ich … äh, ich hatte mich verlaufen."

Übermütig warf er mir meine Manuskripttasche zu, die ich vor lauter Aufregung ganz vergessen hatte. Ich schnallte sie um. „Was hat dich jetzt so schnell umgestimmt?“

Odo schüttelte den Kopf und zuckte mit den Achseln. „Keine Ahnung. Obwohl, eigentlich gibt es drei Gründe. Erstens hast du einfach Recht: Ich bin davongelaufen. Meine Laute war das leere Fass, an das sich der Ertrinkende klammert, wenn alles um ihn herum zu versinken droht. Aber im Meer herumzutreiben hat keine Zukunft. Zweitens erkenne ich jetzt, da ich all meine Vorstellungen und Sehnsüchte ausgesprochen habe, wie wichtig sie sind. Wenn ich Gott nicht helfe, sein Reich zu bauen, wer tut es dann?“

„Ah, höre ich da eine neue Form von Demut?“, fragte ich ironisch.

Odo brummte nur viel sagend in sich hinein.

„Und weiter …?“, fragte ich.

„Was: Und weiter?“

„Na ja, du hast doch gesagt, es gäbe drei Gründe für deine Läuterung.“

Er freute sich offensichtlich, dass ich nachgehakt hatte, denn er drehte sich schnell weg, damit ich sein Gesicht nicht sehen konnte. Dann sagte er sehr bestimmt: „Wenn Gott Berge versetzen und Petrus auf dem Wasser gehen lassen kann, dann kann er auch die Kirche erneuern. Das habe ich sehr wohl verstanden. Nur eines hätte ich fast übersehen: Er kann dann auch einen Menschen durch die Zeit schicken. Und wenn dem so wäre, dann wüsste dieser Mensch schon jetzt, was in einigen Jahren passieren wird. Ob es zum Beispiel in einigen Jahrzehnten in Burgund eine herrliche neue Kathedrale geben wird. Und wer bin ich, dass ich einem solchen Seher entgegentrete, einem Seher, der eine klopfende Zeitanzeige mit sich herumträgt. Entweder ist dieser Fremde ein Narr. Dann ist es ihm immerhin gelungen, meine vergrabenen Träume hervorzulocken. Oder er ist wahrhaftig der, für den er sich ausgibt. Dann wäre ich dumm, wenn ich mich der Zukunft versage.“

Wir kamen nur langsam voran. Meine nackten Füße versanken immer tiefer in dem blubbernden Morast, in den sich die Handelsstraße verwandelt hatte. Odo stützte sich schwer atmend auf mich und stolperte mehr, als er lief. An den Stellen, an denen sich unsere Körper berührten, sammelte sich der Schweiß, während wir gleichzeitig froren. An jedem schmalen Bach hielten wir an, um unseren Durst zu stillen und uns auszuruhen. Wir hatten den ganzen Weg über kein Wort mehr gesprochen, wohl, weil wir beide den anderen durchschaut hatten.

Als die Sonne unterging, kamen wir zu einer halb verfallenen Hütte, in deren morscher Tür schreiend ein kleiner Junge verschwand. Der bucklige Vater aber bot uns an, die Nacht dort zu verbringen. Außerdem hatte er einige Kräuter an seinem Feuerplatz hängen, aus denen er eine wohlriechende Salbe machte, die er auf den wunden Knöchel des Kanonikers rieb. Dann gingen wir zu Bett.

Ich wollte Odo noch sagen, dass ich am nächsten Morgen nicht mehr in seiner Zeit sein würde, aber er erhob im gleichen Augenblick die Stimme, und ich bat ihn, zuerst zu sprechen.

Er murmelte nur, um die Kinder des Hausherrn nicht zu wecken. „Maximilian, vielleicht ist deine Reise in dieser Nacht zu Ende. Es kann doch sein, dass Gott dich nur deshalb in die Vergangenheit geschickt hat, damit du mich aufhältst und mir zeigst, welchen Auftrag er für mich hat."

Da ich noch immer besorgt war, ob meine geistliche Anmaßung nicht ein Fehler gewesen war, entgegnete ich traurig: „Wieso bist du so sicher, dass Gott etwas mit meiner Reise zu tun hat?"

Die Antwort kam schnell: „Wer sonst?"

Ich wusste nicht, was ich dazu sagen sollte, wollte mich aber auch nicht so schnell zufrieden geben. „Ich habe in den letzten Jahren viele Vermutungen angestellt. Natürlich habe ich dabei auch an überirdische Mächte gedacht. Aber ich möchte absolute Klarheit haben über das, was mit mir passiert. Ich bin zu oft enttäuscht worden. Immer wieder erlebt man Menschen, die ihr Schicksal einer Gottheit in die Schuhe schieben. Da steckt mir zu viel freie Fantasie dahinter."

Odo drehte sich zu mir hin und stützte sich auf den Ellbogen. „Man erlebt aber auch immer wieder Menschen, die die Zeichen einfach nicht sehen wollen. Habe ich dir nicht erzählt, dass ich Jesus gebeten hatte, mir einen Helfer zu schicken? Das war gar nicht der sterbende Mann, das warst du. Verstehst du nicht: Es passt alles zusammen. Ich war nicht geduldig genug und habe darum meine erste ungewöhnliche Erfahrung für ein Zeichen Gottes gehalten. Aber das war es gar nicht. Oder: Eigentlich doch? Denn wenn ich nicht losgezogen wäre, hätte ich dich ja niemals getroffen! Es trifft alles zusammen. Der Mann, das Instrument, meine Unzufriedenheit, mein Gebet, du und ich!"

Es fällt mir schwer, mit Menschen zu reden, die nicht den geringsten Zweifel an dem haben, was sie sagen. „Das ist alles schön und gut! Aber es ist und bleibt zu einfach!"

Odo zog die kratzende Decke über seinen Arm. Lässig fügte er an: „Warum sollte die Wahrheit kompliziert sein?"

Und dann richtete er sich auf und schüttelte mich sanft: „Jetzt weiß ich, was du machen musst. An deiner Stelle hätte ich mich schon längst dafür entschieden. Es ist wieder ganz banal und doch der einzige Weg für dich! Nun profitierst auch du noch von unserem Zusammentreffen."

„Ach! Würdest du mir bitte sagen, wovon du redest?"

Seine Augen funkelten im Halbdunkel. „Ja, vergiss Karl den Großen. Es gibt nur einen, der eine Antwort auf deine Fragen hat."

„Und wer sollte das sein?"

Als sei das das Selbstverständlichste der Welt, antwortete er: „Jesus natürlich. Du musst zu Jesus reisen. Verstehst du nicht? Es ist großartig! Du hast eine Chance, um die dich die Großen und Kleinen dieser Welt beneiden: Du wanderst durch die Zeit. Du – und nur du – kannst den Sohn Gottes persönlich aufsuchen und ihn fragen, was es mit deinem Leben auf sich hat. Ich beneide dich. Also nutze diese Chance! Ich weiß, dass du sie nutzen wirst."

Bevor ich etwas entgegnen konnte, hörte ich an den regelmäßigen Atemzügen, dass mein Weggefährte eingeschlafen war.

905

Ein berittener Bote ist angekommen. Ich kann durch die beschlagene Tür hören, dass er dem Verwalter ankündigt, der Herzog werde demnächst eintreffen. Wie soll ich diesem Haudegen erklären, dass er sein schmuckes Jagdhaus den Benediktinern schenken und auf dem weitläufigen Gelände ein päpstliches Schutzkloster, das Kloster von Cluny, errichten soll, in dem dann Odo sein Meisterwerk vollbringen kann? Dieser Grundbesitz ist die Keimzelle. Wenn es mir gelingt, die Überschreibung anzuregen, kann die Geschichte ihren Lauf nehmen.

Vorhin habe ich mich lange mit dem Hausverwalter unterhalten, der mir in seiner tumben Art erzählte, dass Wilhelm von Aquitanien kein Freund der Kirche ist. Er hat bereits mehrfach aus einer Laune heraus Klöster in der Umgebung verwüsten lassen. Das sind ja ideale Voraussetzungen! Die Geistlichkeit interessiert den knurrigen Adeligen nur, wenn sie Gewinne einbringt. Und selbst das Geld ist ihm gleichgültig, wenn er nur seinen Spaß haben kann. Wilhelm sucht immer nach neuen Vergnügungen, koste es, was es wolle. Nichts mag er lieber als gefährliche Wetten. Und er scheut sich auch nicht, dabei hohe Einsätze zu wagen, die meist auf Kosten seiner Untertanen gehen. Zweimal war eine Wette mit einem Trinkkumpan der Anlass für eine grausame Klosterplünderung, bei der mehrere Mönche getötet wurden.

Natürlich hat auch der Herzog Angst um sein Seelenheil, die aber ist nicht so groß, dass er darüber auf seine Vergnügungen verzichten würde. Warum sollte er also überraschenderweise auf meinen geistlichen Vorschlag eingehen?

Um den Bischof zu ärgern? Warum nicht! Um seine Machtposition auszubauen? Auch nicht schlecht. Ich könnte natürlich auch schon einmal durchsickern lassen, dass man ihn einst den „Frommen" nennen wird. Aber das beeindruckt ihn wahrscheinlich nur wenig. Wenn ich nicht einen Ausweg finde, wird Odo vergeblich darauf warten, Abt seines erträumten Reformklosters zu werden. Wie kann ich Wilhelm überzeugen? Welche Argumente erreichen einen solchen Charakter? Irgendwo kann man ihn greifen, aber wo? Obwohl: Vielleicht muss ich das gar nicht. Warum bin ich nicht gleich darauf gekommen: Ich könnte mit ihm wetten. Ich wette, dass die Bayern 907 in einer entscheidenden Schlacht gegen die Ungarn verlieren. Kein Fürst würde offen zugeben, dass die Bedrohung aus dem Osten gefährlich ist. Also wird er auf jeden Fall auf die bayerischen Truppen setzen. Ich lasse ihn bei Gott schwören, dass er im Fall einer Niederlage sein Haus und das Land für eine Klostergründung zur Verfügung stellt. Der Herzog ist ein Spieler. Und zwar einer, der seine Spielschulden begleicht. Ich muss ihn nur ein bisschen reizen. Das sollte zu machen sein.

Und dann schreibe ich einen versiegelten Brief, den ich mit einem geknickten Fuß kennzeichne. Er soll in der zukünftigen Klosterbibliothek aufbewahrt und im Jahr 927 geöffnet werden. In diesem geheimnisvollen Schreiben empfehle ich den Brüdern, Odo zum neuen Abt zu wählen. Wenn das alles gelingt, liegt der Rest in seiner Hand.

Ich glaube, ich werde doch gleich morgen früh aufbrechen. Es sind etwa 2 000 Kilometer bis nach Jerusalem, ein langer Weg, aber ich habe ja zweieinhalb Jahre Zeit. Ich erinnere mich daran, dass wir einmal im Religionsunterricht aufschreiben mussten, was wir Jesus fragen würden, wenn wir ihm begegnen würden. Damals brachten wir genau die Fragen vor, von denen wir dachten, dass sie von uns erwartet würden: „Wo kommt das Leid in der Welt her? Wie kann man zu Gott kommen? Was meinst du genau mit Nächstenliebe? Was hast du zwischen deinem zwölften und deinem dreißigsten Lebensjahr gemacht? Warum vollbringst du Wunder? Wie können wir Kreuz und Auferstehung verstehen?"

Nur Axel, unser Klassenkasper, der mindestens einmal pro Woche im Klassenbuch stand, meldete sich und sagte: „Wird mich die schöne Birgit aus der 10b erhören?“ Wir prusteten und erwarteten Protest, aber unser Lehrer, Dr. Rennwert, der Pfarrer der Tiberiasgemeinde, sagte laut: „Das war die vernünftigste Frage von allen. Hat Jesus Theologie betrieben? Nein. Er hat gelebt, hat mit den Menschen nach deren Glück gesucht. Er wollte, dass sie zu ihm kommen und ihre Ängste und ihre persönlichen Fragen loswerden. Darum heißt ja auch einer seiner Lieblingssätze: ‚Suchet, so werdet ihr finden.‘“

Diese Unterrichtsstunde ist eine der wenigen, die mir aus all den Schuljahren in Erinnerung geblieben ist. Vielleicht auch, weil wir danach noch mehrfach in den Pausen über den Unterricht sprachen, was sonst nie geschah. Der Spruch „Na, was würdest du denn Jesus fragen?“ wurde eine Zeit lang zu einem geflügelten Wort. Wir überschlugen uns darin, originelle Fragen zu finden. Bis unsere pubertierende Unsicherheit sich greifbareren Themen zuwandte. Komisch: Ich habe sogar Verena einmal von dieser Stunde erzählt. Und auch sie fand es interessant, über eine Begegnung mit Jesus nachzudenken. Plötzlich verspüre ich große Lust, ihn zu treffen.

Draußen ist das Schnauben von Pferden zu hören. Dort sind nun auch neue Spuren im Schnee. Eine unschöne hohe Männerstimme, die keinen Widerspruch gewohnt ist, versucht, in das Jagdhaus vorzudringen, verliert sich aber in der Weite des Tales. Es knirscht, Wilhelm von Aquitanien ist abgestiegen. Das Verwalterehepaar begrüßt den Herzog und schon ihre Worte machen einen tiefen Bückling. Sie erzählen von dem seltsamen Gast, der um Mitternacht auf unerklärliche Weise in das Haus eingedrungen ist und nun auf eine Audienz wartet. Da, die Haustür öffnet sich. Jetzt wird es ernst. Ein Glück, dass ich die Zeit auf meiner Seite habe.

4. Jahr

Warum?

550 Es vergeht einige Zeit, bis ich verstehe, was passiert ist, warum ich aufgeschreckt bin: Der unscheinbare Brunnen im Atrium hat aufgehört zu plätschern. Auf der kleinen in Marmor gefassten Wasseroberfläche sieht man mit einem Mal die Wolken dahinziehen. Unbewegt spiegelt das schillernde Oval die Helligkeit und lässt an der dunklen Decke des Zimmers ein zitterndes Lichtwesen schweben. Die ungewohnte Stille erfüllt die weitläufigen Räume mit einer solchen Macht, dass man kaum zu atmen wagt. Ich weiß nicht, warum, doch das plötzliche Fehlen des längst nur noch im Unterbewusstsein wahrgenommenen Gluckerns raubt mir ein Stück meiner Wirklichkeit. Ich stehe auf und laufe einen Augenblick ziellos umher. Wenn ich einen Finger in das Wasser tauche, zerfließt der Himmel in der Schale und das Lichtwesen beginnt zu leben. Offensichtlich fühlt sich keiner der Sklaven mehr zuständig, die Zuleitungen des kleinen Wasserspiels zu prüfen. Aber wie sollten sie auch dafür Zeit finden? Überall huschen verstörte Diener durch die Gänge, den Kopf auf den Boden gerichtet. Und noch immer lähmt der Schock ihre Gedanken – und meine.

Wenn ich meinem inneren Kalender treu bliebe, müsste ich erst in zehn Tagen, also im Jahr 540, meine Aufzeichnungen weiterführen, aber ich kann den Anblick dieses mit dem Tod kämpfenden Körpers nicht vergessen. In einem letzten verzweifelten Versuch, Luft zu bekommen, klammerte sich der byzantinische Feldherr Germanus an eine Granitsäule, während seine angeschwollene Zunge aus seinem Schreien ein erbärmliches Gurgeln machte. Als der Sterbende schließlich mit weit aufgerissenen Augen, die wie bei einem Kind vor Verzweiflung und Unverständnis brannten, auf den Boden fiel, rutschte sein Paludamentum, der Schultermantel, nach oben und gab zwei blasse, verdrehte Beine frei. Wenige Sekunden später war er tot.

Natürlich wusste ich schon, dass Germanus in dieser Zeit sterben würde. Jeder byzantinische Händler sollte im kommenden Jahr mindestens einmal darüber klagen. Der Tod des Oberbefehlshabers bedeutete einen schweren Verlust für das Land und machte einigen aufständischen Stämmen an den Grenzen Mut. Darüber ließ sich in den bescheidenen Gasthöfen am Straßenrand lange lamentieren. Aber ich hätte niemals gedacht, dass ich heute, an diesem Tag, dabei sein würde.

Der große Feldherr war erst am Vortag aus Sofia wiedergekommen, wo er seine Truppen auf die Schlacht mit Totila vorbereitete. Das ganze Land hoffte, er, der gefeierte Neffe des Kaisers Justinian, würde Rom und das Reich endgültig aus den Händen der Ostgoten befreien. Und nun liegt der ersehnte Retter, einer der vernünftigsten Staatsmänner, die Byzanz je hervorgebracht hat, aufgebahrt im Thronsaal. Niemand weiß, was jetzt geschehen wird. Aber alle spüren diese unheilvolle Stille, die sich um die Mauern legt und sich in die Seele frisst.

Wieder laufen zwei Soldaten durch das Atrium und schauen dabei so demonstrativ zur Seite, dass sie mit Sicherheit jede meiner Bewegungen wahrnehmen. Vermutlich wundern sie sich, dass jemand in einer solchen Situation in seinem Zimmer sitzen und schreiben kann; obwohl, wahrscheinlich ist ihnen völlig egal, was ich tue, solange ich die Gästequartiere nicht verlasse. Über den ganzen Palast ist direkt nach dem Tod des Germanus eine Ausgangssperre verhängt worden. Ich ahne auch, warum dem so ist: Irgendetwas stimmt hier nicht. In den vielen Erzählungen, die ich während meiner Wanderschaft auf den Pässen des Haemi montis aufgeschnappt habe, hieß es immer nur sehr trocken: „Plötzlich erkrankte Germanus." Aber so war es nicht.

Kurz vor seiner Atemnot stand der etwas zur Dicklichkeit neigende Patrizier noch beim Kaiser, angeregt ins Gespräch vertieft, und spielte selbstsicher mit den Clavi, den viereckigen Schmuckaufnähern auf seiner Brust. Einmal lachte er sogar laut auf. Nichts, aber auch gar nichts in seinem Verhalten oder seinem Gesicht deutete auf eine Krankheit hin. Außerdem: Welche Krankheit tötet in wenigen Minuten? Ich grübele schon die ganze Zeit darüber nach, was einen Erstickungstod verursacht haben könnte, finde aber keine befriedigende Erklärung. Offensichtlich wird es dem Kaiser gelingen, dafür zu sorgen, dass niemand die Wahrheit erfährt und dass sich alle mit der kurzen, unscheinbaren Beschreibung zufrieden geben. Vielleicht wird auch die Trauer im Land so tief sein, dass keiner an dieser harmlosen Version zweifelt und selbst die Neugierigen nicht genauer nachfragen wollen. Aber ich habe es mit eigenen Augen gesehen: Das war keine Krankheit – Germanus ist ermordet worden.

Einige Ameisen krabbeln scheinbar ziellos durch den Sand zu meinen Füßen. Nur mit Mühe kann ich mich davon abhalten, die eine zu zertreten, die sich in immer kleiner werdenden Kreisen meinen Zehen nähert. Ich muss mich konzentrieren, so wild rasen die Bilder durch meinen Kopf: Germanus ist tot. Aber die Welt wird glauben, er sei ganz überraschend erkrankt und gestorben. Wenn diese Täuschung wirklich funktionieren soll, dann muss der Hofstaat alles dafür tun, dass die Wahrheit innerhalb der Palastmauern bleibt. Und was wird man in einer solchen Situation als Erstes in die Wege leiten? Natürlich: Man wird die wenigen Augenzeugen beseitigen. So viele sind das ja nicht. Erst jetzt wird mir klar, was das bedeutet: Meine zwei Weggefährten und ich schweben in Lebensgefahr. Da ich um Mitternacht in der Vergangenheit verschwinde, habe ich wenig zu befürchten, aber die Mönche müssen so schnell wie möglich aus dem Palast fliehen. Ich kann ohnehin nicht verstehen, dass die beiden so ruhig schlafen können. Sie waren wohl einfach zu erschöpft, um noch länger wach zu bleiben. Ihr rasselnder Atem, der sich hinter mir von den Strohsäcken erhebt, klingt wie der Galopp zweier Pferde am Strand.

Ich habe die beiden fröhlichen Wanderer am frühen Vormittag auf der belebten Straße von Hadrianopolis nach Byzanz getroffen und mich ihnen angeschlossen. Vielleicht, weil ihr Anblick etwas Befreiendes hatte. Sie strahlten die Zufriedenheit von Menschen aus, die kurz vor dem Ziel sind und darüber alle Anstrengungen, Schmerzen und Ängste der Vergangenheit vergessen. Ihre Ausgelassenheit steckte mich an, und als sie hörten, dass ich Lateinisch und Griechisch spreche, wurden sie schnell sehr gesprächig. Vor allem, weil sie nach einer über ein Jahr dauernden Reise ihren Stolz nicht verbergen konnten. Sie kamen direkt aus Asien, hatten aber die Nordroute um den *Pontus euxinus*, das spätere Schwarze Meer, gewählt, um mögliche Widersacher zu verwirren. Als ich fragte, ob sie Forscher oder Händler seien, kringelten sie sich vor Lachen und strichen ihre Bärte glatt.

Sie waren vor über einem Jahr mit dem kaiserlichen Geheimauftrag losgezogen, Seidenraupen nach Europa zu schmuggeln, und tatsächlich war es ihnen gelungen, alle Grenzkontrollen zu überlisten. Hätte man sie ertappt, wären sie sofort hingerichtet worden, da auf die Ausfuhr der kostbaren Tiere im Osten seit langem die Todesstrafe steht. Aber jedes Mal, wenn fremde Beamte sorgfältig das Gepäck der Männer überprüften, stützten diese sich geduldig auf ihre Wanderstöcke; zwei dicke Eichenäste, die sie ausgehöhlt hatten und in deren Inneren die lebende Ware versteckt war. Der Größere der beiden, der einen Tick hat und regelmäßig das rechte Auge zukneift, wiegte seinen Stab wie ein kleines Baby in den Armen. Und dann erzählte er mit langen Abschweifungen von den Abenteuern ihrer Reise – und von den Hintergründen: Justinian träumt davon, endlich unabhängig von der Willkür der verschlagenen Händler zu sein und eine eigene Seidenraupenzucht zu eröffnen. Soweit ich mich erinnere, wird es ihm dank der Mönche auch gelingen.

Als wir am frühen Nachmittag über die letzte Hügelkette des Kontinents stiegen, tauchte am Horizont die Silhouette der Hagia Sophia in der schillernden Luft auf und strahlte uns an. Ich musste vor lauter Bewunderung stehen bleiben. Mir fiel sofort ein, was Justinian bei ihrer Einweihung am 26. Dezember 537 gesagt haben soll: „In unaussprechlicher Schönheit bietet sie sich dar. Denn Glanz und Harmonie der Masse schmücken sie, kein Zuviel und kein Zuwenig ist an ihr festzuhalten, da sie prunkvoller als das Gewohnte und zuchtvoller als das Maßlose ist." Er hat nicht übertrieben. Die Kirche der Weisheit überragt die verwinkelte Stadt und ruht auf ihrem Hügel wie ein kahler Kopf, der mit listigen Augen in die Gassen und Fenster schaut und Segen verteilt über allem, was sich in dieser verwunschenen Stadt bewegt. Zu diesem Zeitpunkt freute ich mich sehr darauf, in den nächsten Jahren am Bau dieses Meisterwerkes mitzuwirken und die beiden großen Architekten Athemios von Tralles und Isidoros von Milet kennen zu lernen.

Während ich hingerissen den Anblick der neuen Stadt bewunderte, deren Zentrum in den vergangenen 18 Jahren neu errichtet wurde, flüsterten die beiden Mönche erregt hinter meinem Rücken. Schließlich fragten sie mich, ob ich mir vorstellen könnte, als Dolmetscher mit in den Palast zu kommen, da sie des Griechischen nur wenig mächtig seien und Angst hätten, die bedeutenden Etappen ihrer abenteuerlichen Reise nicht so dramatisch darstellen zu können, dass die Belohnung des Hofes auch entsprechend ausfiele. Ich willigte ein. Kurz vor der Dämmerung erreichten wir den Palastbezirk.

Scheinbar wartete Justinian schon begierig auf die Seidenraupenschmuggler, denn wir wurden gegen jede Hofetikette sofort durch einen Nebeneingang zu ihm gelassen. Ich war noch ganz benommen von den vielen Gerüchen, den Geräuschen in den Straßen und dem Zauber der dunkelhäutigen Menschen. Große Städte haben für mich immer einen besonderen Reiz, sie schließen sich wie zwei große Arme um meine Seele und drücken mich so fest an sich, dass ich den Herzschlag des Lebens spüre. Und jetzt sollte ich auch noch dem Kaiser persönlich begegnen.

Wir wurden mehrere Minuten lang durch hohe, offene Gänge geführt, in die aus vielen Säulenhallen ein merkwürdig türkis schimmerndes Licht fiel. Nachdem wir noch einige Augenblicke in einem Vorzimmer gesessen hatten, in dem gemauerte Bänke mit dicken Kissen zum Ausruhen einluden, öffnete sich lautlos die Tür zu den kaiserlichen Gemächern. In dem prunkvollen Raum, dessen Boden vollständig mit Teppichen abgedeckt war, saßen Germanus, seine zweite, frisch angetraute Frau Matasuntha und Justinian selbst und blickten uns neugierig an. Ich erkannte den Kaiser mit dem Bart und den langen Haaren sofort. Er sah wahrhaftig so aus wie das Konterfei auf den Goldstücken. Bei unserer Audienz trug er eine lange purpurfarbene Tunika mit einer breiten Schärpe und Schuhe, die mit Seide überzogen waren. Offensichtlich fühlte sich der einflussreichste Herrscher des Westens bei diesem inoffiziellen Treffen an kein Zeremoniell gebunden, denn er begrüßte die Mönche, als er gehört hatte, dass sie erfolgreich gewesen waren, sehr herzlich und bot ihnen etwas zu trinken an. Oder sollte er schon zu diesem Zeitpunkt geplant haben, uns als Zeugen eines Mordes beseitigen zu lassen?

Ich muss jetzt genau überlegen, was passierte: Ein etwas zu elegant gekleideter, kahl geschorener Sklave mit einem durch Verbrennungen entstellten Gesicht brachte die Erfrischungen und murmelte dabei leise vor sich hin. Unwillkürlich begann ich, ihn zu mustern. Er hatte hinter dem Ohr einen pfenniggroßen Leberfleck in Form einer Glocke. Ich erinnere mich so genau daran, weil sich mein Blick an dem markanten Punkt verfing, als sich der Mann tief vor uns verneigte. Sein Kopf berührte fast den Boden, als mache er sich mit dieser übertriebenen Geste über uns lustig. Doch als er wieder gerade dastand, war in seinen Augen nur Traurigkeit zu finden. Er reichte Justinian und Matasuntha einen Becher, danach erhielten die Mönche ihr Getränk. Dann ging der mit großen Narben versehene Diener, weil der Beistelltisch inzwischen leer war, zu einem anderen Tablett und nahm von dort zwei Kelche. Den ersten brachte er Germanus. Daraufhin kam er zu mir, blitzte mich kurz aus dunklen Augen an und gab mir unterwürfig den anderen. Ich nahm ihn wortlos.

Kaum hatte ich den Becher in der Hand, sah ich, wie der Sklave erbleichte und zusammenfuhr. Fassungslos stand er vor mir. Es sah aus, als hätten alle Muskeln in seinem Gesicht ihre Kraft verloren. Unglauben und Entsetzen bemühten sich, die Vorherrschaft über seine Züge zu erringen und sorgten dafür, dass er am ganzen Körper vibrierte. Dabei schien es, als sauge er mich mit weit geöffneten Pupillen in sich hinein.

„Symmachus, was ist?“, herrschte ihn Matasuntha an, der die Bewegung des Mundschenks aufgefallen war.

Der Sklave aber reagierte nicht, er brach einfach zusammen. Ohne Warnung kippte er nach vorne, versuchte noch, sich an mir festzuhalten, wobei er mir den Becher aus den Fingern wischte und sich in meine Toga krallte. Der Wein ergoss sich über mein Gewand und meine Füße, und ich trat aus Reflex einen Schritt zurück, woraufhin der Mann gänzlich zusammensackte. Verblüfft starrte ich nach unten, aber schon eilten die beiden Wachen von der Eingangstür herbei, rissen den Ohnmächtigen unsanft empor und schleiften ihn aus dem Raum.

Verdutzt blickte ich in die Runde, doch hielt man diesen Vorfall keines Kommentares für würdig. Germanus sah aus, als habe er den Zwischenfall nicht einmal bemerkt. Steif hielt er seinen Kelch in der Hand und starrte durch mich hindurch, als sei ich gar nicht vorhanden. Ich bemerkte, dass seine Hand zitterte. Als alle ihre Becher hoben, zögerte er einen Moment, dann setzte auch er den seinen schnell an und leerte ihn in einem Zug. Wenige Minuten später verkrampfte er sich und starb kurz darauf. Als sein Körper regungslos dalag, murmelte Matasuntha leise: „Seine arme Tochter, jetzt wird sie für immer allein bleiben."

Draußen fließt die letzte Abendsonne durch die ausgetrockneten Bäume des Stadtkerns von Konstantinopel und zwingt mich, den Kopf zur Seite zu drehen. Die zarten Ornamente an den Wänden verschwimmen vor meinen Augen, fangen an zu kreisen und verfließen ineinander. Erst als sie hinter meinen Augenlidern pulsieren, spüre ich, dass es mein Herzschlag ist, der die Verzierungen zum Leben erweckt. Ich sollte mich hinlegen, aber dazu bin ich viel zu aufgewühlt.

Glücklicherweise ist es den Mönchen gelungen zu fliehen. Ich musste eine Stunde auf sie einreden, bis ich sie endlich überzeugen konnte, dass es besser sei, auf ihre Belohnung und den Triumph zu verzichten und den Palast schnellstmöglich zu verlassen. Sie weinten, bettelten und flehten, aber ich konnte ihnen die eigentlichen Hintergründe für meine Fluchtpläne ja nicht gestehen. Schließlich gab ich ihnen einige meiner eigenen Goldstücke, um sie zu beruhigen. Sie versprachen mir, niemandem etwas von den Ereignissen bei der Audienz zu erzählen. Dann, kurz nachdem die Posten wieder einmal an unserem Gemach vorbeigezogen waren, liefen wir los.

Als wir uns dem Ausgang näherten, war plötzlich das Gemurmel einer größeren Menschenmenge zu hören, die sich schnell näherte. Ich zog meine ängstlichen Begleiter in eine reich geschmückte Seitenkapelle, die mir schon beim Hereinkommen aufgefallen war. Es war ein länglicher geweißter Raum, aus dem es kein Entkommen gab. Ich deutete schweigend auf den Boden und wir knieten vor dem geschnitzten Kruzifix nieder. Und während die beiden Mönche tatsächlich um ihr Leben beteten, senkte ich meine Stirn so weit auf den Boden, dass ich durch meine Beine hindurch sehen konnte, was hinter uns im Gang geschah. Ein Offizier mit klappernden Beinschienen führte die Gruppe an. Als er uns in dem Nebenraum bemerkte, blieb er kurz stehen, aber die Menschen drängten von hinten nach, so dass er es wohl nicht wagte, uns zur Rede zu stellen. Dann sah ich auch, wer da den Argwohn des Soldaten überrannte: In festlichem Ornat lief der Bischof mit seinem Gefolge vorbei. Offensichtlich kam er, um Germanus die letzte Ölung zu verabreichen.

Das war unsere Chance. Ich wartete einige Minuten, dann schlich ich den Gang bis zur Eingangshalle entlang, atmete einmal tief durch und näherte mich in selbstgewisser Pose den Wachen an der Seite.

„Hey, ihr da! Habt ihr Salböl im Haus? Der Bischof hat bedauerlicherweise seines vergessen."

Die Wachen sahen sich fragend an, dann schüttelten sie den Kopf: „Ihr könnt den Küchenmeister fragen, ob er welches hat, aber da werdet Ihr wohl wenig Erfolg haben."

Ich machte eine abweisende Bewegung. „Dann werden wir welches holen müssen."

Der eine Soldat, ein groß gewachsener bärtiger Jüngling, blickte misstrauisch auf mich herab: „Wir dürfen niemanden herauslassen."

Sein Kamerad nickte dazu.

Ich zischte die beiden Männer voller Wut an: „Wollt ihr, dass Germanus ungesalbt vor Gott tritt? Wie könnt ihr es wagen, eine derart sakrale Handlung behindern zu wollen? Was bildet ihr euch eigentlich ein? Kennt ihr nicht die heiligen Worte unseres Herrn Jesus Christus: ‚Wer einem Sterbenden oder Toten das Salböl verweigert, der wird die unbarmherzige Rache des Herrn spüren'? Und schreibt nicht der Apostel Paulus: ‚Die Salbe erst führt die Seele in den Himmel!'"

Ich kannte diese Sätze natürlich selbst nicht, wiederholte sie aber sicherheitshalber noch einmal auf Latein, was großen Eindruck auf die beiden machte und seine Wirkung nicht verfehlte. Ich war in diesem Augenblick froh darüber, dass dort zwei Wachen standen, denn keiner der beiden wollte vor dem anderen als Ungläubiger und der Bibel Unkundiger dastehen.

Schließlich sagte der größere der beiden: „Geht, aber seid schnell wieder da!"

Ich schüttelte den Kopf: „Ich schicke zwei meiner Männer."

Ehe die Wachen es sich anders überlegen konnten, winkte ich die beiden Mönche, die im Schatten des Ganges gewartet hatten, herbei und wies sie wortlos nach draußen.

Ich weiß nicht, warum mich dieser Mordfall so gefangen nimmt. Schließlich verschwinden alle Menschen, die ich kennen lerne und lieb gewinne, nach wenigen Tagen wieder. Ich sollte das Abschiednehmen gewöhnt sein. Doch diesmal ist es anders. Ich kann nicht sagen, was es ist, ich weiß nur: Ich muss herausfinden, wer für den Tod von Germanus verantwortlich ist. Ich bin Zeuge dieses schmählichen Sterbens geworden – und darin wird dieser Mann, den ich vorher ja gar nicht kannte, für mich auf einmal zu einem Vertrauten. Wir teilen etwas, das uns verbindet. Und ich will wissen, wer hinter diesem feigen Anschlag steckt.

Obwohl es mir wahrscheinlich gar nicht um den Toten geht. Etwas anderes scheint viel wichtiger zu sein: Wenn ich diesen Fall lösen könnte, dann würde ich mein abartiges Dasein endlich einmal aus eigenem Entschluss sinnvoll einsetzen. Wenn man durch die Geschichte fällt, reagiert man immer nur. Ereignisse brechen über einen herein und zwingen zu mehr oder weniger gewollten Reaktionen. Bei Germanus ist es anders: Ich könnte endlich einmal agieren. Warum sollte ich es nicht wagen? Ich bin schließlich in der Lage, die Vergangenheit der Beteiligten zu überprüfen und die Motive für die hinterhältige Tat herauszubekommen. Ich, der ich mich viel zu lange als Opfer gefühlt habe, kann zum Täter werden und die Zeit gegen die Realität ausspielen. Sodass ich den Mörder in diesem vertuschten Mord entlarve.

Selbst wenn ich nicht mehr in die Neuzeit zurückkehren sollte und meine Information keinen Eingang in die Geschichtsbücher findet, habe ich wenigstens einmal aus eigenem Interesse eine Aufgabe übernommen. Ich glaube, das grauenerregende Bild lässt mir keine Ruhe, weil es mich zwingen will, aktiv zu werden. Ich werde herausfinden, warum ein Mensch so qualvoll sterben musste. Ja, ich weiß, in der Zeit, in der ich gerade lebe, ist ein Menschenleben nicht viel wert, und schon auf das Nachahmen der kaiserlichen Purpurkleider steht die Todesstrafe. Aber es muss doch einen Grund geben, warum dieser geistreiche Politiker, der nicht nur als unparteiischer Richter galt, sondern auch als großzügiger Geldgeber, der würdevoll und entschieden für Gesetz und Ordnung eintrat, so würdelos verschied. Ich war dabei, vielleicht hätte ich es verhindern können. Aber wie? Und was war mit meinem Becher? War der möglicherweise auch vergiftet? Hat mir der erschrockene Sklave mit seinem Schwächeanfall nur die Kleidung verdreckt oder das Leben gerettet?

Seltsam. Auf einmal ist mein Leben voller Fragen, während ich seit einem Jahr nicht sehr erfolgreich versuche, Fragen zu finden, die ich

Jesus stellen könnte. Natürlich haben sich einige konkrete Vorschläge inzwischen ganz oben auf meiner Liste angesammelt, aber ich bin damit noch nicht zufrieden. Wenn die Frage die Mutter der Antworten ist, dann muss sie direkt in das Zentrum meines Problems treffen. Das Verrückte ist: Je länger ich darüber nachdenke, desto weniger weiß ich, worunter ich eigentlich leide. Trotzdem existieren Grundfragen meines Lebens, für deren Beantwortung ich alles geben würde: Weshalb reise ich durch die Zeit? Endet meine Reise eines Tages oder geht sie endlos weiter? Gibt es einen Verantwortlichen für das, was mit mir passiert? Steckt hinter meinen Zeitsprüngen ein Sinn? Wenn ich möglicherweise nur eine einzige Frage stellen dürfte, was würde ich dann stotternd und unsicher hervorbringen? Gibt es eine Frage, die alle anderen enthält?

Ich habe oft darüber nachgedacht, wie es wohl sein wird, vor Jesus zu stehen. Vielleicht ist er von Angesicht zu Angesicht einfach nur ein weiser, verschmitzter Rabbi, der die Menschen schnell durchschaut und ihnen deshalb so gut helfen kann.

Manchmal aber keimt in mir die Hoffnung auf, dass einer, der Blinde, Lahme, Stumme, Taube und Aussätzige heilt, auch in das Leben eines Zeitreisenden eingreifen kann. Dann träte tatsächlich das ein, was viele der Zeitgenossen Jesu erfuhren: für mich bräche ein völlig neuer Lebensabschnitt an. Aber wenn Jesus Menschen von ihrer Vergangenheit befreit hat, dann hat er ihnen immer auch eine Zukunft aufgezeigt. Und damit bekommt man in meinem Fall ein Problem. Denn welche Zukunft hat einer, dessen Leben die Vergangenheit ist? Mir fällt dazu nichts ein. Außerdem weiß ich nicht einmal, ob ich überhaupt noch ein Gefangener meiner Geschichte bin. Bisweilen habe ich mich so an mein entartetes Leben gewöhnt, dass ich gar keinen Mangel mehr empfinde.

An anderen Tagen träume ich plötzlich davon, wie meine Existenz aussehen könnte, wenn sie nicht mehr diesem ewigen „Zurück“ unterworfen wäre. Käme ich noch einmal ins 20. Jahrhundert zurück, ich würde fast alles anders machen. Schon aus Dankbarkeit, dass ich nicht mehr durch die Zeit reisen muss. Es ist ein Geschenk, einen Tag nach dem anderen leben zu dürfen, Pläne zu schmieden, Dinge wachsen zu sehen und Menschen begleiten zu können.

Mehrfach bekam ich plötzlich Angst, Jesus könnte mir die Auskunft verweigern. Oder mir ein Gleichnis erzählen, das mich genauso ratlos zurücklässt, wie ich gekommen bin. Hat er nicht Fragen fast immer mit Gegenfragen beantwortet? Das würde bedeuten, dass ich nicht nur gute Fragen, sondern auch gute Antworten mitbringen muss, wenn ich aus dieser ungewöhnlichen Begegnung bereichert herauskommen will. Das klingt so einfach, aber ich fürchte mich, alles falsch zu machen. Wie soll ich ihn empfangen? Wie soll ich mich ihm nähern?

In meiner Hilflosigkeit taucht dann ein bedrohliches und zugleich beruhigendes Bild immer wieder auf: Ich ergreife Jesus vorne an seinem Gewand, schüttle ihn und brülle ihn an: „Antworte! Sag mir, warum ich lebe! Warum ich so lebe!“ Aber Jesus lächelt nur, so gütig, dass meine Wut noch weiter wächst und ich ihn mit voller Gewalt gegen einen Felsen schleudere. Petrus springt auf, zieht sein Schwert und will seinen Rabbi verteidigen, aber der ruft ihn zurück. Er erhebt sich, klopft seine Kleider ab, nähert sich mir und nimmt meinen Kopf zwischen seine Hände. Ich werde ganz ruhig. Ich spüre, wie mich eine ungekannte Kraft durchströmt, die den Damm der Fragen davonschwemmt. Ich muss nichts mehr wissen, ich weiß nun alles. In mir bleibt nichts unbeantwortet. Ist das das Paradies: keine Fragen mehr zu haben? Zumindest klingt es nicht schlecht.

Ich denke in diesem Zusammenhang immer wieder an Odos Worte, dass es eine großartige Chance sei, Jesus zu begegnen. Warum hat er das wohl gesagt? Vielleicht, weil selbst in ihm, dem zutiefst Gläubigen, öfter nagende Zweifel umherirren, die ans Licht wollen. Es fällt uns nun einmal leichter, Dinge für wahr zu halten, für die wir Beweise haben. Die meisten Zweifler wären froh, einmal vor Jesus stehen zu können. Aber: Was geschähe wirklich, wenn aus Glauben auf einmal Sicherheit würde, wenn alle Menschen Jesus träfen? Eine merkwürdige Vorstellung. Ist es überhaupt erstrebenswert, das Geglaubte mit Fakten zu belegen? Würden sich tatsächlich mehr Menschen Christen nennen, wenn es keine Zweifel mehr gäbe? Ich glaube kaum. Im Volk Israel gab es ja auch niemanden, der an der Existenz Gottes gezweifelt hatte. Diese erfreuliche Tatsache hat aber nicht dazu geführt, dass die Menschen bereit gewesen wären, ihr Leben danach auszurichten. Zumindest haben sie sich immer wieder von diesem Gott losgesagt.

Manchmal denke ich daran, wie viele Leute versucht haben, mich von der Existenz Gottes zu überzeugen, ja, sie mir zu beweisen; unser Pfarrer, die Kindergärtnerin, fromme Klassenkameraden, meine Mutter und noch einige andere. Was für ein sinnloses Unterfangen. Selbst wenn ich Jesus begegne und mich persönlich davon überzeuge, dass er Gottes Sohn ist, wie er behauptet, muss das mein Leben nicht zwangsläufig auf den Kopf stellen. Es kann mich völlig kalt lassen. Jeder Raucher weiß, dass Rauchen gesundheitsschädlich ist, und tut es trotzdem. Es geht also nicht um das Wissen, es geht um das Akzeptieren und Umsetzen des Wissens. Ob ich glauben kann, ist völlig egal. Ob ich glauben *will*, das ist entscheidend. Wenn auf einmal der Wille da ist, dann kann der Glaube wachsen, zu einem Sog werden und alles mit sich reißen, wie er es bei Petrus oder Paulus getan hat. Ob ein Beweis zum Glauben führt, liegt also an mir. Aber woran entscheidet sich mein Wollen? Und woran erkenne ich, ob dieser Wanderprediger der ist, der er zu sein vorgibt? Ich merke, dass ich Fragen stellen muss, die nicht nur den Verstand zufrieden stellen, sondern auch die Seele. Es sind noch 520 Tage bis zum Jahr 30. Ich bin gespannt.

549

Es ist verrückt. Meine Buchstaben sehen heute fester und schwungvoller aus als gestern und plötzlich muss ich laut lachen. Ich reise in die Vergangenheit, um einen Kriminalfall zu lösen. Ja, ich werde es tun. Ich kann nicht anders: Wenn ich nicht herausfinde, wer hinter diesem Verbrechen steht, dann werde ich wahnsinnig, dann reißen die Willkür und die Unklarheit tiefe Löcher in meinen Verstand. Ich werde ein Zeit-Detektiv sein, einer, der in der Vergangenheit die Ursachen für die Gegenwart erforscht. Das ist wichtig, weil die wenigsten Verbrechen überraschend geschehen. Sie sind entweder von langer Hand vorbereitet oder die Verkettung verschiedenster Motive, die sich in einem Gewaltakt entladen.

So wie die Zunge nicht von einem Zahn lassen kann, aus dem sich eine Plombe gelöst hat, kehren meine Gedanken immer wieder zu diesen zerstörerischen Minuten zurück, in denen Germanus vor meinen Augen gestorben ist. Mir bleibt nicht viel Zeit, aber ich will wenigstens die Hintergründe einer solchen Tat verstehen. Und ich habe dabei die einzigartige Möglichkeit, den Toten selbst zu befragen. Wer hat den Feldherrn umgebracht? Und warum? Als ich heute, ein Jahr vor dem Mord, durch den Palast lief und die Dienerschaft aushorchte, fand ich leider nicht nur eines, sondern viel zu viele Motive. Und ich habe meine ersten Verdächtigen, lauter Menschen, die vom Ableben des Germanus profitieren:

Theodora: Die extravagante Frau Justinians und Germanus hassten sich seit Jahrzehnten. Sie, die aus einem Armenviertel stammte und seit ihrer Heirat als eigentliche Regentin des Landes die Fäden in der Hand hielt, fürchtete sich vor nichts und niemandem – außer vor dem selbstsicheren Neffen ihres Mannes. Germanus schien für sie ein bedrohlicher

Gegner zu sein. Wo sie nur konnte, legte die machthungrige Kaiserin dem ihrer Meinung nach viel zu biederen Feldherrn Steine in den Weg. Sobald die beiden aufeinander trafen, überzog Theodora ihren Verwandten mit Spott und Häme. Ihre Stimme wurde zänkisch und herablassend. Und sie hatte im Laufe der Jahre nicht nur einmal verkündet, wie sehr sie sich über das Ableben von Germanus freuen würde. Leider war die von Wut erfüllte Herrscherin im Jahr 550 schon zwei Jahre tot. Ich nehme sie trotzdem in den Kreis der Verdächtigen mit auf, da die Auswirkungen ihrer Macht am Hof noch immer zu spüren sind.

Matasuntha: Germanus hatte die Witwe des besiegten Gotenkönigs Witigis, die als Kriegsgefangene in Byzanz lebte, nur geheiratet, um über diese dynastische Verbindung das Verhältnis zu den Ostgoten zu verbessern. Innerlich trauerte er angeblich noch immer seiner ersten Frau Passara nach, von der er mehrere Kinder hatte. Matasuntha, die sich bis zuletzt weigerte, diese Zweckehe, die sie auch ins Brautbett zwang, einzugehen, könnte ihren Mann vergiftet haben, um die Demütigung nicht länger ertragen zu müssen. Germanus war bei aller Würde und Entschiedenheit als energischer und anspruchsvoller Liebhaber bekannt.

Symmachus: Wenn der Sklave tatsächlich mein Leben gerettet hat, dann wusste er, dass der Wein vergiftet war. Aber warum sollte er einen Fremden vor dem Tod bewahren, wenn er bereit war, einen Neffen des Kaisers zu beseitigen? Selbst wenn Symmachus von dem Anschlag wusste, ist es nicht wahrscheinlich, dass er, ein entstellter Sklave, selbst der Anstifter war. Andererseits war mir schon bei der Audienz der dreiste Blick seiner leicht schielenden Augen aufgefallen. Als einfacher Diener hätte er einem Gast des Kaisers niemals direkt ins Gesicht schauen dürfen.

Totila: Der König der Ostgoten wusste sehr genau, dass das byzantinische Heer nur so gut kämpft wie sein Führer. Und nachdem Justinian seinen siegesgewohnten Feldherrn Belisar wegen dessen eigensinniger Kapriolen vorläufig abberufen hatte, konnte den Goten nur noch Germanus gefährlich werden. Und wie geschickt er als Feldherr war, hatte der Edelmann oft genug in den zermürbenen Schlachten mit den Persern bewiesen. Ist es möglich, dass der feindliche Herrscher den merkwürdigen Sklaven bestochen und ihm aufgetragen hatte, seinen gefährlichsten Gegner zu beseitigen?

Justinian: Ich weiß nicht, warum der Kaiser seinen Neffen ermorden sollte, aber vielleicht fand der korrekte Feldherr in den Augen des Staatsoberhauptes zu viel Anerkennung im Volk. Justinian wird aus Furcht geachtet, Germanus wurde verehrt. Das kann einen eigenwilligen und cholerischen Mann wie den Kaiser schon zu einer Gräueltat verleiten. Außerdem gab es verschiedene Meinungsverschiedenheiten zwischen den beiden. Germanus hatte schon vor 540 mehrfach gemahnt, Justinian solle der Rückeroberung Roms nicht allzu große Priorität einräumen, zuerst müsse der Osten befriedet werden. Und er behielt auf grauenhafte Weise Recht. Kurz nach dem Fall von Ravenna fiel der persische Großkönig Chrusro mit den Sklawinen und Anten in das byzantinische Reich ein und eroberte 32 Festungen in Illyrien. Auch das hätte also ein Grund für ein Zerwürfnis sein können. Andererseits erzählen alle Bediensteten, dass das Verhältnis zwischen den beiden Verwandten bis zum Schluss ungetrübt gewesen sei.

Ich fürchte: Mehr werde ich heute nicht herausbekommen. Aber je länger ich über diesen Mord nachdenke, desto deutlicher wird mir, wie viele Puzzlesteine sich hier zusammenfügen. Ich muss bald neue Tinte besorgen. Und wenn ich mich recht entsinne, wird dies auch das letzte Kapitel sein, das ich auf Pergament schreiben kann. Im 2. Jahrhundert gibt es nur noch Papyrus. Wie es wohl den beiden Mönchen geht? Ich vermisse sie ein wenig.

548

Der angenehmste Vorteil eines so weitläufigen Palastes ist der, dass die Anwesenheit eines Gastes, wenn er erst einmal hineingekommen ist, nicht mehr in Frage gestellt wird. Jeden Morgen erwache ich in den Gästezimmern des Kaisers und werde von den Dienern ausgesprochen zuvorkommend hofiert, da sie trotz meines überraschenden Auftauchens gar nicht auf die Idee kommen, an der Rechtmäßigkeit meines Hierseins zu zweifeln. Sie wissen: Wer das Innere eines Palastes erreicht hat, ist auch legitimiert, sich dort aufzuhalten. Es ist die Aufgabe der Soldaten, darüber zu wachen, ob jemand diese Räume betritt oder nicht, Aufgabe der Sklaven ist es, den Zugelassenen vorbehaltlos zu dienen. Das Einzige, was mir hier gefährlich werden könnte, ist Unsicherheit. Solange ich wie selbstverständlich die prächtigen Zimmer in Anspruch nehme, wagt es niemand, mich zur Rede zu stellen. Ich bin allerdings in solchen Dingen in den letzten Jahren ohnehin sehr gelassen geworden. Mehr als einen schlechten Tag und eine halbe Nacht kann ich ja kaum in diesem „Jahr“ erleben, warum sollte ich also unruhig schlafen.

Trotzdem habe ich mir für alle Fälle eine Identität zurechtgelegt: Ich bin als Wissenschaftler Gast des Kaisers, da ich möglicherweise an der jungen Universität der Hauptstadt einen Lehrstuhl einnehmen soll. Bis zur Klärung meiner Berufung möchte ich den 540 eroberten Kronschatz der Ostgoten begutachten. In diesem Zusammenhang habe ich auch heute Morgen die Kaiserin Theodora durch einen Diener um eine Audienz bitten lassen.

Am frühen Mittag erschien ein mit Emailschmuck behängter Hofbeamter und wies mich an, ihm zu folgen. Er führte mich in den Garten des Palastes, an einer langen Mauer entlang bis zu einem einfachen Holzpavillon, der auf einem hervorragenden Felsen erbaut worden war. Dort stand eine junge Frau von etwa 17 Jahren und blickte nachdenklich über die Stadt. Als sie meine Schritte hörte, drehte sie sich um und musterte mich sorgfältig. Sie verbarg ihren schlanken Körper in einer schlichten, aber feinen Paenula, einem Übergewand. Die dunklen Haare wurden hinter dem Kopf von einer Spange zusammengehalten und gaben so ein helles Gesicht frei, das ganz von dem sinnlichen Mund beherrscht wurde. Augenbrauen, Nase, Stirn, ja sogar die leicht hervortretenden Schlüsselbeine waren nichts anderes als untergeordnete Parallelen dieser fast geraden Lippen, die ihr einen strengen Zug verliehen und dennoch nur darauf warteten, geöffnet zu werden. Sie gehörte augenscheinlich zu den Frauen, denen ein Mann sofort ansieht, dass er sie niemals verstehen wird – weil sie nicht verstanden werden wollen.

Als sie anfing zu sprechen, konnte ich meinen Blick nicht von diesem verlockenden Mund lösen, so rund und harmonisch waren seine Bewegungen. „Ihr wollt die Kaiserin sprechen!“

Ich verneigte mich leicht: „Ja!“

Sie übersah meine Geste oder wollte nicht darauf reagieren: „Sie ist nicht im Palast.“

Der Ton, in dem sie diese simple Feststellung vorbrachte, war so voller Verachtung, dass ich zusammenfuhr. Leise sprach ich weiter: „Darf ich fragen, wann sie zurückkommt?“

Eine höhnische Grimasse entstellte ihr Gesicht für einen Augenblick und raubte ihm allen Liebreiz. Sarkastisch entgegnete sie: „Wer weiß das schon? Es hängt davon ab, mit welchem ihrer Liebhaber Theodora sich gerade vergnügt.“

Die junge Frau spürte, dass sie einem Fremden gegenüber zu weit gegangen war, und drehte sich von mir weg. Nach einer kurzen Pause sagte sie: „Ihr seid ein Gelehrter?“

„Ja!“

„Sie wird Euch sicherlich empfangen. Vielleicht noch heute Nachmittag, vielleicht erst morgen, aber empfangen wird sie Euch auf jeden Fall. Ich möchte Euch bitten, mir einen Gefallen zu tun!“

Zum ersten Mal sah sie mich an und ich musste dem Blick ausweichen: „Aber ich weiß doch nicht einmal, wer Ihr seid!“

Das schien sie zu amüsieren. Sie setzte sich auf die Brüstung und wies auf die vielen zusammengedrängten Gebäude unterhalb des Hanges: „Dann seid Ihr der Einzige in dieser verfluchten Stadt. Ich bin Justiniana, die Tochter des Germanus.“

Sie schwieg, und ich wagte nicht, ihre Stille zu stören. Nach langem Nachdenken blickte sie mich wieder an: „Die Kaiserin hat Angst zu sterben. Sie ist nicht mehr jung. Darum ruft sie alle Weisen des Landes zusammen, um von ihnen etwas über die Kunst des ewigen Lebens zu erfahren. Sie wird auch Euch danach fragen.“

Ich betrachtete den Rücken der jungen Frau. „Ich fürchte, da werde ich ihr kaum helfen können.“

Sie sprach leise, aber deutlich: „Nein, das wohl nicht, aber Ihr könnt mir helfen, weil sie auf Euch hören wird. Sie ist so voller Hass, so voller Angst und Wut. Ihr könntet ihr helfen, diesen Hass zu überwinden.“

„Wie sollte ich das denn tun?“

Sie erhob sich wieder und blickte mir direkt in die Augen: „Sie soll endlich aufhören, anderen Leuten das Leben schwer zu machen!“

„Das verstehe ich nicht!“

Unvermittelt wurde sie laut:„Ich auch nicht. Aber sie sorgt seit Jahren mit aller ihr zur Verfügung stehenden Macht dafür, dass meine Geschwister und ich nicht heiraten können. Obwohl mein lieber Vater, der erhabene Germanus, den alle vergöttern und preisen, hofiert wird, als sei er der Kaiser persönlich, bleiben seine Kinder unvermählt. All die Schönredner und Schmeichler, die sich herausputzen und preisen, um dem edlen Feldherrn zu gefallen, werden zu erbärmlichen Feiglingen, wenn es darum geht, in eine engere Beziehung zu ihm zu treten. Kein Patrizier wagt es, sich die Kaiserin zum Feind zu machen, also verweigern sie unserer Familie ihre Söhne und Töchter. Aber Narses und ich, wir ertragen das nicht länger.“

Ich unterbrach sie; auch weil ich die Bitterkeit und den Sarkasmus in ihrer Stimme nicht mehr ertrug. „Wer ist Narses?“

Die Aggression zog wie eine Wolke von ihrem Gesicht und ihr Antlitz hellte sich auf: „Narses? Narses ist ein Hauptmann in der Armee meines Vaters. Seinen Eltern gehört ein großes Gut in Syras. Wir haben als Kinder zusammen gespielt und jetzt lieben wir uns.“ Sie errötete. „Ich möchte gern seine Frau werden. Aber selbst Narses hat Angst vor Theodora, dieser widerlichen Schlange. Er will mich nur heiraten, wenn die Teufelin ihr Einverständnis gibt. Lasst Euch etwas einfallen und setzt Euch für mich ein. Sie muss Ja sagen, versteht Ihr, sie muss. Ich halte das nicht mehr aus.“

„Wie lange wollt Ihr denn schon heiraten?“

„Seit zwei Jahren. Aber immer wieder bedroht dieses falsche Miststück die Eltern von Narses. Sie hat sogar die größte Scheune der Familie in Brand stecken lassen. Sie schreckt vor nichts zurück. Der Vater von Narses sitzt in der Ratsversammlung und hat große Angst, alles zu verlieren.“

Ihre Stimme brach. Fast wäre ich einen Schritt auf sie zugegangen, riss mich dann aber zusammen. „Und warum kann Ihr Vater nichts dagegen unternehmen?“

Sie atmete hörbar aus und räusperte sich: „Mein Vater? Den bekämpft Theodora doch von allen Menschen dieser Erde am meisten. Alles, was er versucht, bewirkt bei ihr genau das Gegenteil. Habt Ihr schon einmal einen Menschen erlebt, dessen Wahrnehmung so getrübt ist, dass Ihr in seinen Augen ausschließlich als Verderber und Fratze erscheint? So jemand sieht nur noch das, was er sehen will: Jede noch so gute Absicht wird falsch ausgelegt, jeder freundliche Gruß als Hohn gewertet und jedes Versöhnungsangebot als Falle angesehen. Was Ihr macht, ist falsch. Es gibt nur noch eines, was einen solchen Menschen zufrieden stellen kann: Eure vollständige Vernichtung. Wer so hasst, der will keinen Frieden. Theodora wird erst dann zufrieden sein, wenn unsere Familie zugrunde geht und sie triumphiert.“

Ich spürte, wie trocken mein Mund durch die heiße Luft geworden war. Vorsichtig fragte ich: „Was kann ich denn in diesem Zusammenhang bewirken?“

Sie sah mich an, als hätte ich etwas sehr Dummes gesagt: „Ihr seid der Gelehrte, nicht ich. Sagt Theodora meinetwegen, das ewige Leben bekäme nur der, der sich mit seinen Feinden versöhnt.“ Sie trat einen Schritt auf mich zu und ich konnte ihre Verzweiflung wie ein schweres Parfüm riechen. „Ich werde Euch reich belohnen. Ihr könnt jeden Lehrstuhl haben, den Ihr wollt. Aber sorgt dafür, dass Narses und ich glücklich werden. Denn wenn wir nicht bald zusammenkommen, werden ihn seine Eltern mit einer anderen verheiraten. Ich darf ihn nicht verlieren. Niemals, hört Ihr?"

Die Sonne schmerzte auf der Haut. Die junge Frau bemühte sich vergeblich, ihre Tränen zu unterdrücken, die ihr übers Gesicht liefen. Es war allerdings nicht zu sehen, ob sie vor Wut oder aus Traurigkeit weinte. Aber wahrscheinlich trug beides dazu bei.

Mir fiel ein, dass ich eigentlich nicht hierher gekommen war, um mir die Nöte einer Verliebten anzuhören. Gezielt hakte ich nach: „Warum hasst die Kaiserin Euren Vater so?"

Justiniana sah mich mit merkwürdig hohlen Augen an, als hätte sie sich diese Frage noch niemals gestellt. „Ich weiß es nicht. Vielleicht weil er so gut mit dem Kaiser befreundet ist. Sie verachtet alle, die sich lieben. Weil sie selbst nicht lieben kann."

„Und wie geht Euer Vater mit dieser Situation um?"

Sie überlegte einen Moment. Dann wischte sie sich die Tränen von der Wange und wurde wieder ganz zu der Hofdame, die sie zu Beginn unseres Gespräches gewesen war. „Er benimmt sich korrekt, so korrekt, dass sie ihm nichts anhaben kann. Und seit dem Tod meiner Mutter hat er sich sehr zurückgezogen. Ich glaube, dass er in jedem fremden Heer Theodora sieht. Darum gewinnt er auch so viele Schlachten. Nur an seine eigentliche Feindin traut er sich nicht heran, weil Justinian seine Frau noch immer vergöttert. Germanus will seinem besten Freund nicht schaden, also verschont er Theodora.

Immerhin hat er mir schon vor langer Zeit versprochen, alles zu tun, damit ich endlich heiraten kann. Er hat gesagt, dass er selbst erst dann wieder mit einer Frau das Lager teilen wird, wenn ich glücklich vermählt bin. Also könnt Ihr uns beiden helfen. Ich traue auf Euch."

Mit diesen Worten beendete sie das Gespräch so unmissverständlich, dass ich mich schweigend umdrehte und den Pavillon verließ. An der Mauer wartete der Beamte auf mich und führte mich wieder in meine Gemächer. Ich hätte Justiniana gerne gesagt, dass ich aller Wahrscheinlichkeit nach überhaupt nichts für sie tun kann. Die Kaiserin hat mich heute nicht mehr empfangen, und wenn ich morgen, also ein Jahr früher, etwas erreicht hätte, wäre die Tochter des Germanus schon jetzt in den Genuss meines Erfolges gekommen. Offensichtlich hat sie sich umsonst bemüht. Ich muss herausfinden, was hinter dem Hass von Theodora steckt. Und ich muss morgen mit Matasuntha reden.

547 Heute ist mir zum ersten Mal aufgefallen, dass die Witwe des Gotenkönigs eine Gerte trägt. Da dieses Attribut der byzantinischen Hofdamen einer politischen Gefangenen eigentlich nicht zusteht, muss Matasuntha am Hof einflussreiche Freunde haben. Ihr Kammerdiener, den ich ausgefragt habe, erzählte mir, dass sie jeden Morgen nach dem Bad für eine Weile allein in ihrem Zimmer sitzt und Lieder aus ihrer Heimat singt. Und für ein Goldstück war er auch bereit, mich zu ihr zu bringen. An der Tür verschwand der Sklave. Also schob ich selbst den schweren Vorhang zur Seite und trat ein.

Die dunkelhaarige Frau saß in sich versunken auf einer Liege. Ihre hohe Stirn war mit zwei gleich großen Muttermalen geschmückt, die einen auch dann anzusehen schienen, wenn ihre Augen in eine ganz andere Richtung blickten. Überraschenderweise wunderte sie sich überhaupt nicht, dass ich ihre Gemächer betrat, sondern richtete sich auf und blickte mich erwartungsvoll an: „Ihr habt Nachrichten von Totila?"

So also war es dem gewitzten Diener geglückt, eine Audienz für mich zu bekommen. Er hatte seiner Herrin erzählt, ich sei ein Bote vom Hof der Goten. Ich musste improvisieren. Stotternd sagte ich: „Er grüßt Euch sehr … und bedauert, dass es … immer noch nicht gelungen ist, Euch auf diplomatischem Wege freizubekommen … Ich bin übrigens ein Gelehrter aus Panormus auf Sicilia …"

Da kam mir eine Idee. Ich wusste ja aus der Zukunft, dass sich die strenge Witwe mit Germanus vermählen würde. Und daraus ergab sich eine hübsche Möglichkeit, meinen Besuch zu rechtfertigen. Schelmisch lächelnd bemerkte ich: „Ich will meine Botschaft lieber gleich vorbringen. Totila bittet mich, Euch zu fragen, ob Ihr nicht über eine Ehe mit dem Neffen des Kaisers nachdenken könntet!"

Matasuntha sprang auf und warf ihre Handarbeit zornig in die Ecke. „Was bildet sich dieser aufgeblasene Schwachkopf eigentlich ein? Ich bin doch keine Stute, die man verkauft."

Erbost lief sie zum Fenster, damit ich ihr Gesicht nicht sehen konnte. Es war schwer, von hinten zu erkennen, was sie bewegte. Ich versuchte, meine Stimme so neutral wie möglich klingen zu lassen: „Ich bitte um Entschuldigung, man hatte ihm gesagt, Ihr hättet Gefallen an Germanus gefunden!"

Sie stutzte, dann brach sie in ein bellendes Gelächter aus: „Ach, hat man das? Komisch, dass jeder hier zu wissen scheint, was ich fühle."

„Was meint Ihr damit?"

Sie drehte sich wieder zu mir um, lehnte sich mit der Schulter gegen die Wand und strich sich die Haare aus dem Gesicht. Drohend sagte sie: „Vor kurzem war Theodora hier und hat mir genau den gleichen Vorschlag unterbreitet. Und natürlich erwarten beide Seiten, dass ich sie für diesen freundschaftlichen und kupplerischen Rat mit Informationen versorge. Das könnte ihnen so passen."

Plötzlich fuhr sie mich an: „Ich soll den Feldherrn heiraten, der meinen Ehemann ermordet hat?"

Jetzt wusste ich, dass sie nur mit mir spielte. Wahrscheinlich wollte sie herausfinden, wie gut ich über sie informiert war. Leise sagte ich: „War es nicht eher so, dass der Feldherr Belisar Euren Mann besiegt und im Triumphzug nach Byzanz gebracht hat? Germanus hatte damit doch gar nichts zu tun. Und habt Ihr nicht selbst dem guten Belisar alle Kriegsgeheimnisse Eurer Armee anvertraut und damit die Niederlage Eures Mannes herbeigeführt? Ohne Euren Verrat wäre Euer Volk kaum so schnell geschlagen worden. Ihr wart dafür verantwortlich, dass die gotischen Truppen in Ravenna glaubten, Belisar wolle Witigis als König der Ostgoten ablösen. Das war Hochverrat, ein Aufruf zur Absetzung des rechtmäßigen Königs. Ihr habt am Ende nicht nur Euren Mann ausgeliefert, sondern auch dafür gesorgt, dass die Stadt kampflos an die römischen Truppen gefallen ist. Und wahrscheinlich habt Ihr sogar damit gerechnet, als neue Frau des siegreichen Belisar weiterhin Königin zu bleiben."

Ich gab meiner Stimme einen zynischen Ton: „Wart ihr wirklich so naiv zu glauben, Belisar würde seinen Kaiser Justinian hintergehen, einfach so an die Stelle Eures Mannes treten und Euch heiraten? Nun, offensichtlich war es ja so, sonst hättet Ihr anders gehandelt. Aber leider hat Belisar Euch genauso hintergangen wie Ihr Euren Mann. Noch heute lacht man überall über Ravenna und die Einfalt der Ostgoten: Wer ist schon so leichtsinnig und öffnet die Stadttore, um den Gegner hereinzulassen? Plötzlich waren die byzantinischen Truppen da, und Belisar konnte sich auf einmal gar nicht mehr daran erinnern, dass er irgendjemandem, geschweige denn Euch, zu Dank verpflichtet war."

„Schweigt!"

Sie spannte vor Wut alle Muskeln an. Deutlich traten an ihren schmalen Handgelenken die Sehnen hervor. Und doch war ihr Oberkörper nach hinten geneigt, als wolle sie jeden Augenblick fliehen.

Sie sah wunderschön aus. Aber ich wusste, dass ich sie jetzt nicht schonen durfte: „Ich bin schon am Ende. Ich wundere mich nur, dass eine Frau, die ihren Ehemann so oft verraten hat, auf einmal Skrupel bekommt, einen stattlichen Feldherrn wie Germanus zu heiraten und ihm ein paar, sagen wir, nützliche Informationen zu entlocken. Außerdem wäre das eine ideale Möglichkeit, Euch an Belisar zu rächen. Die Frau des Germanus wird großen Einfluss haben."

Ich hatte offensichtlich einen wunden Punkt getroffen, denn sie setzte sich schweratmend wieder hin. Dann presste sie heraus: „Nichts würde Belisar mehr treffen, als wenn ich ihn abberufen lassen würde. Ohne Armee ist er ein Eunuch. Vielleicht sollte ich mir Euren Vorschlag durch den Kopf gehen lassen. Der Hund verdient die Hölle auf Erden. Und ich persönlich werde das Feuer dafür anzünden."

Ihre Anspannung wich und sie nestelte mit den Händen an ihrem Gürtel herum. Ich setzte mich neben sie und fuhr fort: „Wenn Theodora an Eurer Verbindung mit Germanus ebenfalls interessiert ist, dann sorgt dafür, dass sie alles einfädelt. Sie kann ihrem Mann deutlich machen, wie wichtig es ist, dass eine gotische Königin und ein byzantinischer Feldherr heiraten. Aber, wenn ich das sagen darf: Sträubt Euch ein wenig. Das macht einen besseren Eindruck."

Sie dachte nach. Das nutzte ich aus, um weitere Informationen aus ihr herauszulocken: „Totila braucht Nachrichten über den Hof. Er möchte zum Beispiel wissen, warum Theodora den Neffen ihres Mannes so verfolgt. Warum hasst sie ihn?"

Matasuntha strich sich wieder die schweren Haare aus der Stirn. Sie rückte ein Stück von mir ab, als sei es ihr peinlich, einem Fremden so nah gekommen zu sein. „Theodora? Warum sie Germanus hasst? Ich nehme an, weil sie ihn einmal geliebt hat. Theodora hat in ihrem Leben nie für irgendjemanden positive Gefühle empfunden, nicht einmal für Justinian, dem musste sie die knisternde Leidenschaft vorspielen, um an seiner Seite an die Macht zu kommen. Nur Germanus ... den hat sie wirklich geliebt. Der zügellose, unkontrollierte Hass ist ihre Art, mit der Traurigkeit und der Einsamkeit fertig zu werden."

Die Witwe erhob sich und ging nachdenklich umher. Ich beobachtete, wie sie unbewusst ihr Spiegelbild im Wasserbecken betrachtete. Gedankenverloren sprach sie weiter: „Auf perverse Art hat Theodora ihr Ziel sogar erreicht: Germanus ist ihr Lebensinhalt geworden. Ihre Gedanken sind Tag und Nacht bei ihm und sie wird mit keinem anderen jemals so verbunden sein. Weil sie ihn nicht aus Liebe zum Zentrum ihres Lebens machen konnte, tut sie es eben aus Hass. Und heimlich hofft sie natürlich immer noch, dass er sich eines Tages für sie entscheidet. Wenn er morgen die Tür seines Schlafzimmers für sie offen lassen würde, käme sie wie eine läufige Hündin angekrochen. Sie würde ihm alles verzeihen... Ich weiß nicht, ob ein Mann so etwas nachempfinden kann."

Matasuntha schien mir auf einmal sehr vertraut. Ich sagte: „Ich versuche es – auf meine Weise. Ahnt Justinian, dass seine Frau Germanus liebt?“

Sie schüttelte leicht den Kopf. „Justinian himmelt Theodora an. Obwohl er weiß, dass sie ihn nicht liebt. Das macht ihm aber nichts aus. Außerdem kann er sicher sein, dass ihn Germanus niemals hintergehen würde.“

Mir fiel das Gespräch im Palastgarten ein. „Eines verstehe ich bei dem Ganzen immer noch nicht: Warum wehrt sich Germanus nicht gegen Theodora?“

Die Gotenwitwe dachte einen Augenblick nach, dann drehte sie sich zu mir hin. „Weil seine Zurückhaltung die schlagkräftigste Waffe ist, die er besitzt. Dass er trotz all ihrer Intrigen und Angriffe jeden Tag in der Gunst des Volkes und Justinians steigt, das ist sein eigentlicher Erfolg. Germanus hat etwas Grundlegendes begriffen: Wer mächtige Feinde hat, der ist nicht nur interessant, der findet auch viel Wohlwollen. Ohne es zu merken, fördert Theodora daher das Objekt ihres Hasses mehr, als sie ihm schadet. Nicht nur, weil sie sein Ansehen hebt, sondern weil sie ihn auch zwingt, zu jeder Zeit wohlüberlegt, kontrolliert und vorsichtig zu handeln. Wer weiß, ob Germanus heute da wäre, wo er ist, wenn er nicht den Ansporn gehabt hätte, seiner Erzfeindin zu widerstehen und ihr seine Ausdauer zu beweisen. Erst ein starker Gegner lockt aus einem Menschen die zahlreichen schlummernden Kräfte und Fähigkeiten hervor, motiviert ihn und fördert ungeahnte Reserven zutage. Immer wenn Germanus müde zu werden droht, weckt ihn eine neue Attacke Theodoras wieder auf. Er schwimmt wie ein Fettauge auf dem Meer ihrer Missgunst, und je höher die Wellen schlagen, desto höher wird er getragen. Ein offener Kampf dagegen würde nicht nur vielen Menschen weh tun, er würde auch den Kaiser ins Gerede bringen. Also hält sich Germanus unter großen Opfern zurück.“

„Welche Opfer?“

Matasuntha hob den Kopf. „Seine Kinder zum Beispiel. Theodora nimmt jedem von ihnen übel, dass es nicht von ihr ist. Justiniana zum Beispiel hat längst jeden Respekt vor ihrem Vater verloren, ja, sie verabscheut ihn, weil er nichts gegen die Kaiserin unternimmt.“

Immer wieder kam ich bis zu diesem Punkt – und dann stand ich in einer argumentativen Sackgasse. Es musste für all diese aufgewühlten Emotionen doch eine Erklärung geben. Ich machte einen Schritt auf sie zu. „Entschuldigt, wenn ich noch einmal nachfrage. Was hat den Hass der Kaiserin ausgelöst?“

Matasuntha hielt plötzlich eine kleine Glocke in der Hand und läutete nach dem Diener. Trotzdem antwortete sie mir: „Ich weiß es nicht. Es hat irgendetwas mit Nika zu tun! Mehr kann ich dazu auch nicht sagen. Ich muss mich hier vor allem um mich selber kümmern."

Ich bekam auf einmal Respekt vor dieser Frau, die versuchte, als Ostgotin in der Fremde zu überleben, nachdem sie mit all ihren Machtplänen gescheitert war. Erst war sie, die Enkelin des gefürchteten Theoderich, gegen ihren Willen mit Witigis verheiratet worden, und ihr ehrgeiziger Plan, das Beste aus dieser Situation zu machen, würde in einer neuen Zweckehe enden, in der ihr Ehemann nach kurzer Zeit ermordet wurde. Ich schätzte sie von ihrem Aussehen her auf Ende 30, denke aber inzwischen, dass sie älter sein muss. Eine gebildete Königin ohne Königreich, ohne Einfluss, ohne Freunde und trotzdem mit einem ungebrochenen Blick. Ich schämte mich jetzt dafür, dass ich sie am Anfang unseres Gespräches verachtet hatte.

Sie schien das zu spüren und lächelte mir zu: „Ihr kommt nicht von Totila, nicht wahr?"

„Wieso denkt Ihr das?"

Sie senkte die Augenlider und sah nachdenklich unter sich. „Totila bittet nicht, er befiehlt. Er hätte mir keinen Vorschlag unterbreitet, sondern Erwartungen diktiert. Ich weiß nicht, wer Ihr seid, und doch habt Ihr mir Mut gemacht, mir das Angebot Theodoras durch den Kopf gehen zu lassen. Wenn Ihr mehr über Germanus wissen wollt, solltet Ihr mit meinem Diener Symmachus reden. Er hat Nika erlebt, während ich damals noch weit, weit im Westen war. Allerdings kommt er erst morgen von einem der Güter wieder, die er für mich diese Woche inspiziert hat."

Sie entließ mich mit einer freundlichen Geste. Und ich ärgere mich, dass ich den nächsten Tag dieses Jahres leider nicht erleben werde. Ich werde aufwachen und es wird wieder ein Jahr früher sein.

540

Wenn Matasuntha, die inzwischen wieder, das heißt noch bei ihrem Ehemann Witigis weilt, Recht hat, dann wäre Theodora niemals auf die Idee gekommen, Germanus zu töten. Sie würde sich wünschen, dass er auf allen vieren zu ihr gekrochen käme, in dieser erniedrigenden Pose um Verzeihung bäte und ihr seine Liebe gestünde. Die Ostgotin selber hatte geplant, ihren zukünftigen Gatten auszuhorchen, für sie gab es daher keinen Grund, die Informationsquelle zu beseitigen, die für Totila und ihr Volk so erfrischend sein konnte. Oder war Germanus nach der Hochzeit in seinem Liebesleben tatsächlich zu fordernd gewesen? Oder gerade nicht? Hatte Matasuntha etwas herausbekommen, das sie zu einer solchen Tat verleiten konnte? War vielleicht die Anständigkeit des Germanus nur ein Deckmantel, unter dem er all die Aggressionen auslebte, die seine Stellung mit sich brachte? Ließ er den Druck, unter dem er durch die Anfeindungen Theodoras stand, an seinen engsten Vertrauten ab? Oder besaß er im Jahr 550 irgendwelche vertraulichen Kenntnisse, die ihm zum Verhängnis wurden?

Ich hatte eine Woche lang versucht, Germanus zu treffen, aber er verbrachte das Jahresende in der Regel bei seinen Truppen oder seinen Eltern, so dass ich ihn nicht im Palast begegnete. Langsam wurde ich unsicher, denn der Abstand zum Tag des Mordes wurde größer und größer. Wie eine Woge drängte sich die Zeit zwischen mich und meine Versuche, diesen Mord aufzuklären.

Auch Symmachus war immer genau an dem Tag, den ich in einem Jahr verbrachte, nicht anzutreffen. Misstrauisch macht mich allerdings die Tatsache, dass alle meine Bemühungen, Näheres über ihn zu erfahren, scheiterten. Keiner in diesem geschwätzigen Palast weiß etwas über den hochnäsigen Sklaven mit dem vernarbten Gesicht. Zumindest nichts wirklich Entscheidendens. Er tauchte kurz nach der Ankunft Matasunthas auf, haarlos, heruntergekommen und verlumpt. Und doch gelang es ihm sehr schnell, die traurige Gefangene so für sich einzunehmen, dass sie ihn nach kurzer Zeit zum Obersten ihrer Diener machte. Vielleicht weil beide auf ihre Weise unter dem Dasein litten. Ein Pferdepfleger war sich sicher, dass Germanus die Aufnahme des Mannes gefördert habe, konnte mir aber nicht sagen, was ihn zu dieser Überzeugung gebracht hatte. Er hatte sich nur darüber gewundert, weil Symmachus einmal im angetrunkenen Zustand wütend herumgebrüllt hatte, Germanus hätte die Katastrophe von Nika verhindern können, wenn er nur gewollt hätte.

Heute Morgen fuhr es mir durch den Sinn: *Jetzt ist Germanus schon zehn Jahre tot.* Als wolle mein Verstand nicht akzeptieren, dass ich in die Vergangenheit reise. Wie der Trauernde, der nicht wahrhaben will, dass ein geliebter Mensch nicht mehr da ist, klammere ich mich an eine verlorene Zeit. Germanus ist in der Blüte seines Lebens. Er wird noch zehn Jahre leben und hat noch so viel vor sich. Ich dagegen bin erst vier Jahre meines Daseins in die Vergangenheit unterwegs und weiß schon lange nicht mehr, wohin ich gehöre. Möglicherweise interessiere ich mich gerade deswegen so sehr für diesen verschlossenen byzantinischen Feldherrn: Obwohl ich noch kein Wort mit ihm gewechselt habe, ist er für mich ein Freund geworden.

Ich bin erstaunt, dass ich einen solchen Satz niederschreibe, aber er ist wahr. Während die kurzen Begegnungen mit Van Dyck und Odo – ja, die mit Adelheid zählt ebenfalls dazu – durch ihre Bedeutung für mein jeweiliges Gegenüber und auch durch eine spontane Zuneigung der Beginn einer großen Freundschaft hätten sein können, blieben sie doch nur erste Annäherungen. So wie man einen fremden Menschen auf einer Party trifft, dessen Lachen, dessen ganze Art so sympathisch ist, dass man sich sofort angezogen fühlt. Mit einer solchen Person kommt man erstaunlicherweise schnell ins Gespräch. Man unterhält sich einen Abend lang angeregt, entdeckt verblüfft Gemeinsamkeiten und harmoniert auf eine ungekannte Weise. Alles passt: der Humor, die Werte und die Träume, sogar der Geschmack. Und dann erfährt man kurz vor dem Auseinandergehen, dass der andere in Papua-Neuguinea lebt und nur kurz auf Heimaturlaub ist.

So wird trotz aller guten Vorsätze aus der Begegnung keine Freundschaft. Es gibt ein neugieriges Ich und ein Neugier erweckendes Du, aber kein Wir, denn man hat nichts zusammen erlebt, durchlitten, geteilt oder geplant, was einen dauerhaft verbinden könnte. Freundschaft gibt es nur da, wo man eine gemeinsame Geschichte hat. Meist prallen aber einfach zwei Geschichten aufeinander. Und so bleibt jeder nachher so einsam, wie er es vorher war. Zwei Wolken, die zusammenfließen, aber kein Wasser mehr aufnehmen, so dass ihnen nichts übrig bleibt, als sich gemeinsam in der Sonne aufzulösen.

Mit Germanus und mir ist das zumindest von meiner Seite aus anders. Ich teile die Geschichte des Mannes, auf den der Tod schon lange seine Hand gelegt hat. Er ist mir auf erschreckende Weise vertraut. Vielleicht, weil ich weniger über seine kriegerischen und gesellschaftlichen Verdienste weiß als über seine Ängste und Hoffnungen. Mich interessiert nicht sein öffentliches Auftreten oder seine gesellschaftliche Stellung, mich beschäftigen die Motivationen dahinter: Warum lebt dieser Mann so, wie er lebt? Ich glaube nicht, dass ich jemals über einen Menschen so viel Persönliches erfahren habe wie über diesen antiken Politiker. Was hätte aus den Beziehungen zu meinen beiden Freundinnen werden können, wenn ich ebenso viel Zeit in sie investiert hätte wie in diesen byzantinischen Feldherrn, der nicht einmal ahnt, dass ich existiere!

Habe ich deshalb auch so verbissen nach Lukian geforscht? Weil ich einen Freund gesucht habe? Einen Freund, der sich gegen die Freundschaft nicht wehren kann, der einem aber immer vertrauter wird? Monatelang saß ich in Bibliotheken, um einem Wildfremden auf die Spur zu kommen, während sich Anna zu Recht vernachlässigt fühlte. Plötzlich wird mir klar, dass ich mich die meiste Zeit meines Lebens mehr mit den Toten als mit den Lebenden beschäftigt habe. Historische Quellen und biografische Bezüge waren mir wichtiger als die Leidenschaften meiner Freunde. Vielleicht weil die Figuren der Vergangenheit im Nachhinein berechenbarer sind. Was sie getan haben, wird nicht mehr durch Kurzschlusshandlungen in Frage gestellt. Außerdem zwingen die Toten einen nicht dazu, sich selbst zu verändern. Dagegen habe ich noch keinen Lebenden getroffen, der nicht über kurz oder lang angefangen hätte, mir gute Ratschläge für mein Leben zu geben. Tote sind die bequemeren Freunde. Warum wundere ich mich da eigentlich noch, dass meine Beziehungen nie lange hielten?

Hat nicht Jesus gesagt, man solle die Toten ihre Toten begraben lassen? Endlich weiß ich, was er damit meint: Wer sich zu viel mit den Toten beschäftigt, der stirbt selber, der lässt sich von ihnen hinabziehen in eine Welt, in der schon alles abgeschlossen ist. Denn das, was zu Ende ist, taugt nicht für die Zukunft. Wer leben will, der muss sich von den Toten lösen. Mich fröstelt, wenn ich überlege, wie viel Zeit ich mit Toten verbracht habe. Der Tod ist kein Ziel. Das erklärt auch, warum Jesus die Frauen an seinem Grab ungehalten fragt: „Was sucht ihr den Lebenden bei den Toten?" Leben findet man nicht bei den Toten. Aber wo dann?

Am Horizont sind Wolken aufgezogen und nähern sich wie ein feindliches Heer. Schon ist ein dumpfes Grollen zu vernehmen, mehr zu spüren als zu hören. Sollte ich nicht lieber weiterziehen, anstatt hier vergeblich einen Mörder zu suchen, der vielleicht im Jahr 540 noch gar nicht am Hof war? Nein, ich werde weitermachen. Ich habe mir fest vorgenommen, endlich einmal eine selbst gestellte Aufgabe zu bewältigen. Ich will nicht leichtfertig aufgeben. Aber ich darf mich auch nicht in einem seltsamen Labyrinth verirren, dass möglicherweise überhaupt keinen Ausgang hat.

Warum beschwere ich mich eigentlich? Im Prinzip geht es mir doch gut. Trotz all meiner Zweifel und Unergründlichkeiten genieße ich dieses Leben seit vielen Jahrhunderten. Odos Vorschlag, Jesus zu befragen, hat eine unendlich schwere Last von mir genommen. Denn während ich vorher jeden Tag eine Antwort auf meine Fragen erfleht und herbeigesehnt habe, bin ich nun sehr ruhig geworden. Ich habe Zeit bis zur Begegnung mit Jesus – und hoffe nur, dass es nicht zu leichtfertig ist, von einem im Nachhinein so verklärten Wanderprediger alles zu erhoffen. Und doch bin ich voller Vertrauen. Es hat mir jedenfalls sehr gut getan, nach meinem Entschluss, nach Jerusalem zu wandern, von Ort zu Ort zu laufen und den Menschen zum ersten Mal unbefangen begegnen zu können. Und das heißt vor allem: ohne sie ausschließlich als Mittel zum Zweck anzusehen. Einfach weil sie da sind.

Mir fiel nämlich irgendwann auf, dass ich die Menschheit während der ersten Hälfte meiner Zeitreise unbewusst in zwei Gruppen eingeteilt hatte: in diejenigen, die möglicherweise eine Antwort für mich haben könnten oder mir zu ihr verhelfen sollten, und diejenigen, die für mich zu nichts nutze sind. Jeder konnte *für* mich oder *gegen* mich sein, und ob er das war, lag nur daran, wie sehr ich ihn gebrauchen konnte. Erst als ich ein Ziel gefunden und dieses simple Schema abgelegt hatte, erkannte ich, welche Behinderung es gewesen war. Wer Menschen nur auf ihren Nutzen hin bewertet, nimmt sie gar nicht mehr wahr. Ich erkannte, wie eingeschränkt ich kommuniziert hatte. Und wie viel Verachtung, Egoismus und Dummheit darin gelegen hatte. Nun kam etwas Neues in mein Leben: Seit langem sprach ich mit Menschen wieder einmal um ihrer selbst willen und nicht um meinetwillen. Eine beglückende Erfahrung: einfach zuhören und reden, ohne nach dem persönlichen Vorteil zu fragen, nur genießen, weil das Leben auch des einfachsten Menschen reich ist. Es war, als hätte ich nach vielen Jahren des unscharfen Sehens eine Brille bekommen. Alles wirkte auf einmal klarer, kontrastreicher, akzentuierter. In den Bildern, die mich jetzt überfluteten, bemerkte ich unendlich viele kleine Details des Daseins, die mir vorher in meiner verschwommenen Wahrnehmung verborgen geblieben waren.

In dieser Stimmung war ich von Cluny aufgebrochen.

So war ich von Augustodinum über Verona, Patavium, Aquileia und Sirmium nach Naissus gewandert. Dort blieb ich zwei Monate in einem Kloster, während ich es vorher immer nur einige Tage auf Baustellen ausgehalten hatte. Als die Blätter über die Felder geweht und die Straßen zunehmend unpassierbarer geworden waren, hatte ich mich endlich von den stillen Brüdern losreißen können und war nach Byzanz aufgebrochen.

Ich muss heute Abend weiterschreiben, denn in wenigen Minuten bin ich zur Audienz bei der Kaiserin zugelassen. Zum Glück weiß ich längst, welchem Beamten man wie viel Geld zustecken muss, um Einlass zu finden. Ich habe mich als ligurischer Historiker angemeldet, der ein großes Werk über Nika schreiben will. Nun denn!

Ich war verblüfft. Theodora, die ich nie gesehen hatte, war nicht die großgewachsene, verführerische und damenhafte Kaiserin meiner Fantasie, sondern eine eher kleine Frau mit harter Mimik. Jeder Gesichtsausdruck ihres schmalen Gesichtes wirkte wie gemeißelt. Noch blitzten an einigen Stellen Spuren einer früheren Schönheit auf, einer burschikosen Forschheit, die viele Männer herausfordert, aber in all dem war keine Weichheit und keine Verbindlichkeit. Sie sah aus wie ein Marathonläufer vor dem Start, der alle Muskeln perfekt unter Kontrolle hat und doch nur darauf wartet, dass das Signal zum Loslaufen gegeben wird. Auf ihrer purpurnen Seidentunika steckten zwei Gemmen mit dem Siegel der Kaiserfamilie.

Sie ließ mich erst einige Minuten warten, bevor sie das Wort an mich richtete. Endlich blickte sie von dem Text auf, in dem sie gelesen hatte, und betrachtete mich in aller Ruhe: „Warum lässt du das Vergangene nicht da, wo es ist? Wer möchte sich noch an die düsteren Zeiten von Nika erinnern?"

Ich wagte nicht, ihr ins Gesicht zu sehen, und fixierte die Fransen der Decke, auf der sie lag. Ruhig entgegnete ich: „Nun, wenn wir verstehen, warum etwas geschehen ist, können wir versuchen, es beim nächsten Mal besser zu machen. Wenn wir nichts daraus lernen, kommt das Unheil immer wieder."

Sie lachte, aber das Lachen klang kalt und abweisend. „Das tut es doch auch so! Abgesehen davon: Wen interessiert ein gescheiterter Volksaufstand, der von machtgeilen Wagenlenkern inszeniert wurde? Glaubst du tatsächlich, irgendjemand hätte damals das Wohl der Armen im Sinn gehabt? Die verschiedenen Gruppen wollten sich bereichern, das ist alles. Man sollte das nicht wichtiger nehmen, als es in Wirklichkeit war. Schon im Paradies waren die Menschen unzufrieden und das ändert sich auch nicht mehr. Aus Habgier und Orientierungslosigkeit wollen sie Gottes Ordnungen umstoßen, ohne zu wissen, was danach kommt. Glaub mir, ich weiß, wovon ich spreche. Also gibt es keinen Grund, darüber zu schreiben."

Ihre Sätze kamen, während sie sprach, immer schneller und flacher aus ihrem Mund, der wie ein Geschütz auf mich gerichtet war. Vorsichtig hob ich den Blick und sagte: „Es tut mir Leid, wenn meine Bemerkung Euch erregt hat. Allerdings verstehe ich nicht, warum Ihr so erbost seid."

Sie schrie und richtete sich auf: „Warum ich erbost bin? Das kann ich dir sagen: Weil ich weiß, was nachher in deinem Bericht stehen wird: Die Kaiserin Theodora ließ im Jahr 532 im Hippodrom 30 000

Aufständische brutal von den Truppen niedermetzeln. Und keiner wird fragen, warum."

Ihre plötzliche Aggressivität überraschte mich diesmal wirklich. Ich bemühte mich aber, gelassen zu bleiben: „Dann sagt mir, warum!"

Wieder räusperte sie sich. Offensichtlich hatte sie vor Erregung ihre Stimmbänder nicht mehr im Griff: „Dieser Entschluss wurde nicht gefasst, weil ich davon profitiert hätte. Auch nicht, weil ein fliehender Kaiser nach unseren Gesetzen mitsamt seiner Familie hingerichtet werden muss – ich hatte in diesen Tagen überhaupt keine Angst. Das Ganze musste sein, weil diese Tat das kleinere Übel war, jede andere Entscheidung hätte noch mehr Elend über unser Land gebracht. Der ewige Friede mit den Persern stand kurz vor dem Abschluss. Wäre Justinian abgesetzt worden, dann wäre es auch nicht zu einem Friedensvertrag gekommen und in den anschließenden Kriegen hätten noch viel mehr Menschen ihr Leben verloren. Eine Kaiserin darf nicht nur die Toten zählen, sie muss diejenigen zählen, denen sie das Leben gerettet hat. Außerdem wäre das gesamte Wirtschaftssystem zusammengebrochen, wenn sich die Aufständischen durchgesetzt hätten. Kannst du dir vorstellen, wie groß die Not und der Hunger dann gewesen wären? Man darf keinesfalls nicht vergessen, dass sich in diesem Aufstand zwei ursprünglich verfeindete Parteien zusammengeschlossen hatten. Die hätten sich niemals auf eine Regierung geeinigt und das Land wäre im Bürgerkrieg versunken."

Jetzt musste ich mich räuspern. „Aber war es denn nicht möglich, vor dem Befehl zur Niederschlagung des Aufstands mit den Anführern zu verhandeln?"

Sie zerknüllte vor Erregung das Manuskript in ihren Händen, schien es jedoch nicht zu bemerken: „Worüber denn? Sie hatten doch bereits am Nachmittag im Hippodrom diesen Hypatius als Gegenkaiser ausgerufen. Große Teile des Palastes und der Hagia Sophia standen in Flammen und die politischen Gefangenen waren gewaltsam befreit worden. Überall tobten Straßenschlachten. Das wäre wohl kaum der Moment für Verhandlungen gewesen. Außerdem hatte Justinian doch schon drei Tage vorher die beiden Minister entlassen, deren Absetzung die Menge gefordert hatte. Sowohl der Justiz- als auch der Finanzminister waren entmachtet worden. Mehr konnte mein Mann nicht tun. Ein Kaiser ist doch kein Befehlsempfänger der Massen. Er ist den Aufständischen immer und immer wieder entgegengekommen, aber sie wollten nicht hören."

„Warum nicht?"

Theodora verzog den Mund zu einem hämischen Grinsen: „Was weiß ich? Weil sie beschränkt und größenwahnsinnig waren. Außerdem sprachen sie ja die ganze Zeit davon, dass sie ein Zeichen Gottes erlebt hätten. Sie waren fest überzeugt, dass Gott auf der Seite des Aufstands sei, sie also mit heiligem Recht all ihre Forderungen vorbrächten."

Ich schaute sie fragend an. Sie bemerkte meinen Blick und fuhr widerwillig fort: „Es ging um diese unselige Geschichte mit den Seilen. Justinian hatte zu Beginn der Unruhen aus Gründen der Gerechtigkeit Führer beider politischer Parteien zum Tode verurteilt. Doch dann riss dreimal hintereinander der verdammte Strick, mit dem die Kerle gehängt werden sollten. Es waren brandneue Taue – und trotzdem rissen sie. Beim dritten Mal stürmte die aufgebrachte Menge den Platz und die Verurteilten suchten Asyl in der Kirche. Dem Pöbel gab das natürlich neuen Mut. Die Kunde davon, dass Gott angeblich selbst eingegriffen habe, um den Männern zu helfen, wirkte wie ein Zaubertrank. Von diesem Tag an trug jeder der Aufständischen ein kleines Seil um die Hand, um diesen angeblichen Segen bei sich zu tragen. Auf blasphemischste Art und Weise wurden die verschonten Großmäuler, die den Tod mehr als verdient hatten, mit Daniel in der Löwengrube und mit Paulus im Gefängnis verglichen. Und wir hatten das Problem, dass es zwar einfach ist, gegen eine Horde undisziplinierter Aufrührer vorzugehen, dass es aber sehr schwer wird, wenn diese auf einmal Heilige unter sich haben und aus einem Volksbegehren einen Glaubenskrieg machen."

Ich schwieg und lauschte dem Rascheln von Theodoras Gewändern. Dann erinnerte ich mich, warum ich hier war, und fragte weiter: „Hattet Ihr diese Hinrichtung auch angeordnet?"

Zum ersten Mal schien sie wirklich erstaunt zu sein. „Nein, das war der Kaiser selbst. Da siehst du, dass ich friedliche Lösungen jederzeit vorziehe. Ich habe Justinian von Anfang an gesagt, er solle die Parteien nicht reizen."

Das Wort „reizen" sprach sie so aus, als wolle sie mich warnen, aber ich konnte mich nicht beherrschen: „Aus Barmherzigkeit oder weil Ihr wusstet, dass sie sich danach verbünden und erst recht gefährlich werden würden?"

Ein Ruck lief durch ihren Körper. Sie hob den Kopf, räusperte sich und war wieder ganz Kaiserin: „Du vergisst, mit wem du sprichst."

Ich senkte den Blick: „Verzeiht, ich möchte nur die Wahrheit herausfinden. Wollte Justinian den Aufständischen denn am 18. Tag des Januarius, als er sie ins Hippodrom einlud, noch ein Angebot machen, oder war der Hinterhalt schon geplant?"

Wieder schrie sie erbost auf: „Na, bitte! Jetzt heißt es schon ‚Hinterhalt‘. Ich warne dich! Es ging damals nicht um einen kleinen Überfall oder einen Sklavenaufstand, sondern um einen Krieg. Wenn das Volk dem Herrscher den Krieg erklärt, dann bekommt es die Macht der Armee zu spüren. Mir war das von Anfang an klar. Nur Justinian ist viel zu weich. Er war an diesem verfluchten Tag sogar bereit, einige Vertreter der Aufständischen dauerhaft in die Ratsversammlung aufzunehmen. Aber sie haben ihm ja nicht einmal mehr zugehört. Es erstaunt mich, dass alle immer nur über die 30 000 Toten reden. Diese Männer wollten die Welt nicht nur verändern, sie wollten sie in die Barbarei stürzen; alles war bedroht: der Bestand des Reiches, die Zukunft des Kaisertums und die Fundamente unserer Gesellschaft. Das durfte nicht passieren. Auch wenn man ihn, seit die Schule von Athen geschlossen wurde, nicht mehr so gern zitiert – schon Platon hat gesagt: ‚Man lässt doch keinen Esel regieren.‘“

Ich spürte, dass ich jetzt sehr zurückhaltend sein musste. „Warum hat der Kaiser General Belisar den Angriff nicht selbst befohlen?“

„Er hatte Skrupel, weil er nicht weit genug gedacht hatte. Außerdem stand er unter dem schlechten Einfluss seines Neffen Germanus, der ihn unter allen Umständen davon abhalten wollte, die Truppen einzusetzen.“

Ich wurde hellhörig: „Germanus war für eine gewaltfreie Lösung?“

Theodora nahm einen neben ihr stehenden Becher und trank daraus. Sie versuchte, sehr ruhig zu wirken, doch das Funkeln der Edelsteine auf ihren Ringen zeigte, wie sehr ihre Hand zitterte.

„Ach, er fantasierte etwas von gemäßigten Kräften, mit denen man reden könne und die sich schon bereit erklärt hätten, den Gegenkaiser wieder zurückzurufen. Seiner Meinung nach sei dieses Plebejerwuten eine Chance für das Reich. Dieser Trottel! Wenn es nach Germanus gegangen wäre, dann hätte Justinian klein beigegeben und den nächsten Tag wahrscheinlich nicht mehr erlebt. Ich musste die Entscheidung daher selbst fällen. Es gibt Momente, in denen man nicht mehr endlos diskutieren kann, sondern handeln muss.“

Ein absurdes Bild tauchte vor mir auf: der Kaiser zwischen Germanus und Theodora, die jeweils mit aller Gewalt an einem seiner Arme zogen und versuchten, Justinian auf ihre Seite zu bringen. Und plötzlich kam mir ein grauenvoller Verdacht. Waren 30 000 Menschen gestorben, weil eine selbstsüchtige oder verletzte Frau ihrem Erzfeind eine Schlappe beibringen wollte? Mein ganzer Körper brannte und bedeckte sich zugleich mit einer Gänsehaut. Es konnte doch nicht sein, dass eine aufgebauschte Eitelkeit solche Auswirkungen hatte. Oder doch? War es in der Geschichte jemals anders gewesen? Meine Nackenhaare sträubten sich.

Ich stand stumm vor der Kaiserin, die mein Schweigen offensichtlich als Anklage deutete, denn sie sprach erbost weiter: „Ein Mann hat auf seine Frau zu hören, nicht auf seinen Neffen. Ich werde es Justinian nie erzählen, aber ich habe später erfahren, dass Germanus schon am 8. Tag des Januarius mit den Führern der Parteien zusammengetroffen ist. Drei Tage später begann der Aufstand. Verstehst du jetzt: Germanus hat seinen Kaiser verraten. Wahrscheinlich sollte er ihn den Horden ans Messer liefern. Und nur darum wollte er die Aufständischen verschonen. Ich war in diesem Augenblick die Einzige, die das Wohl des Reiches im Sinn hatte."

Gegen alle Etikette sah ich ihr direkt ins Gesicht: „Ihr meint, Germanus steckte mit hinter dem Aufstand?"

Sie zögerte einen winzigen Augenblick, dann fuhr sie umso sicherer fort: „Germanus ist kein loyaler Untergebener. Er wollte noch nie gehorchen. Und er erlaubt sich ein Verhalten gegenüber der Kaiserfamilie, das nur so von Aufmüpfigkeit strotzt. Jedenfalls musste ich den Einsatz der Truppen befehlen, um seine Bösartigkeit zu bremsen und ihm und seinen dreckigen Genossen zu zeigen, wer im Palast das Sagen hat."

Fast hätte ich vergessen, dass man in Anwesenheit der Kaiserin zu stehen hat, so schwach fühlte ich mich. Leise murmelte ich: „30 000 Menschen starben, halb Byzanz brannte ab und die Abgabenlast des Volkes wurde erhöht, weil Ihr Germanus zeigen wolltet, wer das Sagen hat?"

Ihre Augen wurden schmal: „Sei dankbar, dass du ein Gast meines Mannes bist, sonst würde ich dich auf der Stelle aufhängen lassen. Was versteht ein Schreiberling wie du von Politik? Wage es nicht, in deinem Bericht zu behaupten, dass ich für das Massaker verantwortlich bin: Dann wird es keinen Ort der Welt geben, an dem ich dich nicht finden und vernichten kann. Und jetzt verschwinde. Raus!"

Ich taumelte hinaus.

532

Die Arena lag verlassen wie ein gestrandetes und voller Sand gelaufenes Schiff in der Nachmittagssonne und ich blieb überwältigt am Eingang des langgestreckten Hippodroms stehen. Von den Tribünen fielen schwere Schatten auf die Wettkampffläche, die zu dieser Tageszeit menschenleer war. Nur zwei gräuliche Eidechsen zogen vor meinen Füßen schlingernd ihre Bahn. Die Spuren vergangener Rennen reichten fast bis an die Spina, die Mittelkonsole der Strecke, die auf 390 Metern Länge den Platz teilt. Im Nordosten der Bahn grinste mich die Porta Triumphalis wie ein eckiger Totenschädel an. Dort befinden sich die Quartiere der Rennparteien, der Demen. Die nach den Farben ihrer Pferdegespanne benannten Gruppen genießen in Byzanz nicht nur Kultstatus, sie nutzen seit längerem ihren Einfluss auf das Volk auch für politische Zwecke.

In dem geschützten Raum der Sportstätten treffen sich die Intellektuellen und Unzufriedenen dieser Zeit. Das ist so, dachte ich, als ob die Eintracht Frankfurt auf einmal das Waldstadion zu einem Forum der außerparlamentarischen Opposition und ihren Trainer zum Bürgermeister machen wollte. Bislang hatte Justinian allerdings von der Uneinigkeit der Parteien profitiert. In Byzanz streiten seit vielen Jahren die Blauen mit den Grünen. Ob die Grünen des 20. Jahrhunderts wissen, dass ihr Name schon im 6. Jahrhundert für eine kleine Revolution verantwortlich war? Die Blauen beherrschten mit der Duldung Justinians die Straßen, was nichts anderes bedeutete, als dass sie als Schlägerbanden und Milizen eine mafiaartige Kontrolle über die Stadt hatten. Und wenn meine Recherchen richtig waren, dann würde Germanus heute, am 8. Januar, in der *Porta Thriumphalis* den Führern der Parteien einen Besuch abstatten. Es war wahrscheinlich meine letzte Chance, ihn zu treffen.

Der Mord würde zwar erst in 18 Jahren stattfinden, trotzdem war ich überzeugt, dass der Schlüssel zu allem, was dieses Leben prägen würde, hier zu finden war. Außerdem hatte ich Germanus in den vergangenen acht Jahren niemals treffen können. Es war für mich als Eintagsbesucher nicht möglich gewesen, zu ihm, dem Senator und General, vorzudringen. Selbst die Bestechungsgelder, die mich immerhin zur Kaiserin gebracht hatten, versagten. Zweimal stand ich bereits vor seinen Gemächern, wurde dann aber von einer rigiden Privatwache vertrieben. Möglicherweise hatte er sich deshalb so verbarrikadiert, weil er in ständiger Angst vor Theodora lebte.

Ich lief an der vordersten Sitzreihe entlang und sah plötzlich die 30 000 Toten vor mir, die in zehn Tagen hier im Hippodrom liegen würden; 30 000 Frauen und Männer, die jetzt noch lachten oder fluchten, ihren Geschäften nachgingen oder an die kommende Liebesnacht dachten. Noch nie hatte ich so sehr das Bedürfnis, die Geschichte zu verändern wie jetzt. Ich fühlte mich hilflos und wusste doch, dass ich nichts würde tun können. Oder doch? War das vielleicht der Grund für meine Reise? Sollte ich eine der größten Gräueltaten der Weltgeschichte verhindern? Aber wenn ich es täte, was käme dann für eine Zukunft? Wenn 30 000 Menschen am Leben bleiben, dann zeugen sie unzählige Nachkommen, die alle auf ihre Weise Einfluss auf das Weltgeschehen haben werden. Ich würde, wenn ich denn tatsächlich etwas tun könnte, nicht nur ein Massaker in Byzanz abwenden, sondern das Weltgeschehen an sich nähme eine Wende.

Mir fiel hier auf den Tribünen des Hippodroms ein, dass ich einmal in Offenbach an einer provokanten Podiumsdiskussion teilgenommen hatte, bei der einer der Referenten behauptete, man könne letztlich bewusst überhaupt nichts Gutes tun. Ich war damals 16 und ungeheuer idealistisch, sprang zornig auf und rief lauter vermeintliche Beispiele für gute Taten in den Raum. Doch er lachte nur und widerlegte alle Vorschläge mit dem geschickten Argument „Wer weiß, was sonst passiert wäre?" Einer der Wortwechsel verfolgt mich noch heute. Als ich behauptete, ein hungerndes Kind zu füttern sei doch wohl eine gute Tat, antwortete er: „Vielleicht, vielleicht aber auch nicht. Wäre der Hunger des Kindes nicht gestillt worden, hätten die Eltern des Kindes möglicherweise an diesem Tag den Entschluss gefasst, an einen anderen Ort zu ziehen, an dem es mehr zu essen gibt. So aber bekam das Kind bald wieder Hunger und starb elendig, weil nun auch die Eltern zu schwach zum Fortgehen waren. Die vermeintlich gute Tat könnte also das Leiden verlängern." Ich war damals rhetorisch noch nicht versiert genug, sonst hätte ich mich nicht so einfach niederargumentieren lassen. Dennoch taucht immer wieder in Momenten wie diesem der Gedanke auf, ob der Lauf der Welt nicht viel schlimmer wird, wenn ich eingreife. Und doch wurde mir im gleichen Augenblick, in dem ich darüber nachdachte, klar, dass ich die Parteien warnen würde. Ich hätte mich sonst zeit meines Lebens für den Tod von 30 000 Menschen verantwortlich gefühlt.

In jedem Gebäude hing der Geruch der Pferde in den Ritzen. Alles schien verlassen zu sein. Ich stieg zögernd die Treppe hinauf, fand aber nur verlassene Ruheräume, in denen vergessene Kleidungsstücke herumlagen. In dem Lichtschein, der durch das Fenster fiel, tanzten Staubkörner wie in einem eigenen Universum. Enttäuscht wollte ich wieder gehen, als plötzlich sehr gedämpft Stimmen zu hören waren. Ich hielt die Luft an, um mich konzentrieren zu können, und lief dann mehrmals in verschiedene Ecken der langgestreckten Stallungen, bis ich endlich sicher war, dass die verhaltenen Stimmen lauter wurden. Das Gemurmel führte mich in eine Ecke, in der zwei alte Pferdewagen vor sich hin moderten. Erst dachte ich, die Männer säßen geduckt in den Gefährten, bis mir klar wurde, dass die Stimmen aus dem Boden drangen. Leise wischte ich das Stroh zu Seite und fand eine kleine Falltür. Ich öffnete sie und ließ mich in das Loch gleiten, in dem meine Füße bald auf ein Holzgestell stießen, von dem aus man hinunter auf den Boden klettern konnte. In dem winzigen Gewölbe herrschte eine feuchte Atmosphäre, in der das Gespräch wesentlich besser zu hören war. Doch noch immer konnte ich nur einzelne Worte verstehen. So kroch ich langsam vorwärts, bis ich zu einem Gang kam, der von zwei kleinen Fackeln spärlich erhellt wurde. Nach etwa zehn Metern verzweigte sich der Korridor, und ich konnte hören, dass die Gesprächspartner hinter dieser Ecke standen. Ich lehnte mich in eine Nische und lauschte.

„Das wird er niemals mitmachen!“

„Warum nicht? Er muss doch nur dafür sorgen, dass sich die Truppen heraushalten, dann kann uns nichts passieren.“

„Er ist der Neffe Justinians.“

„Aber er will mehr Gerechtigkeit, das hat er gesagt.“

„Gerechtigkeit durch Gesetze und Ordnungen, nicht durch Gewalt.“

„Wie man mit Hilfe der Gesetze die Ungerechtigkeit in Recht verwandeln kann, haben wir ja erlebt. Was die Minister treiben, ist doch alles legal. Aber es ist trotzdem Unrecht.“

„Genau deswegen will Germanus das Volk in Bewegung bringen, aber einen Aufstand wird er nicht unterstützen.“

„Wie willst du denn die Menschen aufhalten, wenn sie erst einmal angefangen haben, über ein besseres Leben nachzudenken? Außerdem: Wir können sie nur mobilisieren, wenn wir ihnen richtige Veränderungen versprechen. Für neue Gesetze werden sie nicht auf die Straße gehen. Sie wissen ja nicht einmal, was Gesetze sind. Das Einzige, was sie wissen, ist, dass die Steuern jedes Jahr höher werden, so hoch, dass es sich für einen Handwerker kaum noch lohnt zu arbeiten.“

„Oh doch, sie werden gehen, denn die Stimmung ist so schlecht wie noch nie. Wenn es nichts mehr zu verlieren gibt, klammern sich die Menschen an jeden Strohhalm, auch an neue Gesetze.“

„Verstehst du nicht? Genau diese Stimmung müssen wir ausnutzen und selbst die Macht …“

In diesem Augenblick spürte ich die Kälte einer Messerklinge an meinem Hals und erstarrte. Eine Hand packte meine Haare und zog mich daran aus der Nische. Ehe ich etwas sagen konnte, wurde ich um die Ecke und in einen rechteckigen, niedrigen Raum geschoben. Dann erhielt ich einen Stoß, der mich zu Boden warf.

„Wunderbar. Ihr wollt Staatsentscheidungen beeinflussen und lasst euch dabei gleich ausspionieren. Am liebsten möchte ich sofort wieder gehen. Ich habe euch gesagt, dass niemand von diesem Treffen wissen darf. Niemand, versteht ihr. Ich bin und bleibe offiziell neutral. Deswegen bin ich auch durch den Hintereingang gekommen. Und wen finde ich da? Diesen Lauscher."

Die beiden Männer in dem Raum sahen mich verblüfft an. Dem Größeren der beiden fehlten zwei Schneidezähne, während der andere offensichtlich kurzsichtig war, denn er kniff immer wieder die Augen zusammen.

Wütend fluchte der Kleine: „Verflucht, was machen wir denn jetzt?"

Der Druck des Messers verstärkte sich.

„Lasst das mal meine Sorge sein! Um den kümmere ich mich."

Der Mann, der mich gestellt hatte, band mir die Hände auf dem Rücken zusammen. Dann schubste er mich in die Ecke neben der Tür. Jetzt erst sah ich sein Gesicht; es war Germanus. In den weichen Zügen des Jünglings steckte der erwachsene Feldherr wie in einer unvollendeten Statue, bei der der Künstler die endgültigen Formen zwar schon angedeutet, aber noch nicht herausgearbeitet hat.

Wütend sagte er: „Lasst es uns kurz machen. Kann ich mich darauf verlassen, dass ihr die Absetzung von Johannes dem Kappadoker und Tribonianus verlangt? Sie haben als Minister nur falsche Entscheidungen gefällt und sich bereichert."

Der Kleinere der Männer, der offensichtlich der Aggressivere war, streckte sich: „Wir sollen für Euch Politik machen. Aber was haben wir davon?"

Germanus sah ihn so scharf an, dass der Fragende unwillkürlich zurückwich. Der Aristokrat lächelte verächtlich. Dann aber blickte er die beiden Verschwörer sehr ernst an: „Versteht ihr nicht? Ich mache das alles für euch, für das Volk. Dass ich persönlich die beiden unehrenhaften Minister loswerde, ist ein erfreulicher Nebeneffekt, aber darum geht es nicht."

Der Kurzsichtige blickte unzufrieden durch den Raum. „Was machen wir, wenn die Situation eskaliert? Könnt Ihr uns als Soldat und Neffe des Kaisers garantieren, dass die Truppen nicht gegen unsere Demonstranten aufmarschieren werden?"

„Dazu darf und dazu wird es nicht kommen. Haltet ihr euch an die Absprachen, dann werden am Ende nur Sieger auf dem Platz stehen."

„Ich möchte eine Garantie. Gebt uns Euer Ehrenwort als Patrizier."

Germanus atmete schwer. „Ich habe mein Ehrenwort schon gegeben. Und zwar dem Kaiser. Ihm habe ich Treue und Gefolgschaft versprochen. Noch niemals hat jemand aus unserer Familie ein Versprechen gebrochen. Und dazu wird es auch nicht kommen! Solange der Kaiser die Truppen nicht anfordert, geht ihr kein Risiko ein."

Der Kleine kicherte. „Dann kann uns nicht viel passieren, denn es heißt ja, dass Ihr euch auch mit der Kaiserin gut versteht."

Er zwinkerte Germanus verschwörerisch zu, der angewidert den Kopf zur Seite drehte.

Ich trat einen Schritt vor: „Ihr müsst mir zuhören, ich bin ein Seher!"

„Ach", fauchte der Größere und schlug mir ins Gesicht, „ich dachte, ein Zuhörer. Halt's Maul!"

„Bitte!"

Ich blickte Germanus flehend an, der die Männer davon abhielt, weiter auf mich einzuschlagen. Er zog mich an meinem Gewand hoch und drückte mich gegen den Tisch: „Los, du hast nicht viel Zeit."

Ich musste die Nase hochziehen, aus der Blut tropfte. Verzweifelt sagte ich: „Am 11. Tag des Januarius werdet ihr den Rücktritt der Minister fordern. Justinian wird nicht das Heer schicken, aber er lässt euch von den Blauen aus dem Hippodrom treiben und anschließend die Führer beider Seiten zum Tod durch den Strang verurteilen. Die Führer überleben, weil die Stricke reißen. Da sich nun die Parteien verbünden, wird aus der Demonstration ein Volksaufstand. Der Straßenkampf beginnt und er führt tatsächlich zur Entlassung einiger Senatoren. Doch am 18. Tag kommt es bei einer Versammlung im Hippodrom zu einem fürchterlichen Gemetzel. 30 000 Menschen sterben …"

„Na, hör mal an, Fremder, das klingt ja wie eine Nachschrift zur Apokalypse …"

Plötzlich trat ein junger Mann in den Raum, der offensichtlich draußen meine gehetzte Rede mit angehört hatte. Er hatte eng beieinanderliegende Augen, die ihm ein etwas verschlagenes Aussehen gaben, und trug schulterlange Haare.

Der Kurzsichtige begrüßte ihn freudig: „Hypatius!"

Ich stammelte: „Der Gegenkaiser!"

„Keine schlechte Idee", spottete Hypatius und blickte mich lauernd an, „wer ist dieser Spinner?"

Germanus spielte mit seinem Ring. Nachdenklich nickte er dem Neuankömmling zu: „Ich habe ihn erwischt, als er unser Gespräch belauschen wollte. Und er behauptet, die Zukunft zu kennen."

Hypatius spuckte auf den Boden: „Und zufälligerweise soll uns seine Weissagung von unserem Vorhaben abhalten. Da müssen sich deine Auftraggeber schon etwas Besseres einfallen lassen."

Ich ahnte plötzlich, dass mir hier keiner glauben würde, trotzdem rief ich: „Wollt ihr den Tod von 30 000 Menschen verantworten?"

Hypatius wurde plötzlich ernst: „Schön wäre es, wenn überhaupt so viele Leute auf die Straße gingen. Aber selbst wenn es zu einer solchen Katastrophe käme: Hier geht es nicht um den Einzelnen, hier geht es um den Bestand des Reiches, die Zukunft des Volkes und die Fundamente unserer Gesellschaft."

Mir fiel ein, dass ich fast die gleichen Worte von Theodora gehört hatte. „Und sind diese Ziele die Vernichtung so vieler Menschen wert?"

„Ja!"

Hypatius ging drohend auf mich zu und blickte mir tief in die Augen.

„Nein", ging Germanus dazwischen, „nicht mit mir. Ich unterstütze euch, solange ihr einen friedlichen Kampf zur Verbesserung eurer Lebenssituation führt, nicht aber, wenn ihr einen Aufstand plant. Könnt ihr mir denn zusichern, dass die Kundgebung nicht eskaliert?"

Der junge Mann fuhr auf: „Seid Ihr in den letzten Tagen schon einmal durch die Straßen gegangen, nicht durch die Prachtstraßen, sondern durch die Gassen, in denen die Arbeiter wohnen? Tut es, denn dann werdet Ihr schmecken, dass die Luft getränkt ist mit Wut und Traurigkeit. Und je dünner der Körper eines Mannes ist, desto größer ist sein Hass. Niemand weiß, was passiert, wenn diese Menschen auf einmal ein Ziel haben. Aber eines ist klar: Wenn wir ihnen keines geben, wird es ein anderer tun. Ihr wollt eine Zusicherung. Die sollt Ihr haben. Aber vergesst nie den Spruch Lukians: ‚Ich sage doch wenigstens die eine Wahrheit, indem ich sage, dass ich lüge.' Niemand kann vorhersehen, was passiert, auch dieser Angeber hier nicht."

Ich war so verblüfft, dass jemand vor mir stand, der Lukian zitierte, dass ich die nächsten Sätze nicht mehr mitbekam. Bis Hypatius schrie: „Wir können ohnehin nicht zurück, die ersten Boten sind schon in den Häusern, um für die Kundgebung am 11. einzuladen. Wir können nur versuchen, jede Eskalation im Keim zu ersticken. Ihr müsst euch schon entscheiden: Seid Ihr für uns oder gegen uns?"

Germanus war offensichtlich unzufrieden mit dem Ausgang des Gespräches: „Ihr wisst, dass ich zu euch halte, aber wenn etwas schief geht, dann rechnet nicht auf mich."

Hypatius hatte seinen Humor wieder gefunden und verbeugte sich theatralisch vor dem Patrizier. Dabei rutschten seine Haare nach vorne und ich sah hinter dem Ohr einen glockenförmigen Leberfleck. Hypatius war Symmachus.

Germanus hielt unter seinem aufgebauschten Gewand immer noch das Messer zwischen meine Rippen, obwohl wir inzwischen durch das Tor gelaufen und die Stadt verlassen hatten. Er führte mich zu einem verwachsenen Pinienhain am Rand einer Felswand, die etwa 30 Meter in die Tiefe abfiel. Am Grund sah man die Spuren eines ausgetrockneten Baches. Der Patrizier hatte auf dem Weg kein Wort gesprochen, aber er schien erregt, denn lief sehr ungleichmäßig. Unvermittelt fragte er mich: „Wenn du ein Seher bist, dann kannst du mir doch sicher sagen, wann ich sterben werde, oder?"

Ich blieb stehen, ohne dass er Einspruch erhob. Zwischen meinen Zehen lag ein leeres Schneckenhaus, das mich hohl anstarrte. Ich zertrat es und antwortete: „Ja, das kann ich, aber überlegt Euch gut, ob Ihr es wirklich wissen wollt."

Germanus lief unruhig um mich herum. Immer wieder öffnete er den Mund, als wolle er etwas sagen, tat es dann aber nicht. Schließlich sagte er: „Nein, es war eine dumme Frage, denn das Leben mit diesem Wissen wäre zu grauenhaft. Ich wäre dann nur noch ein Gefangener meiner Zukunft. Trotzdem: Eines muss ich auf jeden Fall wissen. Werde ich innerhalb des nächsten Jahres sterben?"

„Nein!"

Er atmete hörbar aus: „Gut, dann wollte sie mir nur Angst einjagen."

„Hat Theodora angedroht, Euch zu töten?"

Er sah mich ängstlich an: „Woher weißt du das?"

Ich entspannte mich. „Ich bin ein Seher. Nein, das bin ich nicht. Aber ich kann Euch mein Wissen nicht verständlicher erklären. Ich weiß einfach vieles von dem, was auf die Menschen zukommt. Und trotzdem bitte ich Euch, mir zu erzählen, was zwischen Theodora und Euch vorgefallen ist. Ich muss es erfahren. Bitte! Auch dazu kann ich Euch nicht mehr sagen. Bitte erzählt mir alles. Wieso hasst euch Theodora? Was ist passiert? Woher kommt dieses tiefe Zerwürfnis? Vorhin sagte doch einer der Männer, sie sei Euch sehr gewogen."

Vom Meer zog der Geruch von altem Tang über die Felsen. Germanus sah mich fragend an, so, als könne er nicht begreifen, nein, als könne er nicht akzeptieren, dass ich so viel über ihn wusste.

Schließlich begann er stockend, wie in Trance, zu sprechen: „Hassen, nein, sie hasst mich nicht. Sie liebt mich. Sie liebt mich so sehr, dass sie die Grundordnungen des Lebens zerreißen will. Seit Monaten bedrängt sie mich, ihr Geliebter zu werden – aber ich kann das nicht. Sie ist eine verblüffende Frau, und wenn ich wählen dürfte, würde ich nicht einen Augenblick zögern, mich zu ihr zu legen. Wenn ich mit Theodora zusammen bin, dann gibt es nichts Gewöhnliches mehr, dann ist selbst der Schmutz auf den Straßen wertvoll und gut. Als sei die Welt eine Ikone, überzieht sie sich mit Bol, strahlt golden auf und umrahmt jeden Menschen mit einem Glorienschein. Aber ich kann nicht mit ihr leben, ich habe Justinian Treue geschworen. Und ich werde diesen Schwur niemals brechen. Niemals.

Das wollte ich ihr heute Morgen sagen. Verstehst du? Ich hatte mir jedes Wort vorher zurechtgelegt, um ihr unmissverständlich klar zu machen, dass diese Liebe aufhören muss, bevor sie angefangen hat. Doch als ich zu ihr gebracht wurde, war sie anfangs gar nicht zu sehen. Plötzlich, kaum hatte der Diener den Raum verlassen, fiel der Vorhang vor ihrem Bett zusammen, und da lag sie – nackt. Es war ein wundervoller Anblick: Ihre langen Haare flossen wie Bäche über ihre herrlich spitzen Brüste. Ihr kleiner, fester Körper war nichts als Begierde, es schien, als wiesen alle Gliedmaßen nur auf das rötlich leuchtende Dreieck ihrer Scham. Wie eine kleine Spinne lief ihre Hand über den sanft gewölbten Bauch und legte sich keck auf ihrer Brust nieder, ohne dass sie die großen Vorhöfe bedecken konnte. In Theodoras Bauchnabel aber steckte ein Diamant, dessen Funkeln wie ein Ruf war: Komm!

Ich sah sie an und wollte wegsehen und konnte doch meine Augen nicht von ihr lösen, der Sog war zu stark. Alles in mir drängte nach draußen und trotzdem lief ich langsam auf sie zu. Meine Argumente waren plötzlich völlig uninteressant. Ich griff mir an die Schulter, um mein Gewand zu öffnen … doch dann sah ich den Kamm neben dem Bett liegen, den ich Justinian geschenkt hatte. Und plötzlich wusste ich, dass es nicht sein durfte. Ich erstarrte. Trotzdem war dieses Wissen nicht stark genug, um meine Gier zu überwinden: Ich wollte ja schwach sein, ich wollte mich vergessen, und jeder Zentimeter meiner Haut schrie nach einer Berührung, nach der Berührung dieser willigen Frau.

In der Verzweiflung und Lust fiel mir nur noch eines ein, um mich zu befreien. Wenn ich Theodora nicht immer wieder verletzen wollte, musste ich ihr einmal richtig wehtun: Ich musste sie demütigen. Ich musste sie hassen. Ich musste ihre Liebe zerstören. Und das ging nur, indem ich ihren Stolz verwüstete.

Ich lachte höhnisch auf und sagte sanft: ‚Du bist also immer noch die kleine Vorstadthure, die du schon immer warst. Aber was kann man schon von der Tochter des Pferdeknechts und Bärenführers Akakios erwarten? Du gehörst nicht auf den Thron, du gehörst zurück in die schmierigen Theater und den Zirkus, wo du mit Tanz und Gesang verfettete und sabbernde Greise unterhalten hast. Eine vagabundierende Nackttänzerin, die es mit jedem dahergelaufenen Aussätzigen treibt, hat bei Hofe nichts verloren. Ich habe schon immer gewusst, dass du eine verkommene Frau bist, aber dass so viel Abschaum in dir erhalten geblieben ist, konnte ich nicht ahnen. Du bist es nicht wert, einem Mann wie mir die Füße sauber zu lecken. Du Dreckstück!‘

Dann bin ich hinausgelaufen. Nicht schnell genug, um dem unmenschlichsten Brüllen zu entkommen, das ich jemals gehört habe: ‚Germanus, ich werde dich vernichten! Du wirst das nächste Jahr nicht erleben!‘

Und dann zog ein Schrei durch die Gänge, der mich ins Taumeln brachte. Ich weiß nicht, wie ich aus dem Palast gekommen bin."

Germanus setzte sich auf den Boden und weinte hemmungslos. Ich zögerte: „Ihr liebt sie sehr. Nicht wahr?"

Er hob den Kopf und stammelte: „Ja. Und sie liebt mich. Sie hat das nicht verdient, sie wollte mir doch nur ihre Zuneigung zeigen. Und ich habe mich feige hinter einer verlogenen Verachtung versteckt. Jedes Wort, das ich ihr entgegengeschleudert habe, hat mich selbst genauso verletzt. Ich habe ihr so wehgetan. Nur jemand, der liebt, kann einen anderen so verletzen. Dabei werde ich nie wieder eine Frau so verehren und begehren. Aber was hätte ich denn tun sollen?"

Ich setzte mich neben ihn: „Warum hat sie nicht Euch geheiratet?"

Germanus blickte an mir vorbei in die Ferne. „Als sie Justinian kennen lernte, war sie nur von einem Gedanken beherrscht: Wie komme ich von der Straße in den Palast? Und eine Zeit lang hat sie wohl auch geglaubt, dass sie ihn liebt. Ich habe damals kaum mit ihr gesprochen, weil ja Euphemia, die alte Kaiserin, so gegen die Verbindung war. Aber als wir zum ersten Mal miteinander gesprochen haben, wussten wir sofort, dass wir zusammen glücklich sein könnten."

„Und es gibt keinen Ausweg?"

Er flüsterte so leise, dass ich ihn kaum verstehen konnte: „Nein, ich werde niemals mein Versprechen brechen!"

Als wolle er die Erinnerung an diesen schrecklichen Morgen wegjagen, wischte er sich die Tränen aus den Augen und erhob sich: „Was geschehen ist, das ist geschehen. Ich bin Politiker, ich sollte mir weniger um meine überdrehten Gefühle als über den Staat Gedanken machen. Manchmal muss man dafür eben Opfer bringen. Ich kann und ich will es auch nicht mehr ändern. Aber jetzt bist du dran. Du weißt etwas über die Zukunft. Also sag mir: Wie kann ich dem Volk helfen?"

Ich wollte instinktiv die Hand auf seine Schulter legen, aber er wich zurück. Also sagte ich vorsichtig: „Ich weiß es nicht. Lasst nicht zu, dass die Truppen aufmarschieren. Versucht es zumindest, obwohl ich sicher bin, dass es Euch nicht gelingen wird. Gegen die Zukunft könnt Ihr nicht ankämpfen, Ihr könnt nur für sie kämpfen. Obwohl: Eines könnt Ihr auf jeden Fall tun. Präpariert die Seile, die bei den Hinrichtungen benutzt werden. Sorgt dafür, dass sie reißen. Und wenn es zum Schlimmsten, zum Aufstand kommt, dann versucht, möglichst viele Menschen zu retten. Vielleicht gelingt es Euch ja irgendwie, die Hinrichtung des Hypatius schon vorher so zu planen, dass er entkommen kann. Mehr darf ich Euch nicht sagen."

Fahrig steckte Germanus das Messer zurück in seinen Gürtel und deutete mir mit der Hand an zu gehen. Als ich mich schon 20 Meter entfernt hatte, rief er mir nach: „Gib mir einen kleinen Hinweis, nur eine Andeutung, wie ich sterben werde."

Ich überlegte einen Augenblick, dann rief ich zurück. „Wenn die Raupen kommen, trinkt den Wein nicht!"

Ich denke, ich weiß jetzt, wer der Mörder ist, war, nein, sein wird. Dass ich es weiß, wird niemandem etwas nützen. Mit mir versinkt der Mordfall „Germanus" in der Vergangenheit, und wenn einmal gelangweilte Schüler den Namen dieses Mannes lernen müssen, wenn sie ihn überhaupt je hören werden, dann wird es lapidar heißen: „Plötzlich erkrankte Germanus." Aber das tat er nicht. Hört zu, ihr Historiker der Gegenwart und der Zukunft: Sein Tod geschah alles andere als plötzlich. Dieser Mord war das Ergebnis einer 18-jährigen Geschichte der Feindschaft, der Verachtung, der Unsicherheit, der Gradlinigkeit und – ja, auch der Liebe, aber einer Liebe, die sich in ihrer hässlichsten und gewalttätigsten Form zeigte. Letztlich wurde Germanus nicht von einer Person ermordet, sondern von seiner Vergangenheit und von seiner Rechtschaffenheit. Sein Versuch, sich vor der offenen Konfrontation zu drücken und sowohl dem Kaiser als auch der Kaiserin gehorsam zu dienen, zerriss ihn.

Nein, man muss es noch genauer betrachten: Ihn zerriss der Konflikt zweier Eide, die er geschworen hatte: der Treueeid, den er seinem Kaiser und Freund Justinian geleistet hatte und der ihn die Liebe seines Lebens kostete, und der Eid, den er seiner Tochter gegeben hatte. Denn ihr hatte er fest versprochen, erst dann wieder mit einer Frau das Lager zu teilen, wenn auch sie verheiratet sein würde. Und nun schlief er aus politischen Gründen, um seinem Gefolgschaftseid gegenüber Justinian Folge zu leisten, mit Matasuntha, die ja erwähnt hatte, dass die Tochter am Ende alleine bleiben würde, weil Theodoras Hass auch nach ihrem Tod die Familie des Germanus ächtete. Ich kann nur ahnen, wie schwer es dem korrekten Mann gefallen sein muss, aus gesellschaftlichen Gründen eine Kriegsgefangene zu heiraten, die er sicherlich nicht liebte.

Ermordet wurde Germanus, da bin ich ganz sicher, von seiner Tochter Justiniana. Da gibt es gar keinen Zweifel. Diese junge Frau, die nicht ertragen konnte, dass ihr Vater mit Hilfe ihrer Erzfeindin Theodora die Freuden genoss, die ihr versagt blieben, hat den Mord geplant.

Ermordet wurde Germanus aber auch von seiner Ehre. Wie muss es seine Tochter entsetzt haben, dass ihr Vater, der so viel Wert darauf legte, nie in seinem Leben ein Versprechen gebrochen zu haben, gerade ihr gegenüber wortbrüchig geworden war. Dass Hypatius, der als gezeichneter Überlebender des Nika-Massakers zum Sklaven Matasunthas wurde, Justiniana half, verwundert nicht: Er musste den unparteiischen Germanus hassen, der aus falscher Loyalität den Einsatz der Truppen nicht verhindern konnte. Der Feldherr hatte den zum Gegenkaiser ernannten Revolutionär zwar vor dem Tod bewahrt, aber dafür seine Ideale verraten. Das musste all die Jahre in dem entstellten Sklaven gewütet haben. Und weil Hypatius als Symmachus weiterlebte, hatte er mich auch erkannt: Ich kann mir vorstellen, wie sich dieser gescheiterte Visionär gefühlt haben muss, als der Mann, der ihm die Zukunft so genau prophezeit hatte, nun aus seiner Hand einen ebenfalls mit Gift gefüllten Becher entgegennahm. Letztlich hatte ihm ja meine Warnung das Leben gerettet.

Trotzdem ist es unfair, Justiniana allein zu beschuldigen. Sie ist auch nur ein Opfer. Das Opfer von Theodora, der hasserfüllten Frau, die, nachdem der Geliebte sie verschmäht hatte, seiner Familie keine Liebe mehr gönnte. Und warum hasste die Kaiserin so sehr? Weil Germanus aus Achtung oder Angst, aus kalter Gesetzestreue oder ehrlicher Zuneigung, wahrscheinlich aber aus all diesen Gründen zusammen, darauf verzichtete, seinen eigenen Traum zu verwirklichen – darauf verzichtete, eine Beziehung zu Theodora zu haben, die sich mit großer Willenskraft nach oben gearbeitet hatte und erst dann zum Scheusal wurde, als Germanus ihre ganze Existenz verhöhnte, all das verlachte, wofür sie gelebt hatte, und sich selbst mit wenigen Sätzen vom Liebenden in einen Feind verwandelte. Wer war am Ende schuld? Ich weiß es nicht.

Ich weiß nur eines: dass mir auf einmal klar geworden ist, welche zerstörerischen Folgen ein falsches Wort oder ein unbedachter Fluch haben können. Manche Verletzungen lassen sich nicht mehr zurücknehmen. Und da, wo scheinbar nur die Haut geritzt wurde, frisst sich ein Wundbrand ins Fleisch, der irgendwann nicht nur das Herz, sondern auch den Verstand ergreift. Der Tod des Germanus war für niemanden ein Gewinn. Obwohl das nicht stimmt. Für eine Person war dieser Tod eine Erlösung von einem Leben aus Angst, Wut und Verachtung. Germanus wusste sehr genau, dass er diesen Wein nicht trinken durfte, denn eine Prophezeiung wie diejenige, die ich ihm im Jahr 532 mitgegeben hatte, vergisst man nicht. Dass er erst nach einigem Zögern, dann aber umso bestimmter den Kelch leerte, kann nur eines bedeuten. Er wollte sterben. Er ertrug es nicht mehr, dass er sein Wort gebrochen hatte. Er, der auf allen Schlachtfeldern siegreich war, verlor gegen sich selbst. Er brachte es nicht fertig, sich seine Schwäche, seinen Fehler, nein, den Zusammenbruch seines ganzen Lebenskonzeptes zu verzeihen. Weil er zu schwach war, zum Leben Ja zu sagen, sagte er Ja zum Tod.

Ich kann das alles nicht beweisen, aber ich weiß nicht, wie es anders gewesen sein sollte. Und so schließe ich diesen Indizienprozess mit einem einfachen Urteilsspruch: Bewährung. Niemand hat aus niederen Motiven gehandelt – und am Ende ist der Kampfplatz übersät von unglücklichen Personen, die noch immer nicht wissen, ob sie irgendwann einmal Ruhe finden. Wer so viel gelitten hat wie diese Menschen, den kann niemand verurteilen.

525

Als ich eben diese letzten Zeilen in einem kleinen Kloster südlich von Byzanz schrieb, flogen mir auf einmal die Fragen zu, nach denen ich solange gesucht habe. Sie beginnen alle mit „Warum?" Warum erfahren die Menschen so viel Unglück? Warum gelingt es nicht, den Hass zu begraben? Warum lebe ich in dieser Welt, die mich immer wieder neu auf die Probe stellt und der ich letztlich jedes Mal unterliege? Aber auch: Warum bin ich so abhängig davon zu erfahren, welchen Grund meine Reise hat?

Mir fällt ein, wie wichtig es für mich war, eine Aufgabe zu finden, weil ich sonst im Selbstmitleid ertrunken wäre. Jetzt, da ich nicht nur ein Ideal, sondern ein konkretes Ziel vor Augen habe und die Route kenne, wird mir bewusst, dass meine Reise wertlos wird, wenn ich nicht beim Erreichen des Zieles auch verstehe, wie es in die großen Zusammenhänge der Welt eingeordnet ist. Mein Leben hat nur Sinn, wenn es über sich hinauswirkt. Und ich möchte wissen, wo es das tut. Angenommen, Jesus hätte eine klare Antwort für mich, dann könnte diese doch nur darin bestehen, dass meine Reise nicht nur für mich, sondern auch für andere zu einem Gewinn wird.

Mein Fragen bleibt ein egoistisches Ringen mit der Sinnlosigkeit, wenn dieser Weg nicht Teil eines Ganzen ist, sei es der Menschen um mich herum, sei es der Geschichte oder eines himmlischen Planes. Warum? Weil ich nicht einmal über eine Straße gehen kann, ohne dass diese Handlung Einfluss auf das Leben anderer Menschen hat. Meine Byzantiner Jahre haben mir gezeigt, wie ein Vormittag voller Missverständnisse im Jahr 532 über zwei Jahrzehnte die Existenz nicht nur des Hofes, sondern auch von weit mehr als 30 000 Menschen beherrscht hat.

Ich bin ein kleiner Teil einer großen Ordnung. Und ich würde gerne zu denen gehören, die nicht zum Leid, sondern zum Glück beitragen. Kann man so leben, dass man zum Glück dieser Welt beiträgt? Das werde ich Jesus fragen. Ich hoffe, er hat viel Zeit für mich.

5. Jahr

Wann?

171

Side, der ehemalige Piratenhafen, ist heute ein Zentrum des Sklavenhandels, obwohl an den beiden Kais auch Oliven und Holz in größeren Mengen umgeschlagen werden. Jeder Windstoß trägt nicht nur die harschen Rufe der Matrosen, sondern auch den ölig-herben Geruch der Steinfrüchte durch die Gassen und sorgt dafür, dass er sich für alle Zeiten in den Kleidern festsetzt. Die selbstbewusste Stadt liegt ein wenig abseits der großen Seewege, so dass in der schmalen Bucht am Fuße des ins Meer ragenden Taurus-Ausläufers immer wieder Seeleute hängen bleiben, die nicht wissen, wohin sie eigentlich gehören. Und doch versorgt die Hauptstadt der römischen Provinz Asia den ganzen Süden des Reiches zwischen Ephesus und Antiochia mit allem, was dort zum Leben und Fröhlichsein gebraucht wird, und wird dabei langsam, aber sicher wohlhabend und ein wenig selbstgefällig. Selbst die Sklaven, sagen die Händler hämisch grinsend, ließen sich lieber hier verkaufen als anderswo. Wie gut es der Stadt geht, zeigen auch die großflächigen Baustellen, auf denen ich seit Tagen mühelos Arbeit finde. Der untere Teil der Kolonnadenstraße, die an einem freistehenden Theater mit über 20 000 Plätzen vorbei zum hufeisenförmigen Haupttor im Nordosten der Stadt führen wird, ist schon fertig, während im Süden der vorgelagerten Halbinsel, unterhalb der alten Thermen, gerade die neuen Haupttempel – für Apollon und Artemis – gebaut werden.

Ich sitze seit einer Stunde auf der Kaimauer und schreibe – wenn ich nicht den Möwen nachschaue, die regungslos über der Küste in der Luft hängen. Das gleichmäßige Klatschen der Wellen gegen die Felsen klingt wie weite Schritte auf sandigem Grund und beruhigt ungemein. Auf meinen Knien ruht ein Holzbrett mit einigen Blättern Papyrus, die Aristides für mich besorgt hat. Er ist ein wunderbarer Mensch. Ich bat ihn schüchtern um ein oder zwei Blätter billiger Emporica, die man eher zum Einpacken von Kunstgegenständen als zum Schreiben nimmt, und er brachte mir feine *Charta Regia,* dünne Papyrusbögen bester Qualität, *Folia*, wie er sie nennt. Ich muss mich zwar erst daran gewöhnen, mit dem Schreibrohr zu arbeiten, aber mit jedem Buchstaben gelingt es ein bisschen besser. Außerdem fühle ich mich zur Zeit ohnehin so, als müsste mir alles gelingen. Es ist einer dieser Tage, an denen man ein wenig Angst bekommt, es könne nie wieder so schön werden.

Dass ich so glücklich bin, liegt daran, dass ich einen guten Freund getroffen habe. Ich kann es selbst noch gar nicht fassen und möchte mir immer wieder, am liebsten laut, sagen, dass es wahr ist: Gestern bin ich Lukian begegnet. *Dem* Lukian. Dem Mann, auf dessen schriftstellerischen Spuren ich in 1 825 Jahren stolpern werde, um meinem Altphilologenleben den Glanz der Antike zu verleihen. Und jetzt habe ich mit ihm ein rauschendes Fest gefeiert, mit ihm im Gefängnis gesessen – und ihn dort herausgeholt. Es war, wie soll ich es sagen, ergreifend.

Schon höre ich wieder die mahnenden Worte Van Dycks, ich solle doch am Anfang beginnen, um meine Gedanken zu sortieren. Aber wenn einem etwas so Wundervolles zustößt, kann man doch nicht erst lange die Vorgeschichte herunterbeten, nur um endlich die Worte herauszulassen, die schon längst fiebernd auf ihren Einsatz warten: Ich – hört ihr? – ich bin Lukian begegnet.

Natürlich war er anders, als ich ihn mir vorgestellt hatte. Je länger ich darüber nachdenke, desto klarer wird mir, dass ich in meiner Gedan kenwelt längst ein fertiges Bild des begabten Künstlers angefertigt hatte. Ohne mir dessen bewusst zu sein, hatte ich ihn mit einem Körper, einem Gesicht und einem Charakter versehen. Denn immer, wenn ich während meines Studiums seine Schriften las, saß er für mich in meinem großen Ohrensessel und erzählte mir mit verschmitztem Lächeln vom „poetischen Dampf hirnwütiger Dichter", zu denen er sich mit Freuden zählte. Als ich mir dieses erträumte pausbäckige Antlitz meiner Fantasie genauer betrachtet hatte, war mir sehr bald aufgefallen, dass meine Imagination mir selbst glich; zumindest dem Maximilian, der ich gern gewesen wäre. Ich wusste also schon lange, wie Lukian auszusehen hatte, er war eine gelungenere Ausgabe meiner selbst. Aber wahrscheinlich haben geschichtliche oder literarische Figuren für uns immer ein vertrautes Äußeres, ob wir wollen oder nicht. Wir verpassen den nur aus Worten gebildeten Helden äußere Kennzeichen, ohne die wir einen Menschen nicht ertragen. Und irgendwo stecken wir auch jedes Mal selbst mit in unseren Fantasiegestalten, werden wir ein Teil von Tom Sawyer, Hans Castorp, Pierre Besuchow oder Mephisto und leben in ihnen unsere Sehnsüchte aus. Ich erinnere mich, dass Anna und ich einmal gemeinsam eine moderne Erzählung lasen, die in der Ich-Perspektive geschrieben war, und dass wir später verblüfft feststellten, dass die Hauptperson für sie eine Frau, für mich ein Mann war. Wer weiß, wie ich in der Vorstellung eines Menschen aussähe, der durch einen Zufall mein Manuskript in die Hände bekäme. Eine amüsante Frage!

Der Max-Lukian meiner Fantasie jedenfalls alterte nicht, hatte immer einen spöttischen Gesichtsausdruck und genoss es, die Meinungen der Menschen um sich herum ironisch zu kommentieren. Als erfahrener Rhetor stand er meiner Meinung nach über den Dingen, blickte distanziert und weise auf die Welt herab und lachte über sie. Er ließ sich von nichts und niemandem Angst einjagen, ja, er legte sich sogar mit Göttern und Philosophen an. Das war ein Mann nach meinem Geschmack.

In meinem ersten Proseminar über antike griechische Schriftsteller betonte der Professor, Lukian sei nichts heilig gewesen, er habe den satirischen Dialog geschaffen, um seinen Kampf gegen Unnatürlichkeit, Verlogenheit, Leichtgläubigkeit und Dummheit in eine künstlerische Form zu bringen. Alles Falsche und Aufgesetzte sei ihm ein Gräuel gewesen. Das packte mich, denn so ging es mir, dem 25-Jährigen, der immer noch zu Hause wohnte, damals auch. Eine Zeit lang war ich sogar Mitglied einer studentischen Kabarettgruppe, um etwas von der Kulturkritik des alten Griechen, wie wir ihn ehrerbietig nannten, in unsere normierte Gegenwart zu bringen. Anna und ich hatten unseren ersten Krach, als sie versuchte, mir zu erklären, wie verletzend und böse meine witzig gemeinten Kommentare gegenüber unseren Freunden oft seien. Damals fehlte mir die Fähigkeit, die ich an Lukian am meisten bewunderte: Obwohl er selbst Rhetor war, verschonte er sich und seinen eigenen Stand nicht. Er beschrieb einmal launig, was einen erfolgreichen Redner auszeichne: „Was du vor allem mitbringen musst, ist Unwissenheit, dazu noch Frechheit, Verwegenheit und Unverschämtheit. Dagegen sollst du Ehrgefühl, Anständigkeit, Bescheidenheit und Scham zu Hause lassen, da sie deinem Vorhaben nicht nur unnütz, sondern sogar nachteilig sind. Dafür schaffe dir eine dröhnende Stimme und einen unverschämten deklamatorischen Ton. Vor allem musst du dich also um dein Auftreten und um deine Kleidung bemühen."

Der echte Lukian, dem ich vorgestellt wurde, war klein und dick, schielte leicht und sprach, wahrscheinlich wegen einer schrägen Nasenscheidewand, trotz seiner geschulten Redeweise sehr nasal. Doch gerade die Tatsache, dass er sein Gegenüber immer nur mit einem Auge fixieren konnte, verlieh seinem Blick den Glanz des Unendlichen. Wenn man mit ihm redete, hatte man immer den Eindruck, er sehe in die Weite und wisse schon längst, was hinter allen gerade behandelten Fragen stecke. Trotzdem war er ein eher trockener Typ. Da war keine überschäumende Ironie, kein beißender Spott. Er redete sehr deutlich, aber verhalten und machte den Eindruck, als lege er jedes Wort auf die Goldwaage. Wenn er einen Gedanken zu Ende führen wollte, die richtige Formulierung aber noch nicht gefunden hatte, griff er sich aus Verlegenheit in den Bart und zwirbelte ihn zusammen. Erst als er vor die Menge trat und seine Texte rezitierte, bekamen seine Augen den Schalk, den ich ihm angedichtet hatte. Aber ich sollte vielleicht doch vorne anfangen.

532 Als ich Byzanz verließ, war es selbst für diese südlichen Breitengrade kalt. Ein starker Wind, der nach Schnee roch, fiel von Norden in das Land ein und trieb verschleierte Wolkenbänder vor sich her. Ausnahmsweise genoss ich es, einen dicken Packen Papier und Pergament umgeschnallt zu haben, weil mich diese Polsterung gegen die Feuchtigkeit schützte, die durch alle Ritzen meines Gewandes dringen wollte. Im Palast hatte ich erfahren, dass Justinian in Ephesus über dem Grab des Evangelisten Johannes eine kreuzförmige Kirche mit sechs Kuppeln fertig stellen ließ, und hoffte, dort noch rechtzeitig anzukommen, um für einige Tage Arbeit zu finden. Außerdem interessierte mich die Architektur des Bauwerkes. Das gesamte Kircheninnere sollte mit Marmor verkleidet und die Kuppeln mit Mosaiken ausgelegt werden, während Säulenarkaden mit Kämpferkapitellen, auf denen die Monogramme des Kaisers und der Kaiserin eingeschlagen waren, in den Kreuzarmen schmale Seitenschiffe abtrennten. Ich wählte also den Handelsweg über Nicaea am Meer entlang, obwohl die Strecke wesentlich länger war als über die *Phrygia Pacatriana*, das Landesinnere.

Verblüfft musste ich immer wieder feststellen, wie sehr das bevorstehende Treffen mit Jesus schon jetzt meinen Alltag prägte. So wie ein Astronom, der auf eine Sonnenfinsternis oder einen Kometen wartet und über Jahre hinweg nur für diesen einen Tag lebt, fieberte ich dem Treffen mit dem Mann entgegen, der behauptet hatte, er sei Gottes Sohn. Ich spürte, dass diese Zukunftsbeziehung mir guttat, und staunte gleichzeitig darüber: Ein singuläres Ereignis, das in mehr als einem Jahr stattfinden würde, bestimmte mein Denken und Handeln im Voraus.

Wie eine schwangere Frau, die neun Monate lang die Veränderungen genießt, die am Ende zu einem neuen Leben führen werden, ging ich mit Jesus „schwanger“. Genau wie sie beobachtete ich mich genauestens, achtete auf jedes Zeichen der bevorstehenden Begegnung und verbrachte viel Zeit damit zu überlegen, wie er wohl sein würde. Und je länger ich darüber nachdachte, desto gewichtiger und entscheidender schien mir der ersehnte Tag. Durch die ausführliche Beschäftigung mit meinem Ziel war aus einer viel versprechenden Idee auf einmal ein Lebensinhalt geworden, ohne dass ich diese Entwicklung bewusst geplant oder gewünscht hätte. Entscheidend wurde, dass dieses Ziel außerhalb meiner selbst lag, dass es mich in einen größeren Zusammenhang, eine starke Beziehung stellte und in meinem trudelnden Leben den Tritt ins Seitenruder gab, der mich vor dem Absturz rettete. Darüber hinaus war mir eines klar geworden: Bei aller Kritik, die sich in meinem früheren Leben an kirchlichen Institutionen und scheinheiligen

Gläubigen in mir aufgebaut hatte, war doch ein großer Respekt vor dem Zimmermannssohn aus Nazareth geblieben, der sich ohne Waffen und böse Absichten auf einen Kampf mit dem Römischen Reich eingelassen und ihn letztlich ja auch gewonnen hatte. Ich wollte diesem Rabbi vorbereitet gegenübertreten und veränderte langsam, aber kontinuierlich mein Verhalten. Geschehnisse, die mich früher sofort in Rage gebracht hätten, konnte ich lächelnd akzeptieren, und ich nahm mich selbst auf einmal weniger wichtig. Das heißt nicht, dass die Sehnsucht nach einer Beantwortung meiner Fragen nachgelassen hätte, aber ich verlor die Verbissenheit, die mir nicht wenige Tage meines Lebens verdorben hatte. Ich verstand jetzt, was wichtig und was unwichtig war, während ich früher oft aus einer Mücke einen Elefanten gemacht hatte. Diese liebevolle Distanz zu meinen Problemen ließ mich aufatmen.

Zum ersten Mal fiel mir mein verändertes Bewusstsein auf, als ein untersetzter Bauleiter mir meinen Tageslohn nicht geben wollte; ein alter Trick, um fahrende Handwerker an eine Baustelle zu binden. Früher war ich in solchen Fällen sofort ausfallend geworden, schließlich gab es für mich nicht die Möglichkeit, das Ausstehende am nächsten Tag einzufordern. Diesmal aber wünschte ich dem Mann höflich Gottes Segen und ging pfeifend davon. Was war ein Tageslohn gegen die Begegnung mit Jesus? Seit ich versuche, in großen Dimensionen zu denken, werde ich in kleinen Dingen sehr gelassen. „Wer den Pfennig nicht ehrt, ist des Talers nicht wert", sagt das Sprichwort – aber das stimmt nicht. Wer wegen eines Pfennigs ein Riesentheater macht, der wird immer ein Kleingeist bleiben, mag er auch noch so viele Taler scheffeln. Nicht einmal ein Taler ist es wert, dass man seinetwegen in Unruhe, Wut, Gier oder Aggressivität gerät. Man kann sich so leicht in den kleinen Dingen verheddern, dass man die wirklich wichtigen gar nicht mehr vermisst. Unbewusst macht man eine Nebensache zur Hauptsache und wundert sich, dass das Leben so unbefriedigend ist. Die Pflichterfüllung des Germanus, die Hassliebe der Theodora, der Umsturzwille des Hypatius oder die Rache der Matasuntha: Sie alle hatten das Leben dieser Menschen nicht weiter, sondern enger gemacht. Für jede und jeden von ihnen waren Dinge, die allerhöchstens ein Mittel zum Zweck sein dürfen, selbst zum Zweck geworden, hatten sich belebt und verselbständigt und die Macht übernommen. Letztlich waren all diese Personen, die doch so stolz auf ihre Möglichkeiten waren, unfrei. Und ich wusste genau, als ich den betrügerischen Bauleiter stehen ließ, dass mich ein Streit mit ihm jetzt sehr gefangen genommen hätte. Das aber wollte ich nicht – nicht mehr.

499

Ich erkannte bald, dass ich nicht rechtzeitig zum Bau der Johanneskirche nach Ephesus kommen würde, und ließ mir bei meiner Wanderung Zeit. Erst nach vier Wochen erreichte ich die hymnisch gepriesene Stadt Pergamon, diese alternde Schöne, die den Gipfel ihrer Macht und ihres Einflusses schon vor vielen hundert Jahren überschritten hatte. Trotzdem freute ich mich darauf, sie kennen zu lernen. Wenn ich damals etwas genoss, dann die Tatsache, dass für mich, den Reisenden in die Vergangenheit, der Niedergang des Römischen Reiches zu einem Aufstieg wurde. Pergamon allerdings war vor allem im zweiten Jahrhundert vor Christus von Bedeutung gewesen, als es von seinen eigenen Herrschern regiert wurde. Trotzdem wohnten hier im 5. Jahrhundert noch immer 150 000 Menschen.

Schon von weitem sah ich die in 350 Metern Höhe thronende Akropolis, die wachsam über das Tal des kanalisierten Selinus wacht und die Paläste der hellenistischen Könige wie eine Halskrause trägt. Da ich von der Küste kam, näherte ich mich an diesem frühen Abend der Stadt aus dem Südwesten, auf der Straße zum Eumenes-Tor. Das Wetter war Anfang Februar wieder wärmer geworden und hatte die ersten Grillen hervorgelockt. Ich lief übermütig auf dem Wegrain und pfiff Lieder, die erst in 1 500 Jahren zu Hits werden würden.

Kurz vor dem Stadttor sprang plötzlich ein kleiner Junge, ich schätzte ihn auf acht oder neun, aus einem Ginsterstrauch und lief schreiend davon: „Er kommt, er ist da!“

Wenig später lief mir eine aufgeregte Menschenmenge entgegen. Die etwa 30 Personen unterschiedlichen Alters schienen Mitglieder einer Familie zu sein, denn viele Männer präsentierten eine sehr hohe Stirn mit tiefen Geheimratsecken, während die meisten der Frauen ein etwas zu spitzes Kinn hatten, das sie mehr oder weniger weit vorstreckten. Ein athletischer Mann in einem ungegürteten Ärmelgewand, einer Dalmatika, streckte beide Arme aus und umarmte mich. „Maximilian. Schön, dass du da bist. Antigonus dachte schon, du würdest nicht mehr kommen. Du weißt ja, wie er ist.“ Ich wusste es nicht!

„Es geht ihm nicht gut, Maximilian. Das Einzige, was ihn am Leben hält, ist die Hoffnung, dich heute, an eurem Tag, noch einmal zu sehen. Dann wird er sicher in Frieden sterben. Auch Doris freut sich schon sehr darauf, dass du kommst! Beeilen wir uns, denn es kann jeden Augenblick mit ihm vorbei sein.“

Verwirrt folgte ich dem Mann, der mit fliegendem Gewand in die Stadt eilte. Wir liefen an der unteren Agora vorbei und wandten uns hinter einem kleinen Brunnenhaus nach rechts, Richtung Gymnasion.

Die gepflasterte Straße zog allerdings daran vorbei und lief direkt zur Mittelstadt, in der wir die Villa eines offensichtlich sehr wohlhabenden Kaufmanns betraten. Alles war mit Marmor ausgeschmückt, kostbare Vasen standen an den Seiten, und man lief auf sorgfältig gearbeiteten Mosaiken. Hinter dem Atrium führte ein Gang zu den Schlafräumen, in denen es so düster war, dass ich erst einmal nichts sehen konnte. Doch auch hier wurde ich offensichtlich erwartet, denn in einem der hinteren Räume erklang eine Stimme: „Maximilian. Ich wusste, du würdest deinen Vater nicht im Stich lassen!"

Der Mann, der mich vor der Stadt begrüßt, sich aber nicht vorgestellt hatte, gab mir einen aufmunternden Stoß und schob mich in den Raum. Ich schluckte und wusste nicht, was ich sagen sollte. Nach und nach gewöhnten sich meine Augen an die Dunkelheit. Auf einer ausladenden Bettstatt lag ein Greis, der mich mit eingefallenen Augen anstarrte. „Was ist? Willst du deinen Vater nicht begrüßen?"

Ich blickte auf den ausgemergelten Körper, den flehenden Gesichtsausdruck und war wie erstarrt. Der Alte aber zuckte plötzlich zusammen und rückte unter großer Kraftanstrengung ein Stück nach hinten, als wolle er sich in seinen Decken verkriechen. „Du hast mir also nicht verziehen? Deine Mutter war doch im Recht. Ich werde in die Hölle kommen … aber ich verdiene es wohl auch nicht besser."

Und er fing bitterlich an zu weinen. In diesem Moment berührte mich eine Frau von hinten und flüsterte: „Maximilian, bitte, willst du ihn so sterben lassen? Der Arzt sagt, dass er die heutige Nacht nicht überleben wird. Du musst es noch einmal tun. Mach es mir zuliebe."

„Was?", murmelte ich verzweifelt, „Was soll ich denn machen?"

„Sei sein Sohn!"

Ängstlich ging ich zum Bett, von dem ein sanfter Mandelduft aufstieg, nahm die Hände des mir völlig fremden Greises und küsste sie, dann sagte ich mit der feierlich-belegten Stimme, die sich immer einstellt, wenn man ein Sterbezimmer betritt: „Nein, Vater, fürchte dich nicht. Natürlich habe ich dir verziehen. Ich war eben nur so überwältigt, weil ich während meiner Reise hierher nicht wusste, ob ich dich noch antreffen würde. Aber jetzt bin ich bei dir. Du darfst dich nicht grämen, denn dazu gibt es keinen Grund. Ich bleibe hier. Jetzt kann uns nichts mehr trennen."

Der steife Körper des Sterbenden entspannte sich zusehends. Mit offenem Mund, in dem nur noch ein einziger Zahn zu sehen war, stammelte er: „Dann ist alles gut?"

Ich nickte: „Ja, es ist alles gut!"

Die knochigen Hände zogen mich näher heran. Der Alte aber hauchte: „Wird Gott mich annehmen?"

„Ja", sagte ich etwas zu laut, „das wird er. So, wie er mich rechtzeitig hierher geführt hat, wird er dich in seine Arme schließen."

Der Alte hob noch einmal die Brust, als wolle er das Heil der ganzen Welt einatmen, dann ging er davon, so lautlos und schnell, wie ich gekommen war. Ich legte die Finger des Toten ineinander.

Später saß ich mit Doris, der Frau, die mich durch ihre Ermahnung zur Vernunft gebracht hatte, im Hof, und sie erklärte mir, was es mit diesem Tag auf sich hatte. Sie war etwa 60 Jahre alt und wirkte trotz ihrer Lachfältchen verschlossen. Ihr graues Haar fiel lang auf ihre Schultern herab und bewegte sich auf ihrem Rücken so leicht hin und her, als wolle es sie streicheln. Wir aßen Weintrauben und tranken dazu frisches Wasser, das sie extra von einer nahe gelegenen Quelle geholt hatte.

Wundervollerweise musste ich die Frau nicht ausfragen, sie begann von sich aus zu erzählen: „Maximilian, du hast mich vor, ich weiß gar nicht, vor wie vielen Jahren, gebeten, dir am Todestag meines Vaters noch einmal die ganze Geschichte zu erzählen. Ich weiß nicht, warum ich das tun soll, aber du hast mich ja auch gebeten, nicht zu fragen. So wie ich niemals fragen durfte, woher du eigentlich jedes Jahr kommst und wohin du gehst. Hier ist also unsere, nein, vor allem deine Geschichte: Es begann alles im Jahr 446, vor über 50 Jahren. Damals lernte mein jüngerer Bruder Maximilian gerade laufen. Ich erinnere mich gut ihn, diesen kleinen übermütigen Kerl, obwohl ich selber noch sehr jung war. Alles an ihm war Lebensfreude. Nie wieder habe ich jemanden so vollkommen lachen sehen, nicht nur mit dem Mund oder den Augen, sondern mit dem ganzen Körper. Er krabbelte jeden Tag begieriger umher und erkundete die Welt. Meine Mutter wollte nicht, dass er unbeaufsichtigt auf der Straße spielt, aber mein Vater war der Meinung, ein Kind dürfe nicht verhätschelt werden und müsse seine eigenen Erfahrungen machen. Daher nahm er ihn trotz ihrer Ermahnungen überall mit hin.

Und dann war Maximilian eines Tages, als mein Vater für einen Moment unaufmerksam war und mit einem Geschäftskollegen sprach, plötzlich verschwunden. Viele Stunden haben wir mit Freunden die Stadt abgesucht – noch heute spricht man von dem Tag, an dem aus allen Straßen der Name ‚Maximilian' durch das Tal tönte –, aber wir fanden ihn nicht. Er muss in den Kanal gefallen und ertrunken sein, denn seine Leiche tauchte niemals auf. Meine Mutter verfiel aus Trauer und Hass gegen meinen Vater in eine Raserei. Sie ließ ihre Hilflosigkeit und ihr Unverständnis an jedem aus, der ihr in den Weg kam."

Doris schob den Ärmel ihrer Toga hoch und ich sah auf ihrem Arm drei große Narben. Schnell zog sie das Kleid wieder herunter. „Als mein Vater sie zu ihrer und zu unserer Sicherheit einsperren musste, erhängte sie sich. Und von da an war mein Vater nicht mehr der Alte. Er verfiel, blieb in sich gekehrt und abweisend. Stumm nahm er an den Mahlzeiten teil und blickte dabei durch uns hindurch. Wir alle versuchten, ihm deutlich zu machen, dass er nicht am Tod von Maximilian schuld war, aber er hörte gar nicht zu. Wahrscheinlich weil er wusste, dass wir ihn entgegen all unserer Beteuerungen doch verantwortlich machten."

Sie weinte. „Ich habe ihm bis heute nicht verziehen. Ich weiß selbst, dass das nichts bringt und ein solches Unglück jedem hätte passieren können, aber kein Argument kommt gegen den unausweichlichen Vorwurf an: ‚Hättest du aufgepasst, dann wäre der Kleine noch am Leben.'

Nach sechs Wochen änderte sich das Verhalten meines Vaters plötzlich. Er lud Bekannte ein, lief sinnierend durch das Haus und wurde immer froher. Bis wir erfuhren, warum. Am Hof des Kaisers Theodosius waren einige Wochen zuvor sieben Brüder aufgetaucht, die behaupteten, sie seien vor fast 200 Jahren während der Christenverfolgung unter Decius in einer Höhle eingeschlafen und nun dank Gottes Hilfe wieder aufgewacht. Das ganze Land war wegen dieses langen Schlafes in Aufruhr und feierte die auferstandenen Männer, als wäre Jesus Christus selbst zurückgekehrt. Mein Vater aber sammelte alle Informationen, die er über dieses vermeintliche Wunder bekommen konnte, machte viele Notizen und sprach stundenlang mit Augenzeugen aus Ephesus. Irgendwann ließ er die ganze Familie im Hof zusammenkommen und verkündete lauthals, er wisse jetzt, was mit Maximilian passiert sei: Gott wolle seine Allmacht an ihm durch ein Wunder belegen. So wie die „Siebenschläfer" ein Beweis der leiblichen Auferstehung des Fleisches seien, werde auch Maximilian für den Schöpfer zeugen. Niemand solle es daher wagen, das Kinderzimmer anzurühren oder auch nur zu betreten. Der Glaube daran, dass sein Sohn noch am Leben sei, gab unserem Vater die Möglichkeit, selbst weiterzuleben. Anders hätte er das Dasein nicht mehr ertragen. Die nächsten Jahre lebte er wieder wie früher. Wäre nicht der zum Heiligtum erklärte Raum gewesen, man hätte meinem Vater nicht mehr angemerkt, welche Tragödie er durchlitten hatte.

Und dann eines Tages, mehr als 30 Jahre später, hörten wir morgens Geräusche im Kinderzimmer. Mein Vater öffnete die Tür und da standest du und sagtest: ‚Hallo, Vater, ich bin Maximilian.'"

Da Doris nicht weitersprach, schwieg auch ich betroffen. Wenn das stimmte, was sie sagte – und dass es das tat, erfuhr ich in den darauf folgenden Tagen –, dann hatte ich ungewollt die Wahnvorstellungen eines Menschen unterstützt und war fast zwei Jahrzehnte als verschollener Sohn in diesem Haus ein- und ausgegangen. Ich weiß nicht, ob ich das Richtige gemacht habe. Natürlich: Ich hatte mir vorgenommen, zu den Menschen zu gehören, die das Glück anderer vermehren, aber wahrscheinlich hätte ich mich trotzdem nie auf eine solche Lüge einlassen sollen. Andererseits: Niemand ist dabei zu Schaden gekommen. Im Gegenteil. Als Antigonus seine heilige Lebenslüge bestätigt fand, wurde er zu einem der frömmsten Männer seiner Zeit. Das Versprechen seines Sohnes, jedes Jahr einmal zu Besuch zu kommen, gab dem Schuldbeladenen Mut, noch einmal ganz von vorne anzufangen, ja, seine wichtigsten Geschäfte machte er erst nach meiner Rückkehr. Und so blieb ich zwischen 499 und 481 in Pergamon und spielte den verlorenen und zurückgekehrten Sohn. Und da ich der übrigen Familie an meinem letzten, also ihrem ersten Tag deutlich sagte, dass ich zwar Maximilian hieße, aber nicht der Gesuchte sei und auch sonst keine Interessen hätte als dasjenige, einen Tag im Jahr eine Unterkunft zu bekommen, ließen sie sich zum Wohl ihres Vaters auf das betrügerische Täuschungsmanöver ein.

Ich erzähle diese Episode so ausführlich, weil sie mir deutlich gemacht hat, dass ich auch als Zeitreisender letztlich von meiner Vergangenheit beziehungsweise meiner Zukunft abhängig bin. Natürlich kann ich durch meine zeitliche Rückwärtsbewegung bestimmte Dinge beeinflussen, andererseits fehlen mir viele Möglichkeiten, die einem chronologisch lebenden Menschen gegeben sind. Mit Doris aber freundete ich mich gut an, und sie gehörte zu den wenigen Menschen auf meiner Reise, die mich über die Jahre lieb gewannen, obwohl ich ihnen mein Geheimnis nicht gestanden habe.

Der Wind hat aufgefrischt, und ich muss die Papyruslagen festhalten, damit sie nicht davonfliegen. Eine der Möwen fixiert mich jetzt schon seit fast einer Stunde. Sie glaubt wohl, dass ich ihr etwas zu essen gebe, aber ich habe selbst nur ein kleines Stück Brot. Ein komischer Vogel.

Später arbeitete ich mehrere Monate in Ephesus auf dem Bau. Ein übermütiger Architekt wollte dort aus einer langgestreckten römischen Basilika, die als Warenbörse gedient hatte, eine dreischiffige Säulenkirche mit Narthex und Atrium machen. Immerhin wurden in dieser neuen Marienkirche 449 und 431 zwei bedeutende ökumenische Konzile abgehalten. Während meiner Zeit auf dieser Baustelle, vor allem aber in den Wochen danach, wurde mir zum ersten Mal bewusst, dass ich nun in eine Epoche eintrat, in der das Christentum noch keine anerkannte Religion war. Alle Kirchen waren in den letzten Jahrhunderten vor meinen Augen verschwunden oder verwandelten sich nun zurück in die Tempel, die sie ursprünglich gewesen waren.

Dabei passierte etwas sehr Merkwürdiges: Ich weiß noch genau, dass ich mich nun als Teil einer Minderheit fühlte. Ich hätte wahrscheinlich niemals formulieren können, was es für mich bedeutete, im christlichen Abendland aufgewachsen zu sein, und doch hatte sich mit einem Mal etwas verändert. Während der vielen Jahrhunderte meiner Reise waren die unterschiedlichsten Staatsformen, Regime, Herrschaftshäuser, Moden, Gesprächsthemen, Kulturen und Sprachen an mir vorübergezogen, und doch hatten sich durch all das der Geist und die Werte des Christentums wie ein einigendes Band gezogen; verschieden interpretiert und gelebt, aber letztlich so prägend, dass ich mich nie wie in der Fremde gefühlt hatte. Die Grundsäulen der Gesellschaft waren nachvollziehbar und planbar gewesen. Ich wusste, dass es Prinzipien und Ideale gab, die mich mit dem Rest meiner Zeitgenossen verbanden. Jetzt aber verlor ich das letzte Refugium, in dem ich so etwas wie eine geistige Heimat besessen hatte. Plötzlich, nach mehr als 1 600 Jahren, fühlte ich mich fremd.

Ich musste zum ersten Mal überlegen, wie dieses alte Denken mein Leben beeinflusst hatte, und fühlte plötzlich, dass ich nicht einfach formlos zu den Tempelkulten übergehen konnte. Das war eine andere Welt, ein anderes Verorten auf dieser Erde, ein anderes Dasein. Das war, was mein Großonkel, ein frommer Pfarrer im Sauerland, immer als „Heidentum" bezeichnet hatte. Hätte mich jemand im 20. Jahrhundert gefragt, ob ich ein Christ bin, ich hätte ratlos mit den Schultern gezuckt, jetzt aber lief ich Gefahr, die Wurzeln meiner Identität zu verlieren. Außerdem wollte ich ja zu Jesus, der, und auch das wurde mir erst jetzt klar, in dieser völlig unchristlichen Welt aufgetreten war. Erst glaubte ich mich verloren, dann aber beschloss ich, meine Identität mit in die Vergangenheit zu nehmen. Und das war ein folgenreicher Entschluss. Auf einmal fühlte ich mich als Christ oder sagen wir als Teil des Christentums – und ich füllte viele meiner Tage nun damit, in den Städten auf meinem Weg die christlichen Gemeinden zu finden, die sich meist versteckt in Privathäusern trafen. Ich gehörte nun zu jemandem, war Teil einer Gemeinschaft, wie ich es mir so oft gewünscht hatte, und suchte diesen Kontakt intensiv. Glücklicherweise gab es in allen größeren Städten Anlaufpunkte, an denen ich Gleichgesinnte treffen konnte. Und eines faszinierte mich dabei besonders: Die Aufnahme war an jedem Ort äußerst herzlich. Unterdrückte halten zusammen. So kam ich im Jahr 175 nach Side.

175 Ein Sklave namens Kallias stürmte an diesem Nachmittag, an dem ich noch für einige Stunden Arbeit als Abschreiber belangloser Materiallisten in der Kolonnadenbaustelle gefunden hatte, viermal hintereinander in das kleine, verwinkelte Schreibzimmer, in dem ich saß; jedes Mal mit einem anderen fadenscheinigen Vorwand. Einmal wollte er einen neuen Arbeiter ausfindig machen, einmal suchte er ein Werkzeug, und beim nächsten Mal fragte er, ob ich etwas zu trinken haben wolle, dabei stand für jeden sichtbar ein großer tönerner Krug auf meinem Tisch. Und jedes Mal, wenn er in der Türöffnung lehnte, fing er an, weitschweifig über belanglose Themen zu reden. Da ich mich bei der Arbeit gestört fühlte und meine Aufgabe zur Zufriedenheit der Bauleitung erledigen wollte, reagierte ich anfangs sehr einsilbig, was ihm wohl den Mut raubte. Als der unrasierte Mann das nächste Mal erschien, bat ich ihn direkt, mir zu sagen, was er denn auf dem Herzen habe. Das verblüffte ihn so, dass er einige Zeit sprachlos im Türrahmen stand und der Schatten seines Kopfes direkt zwischen meinen Unterarmen auf dem Tisch hing.
Endlich sagte er: „Du bist nicht von hier, oder?“

Ich schrieb weiter. „Nein, ich bin heute Morgen erst angekommen.“

„Ah, ja!“

Wieder schwieg er. Ich öffnete wartend und etwas genervt die Handflächen und hob fragend die Augenbrauen. Da lehnte er sich zurück, um zu gucken, ob jemand ihn draußen hören konnte. Schließlich flüsterte er mehr, als dass er sprach: „Wen verehrt man denn da, wo du herkommst?“

Ich verstand ihn nicht sofort. „Wie meinst du das?“

Ungeduldig wankte er hin und her: „Ich meine: Welche Götter werden dort angebetet?“

„Du willst wissen, woran ich glaube?“

Er nickte erleichtert. Selbstbewusst sagte ich: „Da, wo ich herkomme, glaubt man an Jesus Christus, den Sohn Gottes.“

Sofort trat er einen Schritt zurück und sondierte noch einmal die Lage vor dem Raum, dann trat er ganz hinein und setzte sich auf den

Schemel, der auf der anderen Seite des Tisches stand. Auf einmal sah er sehr zufrieden drein und deutete mit dem Finger auf mich: „Sag das nicht so laut. Weißt du nicht, dass der hiesige Statthalter zur Zeit nicht sehr gut auf uns Christen zu sprechen ist?"

Ich legte mein Schreibrohr zur Seite und zuckte mit den Schultern. Er aber lächelte plötzlich, was mir besonders auffiel, da es das erste Mal war. Fröhlich klopfte er mir auf die Schulter, wobei er sich so weit nach vorne beugen musste, dass er halb auf dem Tisch hing. Mit hin- und herhuschenden Augen sagte er: „Ich bin auch Christ. Aber wir müssen zur Zeit sehr vorsichtig sein. Gerade weil die Gemeinde hier in Side in letzter Zeit so gewachsen ist. Es ist schön, einen von uns zu treffen. Du musst unbedingt heute Abend zu uns in die Gemeinde kommen. Wo wohnst du?"

„Ich habe noch keine Unterkunft", sagte ich wahrheitsgemäß.

Er nickte: „Dann kannst du bei mir bleiben. Wichtig ist, dass du bei unserer Versammlung dabei bist. Wir haben nämlich heute einen berühmten Gast: Lukian von Sammosata."

Ich muss Kallias wie ein Wahnsinniger angestarrt haben, denn er rutschte unwillkürlich auf seinem Stuhl nach hinten. Ängstlich fragte er: „Kennst du ihn?"

Ich hob beide Hände, um den Sklaven zu beruhigen. Wahrscheinlich fing ich auch an zu lachen, denn auf einmal durchflutete meine Freude den Raum. Kallias ließ sich anstecken und wir sprangen beide auf. Ungläubig rief ich: „Lukian, der Spötter und Satiriker, der Redner und Freigeist?"

Kallias versuchte, durch sein Lachen zu antworten. Als könne er diese Frage gar nicht verstehen, sagte er: „Ja, wer denn sonst? Oder kennst du einen Fischhändler, der den gleichen Namen hat?"

Wieder mussten wir beide losprusten. Und während meine Augen weiterlachten, versuchte ich ihm zu erklären, warum ich so berührt war: „Ich habe vor vielen Jahren intensiv über Lukian nachgedacht. Damals habe ich die meiste Zeit meines Tages mit ihm zugebracht und alle seine Schriften gelesen. Ich wollte viel von ihm und über ihn lernen. In den vergangenen Monaten haben mich allerdings andere Dinge beschäftigt, so dass ich nie gewagt hätte, an ein Zusammentreffen mit ihm zu denken. Aber eines musst du mir noch sagen: Ich dachte, Lukian hätte längst einen Posten im Staatsdienst in Ägypten angenommen."

Kallias grinste: „Hat er auch, aber einmal im Jahr nimmt er sich einige Monate frei und reist wie früher umher, um seine lästerlichen Reden zu halten."

„Und warum ladet ihr einen Mann, der an nichts glaubt als an die Fantasie, in eine christliche Gemeinde ein?"

Kallias warf wieder einen scheuen Blick nach draußen, dann drehte er sich zu mir um: „Oh, Aristides, unser Gemeindeleiter, sagt, dass diejenigen, die die Wahrheit kennen, sich vor Spott nicht fürchten müssen. Und Aristides ist ein weiser Mann. Außerdem kämpft Lukian vor allem gegen diejenigen, die egoistisch, falsch, aufgeblasen, unecht und überheblich leben. Und solche Menschen findet er eben zuallererst in den Tempeln, den Philosophenschulen und bei den Wahrsagern. Er behauptet, dass all diese Leute sinnlos um des Esels Schatten streiten und gar nicht wissen, wie die Wirklichkeit aussieht; sogar ihre Opfer bringen sie den Göttern nur aus alter Sitte und Gewohnheit, nicht, weil sie wirklich noch etwas von ihnen erwarten. Aristides sagt, dass Lukian damit Recht hat und dass wir gut aufpassen müssen, dass es unserer Gemeinde nicht genauso ergeht. Heute Abend wird Lukian darüber reden, wie Leichtgläubigkeit, religiöser Wahn und abgehobene Philosophiererei unsere Zeit bestimmen. Aristides sagt, dass wir davon viel lernen können."

Von draußen waren Schritte zu hören. Etwas leiser sagte ich: „Scheint wirklich ein weiser Mann zu sein, dieser Aristides. Ich bin gespannt, wie er mit einem erklärten Atheisten über den Gott Jesu reden will."

Kallias beugte sich noch weiter vor, so dass er mit seinem Mund fast an meinem Ohr hing: „Aristides sagt, dass Lukian vor allem deshalb so harsch über die Menschen urteilt, weil er immer nur selbstsüchtige und zutiefst unsichere Gläubige getroffen hat, die ihre Haltlosigkeit hinter klugen Sprüchen und Floskeln verstecken. Und er wünscht sich, dass der Rhetor den einzigen Menschen kennen lernt, der es nicht nötig hatte, nach Ruhm und Anerkennung zu gieren: Jesus."

Ich lehnte mich zurück und sagte noch immer ganz beseelt: „Ich werde gerne kommen!"

Kallias winkte mir zum Abschied zu: „Gut, dann treffen wir uns nach Sonnenuntergang am Nymphaion!"

„Außerhalb der Landmauer?"

„Wir müssen zu einem Wohnhaus in der Nähe des Haupttores. Ich will nur ganz sichergehen, dass uns niemand folgt."

Ich versprach, pünktlich zu sein!

Die Wolken liefen so schnell über den Himmel, dass es aussah, als spränge der Mond von einer zur nächsten, obwohl in den Straßen kein

Windhauch zu spüren war. Wir liefen im Schatten der Landmauer, bis wir an die Rückseite einer dreiflügeligen Porticus-Villa kamen, die von Säulenhallen umzogen war. Kallias klopfte, und das Pochen hallte wie ein schwerer Herzschlag in den Räumen nach. Lange geschah nichts, dann hörte man Schritte nahen und die schwere, an einigen Stellen brüchige Holztür öffnete sich einen Spaltbreit. Eine fiepsige Stimme fragte: „Was wollt ihr?"

„Das Leben in Fülle!", antwortete Kallias, woraufhin der Flügel zurückschwang und ein rundes feixendes Gesicht mit einem roten Bart sichtbar wurde.

„Ach du, Kallias, schön, dass du da bist. Kommt herein. Ist das der Schreiber, von dem du erzählt hast?"

Der Sklave nickte und wir traten ein.

„Ich bin Demeas", sagte der Bärtige und umarmte mich, „ich hoffe, du erfährst reichen Segen."

Ich bedankte mich verlegen und folgte dem Mann, der uns mit einer Fackel vorausging. Ich spürte auf einmal, wie aufgeregt ich war. Die schweren Stuckdekorationen an den Säulen schauten lauernd auf mich herab und schnitten mir im flackernden Licht wilde Grimassen. Endlich erreichten wir einen nicht enden wollenden Festsaal, der hell erleuchtet war. Rund 50 Personen standen in Gruppen zusammen und unterhielten sich angeregt. Immer wieder erhoben sich einzelne Worte über die Köpfe, um dann wie in einem Meer zu versinken. In einer Ecke saß eine Gruppe von Musikern mit Zither, Fidel, Leier und Flöte, die zu den zwitschernden Stimmen eine fröhliche Melodie spielte. Alles wirkte ausgelassen und fröhlich; wie eine rauschende Party, nicht wie eine christliche Gemeinde. Ehe ich länger darüber nachdenken konnte, löste sich aus einem der kleinen Kreise ein weißhaariger, schmallippiger Mann und kam mit geöffneten Armen auf uns zu: „Gut, dass ihr kommt, wir wollen gleich anfangen. Holt euch schnell noch etwas zu essen und zu trinken, damit ihr nicht mit knurrendem Magen dasitzt."

Kallias folgte der Aufforderung, während sich der Alte mir zuwandte: „Ich bin Aristides .... Warte mal, warst du nicht in den letzten Jahren schon mehrfach für einen Tag mein Gast? Aber natürlich. Jetzt erinnere ich mich: Du heißt Maximilian. Herzlich willkommen."

Ich schwieg und er schmunzelte: „Wunderst du dich darüber, dass unsere Gemeinschaft inzwischen so groß ist?"

Stotternd bemerkte ich: „Nun ja, es sieht mehr nach einem Fest als nach einer religiösen Gemeinschaft aus."

Da brach er in Gelächter aus: „Ich weiß nicht, wie die Gemeinde lebt, aus der du kommst, aber wir freuen uns so über unseren Glauben, dass wir sehr viel feiern."

„Und was unterscheidet dieses Fest von einem heidnischen?"

Aristides wurde sehr ernst: „Siehst du diese Gruppe dort drüben? Die beiden Männer links sind Sklaven, sie können überhaupt nur bei uns mitfeiern, weil hier keiner höher steht als der andere, an jedem anderen Ort würde man sie direkt in die Küche schicken. Auch die Frauen neben ihnen dürften sonst niemals an einer politischen Vortragsveranstaltung teilnehmen. Der ältere Mann in der dunklen Toga ist auf Grund eines Skandals von allen Patrizierfamilien verstoßen worden, und die braunhaarige Frau mit der Haarspange ist als Bedienung in einer Hafenspelunke zum Glauben gekommen. Hier lieben wir einander, weil wir Geschöpfe Gottes sind und weil Jesus uns liebt."

Einen Augenblick wurde ich unsicher, ob diese permanente Freundlichkeit echt oder aufgesetzt war. Etwas trotzig fragte ich: „Und wie feiert ihr Gottesdienst?"

Aristides stutzte. Wahrscheinlich war ich schon einmal sonntags in der Gemeinde gewesen und wusste es nur noch nicht. Trotzdem antwortete er freundlich: „Natürlich hat unser Gottesdienst eine äußere Form, in der wir beten, singen, lehren, Brot und Wein zu uns nehmen und vieles mehr. Aber vorher kommen wir immer zusammen und feiern unsere Gemeinschaft, damit wir überhaupt offen sind, als Gemeinde Gott zu begegnen …"

Eine junge Frau hatte sich Aristides von hinten genähert und raunte ihm zu: „Er ist da!"

Erstaunlicherweise nahm sich der Gemeindeleiter Zeit, seinen Satz noch zu Ende zu sprechen: „… und wissen, mit wem wir es zu tun haben. Entschuldige mich bitte, ich muss unseren Gast begrüßen."

Ich hätte sowieso nichts mehr sagen können, denn tatsächlich, für mich nach wie vor unfassbar: Da kam er in den Saal – Lukian. Er trug eine schwere golddurchwirkte Lacerna, die an der Schulter von einer Fibel zusammengehalten wurde, und nahm den Raum sofort mit seinen Blicken in Besitz. Ich fühlte mich wie ein kleines Kind, das zum ersten Mal mit Bewusstsein das Öffnen der Tür zum Weihnachtszimmer erlebt. Es war fesselnd. Allerdings blickte der Dichter, der um die 60 sein musste, etwas missmutig drein, als bereue er es nachträglich, bei dieser seltsamen Veranstaltung zugesagt zu haben. Mit einer energischen Handbewegung forderte er alle auf, sich auf die bereitliegenden Kissen zu setzen und trank in einem Zug den Becher mit Wein aus, den ihm jemand gereicht hatte.

Aristides begrüßte Lukian: „Wie schön, dass du kommen konntest. Wir sind schon sehr gespannt, was du uns erzählen wirst. Wahrscheinlich eher etwas Philosophisches."

Lukian kräuselte seine Nase und sagte fast desinteressiert: „Philosophen sind eine Art von Leuten, die wie Schaum auf der menschlichen Gesellschaft schwimmen, die sich diesen Namen anmaßen, obwohl sie nichts Besseres als ein faules, zänkisches, ruhmgieriges, gallsüchtiges, gefräßiges, hoffärtiges und ungezogenes Gesinde und eine unnütze Last für die Erde sind."

Ich konnte Aristides ansehen, dass er wie ich das Zitat kannte, während einige der anderen Gäste leise zu tuscheln anfingen. Der Gemeindeleiter überspielte den misslungenen Anfang geschickt: „Vielleicht sollten wir über Politik reden!"

Lukian musterte den weißhaarigen Mann lange, als wolle er prüfen, ob dieser es ernst meine. Dann sprach er unvermittelt mit völlig veränderter Stimme weiter. Sein Tonfall wurde auf einmal sanft und zugleich gewinnend. Jedes Wort glitt über die Zunge, als koste der Dichter von einem köstlichen Gericht, dessen Würzigkeit alle Anwesenden schmecken sollten. Vorher hatte Lukian als Privatperson geredet, jetzt stand da der sichere Rhetor. Mit einer federnden Spannung formte er die Sätze so, dass sie nicht nur in den Ohren widerklangen, sondern auch alle anderen Sinne herausforderten. Nun war klar: Diese Gedanken sind wichtig, sie verlangen volle Aufmerksamkeit und stehen wie eine offene Einladung im Raum. Es war unmöglich, nicht zuzuhören.

Sehr bewusst und getragen sagte Lukian: „Politik, das Spiel, in dem Länder erobert und Städte zerstört werden? Worüber sollte ich da reden? Über Mark Aurel, den verehrten Kaiser, der vor lauter Pflichterfüllung das Regieren vergisst? Der sich ganz der Ataraxie, der Loslösung von den Leidenschaften ergibt, und darum die feurige Ausstrahlung einer Seegurke bei weitem unterbietet? Nun, fürchten muss ihn wahrlich keiner, aber jemanden, den man nicht fürchtet, den man nicht als Autorität anerkennt, den achtet man auch nicht. Aber das ist ja auch kein Wunder, wenn man auf den merkwürdigen Einfall kommt, den Kaiser eines Weltreiches durch Adoption bestimmen zu lassen. Gut, es war eine hübsche Idee von Nerva, dass jeder Herrscher seinen Nachfolger in Zukunft selbst wählt. Aber was ist, wenn schon der erste Herrscher ein Kleingeist ist? Er wird wieder einen Kleingeist wählen.

Mark Aurel ist so unscheinbar, dass sich der Orientbefehlshaber Avidius Cassius nicht gescheut hat, ihn einfach für tot zu erklären. Aber das wisst ihr ja alle. Nun: Es hat sicher nicht zufällig einige Zeit gedauert, bis man überhaupt herausfand, dass der Kaiser noch am Leben war. Also, ich wage zu bezweifeln, dass das ein würdiges Thema ist."

Die trockene Stimme von Aristides riss mich wieder aus meiner faszinierten Betrachtung: „Nun, dann sprich über den Glauben!"

Lukian störte sich sichtlich am schlichten Ton des Gemeindeleiters, der seinem sorgfältigen Formungswillen entgegenstand. „Du meinst: über die Religion? Oder?"

Aristides schenkte dem Dichter Wein nach. „Nein, über den Glauben!"

„Das ist dasselbe. Man erzählt uns, es gäbe Götter, die über uns wachen, und gleichzeitig behauptet man, alles in dieser Welt hinge vom Schicksal ab. Eines von beidem kann nicht stimmen, und ich vermute, dass die Götter, wenn es sie einst gab, längst verschlafen sind. Wo sind denn die allbezwingenden Flammenblitze Jupiters, die die Bösen verschlingen sollen, wo? Wo ist der weitbrummende Donner, der den Menschen Respekt einflößt? Wir brauchen uns die Welt nur anzugucken, dann sehen wir, dass sie die Götter nicht, aber auch überhaupt nicht interessiert. Alles läuft ab, als gäbe es keine Götter. Kein Unrecht wird vergolten, kein Übeltäter wird bestraft! Die Verbrecher suhlen sich wie alte Geier im Blut ihrer Opfer und niemand hält sie auf. Fast scheint es, als hätten die Götter den Olymp mit dem Hades vertauscht und sich selbst abgeschafft.

Der größte Beweis für die Nichtexistenz der Götter aber bin ich! Dass ich schon so lange meinen Spott über sie ausschütten darf, ohne dass sie sich bei mir gemeldet hätten, zeigt, wie erlogen sie sind. Und selbst wenn es sie gäbe: Wer wollte diesem Haufen untüchtiger, liebeskranker, eifersüchtiger, ja dummer und kleingeistiger Egoisten auch nur ein abgefallenes Schweineohr opfern?"

Aristides unterbrach ihn: „Aber warum zürnst du dann auch so über die Denker, die versuchen, die Welt auf eigenem Wege zu ergründen? Was hast du gegen die Philosophen?"

„Das kann ich dir genau sagen. Sie vergessen vor lauter Denken das Leben. Oder vor lauter Leben das Denken. Die Weisheit förderst du damit jedenfalls nicht. Und leider findest du immer nur eines von beiden: Die einen Philosophen haben sich einen Olymp der Gedanken aufgetürmt. Sie schauen überheblich auf die Welt herab und brüsten sich noch mit ihrer Aufgeblasenheit. Die anderen schimpfen sich zwar Denker, nutzen aber all ihre feingewobenen Wortspielereien, dieses Geprassel von Worten nur, um sich damit ein weiches Bett zu besorgen. Zeige mir nur einen, der die hehren Gedanken, die er pflegt, auch lebt, dann werde ich mich sofort eines Besseren besinnen. So aber sehe ich nur Heuchler, Verlogenheit und vor allem Unnatürlichkeit. Die Philosophen verkleiden sich mit ihren Sätzen wie mit einem großen Festgewand, und wenn man darunter schaut, sieht man, wie mager und wacklig der ganze Leib ist."

Der Gemeindeleiter hatte auf einmal Farbe bekommen: „Nun, dann gibt es also gar nichts, an das man glauben kann?"

Lukian trank einen Schluck, wälzte ihn mit der Zunge im Mund hin und her und sagte dann bedächtig: „O doch. An die Fantasie, an eine Welt, in der es keine Falschheiten und Zwänge mehr gibt, an die Freiheit …"

Aristides unterbrach ihn: „Freiheit wozu?"

„Wieso wozu, du meinst wohl, wovon!"

„Nein, wozu!"

Der vorher so zurückhaltende Mann war jetzt so in Fahrt, dass er vor Erregung mit dem Fuß aufstampfte: „Freiheit alleine ist wertlos. Wer von allem frei ist, der torkelt haltlos durch das Leben, der wird einfach weggeschwemmt. Da, wo nichts mehr gefangen nimmt, da gibt es auch kein Gut und Böse mehr, da ist alles Nichts. Die Philosophen finden keinen Trost, weil sie die Fesseln des Geistes so locker machen, dass sie davontreiben. Wer könnte sagen: ‚Ich bin völlig frei'? Einer, der nicht mehr liebt, nicht mehr isst, nicht mehr fragt, nichts mehr wünscht und nicht mehr lebt. O ja, wir brauchen Freiheit, unendlich viel davon. Aber die Freiheit, die uns frei macht, das richtige Ziel anzusteuern. Nicht die Freiheit, die uns in eine viel bösartigere Falle führt, nämlich die Unfähigkeit, uns freiwillig an etwas zu binden. Viele sind so gefangen in der Begierde, frei zu sein, dass sie zum Sklaven dieser Begierde werden."

Lukian hob wütend den Kopf: „Willst du damit sagen, dass ich nicht frei wäre? Jedenfalls bin ich doch wohl freier als jemand, der einen gekreuzigten Galiläer anbetet, von dem man nicht einmal sagen kann, ob er Mensch oder Gott war."

Der Gemeindeleiter senkte die Augen: „Verzeih mir, wenn ich dich beleidigt habe. Aber so ganz frei kannst du nicht sein, sonst hättest du es weder für nötig gehalten, dich zu verteidigen, noch für gegeben, mich deinerseits anzugreifen."

Der Dichter stockte, dann zog ein breites Grinsen auf sein Gesicht: „Aristides, du gefällst mir. Lass uns etwas essen, dann werde ich über die Leichtgläubigkeit reden. Und ich habe den Eindruck, dass wir einen sehr interessanten Abend miteinander verbringen werden."

Es fällt mir schwer zu sagen, welche Gefühle mich in diesem Augenblick bewegten. Einerseits missfiel mir der arrogante Ton des Dichters, der sich selbst zum Weltenrichter ernannt hatte, andererseits verstand ich nicht, wie es so schnell zu einer Veränderung meiner Wahrnehmung gekommen war. Früher hatte ich Lukian bewundert, ja, fast verehrt, weil er Sätze zu sagen wagte, die in ihrer Direktheit und Unverfrorenheit meine Denkstrukturen aufsprengten. Nun stand er mir als realer und selbstgefälliger Künstler seiner Zeit gegenüber.

Niemals hatte es in meiner Forschungszeit jemanden gegeben, der es gewagt hätte, Lukian zu widersprechen. Wenn sich jemand stritt, dann waren es die Wissenschaftler unter sich. Lukian aber stand fest, seine Schriften waren die heiligen, unangreifbaren Wahrheiten, in denen man vielleicht historische Ungenauigkeiten, Fehler der Redaktoren, niemals aber inhaltliche Unrichtigkeiten entdeckte. Plötzlich war aus dem Heroen Lukian der Mensch Lukian geworden, und ich wusste noch nicht, welchen der beiden ich lieber mochte.

Während der Redner aß, versuchte ich zweimal, das Wort an ihn zu richten, aber er antwortete nur einsilbig und gab mir mit seinen Blicken zu verstehen, dass er seine Ruhe brauche. Wütend wollte ich ihm schon sagen, dass ich Zeuge der von ihm beschriebenen Mondreise geworden war und dass er sie leider nicht mehr erleben werde, aber Aristides schien meinen Unmut zu ahnen, denn er bedeutete mir mit einem leichten Kopfschütteln zu schweigen.

Doch dann ging alles sehr schnell. Ein Hornsignal war zu hören, und ehe wir uns versahen, füllte sich der Saal mit römischen Soldaten, die ihre Schwerter gezogen hatten. Verwundert stellten die Uniformierten fest, dass sich niemand wehrte. Die Christen saßen wie erstarrt da; auch dann, als einige der Soldaten sie roh anstießen. Ein Offizier mit langen Beinschienen trat vor und verkündete mit kalter Stimme, gegen die Lukians Worte wie Balsam gewesen waren, unsere Verhaftung und wies seine Untergebenen an, uns ins Gefängnis zu führen.

Irgendwo unter dem dreckigen Stroh, das den Boden bedeckte, raschelte es. Blitzschnell trat einer der Männer zu und beendete das Leben einer noch einmal verzweifelt aufquiekenden Maus. Nur zwei Frauen hoben müde den Kopf, die anderen starrten gedankenverloren in das Halbdunkel. Ich schätzte, dass es etwa 22 Uhr war, scheute mich aber, meine Taschenuhr hervorzuziehen. Irgendwo tropfte Wasser von den Wänden auf den Boden und die feuchte Atmosphäre legte sich schwer auf die

Gemüter. Ab und an hörte man das Geräusch eines sich wendenden Körpers, sonst blieb es still. Vielleicht, weil all diese Menschen schon lange damit gerechnet hatten, dass es zu einer solchen Entwicklung kommen würde. Ich war überrascht, wie gelassen und stolz sich die Frauen und Männer hatten abführen lassen. Kein Schrei erklang, keine Aggression kam hervorgekrochen, keine Beschimpfungen und keine Klagen waren zu hören. Sanft wie Lämmer waren alle den Soldaten gefolgt.

„Was werden sie mit uns machen?“

Ich wusste nicht, wer gesprochen hatte, ahnte aber, dass der Sprecher eine Antwort von Aristides erwartete.

Dieser entgegnete flüsternd, um die Schlafenden nicht zu wecken: „Ich weiß es nicht. Wenn wir den Kaiser nicht als Gottheit anerkennen, können sie alles mit uns machen. Sie werden uns wahrscheinlich auffordern, eine Statue von Mark Aurel anzubeten. Und denjenigen, die sich weigern, wird es ziemlich schlecht ergehen.“

„Wäre das nicht eine verzeihliche Sünde?“, fragte der Angeredete.

Lukian kam dem Gemeindeleiter mit der Antwort zuvor: „Natürlich! Es kommt doch darauf an, was man denkt, nicht darauf, was man unter Zwang aussagt. Außerdem feiert ihr euren Gott ja als den Gott der Gnade, da wird er einen kleinen Meineid schon nicht so eng sehen. Jeder, der vor dem Kaiser auf die Knie fällt, ist ein freier Mann. Also werden wir alles tun, was sie von uns erwarten …“

Die Stimme von Aristides klang scharf und schnitt ihm das Wort ab: „Nein, das werden wir nicht …“

Lukian übertönte ihn seinerseits: „Aber das wäre doch reine Dummheit! Wie viele Dinge macht man, die man nicht aus ganzem Herzen tut? Der eitle Kaiser möchte einen Kniefall, dann soll er ihn doch haben. Warum denn nicht? Seid ihr alle so verrückt, dass ihr wegen einer solchen Lappalie euer Leben riskiert? Ich würde jederzeit vor einem Kaiser niederfallen, den ich für einen Schwachkopf halte!“

Überall schreckten Menschen hoch und versuchten, dem Wortgefecht zu folgen. Ich ahnte, dass Aristides grinste, obwohl ich sein Gesicht, das im Schatten lag, nicht sehen konnte. Ruhig entgegnete er: „Du verwunderst mich, Lukian. Dass gerade du so etwas sagst. Du hast doch dein ganzes Leben lang gewettert, dass die Großredner, die Philosophen, die Priester, die Götter und die Gläubigen falsch und inkonsequent leben! Du hast ihnen immer wieder vorgeworfen, sie seien verlogen, oberflächlich und letztlich nur ihren Begierden unterworfen. Das Widerwärtigste war für dich die Bedeutungslosigkeit der Denker, die wilde Theorien von einer besseren Welt erfinden und sie nicht einmal in ihrem eigenen Leben verwirklichen können. Erinnerst du dich? Was ist denn jetzt mit der Anständigkeit und dem Ehrgefühl, die du so energisch eingefordert hast? Keiner von uns kann an Jesus Christus glauben und zugleich dem Kaiser huldigen. Das wäre genau die Schwachheit, die du verworfen hast. Ob ich meine Ideale wegen eines teuren Kleidungsstückes oder wegen meiner Todesangst verkaufe, ist nur ein quantitativer Unterschied. Entweder bewährt sich mein Glauben in allen Lebenslagen oder er ist nur ein lächerlicher Zeitvertreib für gute Tage.

Außerdem ist es leider so, dass einer, der einmal angefangen hat, Kompromisse zu schließen, nicht mehr aufhören kann. Entweder man lebt ernsthaft oder man lässt es. Wenn ich die höchsten Ideen meinen egoistischen Wünschen unterwerfe, haben sie schon verloren. Dann sage ich leichtfertig: ‚Ich durfte vor dem Kaiserstandbild lügen, dann darf ich doch sicher auch in moralischen Dingen etwas freier sein, dann darf ich die Liebe vergessen und mich wieder um meinen Besitz und meinen Ruhm kümmern.' Und so geht das immer weiter! Man kann nur mit der Lüge oder ohne die Lüge leben. An diesem Satz hängt die Ernsthaftigkeit und die Würde deines Lebens. Es gibt keinen Mittelweg. Vielleicht liegt darin das ganze Problem der Menschen, dass sie sich immer einreden, ein wenig falsches Leben sei gestattet, wenn nur der Rest wohlanständig präsentiert wird. Aber genau das funktioniert nicht."

Man hörte, wie Lukian seinen Bart zwirbelte. Er murmelte unwirsch vor sich hin und fragte schließlich: „Was ist wichtiger: die Wahrheit oder die Liebe? Kann es nicht Augenblicke geben, in denen ich um der Liebe willen lügen muss?"

Jetzt konnte man an der Stimme von Aristides hören, dass er lächelte: „Ja, die kann es geben, aber dann weicht ein Ideal dem anderen. Liebe und Wahrheit sind ein sehr kämpferisches Paar. In unserem Fall geht es aber nicht um die Liebe, sondern um Angst …"

„Es geht um Leben oder Tod!"

„Nein, Lukian, es geht um Angst. Letztlich handeln wir fast immer nur aus Angst. Und auf die trifft das Gleiche zu wie auf die Lüge. Man kann nur mit ihr oder ohne sie leben. Wer in einem Bereich seines Lebens Angst hat, kann sie auch nicht aus den anderen fernhalten, und dann fordert sie überall ihren Tribut. Wir handeln dann nicht mehr aus Wahrheit oder Liebe, sondern nur noch aus Angst. Gott sagt: ‚Fürchte dich nicht', und dieser Satz ist der einzige, der wirkliche Freiheit bringt. Darum fürchten wir auch den Tod nicht. Wir wissen, dass er nicht das letzte Wort hat. Wenn wir in dieser Situation nicht auf Gott vertrauen, dann werden wir es auch in keiner anderen schaffen."

Lukian fühlte sich offenbar verletzt, denn er sprach ziemlich laut: „Ihr wollt mir erzählen, dass ihr alle keine Angst vor dem Tod habt? Das ist doch Wahnsinn.“

Anstatt eine Antwort zu geben, begann eine der Frauen zu singen. Die anderen fielen ein und das düstere Gewölbe schien sich unter den Klängen zu weiten. Es war eine einfache Hymne, die sich an den Wänden brach und vielfach zurückklang, so dass man den Eindruck bekam, Hunderte von Menschen würden ihre Stimmen erheben. Ich kann nicht sagen, warum, aber in diesem Augenblick fühlte ich mich geborgen.

Als der Gesang ausklang, blieb diese erhabene Stimmung bestehen. Auch die Stimme Lukians hatte sich verändert. Unsicher und dennoch heiter sagte er: „Möchtet ihr gerne die Wahrheit wissen?“

„Welche Wahrheit?“, fragte Aristides.

„Die ganze Wahrheit. Die Wahrheit darüber, warum wir hier sind. Das hat überhaupt nichts mit euch zu tun. Es geht um mich. Ein Freund hat mich schon vor einigen Tagen gewarnt, dass jemand einen Anschlag auf mich plant, aber ich habe ihn nicht ernst genommen, weil ich Drohungen gewohnt bin. Ich hätte es besser wissen sollen. Die Priesterschaft von Side versucht seit langem, mich zum Schweigen zu bringen. Vor allem der ach so heilige Charinus geifert und tobt, wenn er meinen Namen nur hört. Angeblich spuckt er immer aus, wenn jemand mich erwähnt, mich, den Spötter der Götter. Es ist unglaublich, wie dumm diese Menschen sind. Sie haben immer noch nicht erkannt, dass ich nur eines will: hinter all dem Selbstbetrug und den hohlen Traditionen die Wahrheit finden, die es nicht nötig hat, dass man sie vergewaltigt. Aber Charinus hängt so an seinen Äußerlichkeiten, dass er gar nicht über die Wahrheit nachdenken will. Er weiß, dass bei einer ehrlichen Prüfung all das zusammenfällt, was er sich als Lebensersatz zusammengebastelt hat. Und darum hasst er mich. Für ihn bin ich schlimmer als die Büchse der Pandora. Kein Wunder, wenn jemand überall neue Tempel bauen will und gleichzeitig spürt, dass das Interesse der Menschen an den längst zum Bild erstarrten Göttern immer geringer wird. Da braucht man eben einen Sündenbock.“ Er kicherte. „Sie haben sogar den Kaiser gebeten, meine lästerlichen und blasphemischen Schriften zu verbieten. Aber bisher waren sie erfolglos, was ihre Wut nur noch weiter gesteigert hat. Man muss anerkennen, dass ihr neuer Plan wirklich sehr geistreich ist: Sie verleumden mich als Christen – gerade jetzt, wo die Stimmung ohnehin gegen euch ist –, umgehen ein bisschen die Gesetze und sorgen dafür, dass ich hingerichtet werde, bevor jemand genauer nachfragt.“

Aristides räusperte sich, dann schimpfte er: „Wenn das stimmt, dann wird mir einiges klar: Ich habe mich noch gewundert, warum mir jemand so großzügig deinen Besuch versprach. Ich kannte den Mann, einen etwas zu freundlichen Besucher, gar nicht, aber er erzählte, du wünschtest, einmal eine christliche Gemeinde kennen zu lernen."

„Und mir haben sie erzählt, die Christen in Side seien ungemein an einem offenen Disput über Gott und die Götter interessiert. Sei's drum, jetzt sind wir hier. Mir tut es nur Leid, dass ich euch mit hineingerissen habe. Denn wenn diese Festnahme tatsächlich von den Priestern initiiert wurde, dann werden sie auch freudig den Untergang einer christlichen Gemeinde vermelden..."

Überall begannen die Leute, erregt miteinander zu sprechen, so dass ich Lukian, der am anderen Ende des Kerkers saß, nicht mehr verstehen konnte. Immer wieder klangen die markanten Stimmen des Leiters und des Dichters heraus, aber sie waren kaum noch zu unterscheiden.

Etwa eine halbe Stunde später, es musste inzwischen elf Uhr nachts sein, hatten sich die Gemüter beruhigt. Leise flüsterten einige der Christen, während andere schon eingeschlafen waren. Ich bewunderte sie dafür, dass sie sich in einer solchen Situation einfach hinlegen konnten. Mir gingen zu viele Gedanken durch den Kopf.

Aus irgendeinem Grund fiel mir ein, wie ich 1998 mit Verena in Mailand das Grab von Ambrosius besucht hatte, in dem man die Gebeine des Kirchenvaters besichtigen kann. Mir waren die blanken Knochen in der Krypta damals eher widerwärtig, Verena aber wollte sich gar nicht mehr von dem Sarkophag lösen. Sie sagte andächtig: „Muss ein toller Kerl gewesen sein!"

„Wieso denn das?", fragte ich.

Sie überlegte einen Augenblick. Dann erklärte sie ihre Rührung: „Er hat im 4. Jahrhundert, also in einer Zeit gelebt, in der es sehr mutig war, für seinen Glauben einzustehen. Zwar war das Christentum schon anerkannt, aber gerade diese Umbruchszeit war ja von vielen Aggressionen und Unsicherheiten geprägt. Er hat sich nicht gescheut, von seinen Träumen zu erzählen. Wusstest du, dass Augustinus durch Ambrosius zum Glauben gekommen ist?"

Ich hatte es natürlich nicht gewusst. Verena aber war danach sehr verschmust gewesen, sie hatte sich bei mir eingehängt und wollte mich gar nicht mehr loslassen, so dass ich sie schließlich sogar darauf angesprochen hatte. Da war sie beinahe in Tränen ausgebrochen und hatte gesagt: „Ich möchte gerne wissen, wann ich die Chance bekomme, für etwas einzustehen. Dabei bin ich noch nicht einmal sicher, ob ich überhaupt eine Überzeugung habe, für die es sich lohnt zu kämpfen. Aber manchmal packt es mich einfach, da fühle ich mich so unendlich allein und verloren, dass sich alles in mir verkrampft. Kennst du das?"

Mir war in dieser Situation so seltsam zu Mute gewesen, dass ich versucht hatte, mit einem schlechten Scherz die bedrückende Atmosphäre zu vertreiben: „Kann es sein, dass du deine Tage bekommst?"

In dem Augenblick, in dem ich diesen Satz aussprach, wusste ich, dass ich einen Fehler begangen hatte. Ich hätte alles getan, um ihn ungeschehen zu machen, aber es war zu spät. Verena war erschreckt von mir abgerückt und hatte mich angeblickt, als sei ich ein völlig Fremder. Unverständnis und Trauer stritten in ihrem Gesicht um die Vorherrschaft. Ich bat sie sofort um Verzeihung, die sie auch aus Gewohnheit gewährte, doch von da an war unsere Beziehung nicht mehr so wie vorher.

Ich wäre fast in meinen Erinnerungen versunken. In diesem Augenblick aber wurden Schritte laut, und einige Männer mit Fackeln öffneten die Tür, sodass wir geblendet die Augen senken mussten. Als ich wieder aufblicken konnte, hatte die Gruppe bereits den Kerker betreten. Vorne stand ein römischer Legat mit einem dichten Bart, der herausfordernd auf unsere Gruppe schaute. Abschätzend glitt sein Blick über die müden Gesichter. Mehrere Minuten verstrichen, in der mir plötzlich wieder das klatschende Geräusch der Tropfen bewusst wurde.

Endlich sagte der Legat mit einer befehlsgewohnten Stimme, die so klang, als sei sie ein rein körperlicher Akt und habe nichts mit seiner Person zu tun, in die Menge: „Wer von euch ist Lukian?"

Der Dichter stand auf, starrte aber an dem Soldaten vorbei: „Sieh da, Charinus, mein alter Freund! Bist du gekommen, um mich hier herauszuholen?"

Ein schlanker Priester mit vor Wut verzerrtem Gesicht trat hinter dem Legaten hervor. Seine zitternden Hände verrieten seine Erregung. Er war mir sofort unsympathisch. Vielleicht, weil er diesen Fanatismus ausstrahlte, der zwischen Liebe und Gewalt nicht mehr trennen kann. Seine Augen traten weit aus den tief liegenden Höhlen hervor und gaben ihm ein animalisches Aussehen. Ich wusste, dass Lukian ihn einmal auf Grund seines Aussehens „die Ratte" genannt hatte.

Jetzt aber stand dieser bebende Geistliche da und schrie: „Ich bin kein Freund von Ketzern und Aufwieglern. Dir wird das Lachen schon vergehen, du widerlicher Schmierfink. Du wirst erleben, was einem zustößt, dem nichts mehr heilig ist!"

Und als hätte es noch Zweifel daran gegeben, sagte er zu dem Soldaten: „Das ist Lukian!“

Erstaunlicherweise war ich mehr fasziniert als beängstigt. Lukian aber hob den Kopf und nahm wieder diese Haltung ein, in der er seinen Spott zu bündeln pflegte. Laut sagte er zu dem Legaten: „Jetzt lässt sich der Kaiser also schon von einem Priester vorschreiben, was er zu tun hat. Erstaunlich. Wenn Charinus Recht hat, dass Jupiter auf seiner Seite ist, dann soll er es doch beweisen. Ich verspreche: Wenn jetzt hier sofort ein Gott auftaucht und mich zurechtweist, will ich all meine Häme zurücknehmen und mein Leben im Tempel verbringen. Wenn aber die ganzen heiligen Geschichten meines lieben Freundes nur absurdes Gerede sind, dann gibt es wohl keinen Grund, mich hier festzuhalten.“

Geschickt, dachte ich, *jetzt bringt er die anderen in Erklärungszwang,* und tatsächlich setzte Charinus schon an, um rot vor Wut etwas zu erwidern.

Der Legat brachte ihn mit einer Handbewegung zum Schweigen. Dann sagte er: „Lukian, du verkennst, worum es hier geht. Deine Streitereien mit Charinus interessieren niemanden. Mich jedenfalls nicht. Du bist bei einer sektiererischen Gemeinschaft angetroffen worden, die die Existenz der Götter und die Erhabenheit unseres Kaisers leugnet. Darauf steht die Todesstrafe. Willst du dazu etwas sagen?“

Ich sah, dass Lukian mit sich rang und dass der boshafte Teil die Oberhand gewann. Lässig, als sei er sich seiner Situation tatsächlich nicht bewusst, bemerkte er: „Es ist schon erstaunlich, was sich kleine Soldaten heute herausnehmen. Ich bin gerne bereit, mit dem Statthalter über solche hochgeistigen Dinge zu reden, aber nicht mit einem aus dem Hades gestiegenen Untergebenen, der sich selbstherrlich zum Kaiser dieser hehren Stätte ernennt.“ Und nun, das wurde mir sofort klar, verlor er die Kontrolle über sich, denn als er fortfuhr, hatte seine Stimme exakt den Klang und den Habitus des Legaten angenommen: „Du verkennst, worum es hier geht. Willst du dazu etwas sagen?“

Der Soldat war bleich geworden, und man sah ihm an, dass es ihn Kraft kostete, Lukian nicht niederzuschlagen. Bebend stieß er hervor: „Nun, da kein Zweifel mehr daran besteht, dass du ein Christ bist, verurteile ich dich zum Tod. Dank der mir vom Statthalter für diese Fälle erteilten Vollmacht wird das Urteil sofort vollstreckt.“

Das Wort „Vollmacht“ verpackte der Soldat in zwei harte, triumphierende Silben, die in den Gängen nachhallten. Er winkte zwei seiner Untergebenen herbei und deutete auf den Dichter. Und jetzt passierte etwas, das ich nie erwartet hätte: Lukian sackte in sich zusammen. Als hätten ihn nur seine Selbstsicherheit und sein Spott aufrecht gehalten, schrumpfte er nun förmlich zusammen. Sein Blick wurde hohl und verlor sich in der Ferne. Beide Hände fuhren hoch zu seinem Kopf und rutschten dann haltlos an den Wangen ab. Wimmernd sagte er: „Das könnt ihr nicht tun. Das ist gegen das Gesetz. Ich habe doch Rechte …"

Der Offizier blickte angewidert auf die jämmerliche Gestalt: „Darüber werde ich morgen gern noch einmal nachdenken. Schade, dass du dann nichts mehr davon hast."

Die Soldaten führten den Jammernden zum Ausgang. Als sie an Charinus vorbeikamen, stellte der sich ihnen in den Weg und spuckte Lukian ins Gesicht: „So endet das Leben eines aufgeblasenen Wortgauklers, der sein Dasein damit vergeudet hat, über andere herzuziehen. Ich bezweifle, dass Charon dich überhaupt mitnehmen wird. Du hättest dich eben nicht auf diese Christen einlassen sollen. Stirb schön!"

Ich konnte zwar von meinem Standort aus das Gesicht des Dichters nicht sehen, aber ich bemerkte, dass ein Ruck durch seinen Körper ging. Er gewann noch einmal seine Spannung zurück, als wolle er zumindest diese letzte Herausforderung bestehen. Scharf sagte er: „Ratten bleiben Ratten, auch wenn sie einmal vom Kadaver eines Adlers genascht haben. Selbst wenn ich heute verliere, bleibe ich ein Gewinner, selbst wenn du heute gewinnst, bleibst du ein Verlierer. Schade, oder? Und eines, mein lieber Charinus, haben dir diese Christen voraus: Sie stehen zu dem, was sie tun!"

Der Offizier schritt nicht ein. Charinus aber schlug zu und traf Lukian, der noch reflexartig den Kopf senkte, mitten ins Gesicht. Dann krächzte er mehr, als dass er sprach: „Ach ja, dann frag sie doch einmal, deine lieben Christen, wer von ihnen bereit wäre, an deiner Stelle in den Tod zu gehen, den sie doch angeblich nicht fürchten. Frag sie! Dann wirst du sehen, wie sehr sie zu ihren verdrehten Ideen stehen."

Lukian drehte den Kopf und blickte uns an. Seine Augenbraue war aufgeplatzt, und Blut lief ihm über die Wange. Es war still geworden im Raum. Alle blickten auf das verzerrte Gesicht des Dichters, der forschend in die Runde blickte. Die Frage füllte alle Zwischenräume aus und legte sich wie ein Netz um die Brust der Menschen. Selbst das Atmen war nicht mehr zu hören. Ich kann heute nicht mehr sagen, wie lange die Stille dauerte, aber sie schmerzte und wollte nicht aufhören. Nichts tat sich. Plötzlich aber schnitt das kehlige Lachen von Charinus alle Erwartungen ab, ein siegessicheres Lachen, das mehr dem Heulen eines Wolfes als einem befreienden Gelächter glich. Ich schaudere noch jetzt, wenn ich daran denke. Die Stille zerbrach wie Glas.

„Führt ihn ab", befahl der Offizier.

„Halt!"

Aristides lächelte: „Ich bin bereit, für Lukian zu sterben."

Auch andere Männer traten vor: „Nein, ich werde es tun."

„Ich tu es!"

„Ich bin bereit!"

Wie ein zwitschernder Vogelschwarm senkten sich die anschwellenden Rufe auf den Legaten. Von überall her kamen neue Meldungen. Die Soldaten zogen erschreckt ihre Schwerter, weil auf einmal alle Gefangenen einen Schritt nach vorne gemacht hatten. Ihre Gesichter zeigten einen ernsten, aber entschlossenen Ausdruck, als hätten sich die Menschen endlich von der eigenen Angst befreit.

Der Offizier, der sich bereits zum Ausgang gewandt hatte, fuhr herum: „Seid ihr alle wahnsinnig?"

Bevor jemand antworten konnte, fuhr ich dazwischen: „Nein, aber wir haben keine Angst."

Aristides wollte mich zur Seite ziehen, aber ich rief, ohne darüber nachzudenken: „Ich bin bereit, für Lukian zu sterben. Aber dazu wird es nicht kommen, denn ich kann euch die Kraft Gottes beweisen. Es wird ein Wunder geschehen. Bevor euer Henker mich töten kann, wird Gott mich retten!"

„Was redest du denn da, versündige dich nicht vor lauter Hochmut!", fuhr mich Aristides völlig benommen an.

„Aber warum denn so erregt", rief Charinus gehässig, „soll dieser Mann doch zeigen, was sein stinkender Nomadengott kann. Ich bin sehr gespannt, wie …"

„Ich stelle eine Bedingung", unterbrach ich den Priester, „wenn Gott ein Wunder tut und mich befreit, dann müssen auch Lukian und alle diese Frauen und Männer freigelassen werden."

Die Augen des Legaten glitzerten gefährlich. Kaum hörbar sagte er: „Dein Gott bekommt seine Chance, aber wenn du stirbst, dann sterben auch deine Freundinnen und Freunde. Los, gehen wir!"

Während wir durch endlose Gänge nach draußen geführt wurden, gelang es mir, einen Blick auf meine Uhr zu werfen. Es war viertel vor zwölf. Der Richtplatz lag am Rand der Staatsagora. Dort war ein einfaches Viereck als Galgen aufgerichtet, an dem bereits ein verurteilter Verbrecher hing. Offensichtlich hatte der Offizier schon vorher nach einem Henker geschickt, denn am Fuß des Gerüstes stand ein fetter Mann mit einer riesigen Warze am Mund, der mich unverhohlen musterte. Ehe ich wusste, wie mir geschah, packte er mich und hob mich wie ein Kind auf den Sockel, über dem das Seil baumelte. Er hatte die größten Hände, die ich jemals gesehen hatte. Gewaltig ausladende Pranken, deren Finger dicker waren als die Unterarme eines Kindes.

„Soll ich?", fragte der Henker.

„Nein", rief ich, „ich muss Gott erst anrufen."

„Ach", kam von irgendwoher die höhnende Stimme von Charinus, „ist das ein Wunder auf Bestellung?"

„Ich möchte nur Zeit zum Beten haben ..."

Der Legat fiel mir ins Wort: „Bete, aber beeil dich!"

Ich fiel auf die Knie, faltete die Hände und hielt darin meine Uhr. Während ich murmelte, starrte ich auf die Zeiger, die sich einfach nicht weiterbewegen wollten. Plötzlich bekam ich doch Angst. Ich musste eine Viertelstunde Zeit herausschlagen, bevor ich wieder in die Vergangenheit eintauchen würde. Aristides hatte Recht. Es war hochmütig von mir, mich zum Märtyrer zu stilisieren. Jetzt würde ich möglicherweise den Preis für meinen Leichtsinn bezahlen. Was das vielleicht meine Aufgabe? Eine Gruppe verfolgter Christen in Side vor der Hinrichtung zu retten? Der Sekundenzeiger kroch in Zeitlupe über das Zifferblatt, als wolle er mich verhöhnen, und wurde dabei von meinem Herzschlag immer wieder überrundet. Was für ein Leben.

Ich begann, Gott laut anzurufen, um Zeit zu gewinnen. In den ionischen Säulenhallen brachen sich die Laute. Ich weiß nicht mehr, was ich sagte, aber ich glaube, dass ich alle frommen Formulierungen, die mir jemals begegnet waren, mehr oder weniger sinnlos aneinander reihte. Ich wiederholte sie lateinisch und deutsch, nur um etwas sagen zu können. Die düsteren Statuen in den Nischen an der Ostseite des Hofes sahen aus, als wollten sie mich in dem gespenstischen Licht in aller Ruhe betrachten. Ich spürte, dass die Soldaten unruhig wurden. Um sechs Minuten vor zwölf riss mich der Henker aus meiner Haltung, offensichtlich auf ein Zeichen des Legaten. Meine Hände wurden auf dem Rücken zusammengebunden und das Seil um meinen Hals gelegt. *Das kann doch nicht sein!,* dachte ich, *dass ich jetzt und hier sterbe.*

Der Gedanke nahm mich so gefangen, dass ich erst dann wie aus einem Traum aufwachte, als Charinus rief: „Ja, das mit dem Wunder wird ja wohl nichts mehr! Wann kommt es denn endlich?"

Der Henker trat einen Schritt zur Seite. Laut und voller Verzweiflung schrie ich: „Ich brauche eine Fliege!"

Der Offizier sah mich verständnislos an, dann hob er die Hand, um dem Henker das Zeichen zur Hinrichtung zu geben. Mir wurde schwarz vor Augen. In diesem Moment trat Lukian aus der Gruppe. Er war wieder ganz in seine Rolle als Rhetor zurückgekehrt. Mit dröhnender Stimme sagte er: „Wenn dieser Mann gleich in den Hades einkehrt, dann soll es ihm nicht ergehen wie Kallisto, die von Artemis in einen Bären verwandelt wurde…"

„Was soll das?"

Der Legat stand noch immer mit erhobener Hand da und blickte den Dichter wütend an: „Was erzählst du da?"

Lukian atmete tief ein: „Ich weiß nicht, welche Gesetze zur Zeit gegen die Christen existieren, aber jeder Gefangene hat das Recht, seine Untaten zu bereuen. Das sagt schon Chiron zu seinen Schülern …"

Lukian sprach und sprach. Mehrfach wollte ihn der Soldat unterbrechen, aber der Rhetor ließ sich mit seiner geübten Stimme nicht aus der Fassung bringen. Er kam vom Hundertsten ins Tausendste. Er sprach über das Leid der Menschen, die Unfähigkeit zu glauben und die Eitelkeit der Frauen. Dabei nahm er immer wieder Bezug auf meinen Fall, den er als heroisches Beispiel für Glaubenstreue lobte und zugleich in Frage stellte. Jedes Argument, das er vorbrachte, widerlegte er logisch mit dem nächsten, um dann doch wieder das Gegenteil zu behaupten. Und als er gerade beim Lob Homers angekommen war, spürte ich endlich das „Zurück" in mir nahen. Noch nie hatte ich es so bewusst wahrgenommen; vielleicht, weil ich mich zum ersten Mal seit Beginn meiner Reise danach gesehnt hatte. Als stünde ich neben einer gigantischen Glocke, die mit aller Kraft angeschlagen wurde, vibrierte jede Zelle meines Körpers. Etwas saugte mich aus dieser Zeit in die Vergangenheit und umhüllte mich. Ich fürchtete, keine Luft mehr zu bekommen, und sah doch den Platz in einer ungekannten Klarheit vor mir. Gerade in diesem Moment warf der Legat einen letzten zornigen Blick auf den unaufhörlich weiterredenden Dichter. Dann senkte er den Arm.

Mit meiner letzten Luft rief ich: „Das Wunder!"

Dann zerbrach ich. Als ich wieder zu mir kam, zeigte meine Uhr bereits halb eins. Ich musste also fast eine halbe Stunde bewusstlos auf dem menschenleeren Platz gelegen haben. Dazu kamen noch einige Minuten, die ich brauchte, um mich von den Fesseln zu befreien. Ich stand auf, ordnete meine Kleider, taumelte zur Villa von Aristides und klopfte dort verzweifelt an die Tür. Ein unwilliger Sklave mit verschlafenen Augen öffnete die Tür, ließ mich aber sofort ein, als ich ihm sagte, dass ich ein verfolgter Glaubensbruder seines Herrn sei. Im Gästezimmer fiel ich in einen tiefen Schlaf.

171 Über der Bucht geht langsam die Sonne unter. Wie flache Steine springen die letzten Lichtstrahlen über die Wellen. Um die Landspitze kommen noch zwei Boote herein. Ich verstehe wieder einmal, warum ich in diesem Land schon vor 1 800 Jahren gerne Urlaub gemacht habe. Ein leichter Schauer läuft mir über den Rücken. Jedes Mal, wenn ich eine Zahl nenne, werde ich kribbelig. Es sind nur noch 140 Tage bis zu meiner Begegnung mit Jesus. Kaum mehr als vier Monate. Morgen werde ich aufbrechen, damit ich rechtzeitig in Jerusalem bin. Andererseits darf ich nicht zu früh ankommen, denn ich habe keine Lust, in den jüdischen Krieg verwickelt zu werden, der im Jahr 70 aus der ehemaligen Hauptstadt eine Ruinenlandschaft macht.

Auf der Mauer sitzt immer noch meine Möwe und lässt sich den Wind durch das Gefieder wehen. Ab und an senkt sie den Kopf, als zweifle sie langsam daran, dass ich etwas zu essen für sie habe. Ich werfe ihr mein einziges Stück Brot zu und sie holt es sich mit unverkennbarer Würde. Ihr Blick sagt: „Das hättest du mir auch schon vor zwei Stunden geben können!" Stimmt, das hätte ich, aber dann wärst du wohl nicht so lange bei mir geblieben. Oder doch?

Ich muss mein Kapitel fertig schreiben, denn Aristides hat heute Abend schon wieder Gäste, denen ich von meiner fernen Gemeinde berichten soll. Manchmal erzähle ich dann Episoden von meiner Reise. Natürlich fällt es mir schwer, nicht den Vorfall auf der Agora zu erwähnen, denn für all diese Menschen wird er erst in einigen Jahren Wirklichkeit werden. Aber ich hätte eben zu gern die erstaunten Gesichter der Leute gesehen, als ich vor ihren Augen verschwand. Vor allem in diesem Fall, in dem mein „Zurück" für jede der vertretenen Gruppierungen eine andere Bedeutung hatte. Ich werde nie erfahren, wie sie diesen Augenblick erlebt haben und was danach passiert ist. Schade. Aber ich bin fest davon überzeugt, dass mein Zeitsprung diesen Menschen das Leben gerettet hat beziehungsweise retten wird. Und ich bin unendlich dankbar, dass Lukian mich verstanden hat, denn er hat mir das Leben gerettet. Mein Versuch, ihn um Hilfe zu bitten, hätte ja auch schief gehen können. Aber er wusste, was ich wollte. Sein berühmtes „Loblied auf die Fliege" ist wohl der kunstvollste poetische Beweis dafür, dass man stundenlang über Nichtigkeiten reden kann, ohne etwas Bedeutendes zu sagen. Seitenweise erzählt Lukian in seiner geschliffenen Sprache und unter vielen Verweisen auf berühmte Zitate eine feine, aber völlig absurde Kulturgeschichte des Insektes. Als Schriftsteller wollte er mit diesem kleinen literarischen Leckerbissen seinen Zeitgenossen die Beliebigkeit ihrer Themen vor Augen führen. Und das ist ihm auf meisterhafte Weise gelungen. Als ich den Tod so nah vor mir sah, wusste ich, dass ich selber den Legaten nach meinem Gebet nicht mehr würde aufhalten können. Also brauchte ich einen Helfer, der seinerseits versuchte, Zeit zu schinden. Und Lukian wusste sofort, was ich wollte, als ich nach einer „Fliege" verlangte. Eigentlich ist das alles verrückt. Letztlich kann man nun sagen, dass mir mein Lukian-Studium das Leben gerettet hat. Wenn auch auf andere Weise, als ich das je gedacht hätte.

Die Möwe hat schon drei- oder viermal die Flügel ausgebreitet. Ich frage mich, wann sie endlich davonfliegt. Und ohne zu wissen, warum, habe ich sie plötzlich gern. Als sie sich in die Luft erhebt, winke ich ihr hinterher, bis sie am Horizont verschwindet. Einige Hafenarbeiter werfen mir verwunderte Blicke zu. Aber was macht das schon?

6. Jahr

Wie?

48

Es heißt, dass Astronauten, die von einem längeren Aufenthalt in der Schwerelosigkeit auf die Erde zurückkehren, von der Last ihres eigenen Daseins so niedergedrückt werden, dass sie darunter zusammenbrechen. Und sie brauchen einige Tage, bis sie das Gewicht des eigenen Körpers wieder unbeschwert tragen können.

Ich … ich kann nicht weiterschreiben, ich kann einfach nicht. Ich weiß ja nicht einmal, ob es überhaupt noch einen Sinn hat. Meine Tränen fließen meine Unterarme entlang und fallen schwer auf den Tisch. Die winzigen Seen liegen wie dunkle Wolken auf dem hellen Holz. Ich hätte nie gedacht, dass man vor Wut weinen kann. Jetzt weiß ich es! Ich möchte diesen glatten Papyrusbogen, der mich leer und fordernd angrinst, nur noch zerfetzen und wegwerfen, wie ich es schon mit so vielen davor getan habe. Wenn die dünnen, getrockneten Streifen des Stängelmarks unter meiner Gewalt reißen, dann klingen sie wie das schwache Zirpen einer Grille. Ein Trost ist das nicht. Ich sollte brüllen und fluchen oder wild durch die Straßen rennen. Am liebsten würde ich auf etwas einschlagen und meine Aggression herauslassen wie einen vor Hass zitternden Kampfhahn. Ich muss mich mit aller Kraft zwingen, sitzen zu bleiben, weil sich meine Muskeln andauernd vor Erregung verspannen. Verdammt noch mal! Wieso? Ich begreife das einfach nicht. Es ist so ungerecht, so hinterhältig! Was hat das alles für einen Sinn? Ich meine. Wie konnte das passieren? Und warum?

Meine Reise ist zu Ende. Im Jahr 48 hat das „Zurück" aufgehört. Einfach so. Von heute auf morgen. Ohne Vorzeichen, ohne Warnung. Ich schlief ein und erwachte – diesmal nicht ein Jahr früher, wie in den letzten 1952 Nächten, sondern wie jeder andere Mensch am Morgen des darauf folgenden Tages. Irgendwo verloren im Monat Maius des Jahres 48 – in einem weichen Bett im Haus eines gastfreundlichen Christen in Jerusalem. Und dieser Schock blieb keine Ausnahme, wie ich anfangs sehnsüchtig dachte. Seit zwei Wochen bin ich wieder ein Teilhaber der voranschreitenden Zeit. Aber ich kann, nein, ich will mich nicht daran gewöhnen. Ich gehöre nicht hierher. Ich bin ein Zeitreisender.

Natürlich ist es verrückt, mich darüber aufzuregen, dass ich nicht weiter in die Vergangenheit eindringe, schließlich wünsche ich mir genau das seit fast 2 000 Jahren, aber ich war eben nicht darauf vorbereitet. Es kam alles so plötzlich und ich fühle mich hier so … so unpassend. Ein Zeitreisender hat seine eigene Welt, in der nur er regiert. Er gehört überall hin und nirgends, das zeichnet ihn aus. Dieses Umherirren durch die Jahre ist sein Zuhause, und wenn man ihm das nimmt, dann ist er genauso heimatlos wie jeder andere Mensch, der sich in dieser Welt einrichten möchte. Wahrscheinlich ist es das, was mich verzweifeln lässt – und ich merke, wie sehr mich der Gedanke erschreckt, dass dem so sein könnte. In meinem Leben gab es tatsächlich über mehr als vier Jahre nur eine einzige Gewissheit, an die ich mich klammern konnte und die meinem Leben einen Halt gab: das Wissen, dass ich am nächsten Tag wieder ein Jahr früher aufwachen würde, sozusagen den Trost der Geläufigkeit. Nun gibt es gar nichts mehr. Es ist alles vorbei. Das macht mir Angst. Es kann doch nicht sein, dass ich vom Rhythmus meines Alltags beherrscht wurde. Wenn tatsächlich nur die immer wiederkehrende Erfahrung der äußeren Umstände meine Existenz bestimmt hat, dann bin und war ich als Persönlichkeit ein Niemand.

Am schmerzhaftesten aber ist die Enttäuschung. Darüber, dass mein Traum zerplatzt ist. Kaputt. Aus. Weg. Tausende von Kilometern bin ich gelaufen, um nach Jerusalem zu kommen, betörende Tage und schlaflose Nächte habe ich von der Begegnung mit Jesus geträumt ... ja, zwei Jahre lang war die Hoffnung auf ein Zusammentreffen mit ihm alles, wovon ich gezehrt habe, meine eigentliche Nahrung. Ich weiß nicht, wo ich heute wäre und ob ich noch leben würde, wenn mich nicht diese einzigartige Erwartung angetrieben und mir eine Richtung und ein Ziel gegeben hätte. Jede meiner Entscheidungen wurde von diesem Gedanken beherrscht: Ich werde Jesus sehen. Ich war im Lauf der Zeit ganz sicher geworden, dass er die Antwort hätte, nach der ich schon so lange suche.

In den letzten Wochen, als ich über Tarsus, Antiochia, Berytus, Tyrus und Caesarea hierher kam, konnte ich an nichts anderes mehr denken, so sehr war ich von meiner Sehnsucht erfüllt. Lange hetzte mich die völlig unbegründete Furcht, ich könnte zu spät kommen, und dann, als ich endlich durch das auf Säulen schwebende Damaskustor auf den *Cardo Maximus,* die Prachtstraße Jerusalems, trat, war auf einmal aus einer Vision eine greifbare Möglichkeit geworden. Noch 18 oder 20 Tage hätte ich in die Vergangenheit reisen müssen. Und dann, so kurz vor dem Ziel, bleibe ich waidwund liegen und muss feststellen, dass alles umsonst war: der Weg hierher, das Warten auf eine tröstende Erklärung, die vielen guten und schlechten Erlebnisse. Was sollte das alles? Wozu habe ich eigentlich gelebt? Und wie kann ich jetzt weiterleben? Ich ertappe mich dabei, dass ich mir wünsche, meine Reise möge weitergehen, damit ich das abschließen kann, was ich begonnen habe. Ich möchte diese Unterbrechung als Pause betrachten, vielleicht als Vorbereitungszeit auf das Gespräch mit Jesus, aber meine Hoffnung, dass das

„Zurück“ noch einmal anfängt, wird jeden Tag geringer. Und wenn ich die nicht mehr habe, dann weiß ich überhaupt nicht, was ich noch machen soll.

Mein Stuhl knarrt, wenn ich das Gewicht verlagere. Ein raues Knacken, das mich an meine Empfindungen während der Zeitsprünge erinnert. Ich stehe auf und hole mir eine andere Sitzgelegenheit. Die aber wackelt. Fast möchte ich mich schon wieder aufregen. Aber was nützt das?

Nebenan spielt Anna Flöte. Die Melodie schleicht sich listig an, klettert an mir hoch und umhüllt mich dann, um mich fortzulocken. Ich weiß, dass Anna das nur tut, weil sie meine Melancholie und meine Wutausbrüche nicht mehr erträgt. Gleich wird sie wieder hereinkommen und mich einladen, mit ihr zum Teich Betesda, nach Golgata oder in den Garten Gethsemane zu laufen. Sie möchte mir alle Orte zeigen, an denen Jesus gewirkt hat. Ich weiß, dass sie es gut meint, aber ich will gar nicht abgelenkt werden. Warum soll man sich noch aufmuntern lassen, wenn man eben den Sinn des Lebens verloren hat?

Außerdem weiß ich, dass sie mir misstraut. Nun, sie hat ja auch allen Grund dazu. Sie ist die Letzte gewesen, der ich meine Geschichte erzählt habe, an einem milden Abend unter Palmen, an dem die Sonne einfach nicht untergehen wollte. Ich saß da und sprach und sprach. Dabei gab es diesmal gar keinen Anlass dafür. Manchmal hat man sofort Vertrauen zu einem Menschen, und dann redet man, ohne nach dem Warum zu fragen. Jeder Satz, der mich verließ, nahm etwas von der Anspannung von mir. Es war, als säßen die zahlreichen Freunde, die ich in den Jahrhunderten getroffen hatte, um uns herum auf den Mauern und hörten zu. Ich wollte, dass sie dort sitzen, weil sie alle ihren Teil dazu beigetragen haben, dass ich jetzt hier in Jerusalem bin. In meinen Geschichten leben sie weiter, lange vor ihrer Geburt.

Vielleicht ist auch deshalb so viel aus mir herausgesprudelt, weil ich so übermütig und fröhlich war. Oder weil ich wusste, dass meine Zuhörerin Anna heißt. Ich träumte, in ihr schlösse sich der große Bogen meiner Erlebnisse. Und ein wenig fühlte ich mich, als spräche ich wieder mit der Anna, die mich im Jahr 1999 verlassen hat. Aber auch das ist eine Erklärung, die meine Empfindungen nur unzureichend wiedergibt. Ich war an diesem Abend einfach euphorisch. Ich dachte ja, es seien nur noch 18 Tage bis zu meinem Treffen mit Jesus, und hatte schon jeden Schritt genau geplant. Ja, weil ich davon so beseelt war, musste ich diese frohe Nachricht einfach jemandem erzählen. Ich konnte gar nicht anders.

Zum ersten Mal in den wirren Tagen des „Zurück“ war ich stolz, ein Zeitreisender zu sein. Ich hätte mich am liebsten in den Vorhof des Tempels gestellt und der Welt zugerufen: „Schaut mich an! Ich komme aus einer fernen Zukunft. Ich reise durch die Zeit. Wenn ihr wüsstet, was ich alles erlebt habe. Und in zwei Wochen werde ich Jesus Christus treffen.“ Ich stellte mir vor, wie mich die Menschen ungläubig anstarren würden. Einer tritt vorsichtig auf mich zu und wagt es, mich zu berühren. Und ich hätte ihn umarmt, um ihm zu zeigen, dass ich real bin, dass es mich wirklich gibt, den Mann, der 2 000 Jahre unserer Weltgeschichte miterlebt hat. Vielleicht hätte man mich eingeladen, vor den Hohepriestern und vor dem Prokurator zu sprechen. Und denen hätte ich erzählt, welch ein Geschenk es ist, sich und seine Epoche nicht allzu wichtig zu nehmen, weil selbst die größten Reiche irgendwann zerfallen und die aufgeblasensten Selbstüberschätzer vergessen werden können. Aber natürlich hätte ich das sehr liebevoll gesagt, denn ich war ja glücklich.

Anna hörte mir mit leuchtenden Augen zu und unterbrach mich während meiner Erzählung nur ein einziges Mal, um mich zu bitten, ich möge doch Jesus fragen, ob er sie segnen könne. Ich versprach es ihr natürlich. Der schwül-warme Abend war berauschender als der Wein, und wahrscheinlich hätte ich ihr in meiner trunkenen Selbstgewissheit alles zugesichert, wonach es sie verlangt hätte. Ob ich jemals zufriedener war? Ich denke nicht! Ich erzählte begeistert von meinem Leben und die junge Christin verstand mich und glaubte mir.

Als ich am nächsten Morgen aus meiner Kammer trat und immer noch im gleichen Jahr lebte, brach nicht nur für mich, sondern auch für Anna eine Welt zusammen. Sie musste mich ja für einen abgefeimten Lügner halten, einen Fantasten, der einsamen Frauen mit ersponnenen Geschichten und Räuberpistolen den Kopf verdreht. Seither ist sie sehr reserviert, obwohl sie alles daransetzt, mich zu erheitern. Wie soll ich ihr beweisen, dass ich tatsächlich aus dem 20. Jahrhundert komme? Wenn ich ehrlich bin, dann muss ich zugeben, dass ich eine solche Geschichte auch niemandem abnehmen würde. Selbst die Taschenuhr kann ich Anna nicht mehr zeigen, da ich das schöne Erbstück auf der Agora von Side nach meiner vermeintlichen Hinrichtung verloren habe. Was mag sich der Finder dabei denken?

Da kommt Anna herein, stellt sich neben mich und schaut fragend auf mein Manuskript. Schnell lege ich einen noch unbeschriebenen Bogen darüber. Ich hasse es, wenn man meine Texte liest, bevor sie fertig sind. Gerade jetzt. Sie gibt mir wortlos einen schweren Tonbecher mit verdünntem Wein, den ich ganz langsam austrinke, um sie dabei in aller Ruhe am Fenster beobachten zu können. Sie ist wunderschön. Auch in diesem Augenblick, in dem sie mir den Rücken zukehrt. Vielleicht, weil alles an ihr zusammenpasst.

Es gibt viele Frauen, an denen mich einzelne Körperteile faszinieren: der dralle Po, die steile Nase, die intelligenten Augen, die endlosen Beine oder der sinnliche Mund. Meist fehlt es dafür an anderen Stellen. Bei Anna fällt nichts so aus dem Rahmen, dass man es hervorheben müsste, dafür stört aber auch nichts, gar nichts. Und diese fehlerfreie, natürliche Harmonie des Körpers macht die junge Frau auf ihre Art besonders schön. Selbst ihre gerade so moderne Melonenfrisur, bei der das Haar an mehreren Stellen gescheitelt wird, fügt sich stimmig in ihren Anblick vollkommen ein. Nur ein dunkles Flackern in ihren Augen verrät ihre Vergangenheit.

Als sie vor einem Jahr ihren Ehemann verlor, verschwand sie sechs Wochen allein in der Wüste, magerte ab, verwilderte, trank wie die streunenden Hunde aus versandeten Wasserlöchern und heulte die Sonne an. Wanderer, die sie beobachteten, hielten sie für wahnsinnig und vermeldeten immer neue Schreckensbotschaften. Eines Morgens aber stand sie wieder in der Tür, warf noch auf der Schwelle ihre zu Lumpen zerfallenen Kleider ab, lief nackt durch das Haus ins Bad – und als sie es nach drei Stunden wieder verließ, tat sie so, als sei sie niemals fort gewesen. Sie wich allen Fragen geschickt aus und sprach seither kein Wort über ihre Zeit in der Einöde. Wenn man sie darauf anspricht, dann schweigt sie oder geht auf ihr Zimmer. Sie zieht sich jetzt ohnehin öfter als früher zurück und denkt nach, aber die Auszeit hat ihr auch zu einer großen inneren Reife verholfen. Das sagt jedenfalls Johannes, ihr Vater, der mir die ganze Geschichte bei einem Glas Wein erzählt hat und in dessen Haus die Witwe nach der Beerdigung zurückkehrte.

Thomas, so hieß Annas Mann, war während der 800-Jahr-Feiern der Gründung Roms, die nichts anderes als eine gigantische Orgie gewesen waren, von einigen besoffenen Römern im Streit erschlagen worden. Er hatte sich geweigert, auf das Wohl des Kaisers Claudius zu trinken. Unglücklicherweise war einer der Betrunkenen erst am Tag zuvor befördert worden und hielt das Ganze für einen Riesenspaß. Er bestand nicht nur trotzig auf seinem Anliegen, er rief auch weitere Soldaten herbei, um sie zusehen zu lassen, wie ein unterwürfiger Israelit den Kaiser hochleben lässt. Auf einmal war Thomas umringt von hämischen Gesichtern. Er wollte davonlaufen, aber als er sich voller Panik zwischen zwei Gaffern durchdrängte, fielen die beiden zu Boden. Und der eine der beiden schlug dabei mit dem Kopf so unglücklich auf einen Stein, dass er blutete. In ihrer dumpfen Halbwahrnehmung interpretierten die übrigen Römer diesen Fluchtversuch als Angriff und schlugen und stachen ohne nachzudenken so lange auf den wehrlosen Juden ein, bis der sich nicht mehr rührte. Und da in dieser Nacht überall Betrunkene auf den Straßen lagen, kümmerte sich auch niemand um den stöhnenden Mann, der vielleicht überlebt hätte, wenn er direkt nach dem Überfall gefunden worden wäre. Anna selbst hat mit mir über dieses Thema noch nicht gesprochen, und so halte ich es für besser, das auch nicht zu tun.

Da! Jetzt zieht sie wieder ihren Chiton nach unten. Eine Bewegung, die ich an ihr besonders liebe. Es wird zur Zeit jeden Tag so schwül, dass sie keine Peronatris, keinen Schultermantel, trägt und ich ihre Figur in dem langen Gewand sehr gut erahnen kann. Anna ist so temperamentvoll, dass sie viel mit den Händen redet. Wenn sie sich für oder gegen etwas einsetzt, dann malt sie mit ihren Fingern große imaginäre Bilder in die Luft. Und genau dann passiert es: Weil sie den Chiton nach griechischer Mode direkt unter dem Busen geschnürt und weil sie zwar feste, aber eher flache Brüste hat, rutscht das haltende Band jedes Mal, wenn sie die Arme vor Begeisterung in die Luft reißt, über den Busen nach oben, so dass sie das ganze Kleid wieder nach unten ziehen muss. Ich glaube, dass diese Bewegung für sie längst zu einem Automatismus geworden ist und sie schon gar nicht mehr merkt, ob die verrutschte Schnur der Auslöser für ihr regelmäßiges Zurechtrücken des Kleides ist oder ob sie einfach so den Stoff nach unten zieht. Jedenfalls zeichnet dabei das Gewand sehr genau die Formen ihres Oberkörpers nach.

Ich weiß gar nicht, warum ich so viel über diese Frau schreibe. Wahrscheinlich liegt es daran, dass sie seit langem die erste Person ist, mit der ich über mehrere Tage Kontakt habe, ohne dass sie in der Zeit zusehends jünger und unreifer wird. Da, sie rückt schon wieder ihr Gewand zurecht. Gut, dass sie nicht weiß, wie verführerisch sie dabei aussieht. Was wollte sie eigentlich hier? Der Wein war doch lediglich ein Vorwand.

Leise sagte sie: „Warum hast du mich belogen, Maximilian?"

„Ich habe dich nicht belogen!"

„Du hast gesagt, du reist in die Vergangenheit. Und ich habe dir geglaubt. Es klang alles so wahr. Ich konnte mir zwar nicht vorstellen, wie man jeden Tag ein Jahr in die Vergangenheit reist, aber ich wollte es akzeptieren. Ich weiß, dass bei Gott alle Dinge möglich sind. Ja, als du mich darum gebeten hast, habe ich sogar versucht, mich zu erinnern, ob du mir nicht in den letzten Jahren schon einmal begegnet bist. Und du sahst wirklich enttäuscht aus, als mir nichts dazu einfiel. Warum tust du mir das an? Wie kannst du so etwas tun?"

Ich hatte keine Antworten für sie: „Anna, bitte!"

Sie zog die Augenbrauen zusammen: „Soll ich dir sagen, warum ich dir geglaubt habe?"

„Was meinst du?"

Ihr Stimme klang bitter und verletzt. „Ich habe dir geglaubt, weil deine Geschichte die tiefste Sehnsucht enthält, die wir hier alle haben. Darum ist sie auch so heimtückisch. Weißt du eigentlich, was du uns damit antust? Wir alle wünschen uns, Jesus persönlich zu begegnen; nur einmal." Sie sprach auf einmal ganz zurückhaltend: „In jedem von uns steckt etwas von Thomas, der nur glauben wollte, was er auch sehen konnte. Wie froh wäre ich, wenn ich dem Sohn Gottes gegenübertreten könnte. Meinst du denn, ich hätte keine Fragen an ihn? Da ist so vieles, was ich über mich wissen möchte. Oh ja, Gott hat zu mir gesprochen. Oft sogar! Das weiß ich ganz sicher. Aber seine Worte bewahren ihr Geheimnis. Wenn er spricht, wenn er antwortet, dann stecken in seiner Antwort schon wieder tausend neue Fragen. Verstehst du? Gott sagt dir, wohin du gehen sollst, und er sagt dir sogar, dass du dieses Ziel erreichen wirst, aber wie du es erreichst, das behält er für sich. Das war schon bei Mose so und daran hat sich bis heute nichts geändert.

Ich weiß, dass wir nur ganz aus dem Vertrauen und der Zuversicht leben können, aber nicht jeder von uns ist ein Hiob, der verlassen und aussätzig im Dreck sitzen kann und nicht einen Augenblick daran zweifelt, dass Gott es dennoch gut mit ihm meint. Ich bin sicher, dass wir tatsächlich ein Leben in Fülle haben werden, aber ich möchte wissen, wie das geht. Und ich möchte, dass mir Jesus darauf antwortet. Darum hast du eigentlich nicht deine, du hast meine Geschichte erzählt."

Sie setzte sich mir gegenüber auf den knarrenden Stuhl, den ich dorthin gestellt hatte: „Ich war zehn Jahre alt, als Jesus gekreuzigt wurde, und habe damals nichts davon mitbekommen. Was hätte ich darum gegeben, wenn ich wie du eine Zeitreisende sein könnte! Darum bin ich ja auch so enttäuscht, dass alles erlogen war ..."

Was konnte ich darauf sagen? Vorsichtig fragte ich: „Warum hätte ich dich anlügen sollen?"

Anna sah mich nicht an. „Warum hast du dich in das Haus meines Vaters eingeschlichen, indem du behauptet hast, du seist Christ? Warum setzt du dich einen ganzen Abend mit mir in die Laube und sprichst von deinem Traum? Warum hängst du seit Tagen hier so verzweifelt herum? Warum schreist du jede Nacht im Schlaf so laut auf, dass meine Sklavin aufwacht? Nichts von dem, was du sagst und tust, gehorcht irgendeiner Logik."

Sie kämpfte mit den Tränen, stand auf und rückte ihren Chiton zurecht. Als sie bemerkte, dass meine Augen dabei ihren Körper entlangglitten, drehte sie sich verärgert zurück zum Fenster. Ich wollte sie beruhigen: „Anna, versteh doch. In dieser Nacht bin ich nach vielen Jahren wieder in der normalen Zeit angekommen. Als ich am Morgen nach unserem Gespräch schlaftrunken aus meinem Zimmer trat und dich aus der Küche kommen sah, wusste ich doch selbst noch gar nicht, dass sich mein Leben verändert hatte. Ich ... ich war völlig ahnungslos. Alles in meinem Kopf lief durcheinander. Ich habe zuerst nur gespürt, dass du geschrien und auf mich eingeschlagen hast. Und selbst dann dauerte es noch mehrere Minuten, bis ich überhaupt begriff, was passiert war ... bis ich akzeptieren konnte, dass nun alles anders ist als vorher."

Ich zog meine Tunika am Ausschnitt etwas nach unten und präsentierte ihr meine Brust: „Hier! Ich habe noch jetzt blaue Flecken von deinen Hieben. Deine Schreie: ‚Betrüger, du bist noch da' haben mich letztlich zur Besinnung gebracht. Erst durch deine Reaktion wurde mir klar, dass ich in dieser Nacht nicht zurückgesprungen war.

Und ich habe bislang immer noch nicht verstanden, warum das passierte. Aber es ist eine Katastrophe. Verstehst du, was ich meine? Nein? Versuche doch bitte einmal, nur ein einziges Mal, das alles mit meinen Augen zu sehen. Dann begreifst du vielleicht, wie ich mich fühle. Wenn du verletzt bist, dann tut mir das Leid, ich wollte es nicht. Aber dein Ärger ist nichts gegen meine Verzweiflung, hörst du, gar nichts! Du hast einen Abend lang Anteil an meinem Traum gehabt, ich lebe seit Jahren davon. Du hast die Hoffnung einiger Stunden verloren, ich den Sinn meines Lebens. Du bist enttäuscht, ich bin am Ende!

Und ich habe nicht nur mein Ziel verloren, mein ganzes Denken war von der Tatsache geprägt, dass ich jeden Morgen ein Jahr in die Vergangenheit eingetaucht bin. Von dieser Tatsache hing alles ab. Meine Unterkunft, meine Verpflegung, meine Möglichkeiten, Geld zu verdienen, meine Fähigkeit, Kontakt zu Menschen aufzunehmen, oder meine Kleidung. Ich war ein Gefangener der Zeit – und ich habe Angst, es auf andere Weise jetzt wieder zu werden. Es darf nicht sein, dass die Zeit mir vorgibt, wie ich zu leben habe ..."

Sie unterbrach mich harsch: „Ich habe keine Lust, mir noch mehr von deinen verrückten und verlockenden Erzählungen anzuhören. Ich kann sie einfach nicht mehr glauben.“

Mit einer kurzen Handbewegung unterdrückte sie meinen Versuch einer Antwort. Dann fuhr sie sanft fort: „Aber natürlich hoffe ich noch immer, dass du mir eines Tages die Wahrheit erzählen wirst, das, was wirklich war.“

„Was kann ich denn dafür, dass dir meine Geschichte unglaubwürdig erscheint? So, wie ich sie berichtet habe, ist sie wahr; mit ihrer unendlich verdrehten Wirklichkeit, der ungewöhnlichsten Reise, die je ein Mensch angetreten hat, und einer der mächtigsten und zugleich trügerischsten Erwartungen der Welt.“

Anna beugte sich nach vorne und sagte herausfordernd: „Dann beweise es mir!“

„Wie denn?“

Ihre Schultern zuckten nach hinten: „Keine Ahnung. Das musst du schon selbst wissen!“

Sie funkelte mich an, und ich schreckte zusammen. Da änderte sich plötzlich ihr Tonfall: „Was schreibst du eigentlich hier den ganzen Tag?“

Ich zog das oberste Blatt weg, weil mir erst jetzt bewusst wurde, dass sie ohnehin kein Deutsch konnte. Sie versuchte, einige Zeilen zu lesen, dann hob sie unwirsch den Kopf. „Was ist das?“

Ich sah sie einen Augenblick schweigend an. Dann erwiderte ich: „Es ist meine Geschichte. Bald, nachdem ich meine Reise begonnen hatte, habe ich angefangen, die wichtigsten Ereignisse aufzuschreiben. Ich hoffe noch immer, dass ich dabei ein Muster entdecke, einen versteckten Hinweis darauf, warum das alles mit mir passiert. Ich weiß, dass ich mich in dieser Zeit sehr verändert und viel dazugelernt habe, aber den entscheidenden Schlüssel, die eigentliche Erklärung habe ich noch nicht gefunden.“

Sie dachte einen Moment nach und hob dann lässig die Hände: „Übersetze es – für mich!“

Zuerst zögerte ich, dann öffnete ich mein Gewand und zeigte ihr das mehrfach eingeschlagene Paket mit den Manuskripten: „Es sind Hunderte von Seiten.“

„Na und! Hast du etwas Besseres zu tun?“

„Nein, aber …“

Sie nagte an ihrem Zeigefinger, wie sie es immer tat, wenn sie intensiv nachdachte; sie hielt dann mit dem Daumen ihr Kinn, während die kleinen Zähne spielerisch auf den Fingernagel klopften. Sie zog den Finger mit dem Abdruck ihrer Schneidezähne heraus und deutete siegessicher auf mich: „Du wirst deine Geschichte nie verstehen, denn du hast sie erlebt."

Ich runzelte die Stirn: „Was meinst du denn damit?"

„Hast du jemals einem anderen Menschen deine Seiten zu lesen gegeben?"

„Nein!"

Siegessicher breitete sie die Arme aus, als habe sie soeben den Stein der Weisen entdeckt: „Na, dann wundert es mich auch nicht, dass du noch keine Antworten bekommen hast. Wie willst du dir denn die Antworten auf deine eigenen Fragen geben?

Niemand kann sich selber ganz verstehen, auch du nicht, du schon gar nicht. Dazu steckst du viel zu sehr in deiner Haut. Ohne es zu merken, entwickelst du eine persönliche Logik, in der sich die Widersprüche deines Lebens scheinbar auflösen und die Probleme verstecken, eine Logik, in der die Wünsche stärker sind als die Wirklichkeit. Glaubst du ernsthaft, jemand könne sich selbst kritisch beurteilen? Wir sehen uns immer so, wie wir uns sehen wollen. Bitte doch einmal einen Freund, dir zu beschreiben, wie er dich in einer bestimmten Situation erlebt hat, und du wirst froh sein, wenn du dich überhaupt wieder erkennst. Wir können zwar andere wahrnehmen, uns selbst aber sehen wir immer verzerrt."

Ich schwieg, weil mir bewusst wurde, dass sie Recht hatte. Erst die Betrachtung eines anderen würde meiner Geschichte das Geheimnis entlocken. Und nicht nur das: Die wegweisenden Entscheidungen hatte ich auf meiner Reise immer dann gefällt, wenn ich mich jemandem anvertraut hatte oder Personen begegnet war, von denen ich lernen konnte: Van Dyck, Adelheid, Odo und Lukian. Man kann ein Gefangener seiner eigenen Existenz sein. Und nur jemand, der von außen kommt, besitzt den Schlüssel, weil er den Rest der Welt mit sich bringt.

Schließlich sagte ich nachdenklich: „Es wird viel Arbeit sein!"

Anna blickte mich verärgert an: „Du wolltest doch wissen, wie du mich von der Richtigkeit deiner Geschichte überzeugen kannst. Nimm diesen Weg: Übersetze sie!"

Ich schob langsam meine schon beschriebenen Blätter zusammen: „Wenn du mir sehr viele Papyri besorgen kannst, werde ich versuchen, die wichtigsten Stellen meines Manuskripts ins Griechische zu übersetzen. Oder ist dir Hebräisch lieber? Mit Aramäisch kann ich leider nicht dienen. Das wird in meiner Zeit nicht mehr so häufig gelehrt."

Sie wischte meine Frage mit einer Handbewegung davon: „Wenn du griechisch so schreiben kannst, wie du es sprichst, dann werde ich deine Geschichte schon verstehen. Und dann werde ich auch wissen, ob du mir die Wahrheit gesagt hast oder nicht."

Die junge Frau stand auf und ging zur Tür. Auf der Schwelle drehte sie sich noch einmal um und zog ihren Chiton zurecht. Dann sagte sie schnell, als müsse sie all ihren Mut zusammennehmen: „Und schau mich nicht mehr so an! Ich will das nicht."

Ich wollte schon mit einer Erklärung oder Entschuldigung, oder wie immer man es auch sonst nennen könnte, beginnen. Aber ihr Blick duldete keinen Widerspruch. Also schwieg ich beschämt.

Sie riss mich aus dem Schlaf, und ich brauchte einige Sekunden, um mich in dem dunklen Raum, der nach Rosenöl roch, zu orientieren. Ich weiß noch, dass ich gerade von einem roten Computer geträumt hatte, auf dessen Bildschirm andauernd Worte erschienen waren, die ich nicht getippt hatte. Meine Texte veränderten sich in meiner Anwesenheit, aber was das Interessante daran war: Sie wurden besser. Sodass ich das, was ich zuerst für einen bösartigen Virus gehalten hatte, einfach weiterarbeiten ließ. Mehrere Kollegen erzählten mir später in der Mensa der Frankfurter Universität, ihnen sei Ähnliches passiert, sie hätten die Ursache dieser dreisten Manipulation aber sofort mit Suchprogrammen auf der Festplatte aufgespürt und entfernt. Ich verstand nicht, warum sie sich nicht helfen lassen wollten, und wir bekamen Streit. Schließlich sprang ich zornig auf, knallte mein Geschirr auf das orangefarbene Tablett und ging weg. Einer rief mir hinterher, ich solle mich doch nicht so abhängig machen … dann flüsterte Anna mir meinen Namen ins Ohr und holte mich in die Gegenwart zurück.

Müde stammelte ich: „Was ist denn?"

Sie ließ ihre Hand auf meinem Arm.

„Maximilian, komm schnell, Paulus ist da!"

„Paulus?"

Man konnte ihre Aufregung spüren: „Ja, er kommt direkt aus Antiochia. Er wird bei uns übernachten. Du musst ihn unbedingt kennen lernen."

Ich kam nur langsam zu mir: „Jetzt? Mitten in der Nacht?"

„Er muss morgen früh schon wieder zu einem Gespräch. Und er hat viele Feinde in Jerusalem, darum wird er nicht lange bleiben."

Anna musste selbst gerade erst geweckt worden sein, denn sie war noch umgeben vom warmen, moosigen Duft des Schlafes. Ich schlug die Decke zurück, stand auf und folgte ihr benommen in den Hof, in dem schon die ganze Familie versammelt war. Johannes, der Vater, kam gerade mit zwei brennenden Öllampen aus der Küche und stellte sie auf die Ummauerung. Seine Frau brachte einen Teller mit Resten des Abendessens. Der Geruch von gebratenem Lamm zog durch die Dunkelheit.

„Der Friede Gottes sei mit euch!"

Weich und doch bestimmt kam uns die Stimme des Apostels entgegen. Und jetzt erst entdeckte ich ihn. Er lehnte an einer Säule und schaute mit einem gelassenen Lächeln auf die eifrigen Bemühungen seiner Gastgeber, denen bei jeder Bewegung die Ehrfurcht vor dem berühmten Theologen abzuspüren war.

Ich hatte ihn mir viel größer vorgestellt, aber er maß kaum mehr als etwa einen Meter achtundfünfzig. Nur sein kahler Kopf war so groß und kantig, dass ich den Eindruck nicht loswurde, er passe nicht zu diesem kleinen drahtigen Körper und müsse jeden Augenblick herunterfallen. Dieses Ungleichgewicht verlieh dem Gesicht etwas Hilfloses, Trostbedürftiges. Und das wiederum schaffte sofort Vertrauen, da man sich als Gegenüber ein wenig überlegen fühlte. Nur seine beherrschten Bewegungen und seine prägnante Aussprache verrieten, dass der Apostel alles andere als hilflos war. Und irgendwann während des Gesprächs erkannte man plötzlich, dass Paulus alle Fäden in der Hand hielt. Ich konnte mir gut vorstellen, wie ein auf Grund eines solchen Aussehens gehänselter Junge sich vornahm, alle seine Spötter an Scharfsinn und Wissen zu übertreffen. Doch das dachte ich erst später.

Jetzt stand ich mit Anna gebannt vor dem Gast und wartete darauf, dass er weitersprach. Paulus aber setzte sich und ließ sich beim Essen von unseren neugierigen Blicken nicht stören. Genussvoll kaute er das saftige Fleisch und lobte die Gastfreundschaft von Johannes. Erst jetzt, da ich allmählich wach wurde, wurde mir klar, was hier geschah. Irgendetwas in mir wiederholte unablässig: „Das ist Paulus. Der Paulus. Paulus und du, ihr seid im selben Hof und blickt euch an. Ihr berührt den gleichen Boden, das gleiche Geschirr. Das ist Paulus. Paulus und du."

Dieser Schauder der Vergangenheit, der mich immer schon bei der Besichtigung historischer Stätten überkommen hat, sprang mich plötzlich an und verdrängte alle anderen Gedanken. Auf einmal war ich Teil der Geschichte. Ich stand dem Mann gegenüber, dessen Briefe über Jahrtausende die Menschen beschäftigen würden, dem Mann, der als erster christlicher Systematiker die Lehre Jesu erklärt und festgelegt hatte.

Nachdem der Apostel gegessen hatte, wurde erst lange über Nebensächlichkeiten gesprochen, dann wagte Johannes, dem man seine Ungeduld ansah, die entscheidende Frage: „Warum bist du hergekommen?“

Paulus hob die Augenbrauen: „Wenn wir nicht aufpassen, dann zerbricht der Leib Christi!“

Er blickte jeden Einzelnen in der Runde scharf an. „Stellt euch Folgendes vor: Ich erzähle den Menschen in Antiochia von Jesus. Sie saugen die gute Nachricht auf und fangen an, ihr Leben zu verändern. Und plötzlich tauchen in den Straßen Jerusalemer Christen auf, die behaupten, dass das, was ich verkündige, unzureichend, ja falsch sei.

Versteht ihr? Das hat es noch nie gegeben. Wir waren und wir sind als Christen stark, weil wir als Gemeinschaft zusammenhalten. Weil in unserer Liebe füreinander etwas vom Reich Gottes sichtbar wird. Die Menschen bekehren sich doch nicht nur, weil wir ihnen die Wahrheit sagen, sondern auch weil sie sehen, dass wir diese Wahrheit leben. Und jetzt gibt es auf einmal zwei Fraktionen und die eine spricht der anderen die Rechtgläubigkeit ab. Das ist eine Katastrophe.

Wenn es jetzt zu einer Spaltung kommt, weil wir uns nicht einigen können, dann wird alles kaputtgehen. Entweder ist die Botschaft Jesu klar, eindeutig und unmissverständlich oder sie wird einmal so und einmal so ausgelegt; und dann werden wir nie wieder eines Geistes sein.“

Keiner in der Runde sagte etwas. Dann fragte Johannes ehrfürchtig. „Was meinst du, was wir machen sollen?“

Paulus trank begierig einen Schluck Wasser. „Sie müssen aufhören, gegen mich zu arbeiten.“

„Bist du denn überzeugt, dass du im Recht bist?“

Zwei der Töchter rückten näher zusammen, als Anna mit ihrer frechen Frage herausgeplatzt war. Aber Paulus blieb gelassen: „Das ist schwer zu sagen. Darüber sollte man diskutieren und sich einigen. Ich bin vor allem traurig über die Art, wie diese Menschen in Antiochia auftreten. Sie behaupten, sie seien Christen, und beschimpfen mich, lästern über mich, streuen Halbwahrheiten aus, suchen nach meinen Schwächen und entwickeln in ihrer angeblichen Fürsorge einen regelrechten Hass. Jesus hat gesagt: ‚Daran sollen die Menschen erkennen, dass ihr meine Jünger seid: dass ihr einander lieb habt.‘ Wenn wir uns nicht lieb haben, dann wird man auch Jesus nicht ernst nehmen.

Natürlich gab es unter uns schon immer Meinungsverschiedenheiten, aber noch nie ist jemand aufgestanden und hat es gewagt, andere wegen deren Ansichten zu verurteilen. Und jetzt, ohne dass jemand vorher mit mir auch nur ein Wort gewechselt hätte, gibt es zwei widereinander streitende Gruppierungen. Seht ihr, in welcher Gefahr wir schweben?"

Johannes räusperte sich: „Was sind denn das für Leute?"

„Das kann ich dir genau sagen. Sie gehören zu denjenigen, die sich weiter der Synagoge zugehörig fühlen und der Überzeugung sind, dass wir Christen das wahre Israel sind, diejenigen, die das Wort Gottes in Gestalt seines Sohnes vernommen haben."

Wieder konnte sich Anna nicht zurückhalten. Ich sah ihre Augen im Dunkeln leuchten: „Ja und, ist es nicht so?"

Der Apostel zog sein Gewand am Hals zusammen: „Doch, aber es stellt sich die Frage, ob das alles ist, ob Jesus damit irgendjemanden vom Heil ausschließen wollte oder nicht. Den Männern, die in Antiochia gegen mich arbeiten, geht es nur um eines: Sie wollen, dass alle, die Christen werden wollen, zuerst Juden werden. Und das bedeutet vor allem, dass sie beschnitten werden. Was für eine absurde Vorstellung. Als hinge der Glaube an einem Stückchen Haut. Hat Jesus jemals von Beschneidung gesprochen? Nein! Nur von Taufe."

Paulus war erregt und sprach immer lauter: „Wie schwer wollen wir es den Menschen eigentlich machen? Ich erzähle ihnen, dass sie allein aus Gnade gerecht werden, und dann kommen diese Leute und fügen einen Berg von Bedingungen an. Auf einmal soll Gottes Liebe wieder zu einer Tauschware erniedrigt werden. ‚Er liebt dich, wenn du dieses und jenes tust, er nimmt dich bei sich auf, wenn du anständig bist. Er achtet dich, wenn deine Vorhaut fehlt.' Begreift ihr nicht? Damit stehen meine Gegner gegen alles, was Jesus verkündigte. Er hat die Pharisäer bekämpft, weil sie genau das getan haben: Liebe an Bedingungen geknüpft. Aber Liebe, die man sich erkaufen muss, ist keine Liebe, sie ist Prostitution. Gott ist keine Hure. Er ist ein schenkender Herrscher, der einfach deshalb liebt, weil er ganz aus Liebe besteht. Jesus wäre umsonst gestorben, wenn wir die Gnade Gottes doch erkaufen müssten."

Johannes seufzte schwer. Er atmete so ein, dass man wusste, er würde gleich etwas sagen, wartete aber, bis er die richtigen Worte gefunden hatte: „Jetzt weiß ich, wen du meinst. Ich kenne sogar einige von ihnen. Mach dich auf einen schweren Kampf gefasst."

Paulus nickte: „Diese Männer sind sehr klug!"

Unser Gastgeber schüttelte den Kopf: „Das ist nicht das Problem. Du musst diese Leute nicht fürchten, weil sie so intelligent sind, sondern weil sie von dem, was sie tun, ganz und gar überzeugt sind. Sie glauben tatsächlich, dass sie den Menschen zum Heil verhelfen, wenn sie von ihnen die Beschneidung verlangen. Es gibt keine härteren Gegner als diejenigen, die es gut meinen. Ich habe selbst einmal mit einem von ihnen gesprochen, er heißt Matthias und …"

Paulus brummte zustimmend, offensichtlich kannte er den Mann.

„… er will für alle nur das Beste. Und dabei hat er ein Problem. Er sieht die Chance des Neuen und ist gleichzeitig zu schwach, das Alte loszulassen. Er will ein neuer Mensch in Christus sein und traut sich doch nicht, die Werte der Vergangenheit aufzugeben."

Leise fügte er hinzu: „Geht uns das nicht allen so?"

Paulus zögerte einen Moment, dann strich er sich mit der Hand über den haarlosen Schädel: „Wer die Hand an den Pflug legt und zurückschaut, der ist nicht für das Reich Gottes geeignet."

Der Gastgeber goss ihm Wasser nach und sagte dabei nachdenklich: „Gibt es dann überhaupt jemanden, der geeignet ist?"

Der Apostel blickte auf: „Nein. Du hast Recht. Aber es macht einen Unterschied, ob ich mich beim Pflügen ab und an umdrehe und dabei riskiere, dass die Furche schief wird, oder ob ich vor lauter Zurückschauen gar nicht mehr zum Pflügen komme. Das, was Jesus verheißen hat, ist Freiheit, und was diese Männer predigen, ist Gefangenschaft. Nur, wenn du beschnitten bist, die zehn Gebote hältst, den Sabbat heiligst, die Speisegesetze beachtest und, und, und … dann bist du Christ. Das ist nicht das, was Jesus verkündigt hat. Das ist eine neue Gesetzlichkeit. Und die lehne ich ab."

„Was wirst du also tun?"

„Ich werde mich mit Jakobus und einigen Brüdern treffen. Barnabas, mein Begleiter, ist direkt zu ihnen gegangen, um sie für morgen früh zusammenzurufen. Dann werden wir weitersehen. Bitte entschuldigt mich jetzt, ich darf morgen nicht müde sein, dazu ist dieser Tag zu wichtig. Es geht um alles oder nichts. Denn wenn sich diese Männer durchsetzen, wird es bald keine Christen mehr geben."

Und als er sich schon erhoben hatte, fügte er noch hinzu: „Bitte betet für mich."

Johannes begleitete Paulus ins Haus. Auch die übrigen Familienmitglieder zogen sich zurück, so dass nur Anna und ich zurückblieben. Die junge Frau sah mich mit großen Augen an: „Ist er nicht einzigartig?"

„Wer? Paulus?"

„Ja, natürlich. Er hat das erfahren, wonach du und ich uns so sehnen: Er ist Jesus begegnet. Mitten in der Wüste. Und diese Begegnung hat sein Leben verändert. Die Wüste ist der Ort, an dem wir Heil erfahren!"

Ganz vorsichtig, weil ich Angst hatte, sie zu verletzen, fragte ich: „Was ist dir in der Wüste begegnet?"

Da stand sie auf und ging wortlos hinein. Und ich wusste, dass ich wieder einmal einen Fehler begangen hatte.

Ich wischte mir zum wiederholten Mal den Schweiß von der Stirn und spürte gleichzeitig, wie der Stoff der Kleider an meinem Körper klebte. Längst zog ich meine Füße mehr über den Staub der Straße, als dass ich sie angehoben hätte. Anna dagegen marschierte unermüdlich bergauf. Sie hatte darauf bestanden, mit mir in der größten Mittagshitze auf den Har HaZetim, den Ölberg, zu steigen. Immer wenn sie ihren Chiton gerade zog, senkte ich schuldbewusst den Blick. Und trotzdem konnte ich meine Augen nicht von ihr lassen. Fasziniert sah ich diesen nackten Füßen zu, die sich energisch in den Sand senkten und dann schnell über die Zehen abrollten. Bei jedem Schritt flog der Rand ihres Gewandes ein Stück zur Seite und entblößte die geraden Fesseln, die stolz auf den Füßen thronten. Erst als ich ganz oben war, drehte ich mich um und ließ meinen Blick über Jerusalem schweifen.

Jenseits des trockenen Kidrontals ragte steil die Mauer des Tempelberges empor, dahinter leuchtete der Palast der Hasmonäer. Wie ein ausgestrecktes Raubtier lag die Stadt auf dem Hügel und streckte den Tempelkopf schläfrig gen Süden. Im Sonnenschein flimmerten die Dächer, als schwitzten sie genauso wie ich.

Erschöpft ließ ich mich unter einem Olivenbaum nieder und streckte beide Beine aus. Anna stand vorne an der Kante und blickte auf die 70 Meter unter ihr liegende Stadt. Da sie sich mehrere Minuten lang nicht rührte, stand ich auf und lief zu ihr. Da erst sah ich, dass sie weinte.

„Was ist? Warum weinst du?"

„Ich weiß nicht! Vielleicht, weil Jesus an dieser Stelle auch geweint hat."

Ich sah sie fragend an: „Wieso denn das?"

„Er hat auf die Stadt hinuntergeblickt und die Menschen gesehen, die so sehr nach Glück gieren, dass sie verlernt haben, es zu finden. Das hat ihn bedrückt. Und er wusste, dass sie sich selbst zerstören werden, früher oder später."

„Das werden sie auch, zumindest diese Stadt!"

Sie drehte den Kopf zu mir und betrachtete mich: „Wann?"

„Möchtest du das wirklich wissen?"

Sie wischte sich die Tränen ab: „Nein!"

Zwei Schwäne zogen am Himmel vorüber. Als sie kaum noch zu sehen waren, konnte ich mich nicht länger beherrschen: „Warum hast du mich hierher gebracht?"

Anna drehte sich zu mir um. Zögernd, als müsse sie sich ihrer Worte erst gewiss werden, antwortete sie: „Als ich in der Wüste lebte, bin ich regelmäßig an diesen Ort zurückgekommen, um eine Antwort auf meine Fragen zu finden. Ich habe stundenlang hier gesessen und gebetet und geweint. Und je länger ich die Menschen dort unten angeschaut habe, desto sicherer wurde ich, dass sie mir nicht helfen können. Da beschloss ich, für immer in der Wüste zu bleiben. Für mich ist dieser Platz ein Ort der Wahrheit und ich möchte von dir die Wahrheit hören."

Ich schaute sie verwundert an, denn ich hatte erwartet, dass sie mir etwas sagen würde. Zehn Tage war ich nur damit beschäftigt gewesen, meine Manuskriptseiten ins Griechische zu übersetzen. Gestern Nachmittag, an dem Tag, an dem Paulus gekommen war, hatte ich ihr das neue Bündel gegeben und sie dann die ganze Zeit über den eng beschriebenen Seiten sitzen sehen. Heute Morgen aber war sie mir ausgewichen, bis sie mich plötzlich aufgefordert hatte, mit ihr durch den Gat Schemanim, den Garten Gethsemane, in der großen Olivenplantage zu laufen und auf den Ölberg zu steigen.

Schüchtern fragte ich die angespannte Frau: „Du glaubst also nicht, dass ich die Wahrheit geschrieben habe?"

Ihr Blick blieb gesenkt. „Ich weiß es nicht. Das Leben ist gefährlich, und die Entscheidung, ob ich dir glaube oder nicht, bedeutet viel für mich. Aber du hast mich schon einmal enttäuscht, und ich weiß nicht, ob ich dir noch einmal vertrauen kann."

„Denkst du tatsächlich, ich hätte mir das alles ausgedacht?"

Unerwartet lag ihre Hand auf meiner: „Ich weiß es nicht. Zur Zeit laufen überall Leute herum, die wilde Geschichten darüber erzählen, was kommen wird. Ich … ich habe das alles gelesen, von dem Maler in der fernen Stadt, von den Reisevögeln, die wie die Flügel der Morgenröte über das Meer ziehen, von den Menschen in diesen unbekannten Ländern, von den Christen … und ich habe nicht viel verstanden. Nur manchmal dachte ich, dass du die ganze Zeit genauso in der Wüste gewesen bist wie ich. Maximilian, ich möchte dir glauben, aber ich weiß nicht wie."

Ich zuckte hilflos mit den Achseln: „Wenn zwei Menschen einander nicht vertrauen können, dann hat es doch gar keinen Sinn, dass sie miteinander reden. Ich wüsste nicht, wie ich dir noch besser erklären könnte, dass meine Geschichte so und nicht anders passiert ist."

Sie kaute wieder an ihrem Zeigefinger, und ich sah ihr an, dass sie einen Einfall hatte, denn sie unterbrach ihre Beschäftigung und blickte mich mit leuchtenden Augen an: „Wenn es stimmt, dass du aus der Zukunft kommst, dann weißt du doch sicher, wie heute das Gespräch von Paulus ausgeht. Sag es mir!"

Ich zögerte einen Moment, dann sagte ich hastig: „Paulus wird siegen. Jakobus wird ihm erlauben, auch die Heiden zu missionieren und auf die Beschneidung zu verzichten. Man wird dieses Zusammentreffen später einmal den Apostelkonvent nennen."

Sie lächelte plötzlich: „Lass uns schnell nach Hause gehen. Ich will hören, ob das stimmt, was du gesagt hast."

Irgendetwas ist durcheinander geraten. Die Zeit zerbricht vor meinen Augen. Ich kann mich auf nichts mehr verlassen, nicht einmal auf meine Vergangenheit. Bin ich das Opfer einer großen historischen Lüge? Ich weiß überhaupt nicht mehr, was ich noch denken soll, und Anna hasst mich jetzt. Sie behauptet, ich hätte sie betrogen. Denn das, was ich vorhergesagt hatte, ist nicht eingetroffen. Paulus hat alles verloren, wofür er gekämpft hat: Die Gemeinde hat ihn unter Arrest gestellt. Er darf das Haus des Johannes bis auf weiteres nicht verlassen. Man überlegt sogar, ihm sein Apostolat zu entziehen. Er, der so wirkte, als stünde er über allem, kam nervös und getroffen von der Sitzung zurück. Er fluchte ungehörig, entschuldigte sich dafür, konnte es aber nicht lassen, weitere Unflätigkeiten von sich zu geben. Johannes versuchte, ihn zu besänftigen, während wir anderen ängstlich um den verstörten Menschen herumsaßen.

„Was ist passiert?"

Paulus rieb sich die Stirn, als könne er damit seine Gedanken steuern: „Sie wollen mir überhaupt nicht mehr erlauben, unter den Heiden zu predigen. Sie sind überzeugt, dass Jesus das Heil nur für die Juden wollte. So ein Unsinn. Als sei Gott nicht der Herr der ganzen Welt. Ich möchte mal wissen, wieso man Jakobus den Gerechten nennt, der Dumme wäre vielleicht die passendere Bezeichnung..."

Unser Gastgeber wurde laut: „Paulus!"

„Ja, ist ja schon gut. Aber das geht doch nicht..."

Johannes unterbrach ihn wieder: „Was ist mit Petrus?"

„Petrus? Der hat nichts dazugelernt! Entschuldigt, aber es ist doch wahr. Er hält sich feige zurück und wagt es nicht, Jakobus zu widersprechen. Dabei hat er selbst den ersten Heiden, Cornelius, getauft. Er will niemandem wehtun und merkt nicht, dass er damit viel mehr Schaden anrichtet, als wenn er einmal Stellung beziehen würde."

Wütend hieb Paulus mit der Faust auf den Tisch: „Wisst ihr, was sie als Argument gebracht haben? Es lohne sich nicht, die Heiden zu missionieren, weil Jesus ohnehin bald wiederkäme. Die Zeit reiche ja nicht einmal aus, um allen Juden die gute Nachricht vom Erscheinen des Messias zu bringen. Wir sollten also unsere Kräfte nicht vergeuden, sondern uns ganz auf unser eigenes Volk konzentrieren."

Ich unterbrach ihn: „Und was macht sie so sicher, dass Jesus bald wiederkommt?"

Alle sahen mich erstaunt an, und ich spürte, dass ich etwas sehr Dummes gesagt hatte. Paulus aber lächelte mild und erklärte: „Nun, er hat es selbst gesagt. Allerdings darf man nicht vergessen, dass 1 000 Jahre vor Gott wie ein Tag sind und dass Jesus die letzten 18 Jahre auch nicht zurückgekehrt ist. Ich bin überzeugt, dass Gott noch sehr viel mit der Welt vorhat, aber Jakobus redet nur davon, dass seit fünf Jahren die Ernten immer schlechter werden, dass die Römer die Steuern immer weiter erhöhen, dass es jedes Jahr mehr Aufstände gibt … und all das sind für ihn unmissverständliche Zeichen des Gerichtes."

Eine unschöne Stille entstand, da vermutlich alle Anwesenden diese Weltuntergangsgerüchte kannten.

Der Apostel aber erhitzte sich mehr und mehr: „Es ist doch lächerlich, aus Angst den Heiden die frohe Botschaft vorzuenthalten. Nur weil Jakobus und seine Gesellen überzeugt sind, dass wir nicht mehr viel Zeit haben und die Welt demnächst untergeht, oder aufgeht, wie er so gerne sagt. Dann könnte ich auch gleich mit der Verkündigung unter den Juden aufhören. Lohnt ja nicht mehr!

Sie verstehen es einfach nicht: Entscheidungen, die man aus Angst fällt, sind immer falsche Entscheidungen. Wir sind Christen, wir sollten vertrauen. Aber in diesem Gespräch fühlte ich mich so, als träte ich mit bloßen Füßen gegen die Tempelmauern."

Johannes legte Paulus beruhigend den Arm auf die Schulter: „Vergiss nicht: Sie meinen es gut!"

Paulus lachte verächtlich: „Na ja, jedenfalls machen sie es schlecht. Und das muss man ihnen sagen dürfen. Wir können unsere Entscheidungen nicht vom unsicheren Fortgang der Geschichte bestimmen lassen. Jesus hat gesagt, dass er kommen wird wie ein Dieb in der Nacht! Wir sollen also so leben, als könne es jederzeit soweit sein. Das sagt aber nicht, dass es schon bald passiert. Oder denkt an sein Gleichnis von den Jungfrauen. Wenn der Bräutigam kommt, dann ist es zu spät, um sich noch Öl für die Lampen zu besorgen. Und wenn Jesus kommt, ist es zu spät, das Leben in Ordnung zu bringen. Darum sollen wir jeden Tag so zubringen, dass wir am Abend getrost seine Ankunft erwarten könnten. Das ist eine Lebenseinstellung, aber kein Zeitplan. Wer weiß denn schon, was die Zukunft bringt? Eines ist jedenfalls klar: Wenn wir uns vor ihr fürchten, sind wir verloren."

Ich sah Johannes an, dass er vermitteln wollte: „Letztlich geht es doch um die Frage, wo das Reich Gottes ist, oder? Es geht darum, ob dieses Reich durch uns gebaut werden soll oder ob Jesus es selbst mit einem Donnerschlag herbeiführt..."

Paulus schnitt ihm unwirsch das Wort ab: „Unsinn. Wir sollten endlich mal die ganze Wahrheit aussprechen. Ich kann dir sagen, was wirklich hinter diesem widerwärtigen Streit steckt. Lass mich bitte ausreden. Natürlich glauben die Brüder alles, was sie vertreten, aber wenn man genau hinhört, dann merkt man, dass es eigentlich um etwas ganz anderes geht, nämlich darum, wer die Macht behält. Jakobus will nicht nachgeben. Er ärgert sich, dass meine Gemeinde in Antiochia wesentlich schneller wächst als seine in Jerusalem. Das steckt hinter all dem frommen Gesülze..."

Johannes wurde blass: „Paulus, ich hoffe, dass du weißt, was du sagst. Das sind keine leichten Vorwürfe."

„Die sind noch gar nicht hart genug. Jakobus möchte nur eines: dass Jerusalem das Zentrum der christlichen Gemeinden bleibt, sein heiliges Jerusalem. Und das geht nur, wenn er die Botschaft Jesu an das Volk Israel bindet. Er will der Kopf des Ganzen bleiben, das wertvollste Glied des Leibes Christi ..." Der wütende Apostel richtete sich langsam auf und holte zum entscheidenden Schlag aus: „... und das, was letztlich dahinter steht, ist seine widerliche Sucht nach Geld. Jakobus hat Angst, dass die Gemeinde hier verarmt. Es geht ihm nur um Gold. Darum will er alles an sich ziehen. Er hat nichts, aber auch überhaupt nichts verstanden."

Johannes stand auf, schickte mit einer unmissverständlichen Handbewegung die Frauen davon und blickte mit großen Augen auf Paulus herab: „Ich weiß nicht, ob das stimmt, was du sagst. Ich weiß auch nicht, ob Jakobus eine der Sünden begangen hat, die du ihm vorwirfst, oder nicht. Aber eines weiß ich: So, wie du über ihn redest, das ist Sünde. Und die dulde ich in meinem Haus nicht. Ich verbiete dir, hier noch einmal so über unsere Geschwister zu reden. Offensichtlich war es zumindest sehr weise von der Gemeindeleitung, dich vorerst auf dein Zimmer zu verbannen. Ich schlage vor, dass du schleunigst dorthin gehst."

Paulus setzte an, um etwas zu erwidern, besann sich dann aber und lief wortlos ins Haus.

Ich wünschte, ich könnte dem Apostel helfen. Aber wie sollte ich ihn unterstützen? Ich weiß es nicht. Langsam laufe ich durch Jerusalem, diese staubige Stadt mit der großen Vergangenheit. Die Händler preisen ihre grauen Früchte an wie jeden Tag. Aber diese ungestörte Geschäftigkeit hat viel Gutes. Am Teich Siloah kann man bequem sitzen und die Menschen beobachten, die in die Unterstadt strömen. Sie haben keine Ahnung von dem, was gerade in der Stadt vor sich geht, und ich kritzele lustlos meine Sätze auf den Papyrusbogen.

Paulus wurde heute zum zweiten Mal zum Verhör gerufen; so sollte man es jedenfalls nennen, auch wenn sie Anhörung dazu sagen. Hier draußen fließt das Leben weiter, als sei es ihm gleichgültig, um welche weltbewegenden Entscheidungen dort gerade gekämpft wird. Eine abgearbeitete Mutter holt Wasser und schimpft dabei ununterbrochen mit ihren beiden Kindern, ohne dass ich dafür einen Grund erkennen könnte. Die beiden ducken sich so, als wäre eine solche Beschimpfung normalerweise mit Schlägen verbunden. Als der kleine Junge, ich schätze ihn auf etwa fünf, seine Mutter aufmunternd angrinst, wird sie noch böser. Wie kommt es bloß, dass jemand sich so benimmt? Wie wenig Selbstachtung hat ein Mensch, der nur noch missmutig herumblökt. Doch in dem Augenblick, in dem ich das schreibe, fällt mir ein, dass ich früher selbst solche Phasen hatte, in denen ich meine Übellaunigkeit an allem und jedem ausgelassen habe. Heute scheint das alles so weit weg zu sein. Und das, was mich damals zutiefst erregt oder geängstigt hat, ist jetzt nur noch wie eine Nadel im Heuhaufen der Geschichte. Manchmal piekst es noch hier und da, aber eigentlich liege ich sehr weich. Wovor sollte ich mich fürchten? Bin ich knapp 2 000 Jahre durch die Zeit gereist, um das zu lernen? Gelassenheit? Die Fähigkeit, über mich selbst zu lachen? Das wäre immerhin besser als nichts.

Manchmal frage ich mich, wie groß der Unterschied zwischen einem Menschen, der durch die Zeit reist, und einem, der in ihr lebt, wirklich ist. Beide suchen auf ihre Weise nach dem Grund des Ganzen. Ich habe keine Ahnung, wie diese Geschichte hier ausgehen wird, aber ich überlege, ob ich nicht eine Weile mit Paulus durch die Lande ziehen soll. Der Gedanke fasziniert mich, den Menschen etwas von der Zukunft zu erzählen, einer Zukunft, die die Gegenwart genauso bestimmt, wie es die Vergangenheit tut. Je weiter ich auf meiner Reise nach vorne auf das geschaut habe, was mich erwartet, desto zufriedener wurde ich. Und je weiter ich in die Vergangenheit reiste, desto besser verstand ich die Zukunft. Eines nämlich war wirklich leichtsinnig: mein früheres zögerliches Kleben in der Gegenwart.

Ich habe verstanden, wie filigran und verletzlich diese Welt ist – und wie groß zugleich. Es geht nicht um mich. Es geht um all diese Leute hier. Um die Mutter mit dem verhärmten Gesicht, um die beiden verängstigten Kinder, um Paulus und Jakobus, um Johannes und Petrus – und um Anna. Ganz gleich, was ich tue, es kann Türen zum Leben öffnen oder zuschlagen. Ich möchte lernen, so weit nach vorne zu schauen, dass ich bei jedem meiner Schritte schon die Konsequenzen bedenke. Ich kann gewinnen oder verlieren – beides ist erlaubt, nur Stillstand nicht.

Und irgendwann vielleicht werde ich verstehen, warum das alles mit mir passiert ist, welche Rolle ich in diesem seltsamen Stück gespielt habe.

Ich saß noch gedankenverloren am Teich Siloah, als ich plötzlich meinen Namen rufen hörte. Die Rufe kamen von der Treppe zur Oberstadt her und zwängten sich durch die drängelnden Körper der Menge zu mir. Endlich sah ich Anna von einer Mauer aus winken. Sie sah mit ihren wedelnden Armen im Gegenlicht aus wie ein kleiner, gerade flügge gewordener Vogel. Schnell stand ich auf und lief zu ihr.

Ihr Gesicht war erhitzt und sie atmete schwer: „Ich dachte schon, du wärst vielleicht davongegangen. Ich suche dich schon die ganze Zeit. Du sollst sofort zu Jakobus kommen."

„Ich?"

Sie schnaufte: „Ja!"

„Wieso denn das, ich kenne ihn doch gar nicht!"

Da wurde sie noch röter und senkte den Blick. Keuchend vor Anstrengung sprach sie auf mich ein: „Ich habe, ich weiß nicht, wie ich es dir sagen soll. Also: Ich habe Paulus deinen Text gegeben, deine Geschichte, die Übersetzung, die du angefertigt hast, weil … weil ich wollte, dass er für mich feststellt, ob du die Wahrheit sagst oder nicht. Jetzt schau mich bitte nicht so an, ich habe es doch nur gut gemeint. Ich konnte dir einfach nicht vertrauen. Und weil ich nicht weiterwusste, habe ich mich eben an ihn gewandt. Das war doch meine einzige Möglichkeit, endlich Klarheit zu bekommen. So wie du deine Geschichte nicht alleine verstehen kannst, kann ich meine nicht alleine verstehen. Darum bin mit dem Seitenbündel zu ihm gegangen. Nein, bitte lass mich erst einmal weitererzählen.

Paulus jedenfalls hat mir aufmerksam zugehört, als ich ihm von deiner Reise erzählt habe, er kniff nur ein- oder zweimal zweifelnd die Augen zusammen und versprach mir dann, sofort mit dem Lesen anzufangen. Ich weiß, dass es nicht richtig war, ihm dein Manuskript zu zeigen, aber ich wollte ja nur einen persönlichen Rat."

Sie hatte während des letzten Satzes wieder angefangen, an ihrem Zeigefinger zu kauen. Als hätte sie sich selbst dabei ertappt, zog sie ihn energisch zurück und strahlte mich plötzlich an: „Ich wollte einfach das Urteil eines weisen Bruders hören. Nur für mich. Dann aber geschah etwas Unglaubliches, was ich immer noch nicht ganz begreife: Als Paulus dein Manuskript gelesen hatte, schrie er so laut, dass alle im Haus zusammenliefen. Er saß mit leuchtenden Augen am Fenster und hielt mir das Papyrusbündel entgegen: ‚Wenn das stimmt, was dieser Mann schreibt, dann ist das der Beweis, dass das Gericht Gottes auf keinen Fall in den nächsten Jahren kommt. Wenn es tatsächlich 2 000 Jahre lang Christen gibt, die in fernen Ländern große Anbetungshäuser bauen, in Gemeinschaften leben und Jesus verehren, dann kann es gar nicht anders sein, als dass ich zu den Heiden predige. Versteht ihr? Hier ist das Argument, nach dem ich so verzweifelt gesucht habe. Diese Geschichte verändert die Geschichte.‘

Er hat deinen Text sofort zu Jakobus und den Ältesten schicken und dort vorlesen lassen. Viele Stunden. Angeblich haben die Männer gebannt dagesessen und gelauscht, haben deine Worte eingesogen und versucht, ihre wundersame Botschaft zu verstehen. Und jetzt wollen sie dich kennen lernen, um zu entscheiden, ob es stimmt, was du sagst."

Ich glaube, ich schaute sie böse an: „Und was denkst du?"

„Ich weiß es immer noch nicht. Sei mir nicht böse, denn ich möchte so gerne glauben. Aber du musst mir dabei helfen."

Sie rückte ihren Chiton zurecht, sehr lange, als wolle sie mich damit von ihrer Unsicherheit ablenken. Dann sagte sie schnell: „Komm jetzt. Paulus wartet bei uns auf dich, um dich zu Jakobus zu führen."

Wir liefen die Stufen zur Oberstadt empor.

Wir kamen in den engen Gassen kaum vorwärts, und irgendwann nahm mich Anna an der Hand, weil ich ihr zu langsam ging und sie mich im Trubel nicht verlieren wollte. Zweimal konnte ich nur noch in letzter Sekunde einigen mit Gemüse beladenen Tischen ausweichen, an denen sie mich vorbeizog und die ich ohne einen Sprung zur Seite sicher umgeworfen hätte. Ich begann bald, wieder zu schwitzen, weil sich die Sonne in den staubigen Winkeln festgesetzt hatte und von allen Seiten zu scheinen schien.

Paulus stand in der offenen Tür des Hauses, kam mir entgegen und schloss mich in die Arme: „Friede, Maximilian. Dein Text hat die Menschen verändert. Auf einmal verstehen sie wieder, dass in Abraham alle Völker gesegnet sind."

Er zog mich mit einem festen Griff ins Haus und lachte mich an. Die Bitterkeit und der Groll waren aus seinem Gesicht verschwunden. Er wirkte wie einer, der genau weiß, dass er nun die Trümpfe in der Hand hat und nicht mehr verlieren kann. Der Trumpf war ich. Doch ich spürte, dass der Apostel mit seinen Gedanken einen Schritt weiter war als ich, und ärgerte mich darüber.

Ich zog ihn zur Seite und zischte: „Ich habe diese Seiten nicht geschrieben, um die Menschen zu verändern. Wenn überhaupt, dann wollte ich mich verändern. Es sind private Aufzeichnungen, die von meiner Reise durch die Zeit erzählen."

Paulus lächelte mich wissend an: „Das denkst du, aber bei Gott sind alle Dinge möglich."

Seine Ruhe machte mich noch wütender: „Hör genau zu: Ich habe sie geschrieben, niemand sonst."

Er nickte: „Das stimmt, und genau darum sind sie ein ehrliches und unwiderlegbares Zeugnis von der Liebe Gottes in dieser Welt."

Das Lächeln des Apostels verstärkte sich noch, während er zum Tisch ging. Trotzig wies ich den Becher ab, den er mir entgegenstreckte. Ich wollte mich auf keinen Fall vereinnahmen lassen. Darum erwiderte ich schärfer, als ich es beabsichtigt hatte: „Sie sind mein Zeugnis. Und darum glaube ich auch kaum, dass du Jakobus, Petrus und die anderen damit überzeugen kannst. Sie werden mir nicht glauben."

Paulus verlor nicht einen Moment die Fassung. Lässig fragte er: „Warum nicht? Ist deine Geschichte denn nicht wahr?"

„Doch, natürlich. Aber sie ist eine von vielen Geschichten in dieser Welt. Meine Geschichte…"

„Und darum ein Beitrag zur Geschichte dieser Welt. So wie jede Geschichte."

Ich lief erregt zwischen dem Fenster und dem Tisch hin und her. „Ja, aber meine Geschichte ist nicht logisch, sie ist … so unwirklich, so unnatürlich, so unvorstellbar."

„Und trotzdem real. So wie Gott."

Plötzlich wurde die Stimme des kleinen Kämpfers sehr leise und eindringlich: „Was willst du mit Logik? Mir scheint, du bist ein Grieche, auch wenn du diesen komischen Akzent hast. Nur Griechen fragen nach Logik. Glaube ist aber nicht logisch. Wenn du Logik über Erfahrung setzt, dann wirst du weder Gott kennen lernen noch die Antworten auf deine Fragen finden. Warum überzeugen dich deine Erfahrungen nicht? Man spürt, dass du noch nicht lange in Jerusalem lebst. Hier zählen wahre Begebenheiten mehr als allgemein gültige Kriterien. Keiner, nicht ein einziger der Ältesten, die deinen dunklen Worten lauschten, hat gefragt, ob die Geschichte logisch ist. Warum auch? War denn der Auszug aus Ägypten logisch? Hat David klug gehandelt, als er Bathseba verführte? Ist es für den Verstand nachvollziehbar, dass ein Gott seinen Sohn am Kreuz opfert? Ist Liebe berechenbar? Können wir Vertrauen beweisen? Lässt sich Hoffnung in Zahlen fassen? Wer nur an das glaubt, was er sieht, hat keine Zukunft – denn die kann man auch nicht sehen.

Wir sind Israeliten, wir wollen nicht abwägen und argumentieren, wir lassen uns immer wieder von dieser Welt voller Geheimnisse und von diesem verborgenen Gott überraschen. Wir wollen nicht klug sein, sondern weise. Manchmal frage ich mich, ob nicht dieser Gegensatz der Kulturen, der Widerspruch von Denken und Erleben, meinen kritischen Brüdern am meisten Angst macht.

Das jedenfalls verspreche ich dir: Wenn wir bei Sonnenuntergang zu ihnen gehen, wird keiner wissen wollen, wie wahr diese Geschichte ist, jedenfalls dann nicht, wenn man dafür den Maßstab von richtig oder falsch anlegt. Jede Tat kann zugleich richtig und falsch sein. Und Gott kann aus Bösem Gutes machen. Wahr ist für uns das, was etwas in dieser Welt verändert. Und deine Geschichte kann etwas verändern."

Ich war stehen geblieben, und Paulus sah mir direkt in die Augen, sodass es unmöglich war, seinem Blick auszuweichen: „Ich bitte dich nur um eines: Wenn wir zu den Brüdern gehen, rede und denke nicht logisch. Sie würden dich nicht verstehen. Mach ihnen klar, dass du ein Prophet bist. Einer, der geschickt wurde, um zu ihnen zu sprechen."

Ich bekam ob dieser Dreistigkeit auf einmal Angst. Wie konnte dieser Mann es wagen, mich zu einem solchen diplomatischen Schachzug zu überreden, der seine Position stärken sollte! Bitter sagte ich: „Sie werden mir nicht glauben und nicht auf mich hören. Außerdem bin ich nicht geschickt worden."

Paulus zog einen Mundwinkel nach oben: „Ach, und wie bist du hierher gekommen? Oder stimmt deine Geschichte doch nicht?"

„Sie stimmt. Aber ich bin kein Prophet."

Er deutete mit dem Becher auf mich: „Kennst du die Zukunft?"

„Ja."

„Bist du gesandt?"

„Ja, aber …"

„Hast du dieser Zeit etwas zu sagen? Gerade, wenn es um die Heidenmission geht?"

„Ja, aber auch …"
„Weißt du etwas über uns Christen, was sonst keiner weiß?"
„Ja, und jetzt möchte ich auch mal was …"
Mit einer markigen Handbewegung schnitt mir der Apostel das Wort ab, breitete beide Arme aus und strahlte in die ganze Runde: „Du bist ein Prophet! Du hast es soeben selbst bewiesen."
Ich fühlte mich auf einmal sehr klein: „Und wenn ich keiner sein will?"
Paulus streifte seinen Umhang über die Schulter: „Dann teilst du auch diesen Unwillen mit den meisten anderen Propheten. Es gibt kaum einen Gesandten Gottes, der sofort ‚Ja' gesagt hätte. Sie haben sich fast alle lange geziert und ihr Licht unter einen Scheffel gestellt. Allerdings verstehe ich eines nicht: Warum wehrst du dich eigentlich so gegen deine Berufung?"
Ich wusste es nicht. Das heißt: Ich wusste es schon. Zumindest wird mir das klar, wenn ich heute an diese Ereignisse zurückdenke. Es war mir zuwider, dass mir ein Fremder einen Sinn und eine Aufgabe unterschob, die ich nicht selbst erkannt hatte. Ich wollte aus eigener Kraft eine Erklärung für meine Reise finden und mich nicht vereinnahmen lassen. Andererseits konnte ich Paulus nichts entgegenhalten; zumindest nach seinem Verständnis besaß ich tatsächlich alle Eigenschaften eines Propheten. Außerdem wusste ich, dass der Spätbekehrte die Erlaubnis zur Mission der Heiden bekommen würde. Jemand musste ihm geholfen haben. Aber ich fühlte mich diesen gewaltigen Zusammenhängen nicht gewachsen. Ganz gleich, wie ich mich in diesem Augenblick entschied, mein Verhalten beeinflusste das Weltgeschehen. Konnte ich mich überhaupt dagegen wehren?
Auf der Grenze zwischen zwei Kulturen stand dieser kleine, unansehnliche Prediger Paulus und tat das, wonach ich mich immer gesehnt hatte: Er lebte für die Zukunft. Und es war die Frage, ob er zwischen den Fronten zerrieben würde oder ob es ihm gelänge, das Neue und das Alte zu versöhnen. Plötzlich zerbrach etwas in mir; einen kurzen Augenblick dachte ich schon, das „Zurück" hätte wieder eingesetzt, doch die erwartungsvollen Blicke des ganzen Hauses waren weiter auf mich gerichtet. Vor allem Anna schien eine Entscheidung gleichsam aus mir herauszusaugen.
Es geschah aber erst einmal etwas ganz anderes: In diesem Augenblick verstand ich, wonach ich mich in der bedrückenden Nacht des Silvesters 2 000 eigentlich gesehnt hatte: nach einem neuen Denken, wie Paulus es gerade beschrieben hatte, einer anderen Weltsicht, einer, in

der nicht mehr die Logik, sondern das Erleben bestimmte. Denn genau das hatte mir in meinem „Akademikergrab“ gefehlt. Darum durfte ich gerade die Bitte des Apostels nicht nach logischen Gesichtspunkten entscheiden. Es ging nicht mehr um das Warum, es ging um das Wie. Wie kann ich so leben, dass diese Welt gewinnt? Ohne ein Wort zu sagen, begann ich zu lächeln, und alle blickten mich erleichtert an. Johannes klopfte mir fröhlich auf die Schulter, und ich wusste, dass ich mich richtig entschieden hatte.

Als die Sonne langsam unterging, kam Anna in mein Zimmer und stand verlegen im Türrahmen. Der Hausherr hatte mir ein festliches Gewand geschenkt, und ich drehte mich einmal um mich selbst. Die junge Frau kaute an ihrem Zeigefinger. „Du musst gleich gehen.“

„Ich weiß. Versprichst du mir etwas?“

„Was?“

„Ich möchte, dass du mir versprichst, nicht mehr an mir zu zweifeln. Zumindest dann nicht, wenn Jakobus und Petrus es nicht mehr tun.“

Sie ging zum Fenster, schaute aber nicht hinaus, sondern musterte verstohlen den Fußboden: „Das verspreche ich dir. Wenn du mir dann nicht mehr böse bist!“

„Ich war dir nie böse.“

„Darauf kommt es nicht an.“

Sie schluchzte plötzlich und setzte sich auf meine Bettstatt. Kaum hörbar sagte sie: „Ich möchte dir eine Geschichte erzählen, meine Geschichte. Bitte lass mich einfach reden, denn es fällt mir sehr schwer. Die Wahrheit ist: Ich konnte noch nie vertrauen. Ich habe auch Thomas, meinem Mann, nicht vertraut. An dem Abend, an dem er erschlagen wurde, bin ich ihm heimlich gefolgt, weil ich wissen wollte, ob er nicht, statt in den Tempel zu gehen, ein Hurenhaus besucht. Aber er betete wirklich, so ernsthaft und versunken, wie ich ihn kannte.

Als ich dann beobachtete, dass ihn die betrunkenen Römer auf dem Rückweg zwingen wollten, Kaiser Claudius hochleben zu lassen, kam ich aus dem Mauerschatten heraus und wollte sie abhalten. Aber sie lachten nur mit ihren triefenden Mündern, den glasigen Augen und den schmutzigen Gedanken. Einer rief: ‚Oh, ein lebendes Geschenk für die Soldaten des Kaisers. Sollen die Juden nicht das Beste, das sie haben, opfern? Wir nehmen das Opfer gerne an.‘ Und sie begannen, an meinen Kleidern zu zerren und mich zu begrapschen. Da bekam ich eine solche Angst, dass ich davonlief. Einfach irgendwohin. Nur weg von diesen ekelhaften, tumben Kerlen.“

Anna weinte, und ich war versucht, sie in den Arm zu nehmen, fürchtete mich aber zugleich davor, sie damit noch mehr zu verletzen.

Es dauerte einige Minuten, bis sie ihre Stimme wiederhatte: „Als ich mich endlich zurücktraute, war Thomas schon tot. In dem Augenblick aber, in dem mir bewusst wurde, dass ich ihn hätte retten können, wenn ich nicht so ängstlich gewesen wäre, nahm etwas Fremdes, Animalisches von mir Besitz und trieb mich in die Wüste. In mir wütete es und ich wurde zu einer Sklavin meines eigenen Grauens. Ich kann mich kaum noch an diese Zeit erinnern, nur manchmal kommen abartige, fiebrige Bilder in mir hoch, die mich jedes Mal neu in Angst versetzen. Ich sehe mich dann, wie ich von einem verendeten Tier esse, wie ich mir selber mit einem Stein die linke Hand blutig schlage oder wie ich die Sonne anbrülle. Es ist so widerlich.

Eines Tages aber, ich hatte schon seit Tagen nichts gegessen und getrunken, hatte ich plötzlich eine Vision. Ein Mann stand vor mir und rief mich bei meinem Namen. Er sagte: ‚Geh zurück nach Jerusalem, denn ein Mann, den sie den Propheten nennen werden, wird kommen. Wenn du ihm vertraust, dann wirst du auch dir selbst vertrauen können.‘ Und da war ich wieder ich selber und kehrte zurück.“

Verschämt blickte Anna unter den Augenbrauen hervor: „Wenn du dieser Mann bist, dann hilf mir. Ich möchte dir vertrauen, aber ich kann mir selbst immer noch nicht vertrauen. Verstehst du: Ich bin ein feiger Mensch. Ich habe solche Angst, dass ich in einer ähnlichen Situation wieder davonlaufen und alles im Stich lassen werde. Wie kann man an etwas glauben, wenn man nicht an sich selbst glauben kann?“

Ich setzte mich an ihre Seite und legte den Arm um sie: „Keiner kann sich selbst vertrauen, aber ich vertraue dir.“

Sie sah mich mit großen Augen an: „Warum?“

„Erinnerst du dich daran, dass du mir in den vergangenen Wochen immer wieder erklärt hast, dass kein Mensch sich selbst verstehen kann, dass er dazu einen anderen braucht? Ich habe dir damals vertraut und mein Manuskript übersetzt. Jetzt versuchen wir es andersherum.“

Paulus hat einen schnellen, kurzen Schritt. Wenn man ihn von hinten gehen sieht, erkennt man, dass er weiß, wo er hinwill. Seine Beine bewegen sich flink und sicher. Es stört ihn offenbar auch nicht, dass er bisweilen größere Steine zur Seite tritt, die dann mit einem stumpfen Laut an den Hauswänden abprallen. Sein Blick geht in die Ferne. Jetzt ist es gar nicht mehr so verrückt, dass ich mit diesem Mann durch Jerusalem laufe. Paulus und ich. Die weißen Marmorblöcke der herodianischen Stadtburg spiegeln das rötliche Abendlicht. Ich schaue nach oben und lasse mich blenden. Die drei mächtigen Türme, die Herodes Hippikos, Phasael und Mariamne genannt hat, sind von einem leichten Dunstschleier umgeben. Einige Passanten drehen sich verdutzt um, weil mein Festgewand für diesen gewöhnlichen Tag offensichtlich etwas zu prunkvoll aussieht. Paulus hat gesagt, mir könne nichts passieren. Ich möchte ihm glauben. Vor dem Jaffator bleibt er stehen, dreht sich um und nimmt mich in den Arm. Er muss nichts sagen.

Man kann durch den winkelförmigen Durchgang in der Stadtmauer nicht hindurchsehen, aber ich weiß, dass dahinter die königliche Straße nach Hebron beginnt. Und dass dort Jakobus und Petrus auf mich warten. Und plötzlich habe ich keine Angst mehr.

Epilog

Aus heiterem Himmel fielen Regentropfen, und die Skulptur im gepflegten Innenhof des Anwesens begann, am ganzen Körper zu weinen. Mutig kämpften sich die feinen Wasseradern durch das staubbedeckte Antlitz und lösten nach und nach die Verkrustungen auf, bis das Gesicht glänzte.

Ein junger Mann, dessen lange blonde Haare ungezügelt seinen Kopf entlangströmten, saß auf der Treppe und beobachtete eine Eidechse, die den Weg vor seinen Füßen entlanghuschte. Als er anfing, mit den Fingern auf sein Knie zu klopfen, verschwand das Tier unter einem Stein. Ein leichter Wind kam auf und trieb kleine Blätter und Fasern vor sich her. Immer wieder drehte der Wartende den Kopf, um in den dunklen Flur sehen zu können, aber niemand kam. Die Sonne ging unter und ihn fröstelte. Unwillkürlich erhob er sich, lief auf und ab und zählte dabei stumm seine Schritte.

Plötzlich, als er im Licht der Fackeln sein schweres Übergewand auf der Treppe liegen sah, das dort wie ein scheues Kind auf den Stufen kauerte, musste er lachen. Er zog seine dünne Toga und seinen Pilos, das Lendentuch, aus und stand auf einmal nackt im Hof. Vorsichtig löste er die Riemen, die um seinen Körper liefen und legte dann das raue Paket, das er auf der Brust getragen hatte, vor sich auf den Boden. Mit wenigen Handgriffen hatte er das Bündel geöffnet und einen Haufen beschriebener Papier-, Pergament- und Papyrusseiten hervorgeholt. Er legte sie sorgfältig auf die Erde, bis der ganze Platz zu seinen Füßen bedeckt war. Dann setzte er sich in die Mitte und beobachtete, wie der Regen die Seiten benetzte und dabei die Tinte mit sich zog.

Zuerst perlten die Wasserpunkte auf der Oberfläche, dann drangen sie langsam ein und durchzogen nach und nach das ganze Blatt. Getroffen zuckten die Sätze zusammen, um dann die Tropfen freudig zu umarmen. Die Buchstaben aber fingen an zu leben, wuchsen, bekamen Füße und Hände und begannen davonzukrabbeln. Manche zogen Arm in Arm davon, andere zerfielen und rutschten noch einen Augenblick lang lachend über die Seite. Dünne Linien blähten sich stolz auf, während dicke Striche langsam verblassten. Worte lösten und verbanden sich, einige küssten sich kurze Zeit, um dann miteinander unterzugehen. Die Zeilen verloren ihre Ordnung und fielen übereinander her, bis das winzige Heer der Striche in einem Meer von Tinte versank.

„Danke“, sagte der Mann in die Stille.

Als er hinter sich Schritte hörte, schlüpfte er schnell wieder in sein Untergewand. Ein untersetzter Mann, der einen großen Kopf auf seinem Hals austarierte, kam aus dem Haus, schaute einen Augenblick verwundert auf die durchweichten Blätter und ergriff dann den Wartenden an den Armen.

Stolz sagte er: „Wir haben es geschafft! Ich darf, nein, ich soll zu den Heiden predigen."

„Und was ist mit mir?"

Der andere hob die Augenbrauen, um den jungen Mann zu necken. Der fragte noch einmal: „Paulus, was ist mit mir?"

„Sie glauben, dass du ein Prophet bist. Du hast sie mit deiner Geschichte überzeugt. Es ist großartig. In dir wird Gottes Handeln deutlich!"

„Da bin ich mir nicht so sicher."

„Das macht nichts! Ich bin mir sicher, mein kleiner Grieche. Das genügt. Als ich Hilfe brauchte und zu Gott gefleht habe, hat er dich geschickt. Du bist hier und alles ist gut gegangen. Genügt dir das nicht als Beweis?"

Der junge Mann schob einige Haare, die ihm ins Gesicht hingen, hinter sein rechtes Ohr und sah dann dem Apostel direkt ins Gesicht: „Du willst mir erzählen, dass du die Erlaubnis, überall zu missionieren, auf Grund meiner Aussage bekommen hast? Das glaube ich einfach nicht. So leicht kann das gar nicht abgelaufen sein."

Paulus lachte mit seiner warmen, kräftigen Stimme, die von überall her wiederzukommen schien: „Du bist ein schlaues Bürschchen. Natürlich ging es nicht allein mit einer verheißungsvollen Geschichte. Alles hat zwei Seiten. Eine geistliche und eine praktische. Zuallererst gilt: Du warst, nein, du bist meine spirituelle Rettung. Ohne dich wären die Brüder nicht einmal bereit gewesen, über mein Anliegen nachzudenken. Sie hätten sich verrannt und das Christentum wäre zu einer kleinen jüdischen Sekte geworden und früher oder später untergegangen. Du hast die entscheidende Tür geöffnet. An dem Wissen, dass die Welt noch 2 000 Jahre bestehen wird, können sich alle Zweifler nun festhalten.

Trotzdem hätte ich mit dir allein den Raum nicht als Sieger verlassen. Überzeugt hat Jakobus etwas ganz anderes: Ich habe ihm versprochen, dass jede neue Gemeinde jährlich eine üppige Kollekte für die Jerusalemer Gemeinde sammelt. Und siehe da: Auf einmal leuchteten seine Augen und er konnte zu allem Ja und Amen sagen. Aber mach dir nichts daraus. Das Heil erreicht man nur über die Menschlichkeit und die Menschlichkeit nur über das Heil."

Nachdenklich blickte der junge Mann in den Hof, in dem seine Vergangenheit ausgebreitet lag und zerrann: „Was wirst du jetzt machen? Und was werde ich machen?"

„Du bist ein Reisender. Komm mit mir! Heute beginnt etwas Neues für uns beide. Was hältst du davon, wenn ich dir dafür einen neuen Namen verleihe? Das tut allen gut, die neue Wege gehen. Ich schlage vor, ich nenne dich Titus. Titus, den Griechen."

Paulus lachte wieder sein dröhnendes Lachen, das seinen Kopf zum Schwingen brachte, und ging zurück ins Haus. Bevor er im Dunkeln verschwand, drehte er sich noch einmal um: „Reise eine Zeit lang mit mir. Es gibt so viel, das wir den Menschen erzählen müssen. Ich wäre dir allerdings nicht böse, wenn du aus guten Gründen immer wieder hierher zurückkehrst. Einer der schönsten davon steht übrigens draußen vor der Tür."

Das Lachen schallte noch eine Zeit lang aus dem Gang und umschwirrte den staunend Dastehenden, der langsam sein Festgewand aufhob und zur anderen Seite davonging.

Noch einmal flitzte die Eidechse unter seinen Schritten davon und lief eilig über die verstreuten Blätter. Als sie diese wieder verlassen hatte, malten ihre mit Tinte benetzten Füßchen eine lange Spur auf den kalten Marmorfußboden. *Irgendwo habe ich das schon einmal gesehen*, dachte der blonde Mann, konnte sich aber nicht erinnern, wann und wo das gewesen war. Er zog den Mantel über, da es inzwischen fast ganz dunkel geworden war und eilte nach draußen.

Vor dem Haus lief aufgeregt eine junge Frau mit einer Melonenfrisur auf und ab und wartete auf den Reisenden. Endlich kam er heraus. Sie hob fragend die Arme in die Luft, als wolle sie die Regentropfen auffangen. Der Mann bemerkte ihre Neugier sofort und nickte lächelnd mit dem Kopf. Dann wurde er wieder ernst.

Einen Augenblick sahen sich die beiden unsicher an, während der warme Regen über ihre Gesichter lief, als wolle er sie streicheln. Instinktiv zog die nervöse Frau ihren Chiton nach unten. Als sie bemerkte, wie der Blick des Wartenden dabei ihren Körper entlangglitt, hob sie den Kopf – und lächelte.

Biografie von Max Temper

2000 *Frankfurt.* Anstatt den ersten Januar des neuen Jahrtausends zu erleben, kehrt der Altphilologe Max Temper zurück zum Jahresanfang 1999. Von nun an erwacht er jeden Morgen ein Jahr früher. Verzweifelt versucht er, den Sinn dieser Zeitreise zu verstehen.

1986 Max besucht sein jüngeres Ich an der Frankfurter Universität.

1965 Als er die Zeit vor seiner Geburt erreicht, resigniert Max, da er sich nicht mehr selbst begleiten kann. Er flieht vor den geschichtlichen Ereignissen in das hessische Hinterland.

1950 *Vogelsberg.* Der Wissenschaftler lebt als Landstreicher und Gelegenheitsarbeiter auf den Dörfern.

1720 Max beginnt nach seiner langen Krise, als Tagelöhner auf dem Bau zu arbeiten. Als der Dreißigjährige Krieg naht, flieht er nach England.

1640 *Ärmelkanal.* Max versucht, sich das Leben zu nehmen, und wird von Antoon van Dyck gerettet.

1635 *London.* Max erzählt dem Hofmaler als Erstem von seiner Reise und beginnt auf dessen Anraten mit seinem Tagebuch.

1600 Der Reisende verlässt London wieder, um in seiner Heimat eine Antwort auf seine Fragen zu suchen.

1480 *Marienhafe.* Max verdient als vermeintlicher Prophet seinen Lebensunterhalt und bringt die kleine Ortschaft durch seine „Vorhersagen" zu Reichtum und Ansehen.

1401 Klaus Störtebecker entlarvt den falschen Propheten und bringt ihn davon ab, sich mit Hilfe seiner ungewöhnlichen Existenz an den Fischern zu bereichern.

1270 *Frankfurt.* Maximilian lässt sich unwissentlich von einer angehenden Goldschmiedin missbrauchen, die sich mit seiner Hilfe ihren Lebenstraum erfüllen will.

1267 Im Haus der jungen Adelheid versucht Max, seine Vergangenheit zu verstehen, und entdeckt dabei, dass er wie Adelheid ein Ziel braucht: Um das Rätsel seiner Existenz zu klären, beschließt er, die Gelehrten seiner Zeit zu befragen.

1245 Der Bauarbeiter Max erfindet die Schubkarre.

1199 *Assisi.* Der junge, noch nicht spirituell geprägte Franz von Assisi schlägt den Reisenden brutal zusammen, als dieser ihn um Hilfe bittet.

908 *Cluny.* Zufällig begegnet Max dem jungen Kleriker und späteren Abt Odo von Cluny auf dessen Flucht aus dem Chorherrenstift von Tours. Er kann den Flüchtling zur Umkehr bewegen und entscheidet sich selbst, nach Jerusalem zu reisen, um dort Jesus zu treffen.

907 Max erhält von Wilhelm von Aquitanien für kurze Zeit das Gastrecht in seinem Jagdhaus.

905 Der Altphilologe überzeugt den Grafen, seinen Grundbesitz zu verschenken und das Kloster Cluny zu bauen. Dann beginnt er seine Wanderung nach Jerusalem.

550 *Byzanz.* Max wird Zeuge der Ermordung des Feldherrn Germanus und beschließt, mit Hilfe seiner Zeitsprünge die Gründe dafür herauszufinden. Zum ersten Mal hat seine Reise einen konkreten Nutzen.

532 Der Nika-Aufstand des Volkes wird blutig niedergeschlagen, und der Philologe findet die Motive des späteren Mordes. Motiviert reist er weiter.

499 *Pergamon.* Im Haus des Antigonus spielt Maximilian dessen Sohn, um den Hausherrn getrost sterben lassen zu können. Seine Unruhe wächst, da die Begegnung mit Jesus immer näher rückt.

476 *Ephesus.* Kurzer Aufenthalt des Reisenden auf verschiedenen Baustellen.

175 *Side.* Max begegnet dem Dichter Lukian, über den er als Wissenschaftler gearbeitet hat, und rettet ihm das Leben.

48 *Jerusalem.* Ohne erkennbaren Grund endet die Zeitreise. Maximilian lebt wieder im normalen Zeitfluss. Dabei gerät er mitten in die Wirren des Apostelkonzils. Als er auf Paulus trifft, wird er, anfangs wider seinen Willen, zu einer Schlüsselfigur der Streitgespräche.

Landkarte

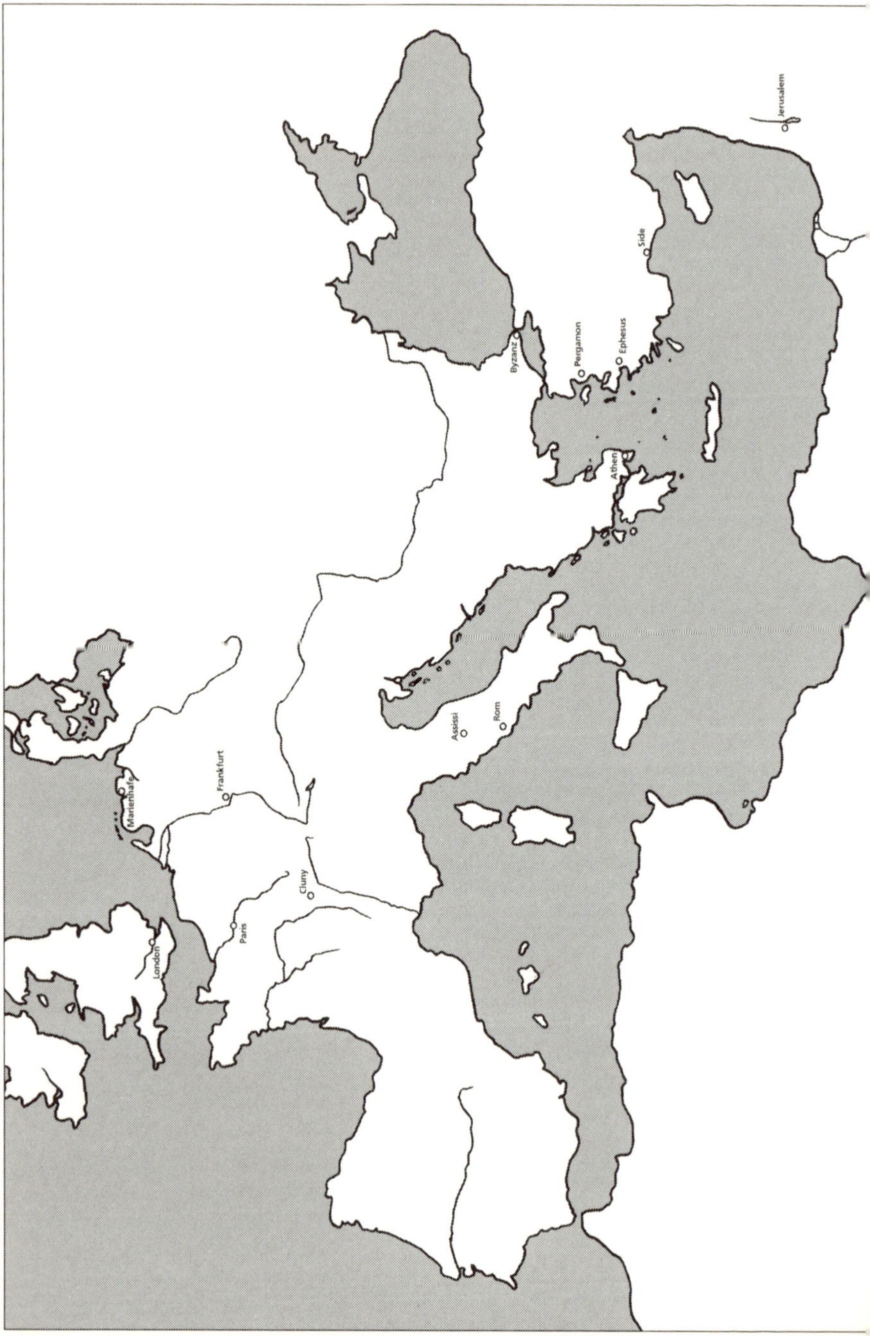
Jerusalem
Side
Ephesus
Pergamon
Byzanz
Athen
Rom
Assissi
Frankfurt
Marienhafe
Cluny
Paris
London

Anmerkung

Obwohl einige Personen, denen Maximilian begegnet, in die Biografien historischer Persönlichkeiten geschlüpft sind, handelt es sich natürlich um fiktive Figuren. Die Lebensdaten sind zwar im Wesentlichen korrekt, die Charaktereigenschaften und Erlebnisse wurden aber meist dazugedichtet.

Das gilt auch für die geschichtlichen Zusammenhänge: Bei allem Bemühen um Genauigkeit gibt dieser Roman eher einen Einblick in die großen historischen Prozesse der europäischen Vergangenheit als in genaue Datierungen. So ist es zum Beispiel unwahrscheinlich, dass Lukian im Jahr 175 noch durch Kleinasien gezogen ist, auch wenn die Möglichkeit besteht. Obwohl, wer weiß: Vielleicht stimmt ja doch alles.

Dank

an Melanie, meine Frau, und Valentin, meinen Sohn, die mich lange Zeit jeden Tag in längst vergangene Epochen begleiten und meine Reiseberichte anhören durften, an Bela Gottschalk und Anke Wiedekind, die als liebevolle Tagesmütter Freiräume zum Schreiben geschafft haben, an Dorothee Herwig für ihre kluge sprachliche und theologische Begutachtung des Manuskripts, an Nicole Schol und Karoline Kuhn für das Lektorat, an Petra Seidel für hilfreiche Literaturrecherchen, an das Stadtarchiv Frankfurt, an den Propyläen-Verlag, dessen Welt-, Literatur- und Technikgeschichte sehr aufschlussreich waren, an meine Mutter, die sich in den Moden der Vergangenheit so gut auskennt, an meine geistlichen Kollegen, die einen Literaten unter sich ertragen, und an all die Freundinnen und Freunde, die mir Mut zu dieser aufregenden Geschichte gemacht haben.